Helen Fielding, autorka zajmującego czołowe miejsca na listach bestsellerów *Dziennika Bridget Jones*, powraca do dalszych losów swojej niezwykłej bohaterki. Z przymrużeniem oka obserwujemy, jak Bridget Jones zmaga się z wiecznie ją nękającymi przeciwnościami losu, którym jednak się nie poddaje, korzystając z niezwykle cennych rad zawartych w stosach poradników typu „Jak żyć". Przeżywamy razem z nią wzloty i upadki w życiu rodzinnym, towarzyskim i zawodowym.

Powieść *W pogoni za rozumem. Dziennik Bridget Jones* to niezwykle dowcipny, ale i pełen ciepła obraz świata u schyłku dwudziestego wieku.

Helen Fielding

W POGONI
ZA ROZUMEM
DZIENNIK BRIDGET JONES

Tłumaczyła Aldona Możdżyńska

ZYSK I S-KA
WYDAWNICTWO

Tytuł oryginału
BRIDGET JONES: THE EDGE OF REASON

Opracowanie graficzne serii i projekt okładki
Lucyna Talejko-Kwiatkowska

Fotografia na okładce
Piotr Chojnacki

Redaktor serii
Tadeusz Zysk

Redaktor
Hanna Koźmińska

Wydanie I

ISBN 83-7150-873-5

Zysk i S-ka Wydawnictwo s.c.
ul. Wielka 10, 61-774 Poznań
tel. (0-61) 853 27 51, 853 27 67, fax 852 63 26
Dział handlowy, ul. Zgoda 54, 60-122 Poznań
tel. (0-61) 864 14 03, 864 14 04
e-mail: sklep@zysk.com.pl
nasza strona: www.zysk.com.pl

Dla innych Bridget

Podziękowania

Proszę, by podziękowania zechciały przyjąć następujące osoby i instytucje: Gillon Aitken, Sunetra Atkinson, Peter Bennet-Jones, Frankie Bridgewood, Richard Coles, Richard Curtis, Scarlett Curtis, Pam Dorman, Ursula Doyle, Breene Farrington, Nellie Fielding, rodzina Fieldingów, First Circle Films, Andrew Forbes, Colin Firth, Paula Fletcher, Piers Fletcher, Henrietta Perkins, Tracey MacLeod, Sharon Maguire, Tina Jenkins, Sara Jones, Emma Parry, Harry Ritchie, Sarah Sands, Tom Shone, Peter Straus, Russ Warner, Working Title Films — za inspirację, wsparcie i pomoc.

Szczególne podziękowania dla Kevina Currana.

Pomoc merytoryczna — Sara Jones.

Rozdział pierwszy
I ŻYLI DŁUGO I SZCZĘŚLIWIE

27 stycznia, poniedziałek

58,5 kg (ugrzęzłam w tłuszczu), faceci 1 (hurra!), bzykanka 3 (hurra!), kalorie 2100, kalorie spalone podczas bzykania 600, więc całkowita liczba kalorii 1500 (wzorcowa).

7.15. Hurra! Lata zdziczenia już za mną. Od czterech tygodni i pięciu dni pozostaję w zdrowym związku z dorosłym mężczyzną, udowadniając w ten sposób, że nie jestem uczuciowym pariasem, jak się tego wcześniej obawiałam. Czuję się wspaniale, trochę jak Jemima Goldsmith albo inna promienna panna młoda w welonie, dokonująca uroczystego otwarcia szpitala onkologicznego, kiedy wszyscy ją sobie wyobrażają w łóżku z Imranem Khanem*. Ooo. Mark Darcy właśnie się poruszył. Może się obudzi i spyta mnie o zdanie na jakiś temat.

7.30. Mark Darcy jeszcze się nie obudził. Wiem, wstanę i przygotuję mu fantastyczne śniadanie złożone z kiełbasek, jajecznicy i grzybów lub jajka Benedykta** albo florentynki***.

7.31. Ale co to właściwie są te jajka Benedykta i florentynki?

---

* Jemima Goldsmith — Amerykanka, która poślubiając pakistańskiego polityka, Imrana Khana, zdecydowała się dobrowolnie przejść na islam. (Wszystkie przypisy pochodzą od tłumaczki).

** Jajka Benedykta — jajka w koszulkach podane na toście z plasterkiem smażonej szynki i polane sosem Hollaindaise.

*** Florentynki — ciastka ze skórką pomarańczową i migdałami oblane czekoladą.

7.32. Z tym, że nie mam ani grzybów, ani kiełbasek.

7.33. Ani jajek.

7.34. Ani — oczywiście — mleka.

7.35. Jeszcze się nie obudził. Mmmm. Jest cudowny. Uwielbiam patrzeć, jak śpi. B. seksowne szerokie bary i owłosiona klata. Nie żebym go traktowała jak obiekt seksualny czy coś w tym rodzaju. Interesuje mnie jego umysł. Mmmm.

7.37. Jeszcze się nie obudził. Wiem, że nie powinnam hałasować, ale może spróbuję go subtelnie obudzić za pomocą wibracji myślowych.

7.40. Może bym mu położyła… AAAA!

7.50. Mark Darcy zerwał się jak oparzony, wrzeszcząc:
— Bridget, może byś tak przestała?! Cholera. Gapić się, jak śpię. Idź, znajdź sobie coś do roboty.

8.45. *W Coins Café, pijąc cappuccino, jedząc czekoladowego croissanta i paląc papierosa.* To wielka ulga palić sobie bez skrępowania i nie musieć się ciągle starać. Mężczyzna w domu to właściwie b. skomplikowana sprawa, jako że nie mogę sobie spokojnie posiedzieć w łazience albo przemienić mieszkania w komorę gazową, skoro ta druga osoba może spóźnić się do pracy, zsiusiać się itd. Poza tym denerwuje mnie, kiedy Mark w nocy składa majtki w kostkę, bo wtedy ja krępuję się rzucać ciuchy na kupę na podłogę. Dziś wieczorem znowu przychodzi, więc muszę przed pracą albo po pracy lecieć do supermarketu. No, nie muszę, ale — co przerażające — chcę. Atawistyczny odruch, do którego nie przyznałabym się przed Sharon.

8.50. Mmm. Ciekawe, jakim ojcem byłby Mark Darcy (to znaczy ojcem dla własnego potomstwa. Nie dla mnie. Bo to by niewątpliwie oznaczało jakiś kompleks Edypa)?

8.55. Nie powinnam wpadać w obsesję ani fantazjować.

9.00. Ciekawe, czy Una i Geoffrey Alconbury pozwolą nam na nasze wesele postawić namiot na swoim trawniku... Aaaa!

To moja matka. Wparowała do kawiarni pewnym siebie krokiem bizneswoman, w plisowanej spódnicy z Country Casuals i blezerze w kolorze zielonego jabłuszka z lśniącymi złotymi guzikami, jak obślizgły kosmita, który wylądował w Izbie Gmin, po czym spokojnie usadowiła się na krześle.

— Cześć, kochanie — zaszczebiotała. — Właśnie się wybierałam do Debenhamów i przypomniałam sobie, że zawsze tu przychodzisz na śniadanie. Pomyślałam, że wpadnę, żeby cię umówić do kolorystki. Ooj, napiłabym się kawy. Jak myślisz, podgrzewają tu mleko?

— Mamo, już ci mówiłam, że się nie wybieram do żadnej kolorystki — wymamrotałam cała czerwona, bo wszyscy się na nas gapili, a do stolika zbliżyła się naburmuszona, zabiegana kelnerka.

— Och, nie bądź taka niemrawa, kochanie. Powinnaś podkreślić swoją osobowość, a nie siedzieć cały czas jak kura na grzędzie w tych szarościach i brązach! O, dzień dobry, złotko.

I przybrała swój uprzejmy ton w stylu: „Postarajmy się zaprzyjaźnić z obsługą i zostańmy najsympatyczniejszymi gośćmi w kawiarni".

— Niech pomyślę. A wie pani? Napiłabym się kawy. Rano w Grafton Underwood wypiliśmy z moim mężem Colinem tyle herbaty, że mam jej już serdecznie dosyć. Ale czy mogłaby mi pani podgrzać trochę mleka? Nie mogę pić kawy z zimnym mlekiem. Dostaję od tego niestrawności. A moja córka Bridget weźmie...

Wrrr. Dlaczego rodzice nam to robią? Dlaczego? Czy to rozpaczliwa próba dojrzałej osoby zwrócenia na siebie uwagi i dodania sobie ważności, czy też nasze pokolenie mieszczuchów jest zbyt zapracowane i nieufne wobec innych, by zachowywać się w sposób otwarty i przyjazny? Pamiętam, że kiedy pierwszy raz przyjechałam do Londynu, uśmiechałam się do wszystkich —

dopóki jakiś facet na ruchomych schodach w metrze nie spuścił mi się na płaszcz.

— Espresso? Filtrowana? Latte? Mleko półtłuste, bezkofeinowa? — warknęła kelnerka, zmiatając talerze ze stolika obok i patrząc na mnie oskarżającym wzrokiem, jakby zachowanie mamy było moją winą.

— Bezkofeinowa z półtłustym mlekiem i latte — szepnęłam przepraszająco.

— Cóż za gburowata dziewczyna, czy ona nie zna angielskiego? — mama parsknęła z irytacją w stronę oddalających się pleców kelnerki. — Dziwne miejsce, prawda? Czy ci ludzie nie potrafią się normalnie ubierać?

Podążając za jej wzrokiem, spojrzałam na modne rastafarianki przy sąsiednim stoliku. Jedna, która miała na sobie trapery, halkę, rastafariański beret i bluzę od dresu, bębniła palcami w laptop, a druga — w szpilkach od Prady, getrach, szortach do surfingu, długim do kostek płaszczu z lamy i wełnianej czapce uszatce pasterza z Butanu — darła się do komórki: „Powiedział, że jak jeszcze raz mnie przyłapie na paleniu skuna*, to mi zabierze mieszkanie. Co za pierdolony tatuś", podczas gdy jej sześcioletnie dziecko z nieszczęśliwą miną gmerało w talerzu z chipsami.

— Czy ta dziewczyna mówi takim językiem sama do siebie? — spytała mama. — Dziwny jest ten świat, prawda? Nie lepiej, żebyś mieszkała w pobliżu normalnych ludzi?

— To są normalni ludzie — odparłam z wściekłością, dla przykładu wskazując głową na ulicę, gdzie na moje nieszczęście zakonnica w brązowym habicie pchała wózek z dwojgiem dzieci.

— Właśnie dlatego życie ci się nie ułożyło.

— A właśnie, że mi się ułożyło.

— Ależ skąd — powiedziała. — A zresztą wszystko jedno. Jak ci się wiedzie z Markiem?

— Cudownie — odparłam rozmarzonym głosem, na co rzuciła mi ostre spojrzenie.

---

* Skun — wzmocniony chemicznie haszysz.

— Chyba nie zamierzasz z nim sama-wiesz-co, prawda? Wiesz, że potem się z tobą nie ożeni.

Wrrr. Wrrrr. Odkąd zaczęłam chodzić z facetem, którego przez półtora roku wpychała mi na siłę („syn Malcolma i Elaine, kochanie, rozwiedziony, potwornie samotny i bogaty"), czuję się, jakbym pokonywała tor przeszkód Armii Terytorialnej, przeskakując mury i siatki, by przynieść jej wielki srebrny puchar przewiązany kokardą.

— Wiesz, co oni potem mówią — ciągnęła. — „Och, była łatwa". Kiedy Merle Robertshaw zaczęła chodzić z Percivalem, jej matka powiedziała: „Pamiętaj, żeby używał tej rzeczy tylko i wyłącznie do siusiania".

— Mamo… — zaprotestowałam. Mogłaby się nie wygłupiać. Przecież nie dalej niż pół roku temu prowadzała się z portugalskim przewodnikiem wycieczek, który nosił pederastkę.

— O, mówiłam ci? — wtrąciła, gładko zmieniając temat. — Jedziemy z Uną do Kenii.

— Co?! — wrzasnęłam.

— Jedziemy do Kenii! Kochanie, wyobraź sobie! Afryka dzika!

Myśli zaczęły mi galopować po głowie w poszukiwaniu możliwego wytłumaczenia jak obrazki w jednorękim bandycie. Mama została misjonarką? Mama znowu wypożyczyła sobie *Pożegnanie z Afryką* na wideo? Mamie nagle przypomniała się *Elza z afrykańskiego buszu* i postanowiła założyć hodowlę lwów?

— Tak, kochanie. Chcemy jechać na safari i spotkać się z wodzami Masajów, a potem zatrzymać się w hotelu na plaży!

Jednoręki bandyta zahamował gwałtownie na przerażającej wizji podstarzałych Niemek uprawiających na plaży seks z lokalnymi młodzieńcami. Spojrzałam na mamę z ukosa.

— Chyba nie będziesz znowu rozrabiać, co? — spytałam. — Tata dopiero co się otrząsnął po tej aferze z Juliem.

— No, słowo daję, kochanie! Nie mam pojęcia, o co było tyle hałasu! Julio był tylko moim przyjacielem… korespondencyjnym! Wszyscy potrzebujemy przyjaciół, kochanie! Nawet w najlepszym małżeństwie jedna osoba nie wystarczy — powinniśmy mieć przyjaciół w każdym wieku, każdej rasy, wyznania i z każdego plemienia. Należy rozszerzać swoją świadomość na każdym...

— Kiedy jedziesz?

— Och, nie wiem, kochanie. To na razie pomysł. No, ale muszę lecieć. Paa!

O w mordę. Jest 9.15. Spóźnię się na poranne zebranie.

11.00. W biurze Sit Up Britain. Na szczęście spóźniłam się tylko dwie minuty na zebranie. Udało mi się też ukryć płaszcz, zwijając go w kulę, by stworzyć wrażenie, że siedzę w biurze już od paru godzin i tylko załatwiałam jakieś nie cierpiące zwłoki sprawy gdzieś na terenie budynku. Spokojnym krokiem przeszłam przez paskudny open-space, zaśmiecony wiele mówiącymi pozostałościami po porannym programie — tu nadmuchiwana owca z dziurą w zadzie, tam powiększone zdjęcie Claudii Schiffer z głową Madeleine Albright, a jeszcze gdzie indziej ogromna tekturowa tablica z napisem: „LESBIJKI! Won! Won! Won!” — i udałam się w stronę miejsca, gdzie Richard Finch, z bakami i czarnymi okularami w stylu Jarvisa Cockera*, wylewający się obrzydliwie z garnituru retro safari w stylu lat siedemdziesiątych, ryczał do dwudziestu paru researcherów.

— O, Bridget Spadające Gacie Znowu Spóźniona! — wrzasnął na mój widok. — Nie płacę ci za to, żebyś zwijała płaszcze w kulę i udawała niewiniątko, płacę ci za punktualność i pomysły!

Słowo daję. Brak szacunku dzień po dniu jest poniżej ludzkiej wytrzymałości.

— Dobra, Bridget! — zaryczał. — Myślę: Kobiety Nowej Lewicy. Myślę: wizerunek i role. Chcę Barbary Follett w studio. Niech przebierze Margaret Beckett. Makijaż. Mała czarna. Pończochy. Chcę, żeby Margaret wyglądała jak chodzący seks.

Czasami absurdalność zleceń Richarda Fincha przekracza

---

* Jarvis Cocker — wokalista popowego zespołu „Pulp".

wszelkie granice. Któregoś dnia dojdzie do tego, że namówię Harriet Harman* i Tessę Jowell**, żeby stanęły w supermarkecie, a sama będę pytać klientów, która jest która, albo będę próbowała namówić Łowczego, żeby uciekał nago przed sforą rozwścieczonych lisów. Muszę się rozejrzeć za jakąś bardziej satysfakcjonującą, wartościową pracą. Może zostanę pielęgniarką?

11.03. Przy biurku. No dobra, lepiej zadzwonię do biura prasowego laburzystów. Mmmm. Ciągle mi się przypomina bzykanie. Mam nadzieję, że dzisiaj rano Mark Darcy nie obraził się na poważnie. Ciekawe, czy jest za wcześnie, żeby zadzwonić do niego do pracy?

11.05. Tak. Jak to jest napisane w *Jak znaleźć miłość, której pragniesz* — czy też może raczej w *Jak utrzymać miłość, którą znalazłaś*? — połączenie mężczyzny i kobiety to delikatna sprawa. Mężczyzna musi polować. Poczekam, aż zadzwoni pierwszy. Może lepiej przejrzę gazety, żeby mieć jakieś pojęcie o polityce Nowej Lewicy na wypadek, gdybym jednak zastała Margaret Beckett... Aaa!

11.15. To Richard Finch znowu się na mnie wydarł. Zmienił Kobiety Nowej Lewicy na polowanie na lisy i teraz muszę zrobić materiał na żywo z Leicestershire. Tylko bez paniki. Jestem pewną siebie, wrażliwą, odpowiedzialną kobietą sukcesu. Poczucie wartości czerpię nie z przyziemnych sukcesów, lecz z własnego wnętrza. Jestem pewną siebie, wrażliwą... O Boże. Olewam to. Nie chcę się znaleźć w świecie będącym skrzyżowaniem lodówki z basenem.

11.17. Właściwie to bdb jest dostać zlecenie na wywiad. Duża odpowiedzialność — oczywiście stosunkowo duża, nie taka jak

---

* Harriet Harman — brytyjska minister ubezpieczeń społecznych.
** Barbara Follet, Margaret Beckett, Tessa Jowell kandydowały w wyborach w 1997 roku z ramienia partii laburzystów.

podjęcie decyzji, czy wysłać do Iraku pociski samosterujące dalekiego zasięgu albo trzymanie kleszczami zastawki głównej aorty podczas operacji. Ale są szanse na to, że załatwię przed kamerą tego Mordercę Lisów, jak Jeremy Paxman* załatwił irańskiego — czy też może irackiego — ambasadora.

11.20. Może nawet zostanę poproszona o zrobienie tematu dnia do *Wiadomości wieczornych.*

11.21. Albo serii reportaży tematycznych. Hurra! Dobra, lepiej wezmę się do tych wycinków… O. Telefon.

11.30. Miałam nie odbierać, ale pomyślałam, że może to mój rozmówca: sir Hugo Rt. Hon.** Boynton Morderca Lisów ze wskazówkami co do silosów lub chlewu na podwórzu itd., więc podniosłam słuchawkę. To była Magda.

— Cześć, Bridget! Dzwonię, żeby powiedzieć, do nocnika! Do nocnika! Zrób to do nocnika!

Rozległo się głośne trzaśnięcie, po czym usłyszałam szum wody i taki wrzask w tle, jakby Serbowie mordowali muzułmanów: „Mamusia, nie bij! Mamusia, nie bij!", powtarzający się jak na zdartej płycie.

— Magda! — ryknęłam. — Wracaj!

— Przepraszam, złotko — odezwała się w końcu. — Dzwonię, żeby powiedzieć… wsadź siusiaka do nocnika! Jak tak będzie zwisał, to wszystko popłynie na podłogę!

— Jestem zawalona pracą — powiedziałam błagalnym tonem. — Za dwie minuty wybieram się do Leicestershire…

— Super, świetnie, dobij mnie, jesteś cudowna i najważniejsza na całym świecie, a ja siedzę w domu z dwójką ludzi, którzy nawet jeszcze nie umieją mówić po angielsku. W każdym razie dzwonię, żeby powiedzieć, że umówiłam mojego budowlańca, żeby zrobił ci

---

* Jeremy Paxman — popularny dziennikarz angielski.
** Rt. Hon., Right Honourable — tytuł należny arystokracji poniżej markiza.

jutro te półki. Przepraszam, że ci zawracam głowę moimi nudnymi sprawami domowymi. Nazywa się Gary Wilshaw. Pa.

Telefon odezwał się znowu, zanim zdążyłam oddzwonić. Tym razem to była Jude becząca jak owca.

— Już dobrze, Jude, już dobrze — mówiłam, wtykając słuchawkę pod brodę i usiłując zgarnąć wycinki do torebki.

— Ten Podły Richard...

O matko. Po Bożym Narodzeniu Shaz i ja przekonałyśmy Jude, że jeżeli j e s z c z e c h o ć r a z odbędzie z Podłym Richardem idiotyczną rozmowę o ruchomych piaskach jego problemu z zaangażowaniem, prawdopodobnie wyląduje w psychiatryku i z tego powodu nie będą już mogli co chwila się rozstawać, chodzić na terapię i stracą wspólną przyszłość na całe lata, aż w końcu Jude zostanie odesłana do domu opieki.

W przypływie samouwielbienia Jude rzuciła Richarda, obcięła włosy i zaczęła chodzić do swej statecznej pracy w City w skórzanych kurtkach i hippisowskich dżinsach. Każdy Hugo, Johnny czy Jerrers w koszuli w paski, który kiedykolwiek na próżno się zastanawiał, co się kryje pod garsonką Jude, dostawał bolesnego wzwodu, a Jude najwyraźniej co noc gada z innym facetem przez telefon. Mimo to temat Richarda nadal napawa ją smutkiem.

— Właśnie przeglądałam rzeczy, które zostawił, gotowa wszystko wyrzucić, kiedy znalazłam taki poradnik... poradnik... pod tytułem... pod tytułem...

— Już dobrze. Już dobrze. Mnie możesz powiedzieć.

— Pod tytułem *Jak się umawiać z młodymi kobietami. Poradnik dla mężczyzn powyżej trzydziestego piątego roku życia.*

Jezu.

— Czuję się okropnie, po prostu okropnie... — ciągnęła. — Nie wytrzymam znowu tego piekła randek... To niezmierzona głębia... Już na zawsze zostanę sama...

Usiłując zachować równowagę między przyjaźnią a nikłą szansą na to, że niedługo znajdę się w Leicestershire, dałam jej jedynie doraźną radę, mającą podtrzymać w niej poczucie własnej wartości — może zostawił tę książkę celowo; nie, nie jesteś itd.

— Och, dzięki, Bridge — powiedziała Jude po chwili, chyba już nieco spokojniejsza. — Możemy się spotkać dziś wieczorem?

— Yyy, no, Mark dziś przychodzi.

Zapadła cisza.

— Świetnie — powiedziała chłodno. — Świetnie. Nie, naprawdę, baw się dobrze.

O Boże, teraz, kiedy mam faceta, czuję wyrzuty sumienia wobec Jude i Sharon, zupełnie jakbym walczyła w podstępnej, dwulicowej, kolaboranckiej partyzantce. W końcu stanęło na tym, że z Jude i Shaz spotkamy się jutro wieczorem, a dzisiaj przerobimy wszystko jeszcze raz tylko przez telefon, co Jude chyba łyknęła. Teraz lepiej zadzwonię do Magdy, żeby sprawdzić, czy się nie nudzi i czy zdaje sobie sprawę z tego, jak daleka od raju jest praca zawodowa.

— Dzięki, Bridge — powiedziała Magda, kiedy już trochę pogadałyśmy. — Po prostu odkąd urodziłam, czuję się okropnie zdołowana i samotna. Jeremy jutro wieczorem znowu pracuje. Pewnie nie miałabyś ochoty wpaść?

— Yyy, no, umówiłam się z Jude w 192.

Zapadła złowróżbna cisza.

— A ja pewnie jestem za bardzo Szczęśliwą Mężatką, żeby się do was dołączyć?

— Nie, nie, przyjdź. Przyjdź, będzie super!!!

Chyba trochę przesadziłam z entuzjazmem. Wiedziałam, że Jude się obrazi, bo obecność Magdy odwróci uwagę od Podłego Richarda, ale ten problem postanowiłam rozwiązać później. Tak więc teraz jestem już naprawdę spóźniona i będę musiała jechać do Leicestershire bez znajomości materiałów o polowaniu na lisy. Może przeczytam je w samochodzie na światłach? Zastanawiam się, czy powinnam wykonać szybki telefon do Marka Darcy'ego i uprzedzić go, dokąd jadę.

Hmmm. Nie. Złe posunięcie. A jak się spóźnię? Lepiej zadzwonię.

11.35. Hmm. Rozmowa przebiegła następująco:

Mark Darcy: Słucham?

Ja: Mówi Bridget.

Mark (*po przerwie*): Tak. Eee. Wszystko w porządku?

Ja: Tak. Miło było wczoraj, prawda? To znaczy — no wiesz, kiedy...

Mark: Tak, wiem. Fantastycznie. (*Po przerwie*) Prawdę mówiąc, w tej chwili jestem z ambasadorem Indonezji, szefem Amnesty International i wiceministrem handlu i przemysłu.

Ja: O, przepraszam. Jadę do Leicestershire. Pomyślałam sobie, że cię zawiadomię, na wypadek, gdyby coś mi się stało.

Mark: Na wypadek, gdyby... To znaczy co?

Ja: To znaczy, gdybym... się spóźniła. (*Koślawe zakończenie*).

Mark: Tak. To może zadzwoń do ETA, kiedy skończysz? Doskonale. To na razie.

Hmmm. Chyba nie powinnam była tego robić. W *Jak kochać rozwiedzionego mężczyznę, nie wpadając w obłęd* jest wyraźnie napisane, że istnieje jedna rzecz, której naprawdę nie lubią — jak się do nich dzwoni bez powodu, kiedy akurat są zajęci.

19.00. Z powrotem w mieszkaniu. Pozostała część dnia koszmarna. Po pokonaniu potwornych korków i przebyciu reszty drogi w ulewie znalazłam się w zalanym deszczem Leicestershire, pod drzwiami dużego kwadratowego domu otoczonego wagonami do przewozu koni i mając tylko pół godziny do transmisji. Nagle drzwi się otworzyły i w progu stanął wysoki mężczyzna w sztruksach i całkiem seksownym rozciągniętym swetrze.

— Hmm — mruknął, taksując mnie wzrokiem. — Cholera, lepiej niech pani wejdzie. Pani koledzy są za domem. Gdzie się, cholera, pani podziewała?

— W ostatniej chwili zostałam oddelegowana do sprawy o najwyższej randze politycznej — powiedziałam wyniośle, kiedy mnie prowadził do ogromnej kuchni pełnej psów i części siodła. Nagle się odwrócił, rzucił mi wściekłe spojrzenie, po czym rąbnął pięścią w stół.

17

— I to ma być wolny kraj! Do czego to dojdzie, skoro już nam zakazują polować w niedzielę, cholera?! Baaaa!

— To samo można by powiedzieć o ludziach, którzy mają niewolników, prawda? — wymamrotałam. — Albo o obcinaniu kotom uszu. Dla mnie to mało eleganckie: kupa ludzi i psów dla zabawy goni jedno małe, przerażone stworzenie.

— A widziała pani kiedyś, cholera, co lis wyprawia z kurczakiem?! — ryknął sir Hugo, czerwieniejąc na twarzy. — Gdybyśmy ich nie tępili, na wsi aż by się od nich roiło.

— To je wystrzelajcie — powiedziałam, rzucając mu mordercze spojrzenie. — Humanitarnie. A w niedzielę uganiajcie się za czymś innym, jak na wyścigach greyhoundów. Przyczepcie do sznurka jakieś pluszowe zwierzątko wysmarowane zapachem lisa.

— Wystrzelać? A próbowała pani kiedyś, cholera, zastrzelić lisa? Cholera, wszędzie by leżały te pani przerażone małe liski, zdychające od ran. Pluszowe zwierzątko. Wrrrrr!

Nagle złapał za telefon i wykręcił numer.

— Finch, ty dupo wołowa! — wrzasnął. — Coś ty mi przysłał… jakąś cholerną socjalistkę? Jak ci się wydaje, że w przyszłą niedzielę dostaniesz quorna*…

W tej chwili zza drzwi wychynął kamerzysta i oznajmił z rozdrażnieniem:

— O, tu jesteś? — Potem zerknął na zegarek. — Nie krępuj się, nam się nie śpieszy.

— Finch chce z panią porozmawiać — powiedział sir Hugo.

Dwadzieścia minut później, pod groźbą wylania z pracy, siedziałam na koniu, przygotowując się do wjechania truchtem przed kamerę i przeprowadzenia wywiadu z Rt. Hon. Rządzidupkiem, również na koniu.

— OK, Bridget, wchodzisz za piętnaście, jedź, jedź, jedź! — ryknął mi w słuchawkę Richard Fonch z Londynu, na co, zgodnie z instrukcjami, ścisnęłam konia kolanami. Koń jednak niestety

---

* Quorn — rasa psów gończych.

18

ani drgnął. — Jedź, jedź, jedź, jedź! — wrzasnął Richard. — Cholera, wydawało mi się, że mówiłaś, że umiesz jeździć konno.

— Mówiłam tylko, że mam wrodzony talent do jazdy konnej — syknęłam, gorączkowo dźgając konia kolanami.

— OK, Leicester, zróbcie zbliżenie na sir Hugona, dopóki ta pieprzona Bridget się nie ruszy, pięć, cztery, trzy, dwa… już.

W tym momencie Rt. Hon. Czerwonagęba rozpoczął wrzaskliwą kampanię na rzecz polowań, a ja dalej wierzgałam piętami, aż koń poderwał się neurotycznie i cwałując, wjechał bokiem na plan ze mną, trzymającą się kurczowo jego szyi.

— O, ja pierdolę, kończ, kończ! — ryknął Richard.

— I to już wszystko. Oddaję głos do studia! — zaszczebiotałam, a koń zawrócił i ruszył tyłem na kamerę.

Kiedy rozchichotana ekipa odjechała, poszłam — śmiertelnie upokorzona — do domu po swoje rzeczy, po to tylko, by dosłownie wpaść na Rt. Hon. Jurnego Wielgasa.

— Ha! — zagulgotał. — Pomyślałem sobie, że ten ogier nauczy panią, co jest co. Ma pani ochotę, cholera, na jednego?

— Co? — spytałam.

— Krwawa Mary?

Tłumiąc w sobie instynktowny odruch, by wyżłopać czystą wódkę, wyprostowałam się do swego pełnego wzrostu.

— Mówi pan, że to był sabotaż mojego reportażu?

— Może. — Wyszczerzył zęby.

— To skandal — zakomunikowałam. — I zachowanie niegodne przedstawiciela arystokracji.

— Ha! Hart ducha. To lubię u kobiet — powiedział gardłowym głosem, po czym rzucił się w moją stronę.

— Ręce przy sobie! — krzyknęłam, odskakując. Co on sobie myśli? Jestem profesjonalistką, nie przyjechałam tu po to, żeby ktoś się do mnie dobierał. W każdym sensie. Chociaż prawdę mówiąc, to tylko udowadnia, że mężczyźni lubią, jak się na nich nie leci. Muszę o tym pamiętać przy bardziej odpowiedniej okazji.

A teraz właśnie weszłam do swojego mieszkania po pokonaniu korka przy Tesco Metro i wdrapaniu się na schody z ośmioma torbami pełnymi zakupów. Jestem okropnie zmęczona. Hmm. Jak to się dzieje, że to zawsze ja chodzę do supermarketu? To tak jakbym jednocześnie była kobietą sukcesu i żoną. Tak jakbym żyła w siedemnastym... Oooo. Miga lampka na sekretarce.

— Bridget, chcę cię zobaczyć w swoim gabinecie jutro o dziewiątej. — To Richard Finch. — Przed zebraniem. O dziewiątej rano, nie wieczorem. Rano. Za dnia. Naprawdę nie wiem, jak jeszcze inaczej mógłbym to ująć. Cholera, po prostu przyjdź.

Był naprawdę wkurzony. Mam nadzieję, że nie okaże się niemożliwe jednoczesne posiadanie fajnego mieszkania, fajnej pracy i fajnego faceta. W każdym razie wygarnę Richardowi Finchowi, co myślę o uczciwości dziennikarskiej. No dobra. Biorę się do roboty. Ależ jestem zmęczona.

20.30. Zdołałam zregenerować siły za pomocą Chardonnay, posprzątałam cały ten bajzel, zapaliłam ogień w kominku i świece, wykąpałam się, umyłam głowę, zrobiłam makijaż, włożyłam b. seksowne czarne dżinsy i bluzeczkę na cieniutkich jak spaghetti ramiączkach. Nie bardzo mi wygodnie, prawdę mówiąc, spodnie cisną mnie w kroku, a ramiączka wpijają się w ciało, ale wyglądam ładnie, co jest najważniejsze. Bo, jak powiedziała Jerry Hall*, kobieta musi być kucharką w kuchni i dziwką w salonie. Czy w jakimś tam innym pokoju.

20.35. Hurra! Zapowiada się fantastyczny, przytulny, seksowny wieczór z pysznym spaghetti — lekkim, acz pożywnym — i ogniem w kominku. Jestem cudowną hybrydą kobiety sukcesu i kochanki.

20.40. Gdzie on, cholera, się podziewa?

20.45. Wrrr. Jaki jest sens latać jak kot z pęcherzem, skoro on i tak przyłazi, kiedy mu się żywnie podoba?

---

* Jerry Hall — żona Micka Jaggera.

20.50. Cholerny Mark Darcy, jestem naprawdę... Dzwonek do drzwi. Hurra!

Wyglądał wspaniale w tym swoim służbowym garniturze i z rozpiętymi górnymi guzikami koszuli. Zaraz po wejściu rzucił teczkę, wziął mnie w ramiona i zakręcił mną w seksownym tańcu.

— Jak dobrze cię zobaczyć — wymruczał mi we włosy. — Bardzo mi się podobał twój reportaż, fantastyczna z ciebie amazonka.

— Przestań — powiedziałam, odrywając się od niego. — To był jakiś koszmar.

— Świetna robota — dodał. — Ludzie od wieków jeżdżą konno do przodu, aż tu nagle pewna kobietka za pomocą jednego, acz brzemiennego w skutki reportażu już na zawsze zmienia oblicze — czy też zad — brytyjskiego jeździectwa. To była rewelacja, prawdziwy triumf. — Nie kryjąc zmęczenia, opadł na kanapę. — Jestem wykończony. Cholerni Indonezyjczycy. Ich zdaniem, przełomem w prawach człowieka jest jednoczesne oświadczenie człowiekowi, że jest aresztowany, oraz strzał w tył głowy.

Nalałam mu kieliszek Chardonnay i przyniosłam go jak hostessa z filmów z Jamesem Bondem, uśmiechając się kojąco.

— Kolacja za chwilę.

— O Boże — powiedział i rozejrzał się przerażony, jakby w mikrofalówce mogła się ukrywać milicja z Dalekiego Wschodu. — Gotowałaś?

— Tak — odparłam oburzona. Powinien być zadowolony! Poza tym nawet słówkiem nie wspomniał o moim stroju dziwki.

— Chodź tu — powiedział, klepiąc miejsce na kanapie koło siebie. — Tylko się z tobą drażnię. Zawsze marzyłem o randce z Marthą Stewart*.

Miło było się poprzytulać, ale makaron gotował się już od sześciu minut i lada chwila mógł zamienić się w papkę.

---

* Martha Stewart — gospodyni popularnych programów telewizyjnych o gotowaniu, dekoracji wnętrz, ogrodnictwie itd.

— Tylko przygotuję makaron — powiedziałam, uwalniając się z jego objęć. W tej samej chwili zadzwonił telefon, więc z przyzwyczajenia rzuciłam się do aparatu, myśląc, że to może Mark.

— Cześć, mówi Sharon. Jak ci się układa z Markiem?

— Jest tu — szepnęłam przez zaciśnięte zęby i wargi, żeby po ich ruchu Mark nie mógł odczytać mojej odpowiedzi.

— Co?

— Jst t — syknęłam przez zaciśnięte zęby.

— W porządku — powiedział Mark, uspokajająco kiwając głową. — Wiem, że tu jestem. Chyba nie jest to coś, co powinniśmy przed sobą ukrywać.

— OK. Posłuchaj — mówiła podekscytowana Shaz. — Nie twierdzimy, że wszyscy mężczyźni zdradzają, ale wszyscy o tym myślą. Te żądze zżerają ich cały czas. My próbujemy kontrolować swój popęd seksualny…

— Shaz, prawdę mówiąc, to właśnie gotuję makaron.

— Ooo, „właśnie gotuję makaron", co? Mam nadzieję, że nie zmieniasz się w Szczęśliwą Dziewczynę Co Ma Chłopaka. Tylko posłuchaj, co mam ci do powiedzenia, a wywalisz mu ten makaron na łeb.

— Poczekaj chwilę — poprosiłam, zerkając nerwowo na Marka. Zdjęłam makaron z ognia i wróciłam do telefonu.

— OK — powiedziała podekscytowana Shaz. — Niekiedy popędy biorą górę nad myśleniem wyższym. Mężczyzna będzie się oglądał za kobietą z małym biustem, zacznie ją podrywać albo zaciągnie do łóżka, jeżeli jest związany z kobietą z dużym biustem. Ty wcale nie musisz uważać, że różnorodność poprawia smak życia, ale tak uważa twój chłopak.

Mark zaczął bębnić palcami po oparciu kanapy.

— Shaz…

— Czekaj… czekaj. Mówię o takiej książce *Czego chcą mężczyźni*. Tak… „Jeżeli masz piękną siostrę czy przyjaciółkę, to pewne jak w banku, że twój facet WYOBRAŻA SOBIE, JAK UPRAWIA Z NIĄ SEKS".

Zapadło pełne oczekiwania milczenie. Mark zaczął udawać, że podrzyna sobie gardło, a potem spuszcza wodę w toalecie.

— Prawda, że to rewolucja? Przecież oni po prostu...

— Shaz, mogę zadzwonić później?

Wtedy Shaz zaczęła mnie oskarżać o to, że mam obsesję na punkcie mężczyzn, chociaż powinnam być feministką. Odparłam więc, że skoro mężczyźni w ogóle jej nie obchodzą, to dlaczego czyta książkę pod tytułem *Czego chcą mężczyźni*? Nasza rozmowa zaczęła przechodzić w okropną niefeministyczną sprzeczkę na temat mężczyzn, kiedy uświadomiłam sobie jej absurdalność i zaproponowałam, żebyśmy się spotkały następnego dnia.

— No! — wykrzyknęłam radośnie, siadając na kanapie obok Marka. Niestety, znowu musiałam wstać, bo usiadłam na czymś, co się okazało pustym kartonikiem po jogurcie Müller Lite.

— Taaak? — powiedział, mocno ścierając jogurt z mojego tyłka. Na pewno aż tak bardzo się nie upaprałam i wcale niepotrzebne było takie szorowanie, choć było to miłe. Mmm.

— Zjemy kolację? — spytałam, usiłując skupić się na bieżącym zadaniu.

Właśnie nałożył sobie makaronu do miski i polał go sosem, kiedy znowu zadzwonił telefon. Postanowiłam nie odbierać, dopóki nie zjemy, ale włączyła się sekretarka i odezwało się owcze beczenie Jude:

— Bridge, jesteś tam? Odbierz, odbierz. No, Bridge, proooo-szę.

Podniosłam słuchawkę, a Mark walnął się dłonią w czoło. Cały problem polega na tym, że Jude i Shaz są przy mnie od wielu lat, jeszcze zanim poznałam Marka, więc oczywiście teraz pozostawienie włączonej sekretarki byłoby nie w porządku.

— Cześć, Jude.

Jude była na siłowni, gdzie przeczytała jakiś artykuł, w którym samotne dziewczyny po trzydziestce określono jako „opóźnione".

— Ten facet twierdził, że dziewczyny, które nie umawiały się z nim, kiedy miały dwadzieścia lat, nie umówią się z nim i teraz, ale on już i tak ich nie chce — powiedziała ze smutkiem. —

Stwierdził, że wszystkie mają obsesję na punkcie stabilizacji i dzieci, więc jego zasada dotycząca dziewczyn brzmi: „Nic powyżej dwudziestego piątego roku życia".

— Coś takiego! — Roześmiałam się wesoło, usiłując pokonać nagłe uczucie niepokoju, które zagnieździło mi się w żołądku.

— To kompletne bzdury. Nikt nie mówi, że jesteś opóźniona. Przypomnij sobie tylko tych wszystkich bankierów, którzy do ciebie wydzwaniali. A Stacey i Johnny?

— Hmm — mruknęła Jude nieco weselej. — Wczoraj wieczorem umówiłam się z Johnnym i jego znajomymi z Credit Suisse. Ktoś opowiedział dowcip o facecie, który wypił za dużo w hinduskiej restauracji i wpadł w kormę, a Johnny jest tak dosłowny, że wypalił: „Chryste! Fatalna sprawa. Znałem gościa, który kiedyś zjadł za dużo hinduskiego żarcia i dostał wrzodu żołądka!"

Roześmiała się. Kryzys najwyraźniej został zażegnany. Powiedziała jeszcze, że nic takiego jej nie jest, po prostu czasami dostaje lekkiej paranoi. Trochę pogadałyśmy i kiedy tylko na dobre doszła do siebie, wróciłam do Marka przy stole, gdzie przekonałam się, że makaron nie wyszedł tak, jak powinien — w biało zabarwionej wodzie pływały smętne kluchy.

— Mnie tam smakuje. Lubię kluski na mleku. Mmmm — zamruczał Mark.

— Może lepiej zamówmy pizzę? — zaproponowałam, czując się jak ostatnia oferma i opóźniona.

Zamówiliśmy pizze i zjedliśmy je przed kominkiem. Mark opowiedział mi o tych Indonezyjczykach. Słuchałam uważnie, a potem wygłosiłam swoje zdanie i dałam mu parę rad, które uznał za bardzo interesujące i niezwykle „świeże", a następnie ja mu opowiedziałam o potwornym spotkaniu, na którym Richard Finch z pewnością wyrzuci mnie z pracy. Mark dał mi bardzo dobrą radę na temat tego spotkania i posłał Richarda do diabła. Właśnie kiedy mu tłumaczyłam, że to mentalność zawsze-do-przodu, jaką zaleca poradnik *Siedem nawyków ludzi sukcesu*, znowu rozdzwonił się telefon.

— Nie odbieraj — powiedział Mark.

— Bridget. Jude. Odbierz. Chyba zrobiłam coś złego. Przed chwilą zadzwoniłam do Staceya, a on nie oddzwonił.

Podniosłam słuchawkę.

— Może wyszedł.

— Z siebie, tak samo jak ty — wtrącił Mark.

— Zamknij się — syknęłam. — Słuchaj, na pewno zadzwoni jutro. Ale jak nie, to przeczytaj sobie jeszcze raz etapy chodzenia na randki z *Marsjan i Wenusjanek*. Stacey rozciąga się jak gumka z Marsa, a ty musisz pozwolić, żeby poczuł, co do ciebie czuje, i wrócił.

Kiedy w końcu oderwałam się od telefonu, Mark oglądał mecz piłki nożnej.

— Gumki i Marsjanie o mentalności zawsze-do-przodu — powiedział, szczerząc do mnie zęby. — To brzmi jak rozkaz w krainie nonsensu.

— A ty nie rozmawiasz ze swoimi przyjaciółmi o uczuciach?

— Nie — powiedział, przełączając pilotem jeden mecz na drugi. Gapiłam się na niego zafascynowana.

— Chciałbyś uprawiać seks z Shazzer?

— Słucham?

— Chciałbyś uprawiać seks z Shazzer i Jude?

— Z rozkoszą! To znaczy pojedynczo? Czy z obiema naraz?

Próbując zignorować jego błazeństwa, dopytywałam się dalej:

— Kiedy poznałeś Shazzer po Bożym Narodzeniu, miałeś ochotę się z nią przespać?

— Widzisz, problem polega na tym, że wtedy sypiałem z tobą.

— Ale czy kiedykolwiek przyszło ci to do głowy?

— No oczywiście, że przyszło mi to do g ł o w y.

— Co?! — wybuchnęłam.

— To niezwykle atrakcyjna dziewczyna. Byłoby bardzo dziwne, gdyby nie przyszło mi to do głowy, prawda? — Uśmiechnął się złośliwie.

— A Jude? — spytałam z oburzeniem. — Seks z Jude. Czy to kiedykolwiek „przyszło ci do głowy"?

— No, od czasu do czasu, przelotnie. Chyba tak. Taka już jest natura człowieka, nie?

— Natura człowieka? Ja nigdy sobie nie wyobrażałam, że się kocham z Gilesem albo Nigelem z twojego biura.

— Nie — wymruczał. — Nie sądzę, by ktokolwiek sobie to wyobrażał. Tragedia. No, może tylko Jose z pokoju pocztowego.

Kiedy tylko posprzątaliśmy talerze i zaczęliśmy się migdalić na dywanie, znowu odezwał się telefon.

— Nie odbieraj — powiedział Mark. — Proszę — w imię Boga i wszystkich Jego cherubinów, serafinów, świętych, archaniołów, stróżów chmur i fryzjerów, którzy strzygą Mu brodę — nie odbieraj.

Lampka na sekretarce już migała. Mark rąbnął głową w podłogę, kiedy z głośnika zagrzmiał męski głos:

— Cześć. Tu Giles Benwick, znajomy Marka. Pewnie go tam nie ma, co? Ja tylko… — Nagle głos mu się załamał. — Żona właśnie mi powiedziała, że chce separacji i…

— Boże święty — jęknął Mark i złapał za słuchawkę. Na jego twarzy pojawiła się czysta panika. — Giles. Jezu. Spokojnie… yyy… eee… yyy, Giles, lepiej dam ci Bridget.

Mmm. Nie znam Gilesa, ale uważam, że moja rada była całkiem dobra. Udało mi się go uspokoić i naprowadzić na jedną czy dwie pożyteczne książki. Potem kochałam się z Markiem i czułam się b. bezpiecznie i przytulnie, leżąc z głową na jego piersiach, a wszystkie niepokojące teorie wydawały mi się błahe.

— Czy ja jestem opóźniona? — spytałam sennym głosem, kiedy się pochylił, by zdmuchnąć świeczkę.

— Upośledzona? Nie, kochanie — odparł, klepiąc mnie uspokajająco po pupie. — Może trochę dziwna, ale nie upośledzona.

Rozdział drugi
MEDUZA NA WOLNOŚCI

28 stycznia, wtorek

58 kg, papierosy wypalone przy Marku 0 (bdb), papierosy wypalone po kryjomu 7, papierosy nie wypalone 47* (bdb).

* tzn. prawie wypalone, ale przypomniało mi się, że rzuciłam palenie, więc nie wypaliłam tych konkretnych 47. Liczba ta więc nie jest liczbą nie wypalonych papierosów na całym świecie (byłaby to absurdalna, przesadna liczba).

8.00. W domu. Mark poszedł do siebie, żeby się przebrać przed pracą, więc mogę sobie zapalić papieroska, nastawić się na rozwój duchowy i przybrać postawę zawsze-do-przodu przed zebraniem. Pracuję teraz nad stworzeniem uczucia spokojnej równowagi i… Aaa! Dzwonek do drzwi.

8.30. To był ten budowlaniec od Magdy, Gary. Kurde balans. Zapomniałam, że ma przyjść.

— O! Super! Cześć! Możesz wrócić za dziesięć minut? W tej chwili jestem zajęta — zaszczebiotałam, po czym zgięłam się wpół, kuląc się w koszuli nocnej. A czym ja bym miała być zajęta? Seksem? Pieczeniem sufletu? Robieniem wazonu na kole garncarskim, którego absolutnie nie mogę zostawić, bo gotów zastygnąć nie dokończony?

Miałam jeszcze mokre włosy, kiedy znowu odezwał się dzwonek do drzwi, ale przynajmniej byłam już ubrana. Poczułam przypływ wyrzutów sumienia jako członek klasy średniej, Gary zaś uśmiechnął się złośliwie na widok mnie jako przedstawicielki wszystkich tych dekadentów, którzy wylegują się w łóżku, kiedy cała masa ciężko harujących ludzi wstała tak wcześnie, że dla nich to już właściwie pora na lunch.

— Napiłbyś się kawy albo herbaty? — spytałam z wdziękiem.
— No. Herbaty. Cztery łyżeczki cukru, ale nie mieszaj.

Spojrzałam na niego badawczo, zastanawiając się, czy to żart, czy coś takiego jak palenie papierosów bez zaciągania się.

— Jasne — powiedziałam. — Jasne. — I zaczęłam szykować herbatę, a Gary usiadł przy kuchennym stole i zapalił fajkę. Niestety, kiedy przyszło do nalewania herbaty, uświadomiłam sobie, że nie mam ani mleka, ani cukru.

Spojrzał na mnie z niedowierzaniem, lustrując wzrokiem baterię pustych butelek po winie.

— Nie masz mleka ani cukru?

— Mleko, eee, właśnie się skończyło, a moi znajomi, prawdę mówiąc, nie słodzą herbaty… Chociaż oczywiście herbata z cukrem jest… eee… pyszna — dokończyłam bez sensu. — Skoczę do sklepu.

Kiedy wróciłam, spodziewałam się, że Gary już zdążył wyjąć narzędzia ze swojej furgonetki, on jednak nadal siedział przy stole i w końcu zaczął opowiadać jakąś długą i strasznie skomplikowaną historię o łowieniu karpi w zbiorniku koło Hendon. Czułam się zupełnie jak na business lunchu, kiedy wszyscy tak odbiegają od tematu, że aż wstyd niszczyć ten miraż czysto towarzyskiego spotkania i w ogóle nie udaje się dojść do sedna sprawy.

W końcu przerwałam mu tę rozłażącą się w szwach i kompletnie niezrozumiałą anegdotę związaną z karpiami:

— No! To może ci pokażę, co masz zrobić? — Natychmiast jednak uświadomiłam sobie, że tym samym popełniłam karygodną, krzywdzącą gafę sugerującą, że Gary nie obchodzi mnie jako osoba, a jedynie jako robotnik, musiałam więc z powrotem nawiązać do anegdoty o karpiach, by mu to wynagrodzić.

9.15. *W biurze.* Pognałam do pracy rozhisteryzowana, bo się spóźniłam pięć minut, lecz nigdzie nie mogłam znaleźć Richarda

Fincha. Ale w sumie to dobrze — mam czas, żeby opracować plan defensywy. Dziwne, w biurze jest kompletnie pusto! Widocznie kiedy zwykle wpadam w panikę z powodu spóźnienia i wydaje mi się, że wszyscy są już na miejscu i czytają poranną prasę, oni też się spóźniają, chociaż nie aż tak bardzo jak ja.

Dobra, spiszę swoje kluczowe hasła na zebranie. Poustawiam sobie wszystko w głowie, jak mawia Mark.

— Richard, by pogodzić moją uczciwość dziennikarza z...

— Richard, jak wiesz, zawód dziennikarza telewizyjnego traktuję bardzo poważnie...

— A może byś się tak odpieprzył w cholerę, ty tłusty...

Nie, nie. Jak mówi Mark, zastanów się, czego chcesz i czego on chce, a także bądź zawsze-do-przodu, jak zaleca *Siedem nawyków ludzi sukcesu*. Aaaaaa!

11.15. To Richard Finch odziany w wymiętolony malinowy garnitur od Galliano z lamówką w kolorze akwamaryny wbiegł galopem tyłem do biura, udając, że siedzi na koniu.

— Bridget! Dobra. Jesteś do dupy, ale ci się upiekło. Strasznie się spodobałaś górze. Strasznie. Strasznie. Mamy dla ciebie ofertę. Myślę: Króliczek, myślę: Gladiator, myślę: dyskusja z członkiem parlamentu. Myślę: Chris Serle* spotyka się z Jerrym Springerem**, który się spotyka z Anneką Rice, która się spotyka z Zoe Ball***, która się spotyka z Mikiem Smithem**** z *Late, Late Breakfast Show*.

— Co?! — oburzyłam się.

Okazało się, że upichcili jakiś poniżający plan, według którego co tydzień miałabym w przebraniu wcielać się w przedstawiciela jakiegoś zawodu. Naturalnie powiedziałam mu, że jestem

---

    * Chris Serle — gospodarz popularnego teleturnieju telewizyjnego.

    ** Jerry Springer — gospodarz popularnego talk-shaw.

    *** Anneka Rice, Zoe Ball — postacie z telewizyjnych programów rozrywkowych.

    **** Mike Smith — popularny prezenter radiowy.

poważną, profesjonalną dziennikarką i nie zamierzam się w ten sposób prostytuować, w rezultacie czego Richard paskudnie się obraził i powiedział, że zastanowi się, jaką wartość dla programu sobą przedstawiam, jeżeli w ogóle.

20.00. Miałam kompletnie idiotyczny dzień w pracy. Richard Finch próbował mnie namówić, żebym wystąpiła w programie w kusych szortach koło powiększonego zdjęcia Fergie w stroju gimnastycznym. Starałam się być bardzo zawsze-do--przodu, mówiąc, że to dla mnie komplement, ale moim zdaniem, bardziej im się przyda prawdziwa modelka, kiedy właśnie wszedł ten bóg seksu, Matt, od grafików, z powiększonym zdjęciem Fergie i spytał:

— Mamy wstawić animowane kółeczko na cellulitis?

— Tak, tak, jeżeli tylko uda wam się zrobić to samo z Fergie — odparł Richard Finch.

Tego było już za wiele. Powiedziałam Richardowi, że w mojej umowie o pracę nie ma takiego punktu, że można mnie poniżać na ekranie, i że nie zamierzam się na to zgodzić.

Kiedy wróciłam do domu, późno i wykończona, spotkałam jeszcze Budowlańca Gary'ego, w mieszkaniu było aż siwo od dymu z przypalonej grzanki, ze zlewu wystawały brudne naczynia, a wszędzie leżały porozrzucane egzemplarze „Biuletynu Wędkarskiego" i „Wędkarstwa Amatorskiego".

— I co ty na to? — spytał Gary, dumnie wskazując ruchem głowy na swoją robotę.

— Cudowne! Cudowne! — wymamrotałam, czując, że usta mi jakoś dziwnie tężeją. — Tylko jeden drobiazg. Myślisz, że mógłbyś zrobić tak, żeby podpórki były ustawione w jednej linii?

Prawdę mówiąc, półki były zawieszone ze zwariowaną asymetrią, a podpórki zamocowane tu i tam, każda na innym poziomie.

— Taa, widzisz, problem polega na twojej instalacji elektrycznej, bo jak tu wykuję dziurę w ścianie, to będzie zwarcie — zaczął Gary, ale w tej chwili zadzwonił telefon.

— Halo?

— Cześć, czy to sztab wojny randkowej? — To dzwonił Mark z komórki.

— Mogę tylko je zdjąć i wbić nity — wymamrotał Gary.

— Ktoś jest u ciebie? — zatrzeszczał Mark, przekrzykując hałas na ulicy.

— Nie, to tylko... — Już miałam powiedzieć „budowlaniec", ale nie chciałam urazić Gary'ego, więc zmieniłam na: — ...Gary, znajomy Magdy.

— Co on tam robi?

— Oczywiście będzie potrzebna nowa... — ciągnął Gary.

— Słuchaj, jestem w samochodzie. Miałabyś ochotę pójść dziś wieczorem na kolację z Gilesem?

— Już mówiłam, że się spotykam z dziewczynami.

— Chryste. Na pewno zostanę rozczłonkowany, poddany sekcji i dogłębnej analizie.

— Ależ skąd...

— Poczekaj chwilę. Właśnie wjeżdżam pod Westway. — Trzask, trzask, trzask. — Wczoraj spotkałem twoją znajomą, Rebeccę. Bardzo miła osoba.

— Nie wiedziałam, że znasz Rebeccę — odparłam, oddychając bardzo szybko.

Rebecca niezupełnie jest moją przyjaciółką, poza tym, że zawsze przychodzi do 192 ze mną, Jude i Shaz. Ale problem z Rebeccą polega na tym, że to meduza. Rozmawiasz z nią, jest miła i przyjazna, aż tu nagle masz wrażenie, że zostałeś poparzony, ale nie wiadomo jak i skąd. Mówisz na przykład o dżinsach, a Rebecca na to: „No tak, jeśli się ma bryczesy z cellulitis, to najlepiej kupić coś dobrze skrojonego jak Dolce & Gabbana" — ona sama ma uda jak żyrafiątko — po czym, jak gdyby nigdy nic, gładko przechodzi do spodni od DKNY.

— Bridge, jesteś tam?

— Gdzie... gdzie spotkałeś Rebeccę? — spytałam wysokim, spiętym głosem.

— Była wczoraj wieczorem u Barky Thompson i przedstawiła mi się.

— Wczoraj wieczorem?

— Tak, wpadłem tam w drodze powrotnej, bo ty miałaś się spóźnić.

— O czym rozmawialiście? — spytałam świadoma tego, że Gary uśmiecha się do mnie ironicznie, z petem zwisającym mu z kącika ust.

— Och, no wiesz, pytała mnie o pracę i bardzo miło się o tobie wyrażała — rzucił Mark od niechcenia.

— Co mówiła? — syknęłam.

— Powiedziała, że jesteś wolnym duchem... — Połączenie na chwilę zostało przerwane.

Wolnym duchem? Wolny duch w terminologii Rebeki jest równoznaczny z tym, że „Bridget sypia z kim popadnie i bierze halucynogeny".

— Chyba mógłbym założyć stalowy dwuteownik i je podeprzeć — zaczął znowu Gary, jakbym nie rozmawiała przez telefon.

— To chyba nie będę cię zatrzymywał, skoro ktoś u ciebie jest — powiedział Mark. — Baw się dobrze. Zadzwonić później?

— Tak, tak, pogadamy później.

Odłożyłam słuchawkę, w głowie miałam kołowrót.

— Ma inną? — spytał Gary w wyjątkowo nieodpowiednim, bo rzadkim momencie klarowności moich myśli.

Rzuciłam mu wściekłe spojrzenie.

— Co z tymi półkami?

— No, jak chcesz, żeby wisiały w jednej linii, to będę musiał przenieść prowadnice, a to oznacza skuwanie tynku, chyba że wwiercę płytę pilśniową trzy na cztery. Trzeba było mnie uprzedzić, że chcesz, żeby były symetryczne. Chyba mógłbym to zrobić teraz. — Rozejrzał się po kuchni. — Masz coś do jedzenia?

— Są świetne, bardzo mi się podobają — wydukałam.

— Gdybyś mogła mi odgrzać trochę tego makaronu, to...

W końcu zapłaciłam Gary'emu 120 funtów za te zwariowane półki, żeby się go pozbyć z domu. Kurwa, kurwa, znowu telefon.

21.05. To był tata — dziwne, bo komunikację telefoniczną zwykle pozostawia mamie.

— Tak sobie dzwonię, żeby sprawdzić, jak się masz. — Zabrzmiało to jakoś dziwnie.

— Dobrze — odparłam zaniepokojona. — A ty?

— Nieźle, nieźle. Wiesz, kupa roboty w ogrodzie, kupa roboty, chociaż oczywiście zimą nie ma tam wiele do zrobienia… To co tam słychać?

— Wszystko w porządku — powiedziałam. — A u ciebie wszystko dobrze?

— O tak, tak, doskonale. Hmm, a w pracy? Co tam w pracy?

— Dobrze. To znaczy oczywiście fatalnie. Ale u ciebie wszystko dobrze?

— U mnie? Tak, dobrze. Oczywiście niedługo przebiśniegi zaczną wyskakiwać plop, plop. A u ciebie wszystko w porządku, co?

— Tak, w porządku. To co tam u ciebie słychać?

Po kilku kolejnych minutach takiej zapętlonej konwersacji doprowadziłam do przełomu:

— A jak tam mama?

— Hmm. No, ona, ona, hmm…

Zapadła długa, bolesna cisza.

— Jedzie do Kenii. Z Uną.

Najgorsze jest to, że cała afera z portugalskim pilotem wycieczek, Juliem, rozpoczęła się, kiedy mama ostatnim razem pojechała z Uną na wakacje.

— Ty też jedziesz?

— Nie, nie — zaprotestował tata. — Nie mam ochoty dorobić się raka skóry w jakiejś uroczej enklawie, sącząc pina coladę i gapiąc się, jak półnagie tancerki sprzedają się obleśnym staruchom przed bufetem z jutrzejszym śniadaniem.

— Nie zaproponowała ci wyjazdu?

— Eee. No… A wiesz, że nie. Twoja matka twierdzi, że jest kobietą niezależną, że nasze pieniądze to jej pieniądze i że powinienem jej pozwalać na własną rękę poznawać świat i własną osobowość.

— No, skoro chodzi tylko o te dwie rzeczy... — powiedziałam.
— Tato, ona naprawdę cię kocha. Przekonałeś się o tym... — Niemal chlapnęłam „ostatnim razem", ale w ostatniej chwili zmieniłam na:
— ...w Boże Narodzenie. Po prostu potrzebuje odrobiny ryzyka.

— Wiem, Bridget, ale jest coś jeszcze. Coś straszliwego. Możesz chwilkę poczekać?

Zerknęłam na zegar. Już powinnam być w 192, a jeszcze nie zdążyłam uprzedzić Jude i Shaz, że przyjdzie Magda. Łączenie przyjaciółek z dwóch wrogich obozów, jeśli chodzi o stosunek do małżeństwa, to delikatnie mówiąc, śliska sprawa, a do tego Magda niedawno urodziła dziecko, więc obawiałam się, że jej towarzystwo nie najlepiej wpłynie na obecny stan ducha Jude.

— Przepraszam, musiałem zamknąć drzwi. — Tata wrócił.
— W każdym razie — podjął konspiracyjnym tonem — dziś rano podsłuchałem, jak twoja matka rozmawiała przez telefon. Chyba z hotelem w Kenii. I powiedziała, powiedziała...

— Już dobrze, już dobrze. Co takiego powiedziała?

— Powiedziała: „Nie chcemy bliźniaków i nic poniżej półtora metra. Przyjeżdżamy, żeby się zabawić".

Jezu Chryste.

— No i... — Biedny tatuś dosłownie szlochał. — ...czy ja mam stać i patrzeć, jak moja własna żona wynajmuje sobie żigolaka?

Przez chwilę miałam mętlik w głowie. W żadnym ze swoich poradników nie spotkałam się z tym, jak radzić własnemu ojcu w kwestii wynajmowania sobie żigolaka przez własną matkę.

W końcu spróbowałam pomóc tacie nadmuchać jego poczucie własnej wartości, sugerując, żeby zyskał spokojny dystans, zanim rano przedyskutuje całą sprawę z mamą. Jednocześnie zdawałam sobie sprawę, że jest to rada, z której ja sama kompletnie nie potrafiłabym skorzystać.

Byłam już skandalicznie spóźniona. Wytłumaczyłam tacie, że Jude przeżywa niewielki kryzys.

— Leć, leć! Póki jeszcze masz czas. Masz się niczym nie martwić! — wykrzyknął jakoś zbyt wesoło. — Lepiej wyjdź do ogrodu, póki jeszcze nie pada. — Jego głos był dziwnie gruby.

— Tato — powiedziałam — jest dziewiąta wieczorem. I środek zimy.

— No, rzeczywiście. Też dobrze. W takim razie golnij sobie whisky.

Mam nadzieję, że nic mu nie będzie.

29 stycznia, środa

59,5 kg (aaa! Ale to chyba z powodu beczki wina w środku), papierosy 1 (bdb), etaty 1, faceci 1 (nadal odwalam kawał dobrej roboty).

5.00. Już nigdy, przenigdy, do końca życia nie wezmę do ust kropli alkoholu.

5.15. Poprzedni wieczór powraca do mnie niepokojącymi falami.

Z wywieszonym językiem pognałam w deszczu, a kiedy wpadłam do 192, okazało się, że Magda, dzięki Bogu, jeszcze się nie zjawiła, Jude zaś znajdowała się już pod wpływem, osiągając efekt śnieżnej kuli poprzez rozdmuchiwanie drobiazgów do monstrualnych rozmiarów, co zostało dokładnie opisane w *Nie użeraj się z drobiazgami*.

— Nigdy nie będę miała dzieci — wyrecytowała monotonnym głosem, gapiąc się przed siebie. — Jestem opóźniona. Ten facet mówi, że kobiety powyżej trzydziestego roku życia to chodzące pulsujące jajniki.

— Na miłość boską! — prychnęła Shaz, sięgając po Chardonnay. — Nie czytałaś *Backlash*? To tylko jakiś gryzipiórek bez kręgosłupa moralnego, który poddaje recyclingowi antykobiecą propagandę, żeby utrzymać kobiety na pozycji n i e w o l n i k ó w. Mam nadzieję, że przedwcześnie wyłysieje.

— Ale jakie jest prawdopodobieństwo, że jak teraz spotkam kogoś nowego, to zdążę stworzyć związek i namówić faceta na dziecko?

Wolałabym, żeby Jude nie mówiła przy ludziach o zegarze

biologicznym. O takie rzeczy powinno się martwić na osobności i udawać, że cała ta żałosna sytuacja w ogóle nie istnieje. Poruszanie tej kwestii w 192 tylko wywołuje u mnie panikę i sprawia, że czuję się jak chodzący frazes.

Na szczęście włączyła się Shazzer.

— Stanowczo za dużo kobiet marnuje swoją młodość na rodzenie dzieci po dwudziestce, trzydziestce i czterdziestce, chociaż powinny w tym czasie robić karierę! — ryknęła. — Pomyślcie tylko o tej kobiecie z Brazylii, która urodziła w sześćdziesiątej wiośnie życia.

— Hurra! — wykrzyknęłam. — Każdy by chciał mieć dziecko, ale to jedna z tych spraw, które chce się osiągnąć za dwa, trzy lata!

— Zero szans — oznajmiła ponuro Jude. — Magda mówiła, że nawet już po ślubie ilekroć wspominała o dzieciach, Jeremy robił się jakiś dziwny i mówił, żeby się wyluzowała.

— Co? Nawet już po ślubie? — zdziwiła się Shaz.

— Tak — potwierdziła Jude, wzięła torebkę i zirytowana poszła do toalety.

— Mam pomysł na prezent urodzinowy dla Jude — powiedziała Shaz. — Może byśmy zamroziły jedno z jej jajeczek?

— Ćśś. — Zachichotałam. — Chyba raczej trudno byłoby zrobić taką niespodziankę?

W tej chwili weszła Magda, co było dość niefortunne, bo: a) jeszcze nie zdążyłam uprzedzić dziewczyn, b) przeżyłam największy w życiu szok, gdyż odkąd urodziła trzecie dziecko, widziałam ją tylko raz i brzuch jeszcze jej się nie wchłonął. Teraz miała na sobie złotą koszulę i aksamitną opaskę, co stanowiło lekceważący kontrast dla miejskiego wojskowo-sportowego stylu wszystkich pozostałych gości w kawiarni.

Właśnie nalewałam Magdzie Chardonnay, kiedy wróciła Jude. Przeniosła wzrok z brzucha Magdy na mnie i rzuciła mi spojrzenie pełne obrzydzenia.

— Cześć, Magda — burknęła. — Kiedy rodzisz?

— Urodziłam pięć tygodni temu — odparła Magda z trzęsącą się brodą.

Wiedziałam, że popełniam błąd, łącząc dwa różne gatunki przyjaciółek, no wiedziałam.

— Wyglądam aż tak grubo? — szepnęła do mnie Magda, jakby Jude i Shaz były wrogami.

— Nie, wyglądasz wspaniale — powiedziałam. — Olśniewająco.

— Naprawdę? — Magda się rozpromieniła. — Musi minąć trochę czasu, zanim… no wiesz, zanim się spłaszczy. Poza tym, wiesz, miałam zapalenie sutków…

Jude i Shaz się wzdrygnęły. Dlaczego Szczęśliwe Mężatki to robią, dlaczego? Od niechcenia opowiadają anegdoty o rozcinaniu, szwach i upływie krwi, o zatruciach i Bóg wie jeszcze o czym, jakby to były tematy na lekką i rozkoszną pogawędkę.

— No i tego — ciągnęła Magda, złopiąc Chardonnay i uśmiechając się radośnie do przyjaciółek jak człowiek wypuszczony z więzienia. — Woney mówi, że trzeba włożyć sobie do stanika parę liści kapusty, koniecznie kapusty ogrodowej, a po kilku godzinach wyciągną całą infekcję. Oczywiście pościel nieco się brudzi od potu, mleka i ropy. Jeremy trochę się na mnie wściekał, że kładę się do łóżka krwawiąca Tam Na Dole i w staniku pełnym kapuścianych liści, ale teraz czuję się o wiele lepiej! Właściwie wykorzystałam całą główkę kapusty!

Zapadło pełne osłupienia milczenie. Rozejrzałam się zaniepokojona, ale Jude nagle się rozpogodziła i obciągnęła krótki top od Donny Karan, spod którego błysnął czarujący przekłuty pępek i idealnie płaski brzuch, a Shazzie poprawiła sobie stanik.

— No i tego. Ale dość o mnie. Co tam u w a s? — spytała Magda, jakby czytała jedną z tych książek reklamowanych w gazetach wraz z rysunkiem jakiegoś dziwnego faceta w ubraniu z lat pięćdziesiątych i nagłówkiem *Nie potrafisz prowadzić rozmowy towarzyskiej?* — Jak tam Mark?

— Jest cudowny — powiedziałam radośnie. — Przy nim czuję się taka… — Jude i Shazzer wymieniły spojrzenia. Uświadomiłam sobie, że chyba za bardzo zachowuję się jak Szczęśliwa Dziewczyna Co Ma Chłopaka. — Tylko że… — Zmieniłam taktykę.

— Co? — spytała Jude, pochylając się do przodu.

— To pewnie nic takiego, ale zadzwonił do mnie dziś wieczorem i powiedział, że spotkał Rebeccę.

— COOOOO? — wybuchnęła Shazzer. — Jak on, kurwa, śmiał? Gdzie?

— Wczoraj wieczorem na jakiejś imprezie.

— A co on robił wieczorem na imprezie?! — ryknęła Jude. — Z Rebeccą, bez ciebie?

Hurra! Nagle znowu zrobiło się jak za starych, dobrych czasów. Starannie przeanalizowałyśmy cały ton tej rozmowy, moje odczucia z nią związane i ewentualne znaczenie faktu, że Mark musiał przyjść do mnie prosto z i m p r e z y, a jednak wspomniał o niej i o Rebecce dopiero po 24 g o d z i n a c h.

— To wspominatoza — powiedziała Jude.

— A co to takiego? — spytała Magda.

— Och, wiesz, kiedy cały czas przewija się czyjeś imię, chociaż nie jest ono ściśle związane z tematem: „Rebecca mówi, że" albo „Rebecca ma taki sam samochód".

Magda ucichła. Dobrze wiedziałam, dlaczego. W zeszłym roku ciągle mi powtarzała, że wydaje jej się, że coś się dzieje z Jeremym. Potem odkryła, że miał romans z jakąś dziewczyną z City. Podałam jej Silk Cuta.

— Doskonale cię rozumiem — powiedziała, wkładając go sobie do ust i kiwając potakująco głową. — A swoją drogą, jak to się dzieje, że to zawsze on przychodzi do ciebie? Myślałam, że ma jakiś wielki dwór w Holland Park.

— No ma, ale zdaje się, że woli…

— Hmm… — mruknęła Jude. — Czytałaś *Wychodzenie ze współuzależnienia z mężczyzną, który nie potrafi się zaangażować*?

— Nie.

— Wpadnij potem do mnie. Pokażę ci.

Magda podniosła wzrok na Jude jak Prosiaczek, który ma nadzieję, że Puchatek i Tygrysek zabiorą go ze sobą na wycieczkę.

— Pewnie po prostu próbuje uniknąć robienia zakupów i sprzątania — powiedziała entuzjastycznie. — Nie spotkałam jeszcze mężczyzny, który by w głębi ducha nie uważał, że powinno się wokół niego skakać tak, jak jego matka skakała wokół ojca.

— Właśnie — burknęła Shazzer, na co Magda aż napęczniała z dumy. Niestety, rozmowa znowu zeszła na to, że Amerykanin Jude nie oddzwonił, i wtedy Magda natychmiast zniweczyła cały swój sukces.

— No słowo daję, Jude! — powiedziała. — Nie rozumiem, jak to możliwe, że potrafisz sobie poradzić ze spadkiem kursu rubla ku owacji na stojąco ze strony całego parkietu, a potem wprawić się w taki stan z powodu jednego idioty.

— Widzisz, Mag, chodzi o to — wyjaśniłam, próbując wszystko naprawić — że z rublem o wiele łatwiej sobie poradzić niż z facetem. Jego zachowaniem rządzą jasne i precyzyjne zasady.

— Myślę, że powinnaś zostawić to na parę dni — powiedziała z zamyśleniem Shaz. — Spróbuj nie wpadać w obsesję, a kiedy zadzwoni, udawaj, że jesteś beztroska i okropnie zajęta, i powiedz, że nie masz czasu na rozmowy.

— Chwileczkę — wypaliła Magda. — Jeżeli chcesz z nim pogadać, to jaki jest sens czekać trzy dni, a potem mówić, że nie masz czasu na rozmowy? Może po prostu t y zadzwoń do n i e g o?

Jude i Shazzer spojrzały na nią z rozdziawionymi ustami, dziwując się tej kretyńskiej radzie Szczęśliwej Mężatki. Każdy wie, że Anjelica Houston nigdy, przenigdy nie zadzwoniła do Jacka Nicholsona i że mężczyzna po prostu nie znosi, kiedy się na niego poluje.

Cała sytuacja jeszcze się pogorszyła, kiedy Magda z szeroko rozwartymi oczami zaczęła się rozwodzić nad tym, że kiedy Jude w końcu spotka odpowiedniego mężczyznę, będzie to tak proste jak liście spadające z drzewa. O 22.30 zerwała się na równe nogi.

— No, będę lecieć! Jeremy wraca o jedenastej!

— Musiałaś zapraszać tę całą Magdę? — spytała Jude, kiedy tylko Magda znalazła się poza zasięgiem słuchu.

— Czuła się osamotniona — wytłumaczyłam niezgrabnie.

— No jasne. Bo musiała spędzić dwie godziny bez Jeremy'ego — powiedziała Shazzer.

— Nie może mieć wszystkiego naraz. Nie może mieć Szczęśliwej Rodziny, a potem zawodzić, że nie ma Miejskiej Rodziny Samotnych — stwierdziła Jude.

— Słowo daję, gdyby tę dziewczynę rzucić w sam środek świata nowoczesnych randek, zjedzono by ją żywcem — wymamrotała Shaz.

— ALARM, ALARM, ALARM REBECCA — Jude zabuczała jak syrena.

Podążyłyśmy za jej wzrokiem na ulicę, gdzie parkował jeep mitsubishi, w którym siedziała Rebecca z jedną ręką na kierownicy, podczas gdy drugą przyciskała do ucha komórkę.

Rebecca rozprostowała swe długie nogi, przewróciła oczami w reakcji na człowieka, który miał czelność przechodzić koło niej, kiedy ona rozmawia przez telefon, przecięła ulicę, nie zwracając najmniejszej uwagi na samochody, które musiały hamować z piskiem opon, zrobiła piruecik, jakby miała powiedzieć: „Spierdalać wszyscy, to moja prywatna ulica", po czym weszła na jakąś panią ze sklepowym wózkiem i zupełnie ją zignorowała.

Wpadła do baru, odgarniając z twarzy swe długie włosy, które natychmiast opadły z powrotem falującą, lśniącą zasłoną.

— OK, muszę kończyć. Kocham cię! Paaa! — mówiła do komórki. — Cześć, cześć — powiedziała, całując nas po kolei, siadając i ruchem ręki nakazując kelnerowi, by przyniósł jej kieliszek. — Co u was słychać? Bridge, jak ci się układa z Markiem? Pewnie bardzo się cieszysz, że w końcu znalazłaś sobie faceta.

„W końcu". Wrrr. Pierwsze spotkanie z meduzą tego wieczoru.

— Czujesz się jak w niebie? — zagruchała. — Zabiera cię w piątek na kolację do Stowarzyszenia Prawników?

Mark ani słowem nie wspomniał o żadnej kolacji w Stowarzyszeniu Prawników.

— Och, przepraszam, coś wypapłałam? — zreflektowała się Rebecca. — Pewnie po prostu zapomniał. Albo uważa, że to nie fair wobec c i e b i e. Ja jednak sądzę, że doskonale dasz sobie radę. Na pewno uznają, że jesteś słodka.

Jak to później ujęła Shazzer, Rebecca zachowała się nie tyle jak meduza, co jak portugalski okręt wojenny. Rybacy otoczyli go w swych kutrach, usiłując zaciągnąć z powrotem na plażę.

W końcu Rebecca poleciała coś załatwiać, więc my w trójkę przeniosłyśmy się do Jude.

— „Mężczyzna, który nie potrafi się zaangażować, nie wpuści cię na swój teren" — odczytała Jude, podczas gdy Shaz majstrowała coś przy kasecie wideo z *Dumą i uprzedzeniem*, próbując znaleźć ten fragment, kiedy Colin Firth nurkuje w jeziorze.
— „Lubi odwiedzać cię w twojej wieży niczym błędny rycerz bez zobowiązań, a potem wraca do swojego zamku. Może bez twojej wiedzy odbierać telefony i dzwonić, do kogo mu się żywnie podoba. Może zachować swój dom — i własną osobę — dla siebie".

— Aż za bardzo prawdziwe — wymamrotała Shaz. — OK, chodźcie, zaraz zanurkuje.

Wtedy wszystkie umilkłyśmy, patrząc, jak Colin Firth wynurza się z jeziora, ociekając wodą, w przezroczystej białej koszuli. Mmm. Mmmm.

— Ale Mark nie jest Mężczyzną Który Nie Potrafi Się Zaangażować — już kiedyś był żonaty.

— W takim razie może to oznaczać, że uważa cię za Dziewczynę Na Dochodne — czknęła Jude.

— Drań! — wybełkotała Shazzer. — Cholerne dranie. Fiuu, patrzcie na to!

W końcu powlokłam się do domu, rzuciłam się z nadzieją do automatycznej sekretarki i skamieniałam przerażona. Mark nie zadzwonił. O Boże, jest już 6 rano, a ja muszę jeszcze złapać chociaż trochę snu.

8.30. Dlaczego nie zadzwonił? Dlaczego? Hmm. Jestem pewną siebie, wrażliwą, odpowiedzialną kobietą sukcesu. Moje poczucie własnej wartości zależy tylko ode mnie, a nie od… Chwileczkę. Może telefon się zepsuł.

8.32. Sygnał w słuchawce brzmi normalnie, ale na próbę zadzwonię jeszcze z komórki. Jeśli nie będzie działać, to znaczy, że wszystko w porządku.

8.35. Hmm. Telefon działa. Ale przecież Mark z pewnością powiedział, że zadzwoni… Ojej, telefon!

— Dzień dobry, kochanie. Chyba cię nie obudziłem, co?

To był tatuś. W jednej chwili ogarnęły mnie wyrzuty sumienia na myśl, że jestem potworną, egoistyczną córką, którą bardziej obchodzi jej czterotygodniowy związek niż zagrożenie dla trzydziestoletniego małżeństwa jej rodziców czyhające ze strony kenijskich żigolaków, którzy mają ponad półtora metra wzrostu.

— Co się stało?

— Wszystko w porządku. — Tata się roześmiał. — Mama kazała mi do ciebie przekręcić — bach! — już idzie.

— No słowo daję, kochanie! — powiedziała mama, łapiąc słuchawkę. — Nie mam pojęcia, skąd tacie przychodzą do głowy takie głupie pomysły. Miałyśmy na myśli łóżka!

Uśmiechnęłam się pod nosem. Najwyraźniej i tata, i ja mamy kosmate myśli.

— W każdym razie — ciągnęła mama — sprawa się rozwija. Wyjeżdżamy ósmego lutego! Kenia! Wyobraź sobie! Muszę jeszcze tylko wycyganić…

— Mamo! — wybuchnęłam.

— Co, kochanie?

— Nie powinnaś mówić: „cyganić". To rasizm.

— Nie zamierzamy nikogo spalić na stosie, głuptasku! Tatuś i ja mamy centralne ogrzewanie.

— Jeżeli takie wyrażenia pozostaną w naszym leksykonie, będą źle wpływać na naszą postawę i…

— Matko święta! Doprawdy czasami się czepiasz. Ojej, mówiłam ci? Julie Enderbury znowu się spodziewa.

— Słuchaj, naprawdę muszę kończyć…

Co jest z tymi matkami i telefonem, że w chwili, kiedy mówisz, że musisz kończyć, im się przypomina dziewiętnaście najzupełniej rozmaitych spraw, o których koniecznie muszą ci opowiedzieć?

— Tak. To jej trzecie — powiedziała oskarżycielskim tonem.

— Och, a poza tym Una i ja postanowiłyśmy, że będziemy szarżować po Internecie.

— Mówi się chyba: „surfować", ale…

— Szarżować, surfować, saneczkować — wszystko jedno, kochanie! Merle i Percival już się podłączyli. Wiesz, ten, który był ordynatorem oddziału poparzeń szpitala w Northampton. Chciałam jeszcze spytać, czy zjawicie się z Markiem na Wielkanoc?

— Mamo, naprawdę muszę kończyć, spóźnię się do pracy! — zawołałam. W końcu po jakichś dziesięciu minutach bezsensownej paplaniny udało mi się jej pozbyć i z ulgą opadłam na poduszkę. Mimo wszystko trochę mnie osłabia to, że moja matka podłącza się do sieci, a ja nie. Ja też kiedyś byłam podłączona, ale pewna firma o nazwie GBH przez pomyłkę przysłała mi 677 identycznych reklamówek i od tamtej pory nie potrafię się w tym wszystkim rozeznać.

30 stycznia, czwartek
60 kg (sytuacja alarmowa, spodnie zaczęły mi zostawiać ślady na ciele), sztuki ślicznej, seksownej, śliskiej bielizny, którą p r z y m i e r z y ł a m 17, liczba gigantycznych strasznych majtasów nie do pokazania, jakie się nosiło chyba podczas wojny, które kupiłam 1, faceci 1 (co jednak absolutnie zależy od tego, czy uda mi się przed nim ukryć straszne majtasy).

9.00. Coins Café. Nad kawą. Hurra! Wszystko cudownie. Przed chwilą dzwonił! Okazało się, że jednak dzwonił do mnie wczoraj wieczorem, ale nie zostawił wiadomości, bo zamierzał zadzwonić później, ale w końcu usnął. Trochę to podejrzane, ale zaprosił mnie na jutro na tę kolację prawników. Poza tym Giles z jego biura powiedział, że mam bardzo miły głos przez telefon.

9.05. Trochę się jednak boję tych prawników. To ma być oficjalna kolacja. Pytałam Marka, jak mam się zachowywać, ale on powiedział: „Och, to nic takiego. Nie przejmuj się. Po prostu będziemy siedzieć przy stole i zjemy kolację z paroma osobami z pracy. Na pewno cię polubią".

9.11. „Na pewno cię polubią". No właśnie, to wyraźne potwierdzenie, że znajdę się na cenzurowanym. Koniecznie muszę zrobić dobre wrażenie.

9.15. Dobra, muszę myśleć pozytywnie. Będę cudowna: elegancka, pełna życia, pięknie ubrana. Ojej. Nie mam długiej sukni. Może Jude albo Magda mi coś pożyczą.

Dobra:

Odliczanie przed kolacją w Stowarzyszeniu Prawników
Dzień 1 (dzisiaj)
Prognozowane spożycie jedzenia:
1. Śniadanie: shake owocowy złożony z pomarańczy, bananów, gruszek, melonów lub innych owoców sezonowych. (Uwaga: przedśniadaniowe cappuccino i czekoladowy croissant już skonsumowane).
2. Przekąska: owoc, ale nie tuż przed lunchem, bo potrzeba godziny, żeby enzymy zaczęły działać.
3. Lunch: sałatka z proteinami.
4. Przekąska: seler albo brokuły. Po pracy pójdę na siłownię.
5. Przekąska po siłowni: seler.
6. Kolacja: kurczak z grilla i warzywa gotowane na parze.

18.00. Właśnie wychodzę z biura. Wieczorem wybieram się z Magdą na późne zakupy bieliźniane, które mają błyskawicznie rozwiązać problemy z figurą. Magda pożyczy mi biżuterię i b. elegancką długą, ciemnoniebieską suknię, której trzeba, jak mówi Magda, trochę „pomóc", a poza tym wszystkie gwiazdy kina wkładają na premiery bieliznę korygującą. Oznacza to, że nie wybiorę się na siłownię, ale ściągająca bielizna jest doraźnie o wiele bardziej skuteczna niż wizyta na siłowni.

Postanowiłam też, tak już na przyszłość, zrezygnować z jednorazowych wizyt na siłowni od przypadku do przypadku na korzyść nowego programu, który jutro zaczynam od oceny formy. Oczywiście nie mogę się spodziewać, że moje ciało zdąży na kolację w znaczącym stopniu zmienić swoje kształty, co jest właśnie przyczyną wyprawy po bieliznę, ale przynajmniej je trochę rozruszam. O, telefon.

18.15. To była Shazzer. Szybko jej opowiedziałam o programie przed kolacją z prawnikami (łącznie z tą nieszczęsną pizzą na lunch), ale kiedy doszłam do oceny formy, zdaje się, że splunęła w słuchawkę.

— Nie rób tego — ostrzegła mnie grobowym szeptem.

Okazuje się, że Shaz przedtem poddała się podobnej ocenie, jakiej dokonała ogromna gladiatorka z wściekle rudymi włosami o odcieniu Carborundum, która postawiła ją przed lustrem pośrodku sali gimnastycznej i ryknęła: „Tłuszcz z twoich pośladków się opuścił, spychając tłuszcz na udach, i utworzył wory po bokach".

Dostaję gęsiej skórki na myśl o gladiatorce. Zawsze podejrzewałam, że program *Gladiatorzy* wymknie się spod kontroli, gladiatorzy staną się mięsożerni, a producenci zaczną rzucać chrześcijan na pożarcie Carborundum i jej podobnym. Shaz uważa, że absolutnie powinnam odwołać tę wizytę, ale ja uważam, podobnie jak Carborundum, że skoro tłuszcz potrafi się tak obsuwać, to powinno być możliwe uformowanie i ściśnięcie posiadanego tłuszczu w ładniejszy kształt — a nawet w różne kształty — w zależności od danej okazji. Cały czas się zastanawiam, czy gdybym mogła wedle życzenia ułożyć sobie własny tłuszcz, to czy nadal chciałabym zredukować jego nadmiar? Myślę, że wtedy miałabym ogromne piersi oraz biodra i wąziutką talię. Ale czy nie miałabym za dużo tłuszczu do rozdysponowania? I gdzie umieściłabym jego nadmiar? Czy tłuste stopy albo uszy wyglądałyby nieładnie, gdyby reszta ciała była idealna?

— Grube usta byłyby w porządku — powiedziała Shazzer —

ale nie... — zniżyła głos do pełnego obrzydzenia szeptu — ...grube wargi.

Ble. Czasami Shazzer jest wstrętna. Dobra. Muszę lecieć. Na 18.30 umówiłam się z Magdą w Marks & Sparks.

21.00. Z powrotem w domu. Doświadczenie związane z zakupami najlepiej chyba określić jako pouczające. Magda machała mi przed nosem potwornymi, ogromnymi majtasami.

— No, Bridget: Nowe Gorseciarstwo! Myślę: lata siedemdziesiąte, myślę: pas do pończoch — powiedziała, biorąc komplet z czarnej lycry w stylu Seryjnego Mordercy Cyklisty z szortami, fiszbinami i usztywnionym stanikiem.

— Nie nałożę tego — syknęłam kącikiem ust. — Odłóż to z powrotem.

— Dlaczego?

— A jak ktoś, no wiesz, wymaca?

— Słowo daję, Bridget. Bielizna jest po to, żeby robić swoje. Jeżeli wkładasz wąską, cienką sukienkę albo spodnie — na przykład do pracy — to dlatego, żeby stworzyć łagodną linię sylwetki. W pracy chyba nikt cię nie będzie macał, co?

— No, nie byłabym tego taka pewna — powiedziałam defensywnym tonem, myśląc o tym, co się kiedyś zdarzyło w windzie w pracy, kiedy wysiadałam — jeśli można tak nazwać ten koszmar związkofobii... z Danielem Cleaverem.

— A to? — spytałam z nadzieją, biorąc do ręki cudowny komplet zrobiony z tego samego materiału, co przezroczyste czarne pończochy, ale w kształcie stanika i majtek.

— Nie! Nie! Za bardzo w stylu lat osiemdziesiątych. Tego ci potrzeba — oświadczyła, machając czymś, co wyglądało jak pas do pończoch mamy skrzyżowany z jej długimi reformami.

— A jak mi ktoś włoży rękę pod spódnicę?

— Bridget, jesteś niewiarygodna — powiedziała głośno. — Czy codziennie rano wstajesz z myślą, że może jakiś mężczyzna w ciągu dnia włoży ci rękę pod spódnicę? Czy ty nie masz żadnej kontroli nad swoim seksualnym losem?

— Właśnie, że mam — powiedziałam wyzywająco, maszerując do przymierzalni z całym naręczem wielkich majtasów. Tam próbowałam się wcisnąć w czarny gumowy futerał, który kończył się tuż pod piersiami i marszczył po obu stronach jak niesforna prezerwatywa. — A jak Mark to zobaczy albo wymaca?

— Nie będziesz się obmacywać w jakimś nocnym klubie. Idziesz na oficjalną kolację, gdzie Mark będzie chciał zrobić wrażenie na swoich kolegach. Na tym będzie skoncentrowany — a nie na obmacywaniu ciebie.

Nie byłabym taka pewna, czy Markowi w ogóle zależy na zrobieniu wrażenia na kimkolwiek, bo ma poczucie własnej wartości. Ale Magda ma rację co do tej bielizny. Trzeba iść z postępem czasu, nie dać się złapać w pułapkę ograniczonych koncepcji dotyczących bielizny.

Dobra, muszę wcześnie położyć się spać. Jestem umówiona na siłowni na ósmą rano. Wydaje mi się, że cała moja osobowość przechodzi sejsmiczne zmiany.

31 stycznia, piątek. Dzień K
59 kg (58 kg)*, papierosy 12 (0), kalorie 4284 (1500), kłamstwa powiedziane trenerowi fitnessu (14).

* Liczby w nawiasach oznaczają dane przedstawione trenerowi fitnessu.

9.30. To typowe dla nowej subkultury klubów odnowy biologicznej, że trenerzy osobiści bez składania przysięgi Hipokratesa mogą się zachowywać jak lekarze.

— Ile jednostek alkoholu pije pani tygodniowo? — spytał Buntownik: smarkaty trener fitnessu w stylu Brada Pitta, gdy ja próbowałam wciągać brzuch, mając na sobie tylko stanik i majtki.

— Czternaście do dwudziestu jeden — skłamałam gładko, na co jemu bezczelnie nawet powieka nie drgnęła.

— Pali pani?

— Rzuciłam — wymruczałam.

Na te słowa Buntownik zerknął znacząco na moją torebkę, z której — no i dobrze — wystawała paczka Silk Cutów Ultra, i co z tego?

— Kiedy pani rzuciła palenie? — spytał sztywno, wstukując do komputera coś, co pewnie od razu trafi do Głównego Urzędu Konserwatystów, i kiedy następnym razem dostanę mandat za nieprawidłowe parkowanie, zostanę wysłana na poligon wojskowy.

— Dzisiaj — odparłam stanowczo.

W końcu mój Buntownik za pomocą szczypczyków zmierzył mi tłuszcz.

— Robię te znaki po to, żeby widzieć, co mierzę — powiedział apodyktycznym tonem, rysując mi flamastrem na całym ciele kółka i krzyżyki. — Zejdą, jeśli potrze je pani odrobiną rozpuszczalnika.

Potem musiałam pójść na salę gimnastyczną i wykonywać ćwiczenia przy jednoczesnym kontakcie wzrokowym i dotykowym z Buntownikiem — np. staliśmy naprzeciwko siebie, ja trzymałam ręce na ramionach Buntownika, który wykonywał przysiady, uderzając energicznie pupą o materac, podczas gdy ja nieporadnie próbowałam chociaż trochę ugiąć kolana. Pod koniec całej sesji miałam wrażenie, jakbym długo i namiętnie uprawiała seks z Buntownikiem i prawie że była jego dziewczyną. Potem wzięłam prysznic, ubrałam się i nie wiedziałam, co robić dalej — wydawało mi się, że powinnam przynajmniej wrócić i spytać, o której godzinie przyjdzie do domu na kolację. No ale oczywiście kolację jem z Markiem Darcym.

B. podekscytowana tą kolacją. Przymierzyłam sukienkę i naprawdę wyglądam wspaniale — opływowe, gładkie linie, a wszystko dzięki tym strasznym majtasom, których istnienia Mark wcale nie powinien się domyślić. Poza tym naprawdę nie widzę powodu, dla którego nie miałabym się sprawdzić jako bdb osoba do towarzystwa. Jestem światową kobietą sukcesu itd.

Północ. Kiedy w końcu zajechałam pod Guildhall, Mark chodził w tę i z powrotem w czarnym krawacie i obszernym płaszczu.

Fiuu. Uwielbiam, kiedy się z kimś umawiam i nagle ten ktoś wygląda jak niezwykle atrakcyjny nieznajomy. Mam wtedy ochotę polecieć do domu i bzykać się z nim bez pamięci, jakbym dopiero co go poznała. (To nie znaczy, żebym normalnie robiła to z osobami, które dopiero co poznałam). Kiedy mnie zobaczył, sprawiał wrażenie zaszokowanego, potem wybuchnął śmiechem, w końcu się opanował i uprzejmym gestem rodem ze szkoły publicznej zaprosił mnie do wejścia.

— Przepraszam za spóźnienie — powiedziałam, dysząc.

— Wcale się nie spóźniłaś — odparł. — Okłamałem cię, jeśli chodzi o godzinę rozpoczęcia. — Znowu jakoś dziwnie na mnie popatrzył.

— Co? — spytałam.

— Nic, nic — powiedział zbyt spokojnie i łagodnie, jakbym była lunatykiem stojącym na samochodzie z siekierą w jednej ręce i głową jego żony w drugiej. Wprowadził mnie do środka, a odźwierny w uniformie przytrzymał dla nas drzwi.

Wewnątrz znajdował się wysoki hol wejściowy obity ciemną boazerią, w którym stało pełno mruczących między sobą starszych osób w czarnych krawatach. Jakaś kobieta w naszywanym cekinami topie przypominającym skorupę spojrzała na mnie dziwnie. Mark uprzejmie się jej ukłonił i szepnął mi do ucha:

— Może skocz do szatni i obejrzyj sobie twarz.

Pognałam do łazienki. Niestety, w ciemnej taksówce umalowałam sobie policzki ciemnoszarym cieniem do oczu Maca zamiast różem — taka rzecz może się przydarzyć każdemu, bo kosmetyki te mają identyczne opakowania. Kiedy dokładnie wyszorowana wróciłam z toalety i oddałam płaszcz do szatni, stanęłam jak wryta. Mark rozmawiał z Rebeccą.

Miała na sobie kawowy lejący się satynowy ciuch bez pleców, który opinał jej beztłuszczowe ciało najwyraźniej bez gorsetu. Poczułam się jak mój tatuś, który przedstawił tort własnego wypieku na uroczystości w Grafton Underwood, a kiedy wrócił do niego po ocenie jury, znalazł na nim karteczkę z tekstem: „Nie spełnia standardów konkursu".

— To było niesamowicie śmieszne — mówiła Rebecca, śmiejąc się czule do Marka. — O, Bridget — powiedziała, kiedy do nich podeszłam. — Jak się masz, ślicznotko! — Ucałowała mnie, na co odruchowo się cofnęłam. — Denerwujesz się?

— Czy się denerwuje? — spytał Mark. — Dlaczego miałaby się denerwować? To ucieleśnienie spokoju wewnętrznego, prawda, Bridget?

Przez ułamek sekundy widziałam niezadowolenie na twarzy Rebeki, zanim znowu się opanowała i powiedziała:

— Oooo, jak to miło! Tak się cieszę! — Po czym odpłynęła, rzucając Markowi po drodze kokieteryjne spojrzenie przez ramię.

— Wygląda na bardzo miłą — powiedział Mark. — Zawsze jest niezwykle miła i inteligentna.

Zawsze?? — pomyślałam. Zawsze? Myślałam, że spotkał ją tylko dwa razy. Jego ręka niebezpiecznie zsunęła się w pobliże mojego gorsetu, więc musiałam odskoczyć. Podeszło do nas paru sztywniaków, którzy zaczęli gratulować Markowi czegoś, co zrobił z jakimś Meksykaninem. Rozmawiał z nimi uprzejmie minutę czy dwie, po czym umiejętnie się wymigał i zaprowadził mnie do jadalni.

Było b. wykwintnie: ciemne drewno, okrągłe stoły, blask świec i lśniące kryształy. Mój problem polegał jednak na tym, że musiałam odskakiwać od Marka za każdym razem, kiedy mnie obejmował w talii.

Nasz stół już się zapełniał całą gamą zarozumiałych trzydziestoparoletnich prawników ryczących ze śmiechu i prześcigających się w ciętych ripostach, które niewątpliwie stanowią zaledwie czubek ogromnej góry lodowej prawa i wiedzy ogólnej:

— Jak mam się domyślić, że jestem uzależniony od Internetu?

— Kiedy sobie uświadomisz, że nie wiesz, jakiej płci jest trójka twoich najbliższych przyjaciół. — Haaa. Heeee. Hiiiiiii.

— Kiedy już nie możesz napisać kropki bez dodawania com.uk. — HAAAAAAAAA!

— Kiedy wykonujesz wszystkie zadania w HTML*. — Ohohohoho. Hłehłehłehłe. Ihihihihi.

Kiedy zebrani zasiedli do kolacji, jakaś kobieta o nazwisku Louise Barton-Foster (niewiarygodnie zarozumiała prawniczka i kobieta, do której pasowałoby zmuszanie cię do zjedzenia wątróbki) bez końca zaczęła rozprawiać z jakimiś kompletnymi idiotami.

— Ale w pewnym sensie — mówiła, z wściekłością wbijając wzrok w menu — można powiedzieć, że całe to euro jest…

Czułam się doskonale — siedziałam sobie cichutko, jadłam i piłam — dopóki Mark nagle nie powiedział:

— Uważam, że masz całkowitą rację, Louise. Jeżeli znowu zagłosuję na torysów, to chcę mieć pewność, że moje poglądy będą: a) zbadane i b) reprezentowane.

Popatrzyłam na niego ze zgrozą. Poczułam się jak mój przyjaciel Simon, kiedy bawił się na balu z jakimiś dziećmi i nagle pojawił się ich dziadek, a był nim Robert Maxwell, i wtedy Simon spojrzał na pozostałych berbeci i zobaczył, że to miniaturowe wersje Roberta Maxwella, z krzaczastymi brwiami i mocnymi szczękami.

Wiem, że kiedy człowiek związuje się z nową osobą, muszą ujawnić się pewne różnice, różnice, do których trzeba się przyzwyczaić i które trzeba wygładzić jak zagięte rogi w książce, ale nigdy, nawet za milion lat nie przypuszczałabym, że będę spała z facetem, który głosował na torysów. Nagle odniosłam wrażenie, że w ogóle nie znam Marka Darcy'ego i że z tego, co wiem, to możliwe, że przez wszystkie te tygodnie, odkąd się spotykamy, potajemnie kolekcjonuje limitowaną edycję miniaturowych zwierzątek z gliny w kapelusikach z ostatnich stron niedzielnych dodatków do gazet albo wymyka się mikrobusem na mecze rugby i przez tylne okno tęsknym wzrokiem gapi się na innych kierowców.

Rozmowa robiła się coraz bardziej snobistyczna i na pokaz.

— A skąd wiesz, że jest cztery i pół do siedmiu? — szczek-

---

* HTML — język stron internetowych.

nęła Louise do mężczyzny, który wyglądał jak książę Andrzej w koszuli w paski.

— Bo ja uczyłem się ekonomii na Cambridge.

— A kto cię uczył? — warknęła inna dziewczyna, jakby tym pytaniem mogła wygrać ten spór.

— Wszystko w porządku? — szepnął Mark kącikiem ust.

— Tak — wymamrotałam ze spuszczoną głową.

— Ty... d r ż y s z. Co jest?

W końcu musiałam mu powiedzieć.

— Głosowałem na torysów i co z tego? — spytał, patrząc na mnie z niedowierzaniem.

— Ćśśśś — szepnęłam, rozglądając się nerwowo.

— O co ci chodzi?

— Po prostu... — zaczęłam, żałując, że nie ma ze mną Shazzer — ...to znaczy, gdybym ja głosowała na torysów, stałabym się wyrzutkiem społeczeństwa. To tak, jakbym wjechała konno do Café Rouge, wlokąc za sobą sforę beagli*, albo jakbym wydała przyjęcie, stawiając na lśniących stołach plastikowe talerzyki.

— Trochę tak jak tutaj, co? — roześmiał się.

— No tak — wymamrotałam.

— To na kogo głosujesz?

— Oczywiście na Partię Pracy — syknęłam. — Wszyscy głosują na Partię Pracy.

— Wydaje mi się, że j a k d o t ą d okazuje się, że to nieprawda — powiedział. — A tak z ciekawości, dlaczego?

— Co?

— Dlaczego głosujesz na laburzystów?

— No... — Urwałam z zamyśleniem. — Dlatego, że laburzystów uważa się za lewicowców.

— Aha. — Zdaje się, że uznał to za niezwykle zabawne. Teraz wszyscy mnie słuchali.

— I socjalistów — dodałam.

---

* Beagle — rasa psów myśliwskich.

— Socjalistów. Rozumiem. Socjalistów, to znaczy…?

— Za solidarność ludu pracującego.

— Ale Blair chyba nie zamierza popierać związków zawodowych, prawda? — powiedział.

— Torysi to idiotyzm.

— Idiotyzm? Gospodarka znajduje się teraz w lepszym stanie niż w ciągu ostatnich siedmiu lat.

— Nieprawda — powiedziałam z naciskiem. — Zresztą pewnie to sobie zmyślili, bo zbliżają się wybory.

— Co zmyślili? — spytał. — Gospodarkę zmyślili?

— Jakie jest stanowisko Blaira odnośnie do integracji europejskiej w porównaniu ze stanowiskiem Majora? — włączyła się Louise.

— Taa. I dlaczego nie spełnił obietnicy torysów mówiącej o corocznym wzroście wydatków na opiekę zdrowotną? — dodał ten niby książę Andrzej.

Słowo daję. Znowu zaczęli się przed sobą popisywać. Nie mogłam już tego znieść.

— Chodzi mi o to, że powinno się głosować dla zasady, a nie dla szczegółów dotyczących tego czy tamtego procentu. Absolutnie oczywiste jest, że laburzyści to dzielenie się, dobro, geje, samotne matki i Nelson Mandela w przeciwieństwie do tych wszystkich krzykliwych facetów, którzy puszczają się na prawo, lewo i w centrum, nocują w Ritzu w Paryżu, a potem naskakują na wszystkich prezenterów w programie *Today*.

Przy stole zapadła bezdenna cisza.

— Myślę, że trafnie to podsumowałaś — powiedział Mark, śmiejąc się i głaszcząc mnie po kolanie. — Trudno zaprzeczyć.

Wszyscy się na nas gapili. Potem jednak, zamiast się obrazić — jak w normalnym świecie — zaczęli udawać, że nic takiego się nie stało, i wrócili do trącania się kieliszkami i przekrzykiwania, kompletnie mnie ignorując.

Nie potrafiłam ocenić, jak bardzo źle się zachowałam. Poczułam się tak, jakbym się znalazła wśród członków szczepu z Papui-Nowej Gwinei, nadepnęła na ogon psu wodza i nie wiedziała, czy szmer rozmowy oznacza, że nic się nie stało, czy też że dyskutują, jak przerobić moją głowę na frittatę*.

Ktoś zastukał w stół, zapowiadając przemówienia, które były strasznie, okropnie, rozdzierająco, śmiertelnie nudne. Kiedy już było po wszystkim, Mark szepnął:

— Chodźmy stąd, co?

Pożegnaliśmy się i ruszyliśmy przez salę.

— Eee… Bridget — powiedział. — Nie chcę cię martwić, ale wokół talii zrobiło ci się coś dziwnego.

Szarpnęłam rękę, żeby się pomacać. Straszny gorset jakimś cudem rozsznurował się po obu stronach, tworząc wokół mojej talii bulwiastą bułę przypominającą gigantyczne koło zapasowe.

— Co to takiego? — spytał, kłaniając się i uśmiechając do ludzi, kiedy przeciskaliśmy się między stolikami.

— Nic takiego — wymamrotałam. Kiedy tylko wydostaliśmy się z sali, rzuciłam się pędem do toalety. Strasznie się naszarpałam przy zdejmowaniu sukienki i rozsznurowywaniu majtasów, a potem nakładaniu całego tego koszmaru z powrotem. Marzyłam o tym, żeby siedzieć w domu w rozciągniętych spodniach i swetrze.

Kiedy znalazłam się w holu, o mało co nie obróciłam się z powrotem na pięcie i nie wróciłam do łazienki. Mark rozmawiał z Rebeccą. Znowu. Szepnęła mu coś do ucha, po czym powtórnie zawyła ze śmiechu.

Podeszłam do nich i niezdarnie stanęłam obok.

— Jest! — powiedział Mark. — Poprawiłaś sobie wszystko?

— Bridget! — zakrzyknęła Rebecca, udając, że się cieszy na mój widok. — Podobno swoimi poglądami politycznymi zrobiłaś na wszystkich niesamowite wrażenie.

Chciałam wymyślić coś b. dowcipnego, ale tylko stałam, spoglądając spode łba.

— To było coś pięknego — powiedział Mark. — Zrobiła z nas nadętych dupków. No, musimy lecieć, miło było znowu cię spotkać.

---

* Frittata — placek smażony na oleju z warzywami lub jabłkiem.

Rebecca ucałowała nas wylewnie, otaczając chmurą Envy od Gucciego, po czym takim krokiem odpłynęła z powrotem do sali, że było oczywiste, iż miała nadzieję, że Mark za nią patrzy.

Nie przychodziło mi do głowy nic do powiedzenia, kiedy szliśmy do samochodu. On i Rebecca najwyraźniej wyśmiewali się ze mnie za moimi plecami, a potem Mark próbował to jakoś zatuszować. Żałowałam, że nie mogę zadzwonić do Jude i Shaz po radę.

Mark zachowywał się jak gdyby nigdy nic. Kiedy tylko ruszyliśmy, próbował położyć mi rękę na udzie. Dlaczego jest tak, że im mniejszą masz ochotę na seks, tym bardziej pragną go mężczyźni?

— Nie wolisz trzymać rąk na kierownicy? — spytałam, rozpaczliwie usiłując się skurczyć, by nie wyczuł palcami brzegu gumowego futerału.

— Nie, wolę cię trochę ponapastować — odparł, rzucając się w moją stronę.

Udało mi się uniknąć dalszego napastowania, bo udawałam obsesję na punkcie bezpieczeństwa drogowego.

— Rebecca pytała, czy mielibyśmy ochotę wybrać się z nią kiedyś na kolację — powiedział.

Nie wierzyłam własnym uszom. Znam Rebeccę od czterech lat i jeszcze nigdy mnie nie zaprosiła na kolację.

— Miła jest, prawda? Ładną miała kieckę.

To wspominatoza. Na własne oczy widziałam przypadek wspominatozy.

Dojechaliśmy do Notting Hill. Na światłach, bez pytania, po prostu skręcił w stronę mojego domu, oddalając się od swojego. Zachowywał swoją twierdzę dla siebie. Pewnie było w nim mnóstwo wiadomości od Rebeki. Ja byłam tylko Dziewczyną Na Dochodne.

— Dokąd jedziemy?! — wybuchnęłam.

— Do ciebie. Bo co? — spytał, oglądając się przerażony.

— No właśnie. Bo co? — wykrzyknęłam z wściekłością. — Chodzimy ze sobą od czterech tygodni i sześciu dni i nigdy nie pojechaliśmy do ciebie. Ani razu. Nigdy! Dlaczego?

Mark kompletnie zamilkł. Włączył kierunkowskaz, skręcił w lewo, po czym bez słowa popędził z powrotem w stronę Holland Park Avenue.

— O co chodzi? — spytałam w końcu.

Patrząc prosto przed siebie, znowu włączył kierunkowskaz.

— Nie lubię krzyków.

Kiedy dojechaliśmy do jego domu, czułam się okropnie. W milczeniu weszliśmy po schodach. Otworzył drzwi, podniósł z podłogi pocztę i pstryknął światło w kuchni.

Jego kuchnia ma wysokość piętrowego autobusu i należy do tych nieskazitelnych pomieszczeń z nierdzewnej stali, w których trudno rozpoznać lodówkę. Zdziwił mnie brak różnych przedmiotów, normalnie leżących na wierzchu, i trzy plamy zimnego światła pośrodku podłogi.

Odpłynął na drugi koniec kuchni, jego kroki głucho zadudniły jak w jaskini na szkolnej wycieczce, rozejrzał się strapiony po drzwiczkach z nierdzewnej stali i spytał:

— Masz ochotę na kieliszek wina?

— Tak, poproszę, dziękuję — odparłam grzecznie. Przy śniadaniowym barze z nierdzewnej stali stało parę nowoczesnych wysokich stołków. Niezdarnie wdrapałam się na jeden z nich, czując się jak Des O'Connor przygotowujący się do duetu z Anitą Harris.

— No tak — powiedział Mark. Otworzył jedne z drzwiczek w kredensie z nierdzewnej stali, zauważył przyczepiony do nich kosz na śmieci, zamknął je z powrotem, otworzył inne i spojrzał ze zdumieniem na pralkę za nimi. Spuściłam wzrok, chciało mi się śmiać.

— Czerwone czy białe? — spytał raptownie.

— Poproszę białe. — Nagle poczułam się bardzo zmęczona, buty mnie uwierały, straszne majtasy wpijały się w ciało. Miałam ochotę po prostu pójść sobie do domu.

— O. — Zlokalizował lodówkę.

Zerknęłam na drugi koniec kuchni i zobaczyłam automatyczną sekretarkę na jednym z kontuarów. Żołądek podszedł mi do gardła. Migało czerwone światełko. Kiedy podniosłam wzrok, zobaczyłam, że tuż przede mną stoi Mark z butelką wina w jakiejś steranej conranowskiej* metalowej karafce. On sam też wyglądał mizernie.

— Słuchaj, Bridget, ja...

Zeszłam ze stołka, żeby go objąć, ale wtedy jego ręce wystrzeliły prosto do mojej talii. Odsunęłam się. Musiałam się pozbyć tego cholerstwa.

— Pójdę na chwilkę na górę — powiedziałam.

— Po co?

— Do toalety — wyjaśniłam bez sensu i w potwornie już uciskających mnie butach poczłapałam w kierunku schodów. Weszłam do pierwszego lepszego pokoju, który — jak się okazało — był garderobą Marka, pełną garniturów, koszul i półek z butami. Wyplątałam się z sukienki i z ogromną ulgą zaczęłam obierać się ze strasznych majtasów, myśląc, że może włożę szlafrok, a potem trochę się poprzytulamy i wszystko sobie wyjaśnimy, kiedy nagle w drzwiach pojawił się Mark. Stanęłam jak wryta, ukazując całą straszną bieliznę, po czym zaczęłam gorączkowo ją ściągać, a Mark gapił się, zdjęty zgrozą.

— Czekaj, czekaj — powiedział, wpatrując się intensywnie w mój brzuch, kiedy sięgnęłam po szlafrok. — Grałaś na własnej skórze w kółko i krzyżyk?

Próbowałam mu opowiedzieć o Buntowniku i o tym, że nie mogłam w piątkowy wieczór nigdzie dostać rozpuszczalnika, ale on wyglądał na bardzo zmęczonego i skołowanego.

— Przepraszam, nie mam pojęcia, o czym mówisz — powiedział. — Muszę się trochę przespać. Położymy się?

Otworzył inne drzwi, włączył światło. Rzuciłam okiem do środka i wydałam z siebie głośny ryk. Na ogromnym, białym łożu leżał gibki chłoptaś o orientalnej urodzie, kompletnie goły i dziwnie się uśmiechał. Trzymał dwie drewniane kulki na sznurku i małego króliczka.

---

* Terence Conran — kultowy angielski stylista.

Rozdział trzeci
KANAAAAŁ!

1 lutego, sobota

58,5 kg, jedn. alkoholu 6 (ale zmieszane z sokiem pomidorowym, b. pożywnym), papierosy 400 (całkowicie zrozumiałe), króliczki, sarny, bażanty i inna zwierzyna znaleziona w łóżku 0 (ogromna poprawa od wczoraj), faceci 0, chłoptasie byłego faceta 1, liczba normalnych potencjalnych facetów na świecie 0.

12.15. Dlaczego mnie przydarzają się takie rzeczy? Dlaczego? DLACZEGO? Raz ktoś wyglądał na miłego, rozsądnego człowieka, aprobowanego przez matkę, nie żonatego, wariata, alkoholika czy popieprzeńca, ale okazuje się, że jest zboczonym gejem lecącym na zwierzątka. Nic dziwnego, że nie chciał mnie zaprosić do siebie. Nie chodziło o to, że jest związkofobem, napala się na Rebeccę albo że ja jestem Dziewczyną Na Dochodne. Po prostu trzymał w swojej sypialni orientalnych chłoptasiów i dziczyznę.

Niesamowity szok. Niesamowity. Jakieś dwie sekundy gapiłam się na orientalnego chłoptasia, po czym zwinęłam się z powrotem do garderoby, zarzuciłam na siebie sukienkę, zbiegłam po schodach, słysząc za sobą takie wrzaski dobiegające z sypialni, jakby amerykańskie oddziały były mordowane przez Wietkong, pokuśtykałam na ulicę i zaczęłam gorączkowo machać na taksówkę jak call girl, która trafiła na klienta chcącego jej zrobić burdel na głowie.

Może to prawda, co mówią Szczęśliwe Mężatki, że jedyni mężczyźni, jacy zostali bez pary, są samotni tylko dlatego, że składają się z jednej wielkiej wady. To dlatego wszystko jest tak cholernie popieprzone… Nie twierdzę, że bycie gejem samo w sobie jest wadą, ale z pewnością nią jest, jeżeli się ma dziewczynę, która o niczym do tej pory nie wiedziała. Czwarty rok z rzędu będę w walentynki bez faceta, a Boże Narodzenie spędzę w jednoosobowym łóżku w domu rodziców. Znowu. Kanał. Kanaaaał!

Zadzwoniłabym do Toma. To typowe dla niego, że wyjechał do San Francisco dokładnie wtedy, kiedy potrzebna mi jest rada z perspektywy gejowskiej, bardzo typowe. On stale oczekuje ode mnie rad, kiedy ma problemy z innymi homoseksualistami, ale jeżeli to ja potrzebuję rady w kryzysie z homoseksualistą, to co robi Tom? Jedzie sobie do San Francisco, CHOLERA JASNA.

Spokojnie, spokojnie. Wiem, że nie powinnam zrzucać całej winy na Toma, zwłaszcza że incydent ten nie miał z nim nic wspólnego, że nie powinnam leczyć swoich problemów obwinianiem innych. Jestem pewną siebie, wrażliwą, odpowiedzialną kobietą sukcesu, całkowicie poukładaną w środku. Aaa! Telefon.

— Bridget. Tu Mark. Bardzo cię przepraszam. Tak mi przykro. To, co się wydarzyło, było okropne.

Miał straszny głos.

— Bridget?

— Co? — bąknęłam, próbując powstrzymać drżenie rąk, żeby zapalić Silk Cuta.

— Wiem, że musiało to wyglądać podejrzanie. Byłem tak samo zaszokowany jak ty. Nigdy w życiu nie widziałem tego chłopaka.

— No to kim on był?! — wybuchnęłam.

— Okazało się, że to syn mojej gospodyni. Nawet nie wiedziałem, że ma syna. To chyba schizofrenik.

W tle rozległy się jakieś krzyki.

— Idę, idę. O Boże. Będę musiał się tym zająć. Chyba próbuje ją udusić. Mogę zadzwonić później? — Znowu krzyki. — Poczekaj, ja tylko… Bridget, zadzwonię rano.

Jestem kompletnie skołowana. Zadzwoniłabym do Jude albo Shaz, żeby je spytać, czy takie usprawiedliwienie jest wiarygodne, ale to przecież środek nocy. Może trochę się prześpię.

9.00. Aaa! Aaa! Telefon. Hurra! Nie! Kanał! Właśnie sobie przypomniałam, co się stało.

9.30. To nie był Mark, tylko moja matka.

— Wiesz, kochanie, jestem wściekła jak osa.

— Mamo — przerwałam jej rezolutnie. — Mogę do ciebie oddzwonić z komórki?

Wczorajszy wieczór powracał do mnie falami. Musiałam mieć wolny telefon, gdyby Mark chciał zadzwonić.

— Z komórki, kochanie? Nie wygłupiaj się, ostatnio bawiłaś się czymś takim, kiedy miałaś dwa lata. Pamiętasz? Z takimi migającymi lampkami? Och. Tatuś chce zamienić z tobą słówko, ale… Zresztą, daję ci go.

Czekałam, jak wariat strzelając oczami między komórką a zegarem.

— Cześć, kochanie — powitał mnie zmęczonym głosem tata. — Ona nie jedzie do Kenii.

— Super, dobra robota — powiedziałam, ciesząc się, że przynajmniej jedno z nas nie przeżywa kryzysu. — Co takiego zrobiłeś?

— Nic. Jej paszport stracił ważność.

— Ha! Fantastycznie. Tylko jej nie mów, że może wyrobić nowy.

— Sama o tym wie — odparł. — Ale problem polega na tym, że jak sobie wyrabiasz nowy paszport, to musisz mieć nowe zdjęcie. Więc nie chodzi tu o jakiś szacunek dla mnie, tylko o to, żeby dobrze wypaść w oczach celników.

Mama wzięła słuchawkę.

— To jakiś absurd, kochanie. Zrobiłam sobie nowe zdjęcie, ale wyglądam na nim staro jak kapeć. Una mi doradziła, żebym skorzystała z automatu, ale wyszłam jeszcze gorzej. Zatrzymam stary paszport i nie ma gadania. Jak tam Mark?

— Dobrze — powiedziałam wysokim, spiętym głosem, ledwo powstrzymując się przed dodaniem: lubi sypiać z orientalnymi chłoptasiami i kręcą go żywe króliczki, ekstra, nie?

— Wspaniale. Tatuś i ja pomyśleliśmy sobie, że może mielibyście ochotę przyjść jutro na lunch. Jeszcze nie widzieliśmy was razem. Podgrzałabym lasagne z fasolką.

— Mogę zadzwonić do ciebie później? Spóźnię się na... jogę! — rzuciłam pod wpływem natchnienia.

Udało mi się uwolnić od niej w zadziwiająco krótkim czasie piętnastu minut, podczas których stawało się coraz jaśniejsze, że cała potęga Brytyjskiego Biura Paszportowego nie stanowi godnego przeciwnika dla mamy i jej starego zdjęcia. Potem zaczęłam szukać następnego Silk Cuta, osamotniona i zdezorientowana. Gospodyni? To znaczy, wiem, że faktycznie ma gospodynię, ale... No i cała ta sprawa z Rebeccą. I głosuje na torysów. Może zjem trochę sera. Aaa! Telefon.

To była Shazzer.

— Och, Shaz — powitałam ją smętnie i zaczęłam wyrzucać z siebie całą tę historię.

— Zatrzymaj się — powiedziała, jeszcze zanim doszłam do orientalnego chłoptasia. — Zatrzymaj się. Powiem to tylko raz i chcę, żebyś mnie wysłuchała.

— Co? — spytałam, myśląc, że jeżeli na świecie istnieje osoba — poza moją matką — która nie potrafi powiedzieć czegoś tylko raz, to z pewnością jest nią Sharon.

— Spadaj.

— Ale...

— Spadaj. Dostałaś ostrzeżenie, on głosuje na torysów. Spadaj, póki się jeszcze za bardzo nie zaangażowałaś.

— Ale poczekaj, to nie...

— Och, na miłość boską — zawarczała. — Chyba jasno dał ci do zrozumienia, co? Przychodzi do ciebie, każe koło siebie skakać. Odstawiasz się na bóstwo dla tych jego koszmarnych przyjaciół torysów, a co on robi? Flirtuje z Rebeccą. Traktuje cię protekcjonalnie. I głosuje na torysów. To po prostu manipulujący, protekcjonalny...

Zerknęłam nerwowo na zegar.

— Yyy, Shaz, mogę do ciebie oddzwonić z komórki?

— Co?! Bo czekasz na telefon od niego? Nie! — wybuchnęła. Dokładnie w tej chwili zaczęła dzwonić komórka.

— Shaz, muszę kończyć. Zadzwonię później.

Czym prędzej włączyłam komórkę.

To była Jude.

— Ojej, jakiego mam kaca. Chyba się porzygam. — I zaczęła opowiadać jakąś strasznie długą historię o imprezie w Met Bar, ale musiałam jej przerwać, bo kwestia orientalnego chłoptasia była naprawdę pilniejsza. Nie miałam żadnych oporów. Wcale nie czułam się jak egoistka.

— O Boże, Bridge — powiedziała Jude, kiedy skończyłam. — Biedaczyno. Uważam, że naprawdę fantastycznie sobie z tym poradziłaś. Naprawdę. Zachowałaś się super.

Najpierw napuszyłam się z dumy, ale potem coś mnie zaintrygowało.

— Ale właściwie to co ja takiego zrobiłam? — spytałam, rozglądając się po pokoju i wahając między pełnym samouwielbienia uśmiechem a mruganiem ze skołowania.

— Zrobiłaś dokładnie to, co radzą w *Kobietach, które kochają za bardzo.* Nie zrobiłaś nic. Po prostu się odcięłaś. Nie można ich wyręczać w rozwiązywaniu problemów. Po prostu musimy się zdystansować.

— Jasne, jasne — przytaknęłam, z powagą kiwając głową.

— Nie życzymy im źle. Nie życzymy im dobrze. Nie wydzwaniamy do nich. Nie spotykamy się z nimi. Po prostu się dystansujemy. Syn gospodyni, w mordę jeża. Skoro ma gospodynię, to dlaczego ciągle przychodzi do ciebie i musisz po nim zmywać?

— A jeżeli to rzeczywiście syn gospodyni?

— No, Bridget — powiedziała Jude poważnym tonem — to już jest wyparcie.

11.15. Umówiłam się z Jude i Shazzer w 192 na lunch. Dobra. Nie zamierzam stosować wypierania.

11.16. Tak. Zyskałam całkowity dystans. A widzicie?!

11.18. Żesz kurwa, nie mogę uwierzyć, że jeszcze nie zadzwonił. Nienawidzę pasywno-agresywnego zachowania telefonicznego we współczesnym świecie randek, używania braku komunikacji jako środka komunikacji. Coś okropnego — dzwonek telefonu albo jego brak oznaczają różnicę między miłością, przyjaźnią i szczęściem oraz znalezienie się z powrotem w bezwzględnym świecie wojny podjazdowej. Czuję się dokładnie tak samo jak poprzednio, tylko jeszcze bardziej popieprzona.

Południe. Nie mogę w to uwierzyć. Telefon zaczął dzwonić w chwili, kiedy się na niego gapiłam, zupełnie jakbym zmusiła go do dzwonienia za pomocą wibracji myślowych. Tym razem to był Mark.

— Jak się masz? — spytał zmęczonym głosem.

— Dobrze — odparłam, usiłując zachować dystans.

— Może podjadę po ciebie, pójdziemy na lunch i pogadamy?

— Yyy, umówiłam się na lunch z dziewczynami — powiedziałam naprawdę niesamowicie zdystansowana.

— O Boże.

— Co?

— Bridget. Czy ty masz pojęcie, co ja przeżywałem w nocy? Ten chłopak próbował w kuchni udusić własną matkę, przyjechała policja i pogotowie, robili im zastrzyki uspokajające, zabrali do szpitala, po całym domu ganiali rozhisteryzowani Filipińczycy. Naprawdę bardzo mi przykro, że musiałaś przez to przejść, ale i mnie się dostało, a to naprawdę nie moja wina.

— Dlaczego nie zadzwoniłeś wcześniej?

— Bo za każdym razem, kiedy znalazłem chwilę czasu, żeby zadzwonić — albo na normalny telefon, albo na komórkę — oba były, cholera jasna, zajęte!

Hmmmm. Nie bardzo mi wyszedł ten dystans. Mark naprawdę miał piekło w domu. Umówiłam się z nim na kolację. Po południu chce się przespać. Mam wielką i szczerą nadzieję, że sam.

2 lutego, niedziela

58 kg (wspaniale: przemieniam się w orientalnego chłoptasia), papierosy 3 (bdb), kalorie (b. umiarkowanie), faceci: znowu 1 (hurra!), poradniki policzone na głos z niedowierzaniem przez odzyskanego faceta 37 (ostatnio jedyna spora liczba).

22.00. W domu. Znowu wszystko jest w porządku. Kolacja zaczęła się trochę niezręcznie, ale poszło lepiej, kiedy postanowiłam uwierzyć w jego historię, zwłaszcza że powiedział, że powinnam dzisiaj do niego przyjść i na własne oczy zobaczyć tę gospodynię.

Ale potem, kiedy jedliśmy mus czekoladowy, stwierdził:

— Bridge? Wczoraj w nocy, zanim to wszystko się wydarzyło, miałem wrażenie, że coś się między nami psuje.

Z przerażenia żołądek mi się ścisnął. Jak na ironię, bo mnie samej wydawało się, że coś się między nami psuje. Ale naprawdę wszystko jest w porządku, dopóki samemu człowiekowi się wydaje, że coś się psuje w związku, kiedy jednak ta druga osoba o tym mówi, to zupełnie jakby ktoś krytykował twoją matkę. Człowiek ma wtedy wrażenie, że się zaraz udusi, co — poza cierpieniem, złamanym sercem itd. — jest bardzo upokarzające.

— Bridge? Wpadłaś w trans hipnotyczny?

— Nie. Dlaczego uważasz, że się między nami psuje? — wyszeptałam.

— Za każdym razem, kiedy próbowałem cię dotknąć, odskakiwałaś, jakbym był jakimś obleśnym staruchem.

Ogromna ulga. Opowiedziałam mu o strasznych majtasach, co wywołało salwy śmiechu. Zamówiliśmy wino deserowe, po którym byliśmy trochę podchmieleni, a w końcu wylądowaliśmy u mnie w łóżku i było fantastycznie.

Tego dnia rano, kiedy leżeliśmy przed kominkiem, czytając gazety, zaczęłam się zastanawiać, czy powinnam poruszyć sprawę Rebeki, a także spytać, dlaczego Mark zawsze przychodzi do mnie. Ale przypomniałam sobie, że według Jude nie powinnam tego robić, bo zazdrość to b. nieatrakcyjna cecha dla płci przeciwnej.

— Bridget — powiedział Mark — chyba wpadłaś w jakiś trans. Pytałem, jaki jest sens zakładania tych nowych półek. Medytujesz? A może te nowe półki to jakiś element buddyzmu?

— To z powodu przewodów elektrycznych — wytłumaczyłam niejasno.

— Co to za książki? — spytał, wstając, by się im przyjrzeć.

— *Jak się umawiać z młodymi kobietami. Poradnik dla mężczyzn powyżej trzydziestego piątego roku życia*? *Gdyby Budda chodził na randki*? *Jak odnieść sukces* Victora Kyama?

— To moje poradniki! — odparłam defensywnie.

— *Czego chcą mężczyźni*? *Wychodzenie ze współuzależnienia z mężczyzną, który nie potrafi się zaangażować*? *Jak kochać rozwiedzionego mężczyznę, nie wpadając w obłęd*? Wygląda na to, że masz największą w znanym nam wszechświecie teoretyczną wiedzę na temat płci przeciwnej. Zaczynam się czuć jak królik doświadczalny!

— Yyy...

Wyszczerzył do mnie zęby.

— Powinno się je czytać parami? — spytał, zdejmując książkę z półki. — Podwójnie się zabezpieczyć? *Szczęście w pojedynkę* z *Jak w trzydzieści dni znaleźć idealnego partnera*? *Prosty buddyzm* z *Jak odnieść sukces* Victora Kyama?

— Nie — odparłam z oburzeniem. — Czyta się je pojedynczo.

— Dlaczego, do licha ciężkiego, kupujesz te bzdury?

— Prawdę mówiąc, to mam własną teorię na ten temat — zaczęłam podekscytowana (bo rzeczywiście mam własną teorię na ten temat). — Jeśli się weźmie pod uwagę inne religie świata, na przykład...

— Inne religie świata? Inne niż co?

Wrrr. Niekiedy chciałabym, żeby Mark nie zachowywał się jak prawnik.

— Inne niż poradniki.

— Wiedziałem, że tak powiesz. Bridget, poradniki to nie religia.

— Ależ tak! To n o w a forma religii. To prawie tak, jakby

65

istoty ludzkie były strumieniami wody, więc kiedy postawi się im przeszkodę na drodze, spieniają się wokół niej i falują w poszukiwaniu innej ścieżki.

— Spieniają i falują, Bridge?

— Mam na myśli to, że kiedy upada zorganizowana religia, ludzie zaczynają szukać innego zestawu zasad. I rzeczywiście, jak już m ó w i ł a m, gdybyś się przyjrzał poradnikom, to byś dostrzegł, że mają wiele wspólnego z innymi religiami.

— Na przykład…? — spytał, gestykulując zachęcająco.

— No, z buddyzmem i…

— Nie, nie. Co mają wspólnego?

— No… — zaczęłam, wpadając w lekką panikę, bo na razie teoria ta nie jest jeszcze dobrze rozwinięta. — Pozytywne myślenie. W *Inteligencji emocjonalnej* jest napisane, że najważniejszy jest optymizm, że wszystko się ułoży. Oczywiście również wiara w samego siebie, jak to piszą w *Emocjonalnej pewności siebie*. A jak się przyjrzeć chrześcijaństwu…

— Taaak…?

— No, na ślubach zawsze czytają taki kawałek, który mówi o tym samym: „Przetrwają trzy rzeczy: wiara, n a d z i e j a i miłość". Ważne jest też życie chwilą — o czym mowa w *Drodze rzadziej uczęszczanej* i w buddyzmie.

Mark patrzył na mnie, jakbym zwariowała.

— I umiejętność wybaczania. W *Możesz uleczyć swoje życie* jest napisane, że pielęgnowanie w sobie urazy ma na człowieka zły wpływ i że trzeba wybaczać innym.

— A to z jakiej religii? Mam nadzieję, że nie z muzułmańskiej. Nie sądzę, by istniało zbyt wiele umiejętności wybaczania w religii, w której ucina się ludziom ręce za kradzież bochenka chleba.

Mark kręcił głową i gapił się na mnie. Wyglądało na to, że w ogóle nie zrozumiał mojej teorii. Ale może dlatego, że dusza Marka nie jest zbyt zaawansowana w rozwoju, co może się okazać kolejnym problemem w naszym związku.

— „I odpuść nam nasze winy, jako i my odpuszczamy naszym winowajcom"! — powiedziałam z oburzeniem. W tej samej chwili zadzwonił telefon.

— To pewnie sztab główny wojny randkowej — domyślił się Mark. — Albo arcybiskup Canterbury!

To była mama.

— Co ty tam jeszcze robisz? Zbieraj się. Myślałam, że przyjdziecie z Markiem na lunch.

— Ale mamo… — Na pewno nie mówiłam, że przyjdziemy na lunch, na pewno. Mark przewrócił oczami i włączył telewizor na piłkę nożną.

— Słowo daję, Bridget, zrobiłam trzy pavlovy* — chociaż właściwie równie łatwo zrobić trzy co jedną, wyjęłam lasagne z piecyka i…

Słyszałam, jak tata mówi w tle: „Daj jej spokój, Pam", mama zaś dalej rozwodziła się na temat niebezpieczeństw związanych z rozmrażaniem mięsa. W końcu tata podszedł do telefonu.

— Nie przejmuj się, kochanie. Na pewno jej nie mówiłaś, że przyjdziecie. Po prostu coś sobie ubzdurała. Spróbuję wszystko załatwić. A zła wiadomość jest taka, że jednak jedzie do Kenii.

Mama wyrwała mu słuchawkę.

— Z paszportem wszystko załatwione. Zrobiłam sobie śliczne zdjęcie w tym sklepie ślubnym w Kettering, wiesz, tam, gdzie Ursula Collingwood zrobiła zdjęcia Karen.

— Wyretuszowali je?

— Nie! — oburzyła się. — Może i coś tam kombinowali z komputerem, ale nie miało to nic wspólnego z retuszem. W każdym razie Una i ja jedziemy w przyszłą sobotę. Na dziesięć dni. Afryka! Pomyśl tylko!

— A co z tatą?

— Słowo daję, Bridget! Trzeba używać życia! Jeżeli tato woli spędzać swoje życie między polem golfowym, robieniem przetworów i szopą, to już jego sprawa!

---

* Pavlova — beza z owocami kiwi i bitą śmietaną. Deser wymyślony na cześć rosyjskiej baletnicy Anny Pawłowej podczas jej tournée po Australii.

W końcu udało mi się ją spławić, do czego wydatnie nakłonił mnie Mark, który sterczał nade mną, w jednej ręce trzymając zwiniętą gazetę, a drugą stukając w zegarek. Poszliśmy do niego i teraz naprawdę mu uwierzyłam, bo zobaczyłam tam gospodynię, która sprzątała w kuchni, i piętnastu jej krewnych, którzy najwyraźniej czcili Marka jak bożka. Zostaliśmy w domu i zapaliliśmy wszystkie świece w sypialni. Hurra! Chyba już wszystko w porządku. Tak. Definitywnie w porządku. Kocham Marka Darcy'ego. Niekiedy trochę mnie przeraża, ale tak naprawdę to jest bardzo miły i słodki. To dobrze. Chyba.

Zwłaszcza że za dwanaście dni walentynki.

3 lutego, poniedziałek

57,5 kg (bdb), jedn. alkoholu 3, papierosy 12, liczba dni do walentynek 11, liczba minut spędzonych na snuciu obsesyjnych rozważań na temat błędu, jakim jest obsesyjność feministek na punkcie walentynek: w przybliżeniu 162 (źle).

8.30. Mam nadzieję, że tacie nic nie będzie. Skoro mama wyjeżdża w sobotę, to znaczy, że zostawi go samego w walentynki, co nie jest zbyt miłe. Może wyślę mu kartkę, niby od tajemniczej wielbicielki.

Ciekawe, co zrobi Mark? Na pewno przynajmniej przyśle mi kartkę.

To znaczy, z całą pewnością przyśle.

I może pójdziemy na kolację albo gdzieś się zabawić. Mmmm. B. miło w końcu mieć faceta w walentynki. O, telefon.

8.45. To był Mark. Jutro na dwa tygodnie jedzie do Nowego Jorku. Prawdę mówiąc, był dość nieprzyjemny i powiedział, że nie ma czasu dzisiaj się ze mną spotkać, bo musi uporządkować wszystkie papiery.

Starałam się być miła i odparłam: „Och, to miło", ale kiedy odłożyłam słuchawkę, wrzasnęłam: „Przecież za tydzień w piątek są walentynki. Aaaaaaa!"

No i tak. Zachowuję się niedojrzale. Liczy się związek, a nie cyniczne sztuczki marketingowe.

4 lutego, czwartek

8.00. W kawiarni nad cappuccino i czekoladowym croissantem. A widzicie! Wyrwałam się z kieratu negatywnych myśli, bo może to i lepiej, że Mark wyjeżdża. Dam mu szansę rozciągnąć się jak marsjańska gumka, jak to radzą w książce *Marsjanie i Wenusjanki na randce*, i poczuć przyciąganie. A ja będę miała szansę popracować nad sobą i zająć się własnym życiem.

Plan na czas nieobecności Marka:
1. Codziennie chodzić na siłownię.
2. Spędzić całą masę cudownych wieczorów z Jude i Shazzer.
3. Zabrać się do sprzątania mieszkania.
4. Spędzać czas z tatą, kiedy mama wyjedzie.
5. Z całych sił starać się poprawić swoją pozycję w pracy.

Aha, no i oczywiście schudnąć trzy kilo.

Południe. W biurze. Spokojny poranek. Dostałam do zrobienia materiał o zielonych samochodach.

— Chodzi o ekologiczną zieleń, Bridget — powiedział Richard Finch — a nie o kolor zielony.

Szybko sobie uświadomiłam, że materiał o zielonych samochodach w ogóle nie pójdzie, więc oddałam się fantazjom na temat Marka Darcy'ego i na własny użytek opracowałam projekt nowej papeterii w komputerze, używając różnych czcionek i odcieni, a jednocześnie wymyślałam nowe tematy, które naprawdę zawiodłyby mnie na szczyt… Aaaa!

12.15. To ten cholerny Richard Finch ryknął:

— Bridget! To nie jest jakiś cholerny dom emeryta! To biurowe zebranie produkcji telewizyjnej! Jeśli już musisz gapić się przez okno, przynajmniej powstrzymaj się od oblizywania pióra. No jak, mogłabyś to zrobić?

— Tak — odparłam naburmuszona, odkładając pióro na biurko.

— Nie, nie chodzi mi o wyjęcie pióra z ust, tylko o to, czy mogłabyś znaleźć mi pięćdziesięcioletniego wyborcę ze środkowej Anglii, z własnym domem, który jest za?

— Jasne, nie ma sprawy — rzuciłam lekko, myśląc, że później spytam Patchouli, za czym ten wyborca ma być.

— Za czym? — spytał Richard Finch.

Uśmiechnęłam się do niego szalenie tajemniczo.

— Zdaje się, że właśnie odpowiedziałeś na własne pytanie — powiedziałam. — Mężczyznę czy kobietę?

— I mężczyznę, i kobietę — wycedził sadystycznie Richard. — Po jednej osobie.

— Hetero czy gejów? — odparowałam.

— Powiedziałem, ze środkowej Anglii — burknął markotnie. — A teraz leć, cholera, do telefonu i pamiętaj, żeby na przyszłość wkładać spódnicę, bo mi rozpraszasz zespół.

Słowo daję, zupełnie jakby w ogóle to zauważyli. Mają obsesję na punkcie własnej kariery, a poza tym moja spódnica wcale nie jest taka krótka, tylko po prostu podjechała mi do góry.

Patchouli mówi, że wyborca ma być za euro lub inną walutą wspólną. Co jej zdaniem wychodzi na jedno. O żesz kurde. Dobra. O, telefon. To pewnie biuro prasowe Gabinetu Cieni.

12.25. — O, cześć, kochanie. — Wrrr. To była moja matka. — Słuchaj, masz jakiś obcisły top?

— Mamo, prosiłam cię, żebyś nie dzwoniła do mnie do pracy, jeżeli nie jest to coś pilnego — syknęłam.

— No wiem, ale widzisz, jedziemy w sobotę, a w sklepach jeszcze jest pełno zimowych ciuchów.

Nagle przyszedł mi do głowy pewien pomysł. Trochę potrwało, zanim udało mi się jej przerwać.

— Słowo daję, Bridge — powiedziała, kiedy już go przedstawiłam. — Chyba nie chcesz, żeby nocą niemieckie ciężarówki wywiozły nam całe złoto?

— Ale mamo, jak sama mówisz, trzeba używać życia! Musisz spróbować wszystkiego!

Milczenie.

— To umocni walutę ludów afrykańskich. — Nie byłam pewna, czy to rzeczywiście prawda, ale nic nie szkodzi.

— No, może i tak, ale nie mam czasu na występowanie w telewizji, bo muszę się pakować.

— Słuchaj — syknęłam. — Chcesz ten top czy nie?

12.40. Hurra! Udało mi się znaleźć nie jednego, nie dwóch, lecz trzech wyborców ze środkowej Anglii. Una chce przyjść z mamą, żeby przejrzeć moją garderobę, a potem skoczyć do Dickens & Jones, a Geoffrey chce wystąpić w telewizji. Jestem researcherem najwyższej klasy.

— No! Jesteśmy zajęci, co? — Richard Finch był postluncho-wo spocony i rozochocony. — Planujemy Jonesowską wersję naprawdę efektywnego programu waluty wspólnej, co?

— Niezupełnie — wymruczałam z luzackim, samokrytycz-nym uśmiechem. — Ale znalazłam dla ciebie tych wyborców ze środkowej Anglii, którzy są za. Właściwie to trzech — dodałam od niechcenia, przerzucając „notatki".

— O, nikt ci nie powiedział? — spytał, uśmiechając się złośliwie. — Zrezygnowaliśmy z tego tematu. Teraz robimy zamachy bombowe. Możesz dla mnie znaleźć paru torysów — pasażerów z biletami okresowymi ze środkowej Anglii, którym trafiają do przekonania argumenty IRA?

20.00. Uch. Spędziłam trzy godziny na smaganej wiatrem Victorii, próbując skierować uwagę pasażerów na IRA — do tego stopnia, że zaczęłam się obawiać, że zostanę aresztowana i prze-wieziona do Maze Prison. Wróciłam do biura, martwiąc się, co mama i Una znajdą w mojej garderobie, i wpakowałam się prosto na Richarda Fincha: „Chyba nie wierzyłaś, że kogoś znajdziesz, co? Frajerka!"

Muszę zmienić pracę. Ojej, telefon.

To był Tom. Hurra! Wrócił!

— Bridget! Ale schudłaś!

— Naprawdę? — spytałam zachwycona, zanim dotarło do mnie, że Tom dokonał tej obserwacji, będąc na drugim końcu kabla.

Wtedy Tom zaczął się rozwodzić nad swą podróżą do San Francisco.

— Chłopak w czasie odprawy celnej był absolutnie boski. Spytał: „Czy ma pan coś do oclenia?", a ja na to: „Tylko tę niesamowitą opaleniznę!" A on dał mi swój telefon i bzykaliśmy się w łaźni!

Poczułam znajome ukłucie zazdrości na myśl o luzie w gejowskim świecie seksu, gdzie ludzie bez namysłu chodzą ze sobą do łóżka, bo obaj mają na to ochotę, i gdzie nikt nie zawraca sobie głowy odbębnieniem trzech randek i nie zastanawia się, ile czasu trzeba odczekać, zanim się zadzwoni.

Po czterdziestopięciominutowym opisie coraz bardziej skandalicznych wybryków powiedział:

— No ale wiesz, jak nie cierpię mówić o sobie. Co tam u c i e b i e? Co słychać u tego całego Marka z jędrną pupką?

Powiedziałam mu, że Mark jest w Nowym Jorku, ale postanowił rzucić tego chłoptasia z króliczkiem, bo obawiał się nadmiernej stymulacji seksualnej. Zamiast tego woli nudzić się w pracy.

— Muszę znaleźć inną pracę, bo ta naprawdę podkopuje moje poczucie godności osobistej i własnej wartości. Potrzebuję czegoś, co mi pozwoli w poważny sposób wykorzystać własne talenty i umiejętności.

— Hmmm. Wiem, co masz na myśli. A nie myślałaś o tym, żeby pójść na ulicę?

— Bardzo śmieszne.

— Może zajęłabyś się jakimś dziennikarstwem na boczku? Zrobiłabyś parę wywiadów w wolnym czasie?

To był naprawdę cudowny pomysł. Tom powiedział, że pogada ze swym znajomym Adamem z „Independent", żeby dał mi jakiś wywiad do przeprowadzenia, recenzję czy coś innego!

Zostanę wytrawną dziennikarką i stopniowo będę się pięła

coraz wyżej i wyżej, zarobię kupę forsy i będę mogła rzucić pracę i tylko siedzieć sobie z laptopem na kanapie. Hurra!

5 lutego, środa

Właśnie dzwoniłam do taty, żeby sprawdzić, co u niego, i spytać, czy miałby ochotę spędzić miło czas w walentynki.

— Och, taka jesteś dobra, kochanie, ale twoja matka powiedziała, że powinienem rozwijać swoją świadomość.

— No i?

— Jadę z Geoffreyem do Scarborough na golfa.

Super. Cieszę się, że u niego wszystko w porządku.

13 lutego, czwartek

58,5 kg, jedn. alkoholu 4, papierosy 19, wizyty na siłowni 0, wczesne walentynki 0, wzmianki dokonane przez faceta na temat walentynek 0, sens Dnia Zakochanych, skoro facet nawet o nim nie wspomina 0.

Mam już kompletnie dosyć. Jutro walentynki, a Mark nawet o tym nie wspomniał. Nie rozumiem, dlaczego musi na cały weekend zostać w Nowym Jorku. Kancelarie adwokackie na pewno są zamknięte.

Cele osiągnięte podczas nieobecności Marka:

1. Liczba wizyt na siłowni 0.
2. Wieczory spędzone z Jude i Shazzer (i zanosi się na to, że jutro jeszcze jeden).
3. Minuty spędzone z tatą 0. Minuty spędzone na rozmowie z tatą o jego uczuciach 0. Minuty spędzone na rozmowie z tatą o golfie z Geoffreyem, który ryczał w tle 287.
4. Napisane artykuły 0.
5. Zrzucone kilogramy 0.
6. Zyskane kilogramy 1.

Mimo wszystko wysłałam Markowi walentynkę. Czekoladowe serce. Wysłałam je do hotelu z dopiskiem: „Nie otwierać przed 14 lutego". Chyba się domyśli, że to ode mnie.

14 lutego, piątek

59 kg, wizyty na siłowni 0, walentynki 0, kwiaty, błyskotki, prezenty walentynkowe 0, sens walentynek 0, różnice między walentynkami a każdym innym dniem 0, sens życia: niepewny, prawdopodobieństwo wpadnięcia w rozpacz z powodu niewalentynkowego dnia: lekkie.

8.00. Naprawdę już mi nie zależy na tych całych walentynkach. W szerszej perspektywie nie są aż tak ważne.

8.20. Zejdę tylko na dół, żeby sprawdzić, czy przyszła poczta.

8.22. Poczta nie przyszła.

8.27. Poczta jeszcze nie przyszła.

8.30. Poczta przyszła! Hurra!

8.35. To był wyciąg z banku. Nic od Marka, nic, nic, nic, nic, nic. Nic.

8.40. Nie mogę uwierzyć w to, że znowu spędzam walentynki sama. Najgorzej było dwa lata temu, kiedy wybrałam się z Jude i Shaz do Gambii, i z powodu rozkładu lotów musiałyśmy wyruszyć dzień wcześniej. Kiedy zeszłyśmy na kolację, poczułyśmy się beznadziejnie. Przy każdym stoliku siedziała para trzymająca się za rękę, a my musiałyśmy kisić się we własnym sosie i czytać *Jak pokochać samą siebie.*

B. mi smutno. To niemożliwe, że nie wiedział. Po prostu mu nie zależy. To znaczy, że jestem Dziewczyną Na Dochodne, bo, jak to jest napisane w *Marsjanach i Wenusjankach na randce*, uważam, że jeżeli mężczyzna jest poważnie zainteresowany kobietą, to zawsze kupuje jej drogie prezenty, jak bieliznę i biżuterię, a nie książki czy odkurzacze. Może chce mi w ten sposób dać do zrozumienia, że to już koniec, a zawiadomi mnie o tym po powrocie.

8.43. Może Jude i Shaz miały rację i powinnam po prostu odejść, kiedy pojawiły się sygnały ostrzegawcze. Gdybym w zeszłym roku, kiedy Daniel wystawił mnie do wiatru na naszej pierwszej randce, wymigując się jakąś żałosną wymówką, odeszła i się zdystansowała, zamiast stosować wyparcie, nie skończyłoby się tym, że znalazłam nagą kobietę na leżaku na jego tarasie na dachu. A swoją drogą: Daniel to anagram słowa Denial*!

To się układa w pewien wzór. Ciągle znajduję nagie osoby w domach swoich facetów. I powtarzam schemat.

8.45. O Boże. Mam debet na 200 funtów. Skąd? Skąd? Skąd?!

8.50. No i co? Wszystko ma swoje dobre strony. Znalazłam jakiś dziwny czek na wyciągu na 149 funtów, którego nie rozpoznaję. To na pewno czek, który wypisałam dla pralni chemicznej na 14,90 albo coś w tym rodzaju.

9.00. Zadzwoniłam do banku, żeby się dowiedzieć, na kogo był wystawiony ten czek, i okazało się, że jest dla jakiegoś „Monsieur S.F.S." Ta pralnia chemiczna to oszuści. Zadzwonię do Jude, Shazzer, Rebeki, Toma i Simona i uprzedzę ich, żeby już nigdy nie chodzili do Duraclean.

9.30. Ha. Poszłam do Duraclean, żeby sprawdzić tego całego „Monsieur S.F.S", pod pretekstem, że chcę oddać do prania czarną, jedwabną koszulkę nocną. Nie mogłam nie zauważyć, że pracownik w pralni nie wyglądał na Francuza, a raczej na Hindusa. No, może na Hinduso-Francuza.

— Czy mógłby mi pan podać swoje imię? — poprosiłam faceta, oddając koszulkę.

— Salwani — odparł, uśmiechając się podejrzanie miło.

S. Ha!

— A jak pani na imię? — spytał.

---

* *Denial* (ang.) — wyparcie się.

— Bridget.

— Bridget. Napisz tu swój adres, Bridget.

Było to bardzo podejrzane. Postanowiłam podać adres Marka, bo on ma alarm przeciwwłamaniowy.

— Znasz Monsieur S.F.S.? — spytałam, na co facet zrobił figlarną minę.

— Nie, ale ciebie chyba skądś znam — odparł.

— Nie myśl sobie, że nie wiem, co się tu wyprawia — powiedziałam, po czym wybiegłam z pralni. No i co? Biorę sprawy w swoje ręce.

22.00. Nie mogę uwierzyć w to, co się stało. O wpół do dwunastej wszedł do biura jakiś młodzieniec z ogromnym bukietem czerwonych róż i przyniósł mi je do biurka. Do mnie! Szkoda, że nie widzieliście wyrazu twarzy Patchouli i Strasznego Harolda. Nawet Richard Finch oniemiał, stać go było tylko na żałosne: „Sami je sobie przysłaliśmy, co?"

Otworzyłam liścik i przeczytałam, co następuje:

Wesołych walentynek światłu mego steranego, starego życia. Bądź jutro na Heathrow, terminal 1, o 8.30, żeby odebrać bilet z British Airways (odn.: P23/R55) na czarodziejskie, tajemnicze miniwakacje. Powrót w poniedziałek odpowiednio wcześnie rano, żeby zdążyć do pracy. Spotkamy się na miejscu.

(Postaraj się wypożyczyć kombinezon narciarski i jakieś sensowne buty).

Nie mogę w to uwierzyć. Normalnie nie mogę w to uwierzyć. Mark zabiera mnie na niespodziewane walentynkowe narty. To jakiś cud. Hurra! Będzie b. romantycznie w wioseczce jak ze świątecznej pocztówki, pośród migających lampek itp., gdzie będziemy szusować po zboczach, ręka w rękę jak Król i Królowa Śniegu.

To okropne, że wpędziłam się w obsesję negatywnych myśli, ale coś takiego mogło się przydarzyć każdemu. Z całą pewnością.

Przed chwilą dzwoniłam do Jude, która mi pożyczyła kombinezon narciarski — czarny jednoczęściowy, w którym będę wyglądała jak Michelle Pfeiffer jako Kobieta-Kot albo coś w tym stylu. Jedyny maleńki problem polega na tym, że na nartach jeździłam tylko raz, w szkole, i natychmiast pierwszego dnia zwichnęłam sobie nogę w kostce. Nie szkodzi. Na pewno to łatwizna.

15 lutego, sobota
75 kg (czuję się jak gigantyczna nadmuchiwana piłka pełna fondue, hot dogów, czekolady na gorąco itp.), grappa* 5, papierosy 32, filiżanki czekolady na gorąco 6, kalorie 8257, stopy 3, doświadczenia z pogranicza śmierci 8.

1.00. w nocy. Na skraju przepaści. Nie mogę uwierzyć, w co się wpakowałam. Kiedy się znaleźliśmy na szczycie góry, strach tak mnie sparaliżował, że zaproponowałam, żeby Mark pojechał przodem, sama zaś przypinałam narty, patrząc, jak on pędzi po zboczu z „szszuuu, bzzzzz, bzzzzz" niczym wystrzelony pocisk, zakazana śmiercionośna petarda czy coś w tym rodzaju. Byłam b. wdzięczna za ten wyjazd na narty, ale nie mogłam pojąć, jaki jest sens gramolić się na górę, jechać ze szczękiem wzdłuż olbrzymich betonowych budowli obwieszonych kratami i łańcuchami rodem z obozu koncentracyjnego, na ugiętych nogach i z ołowianymi ciężarami na każdej stopie, z nieporęcznymi nartami, które ciągle się rozjeżdżają, i sunąć na automatycznym kołowrocie niczym owce jadące do łaźni, kiedy można wylegiwać się w łóżku. Najgorzej, że włosy zupełnie mi zwariowały, tworząc dziwaczne szczyty i rogi jak na czekoladkach z bombonierki Misshapes od Cadbury, a ten kombinezon Kobiety-Kota jest chyba zaprojektowany wyłącznie dla wysokich i chudych osób jak Jude, bo ja w nim wyglądałam jak pulpet albo jakaś stara ciotka grająca w pantomimie. Poza tym wokół mnie trzylatki śmigały bez kijków, stawały na jednej nodze, wykonywały salta itd.

---

* Grappa — włoska odmiana brandy.

Narciarstwo to naprawdę b. niebezpieczny sport, nie zmyślam. Ludzie dostają paraliżu, giną zagrzebani pod lawiną itd., itp. Shazzer opowiadała mi o znajomym, który wybrał się na przerażającą trasę znajdującą się poza szlakiem narciarskim, ale stchórzył, więc ratownicy musieli go zwieźć na noszach, ale po drodze j e p u ś c i l i.

14.30. Kafejka na górze. Mark wjechał z wizgiem na górę i spytał, czy jestem gotowa na zjazd.

Wytłumaczyłam mu szeptem, że popełniłam błąd, wjeżdżając na stok, bo narciarstwo to b. niebezpieczny sport — tak niebezpieczny, że nie wystarczy nawet ubezpieczenie od nieszczęśliwych wypadków na wakacjach. Co innego mieć wypadek, którego się nie da przewidzieć, a co innego na własne życzenie wpakować się w ekstremalnie niebezpieczną sytuację, świadomie igrać ze śmiercią lub kalectwem, na przykład skacząc na bungee, wchodząc na Everest, pozwalając, by ktoś zestrzeliwał ci jabłko z głowy, itd.

Mark wysłuchał mnie w milczeniu i z zamyśleniem.

— Rozumiem, Bridget — powiedział. — Ale to ośla łączka. Stok jest niemal poziomy.

Powiedziałam Markowi, że chcę wracać na wyciągu, ale okazało się, że to wyciąg orczykowy, a na wyciągu orczykowym nie da się zjechać na dół. Czterdzieści pięć minut później Mark sprowadził mnie ze stoku, popychając mnie, a potem biegnąc na dół, by mnie złapać. Kiedy dotarliśmy na dół, zaproponowałam, żebyśmy pojechali kolejką z powrotem do wioski, trochę odsapnęli i napili się cappuccino.

— Bridget, cały dowcip polega na tym, że jazda na nartach jest jak wszystko inne w życiu — wyjaśnił. — To tylko kwestia wiary we własne siły. Chodź. Grappa dobrze ci zrobi.

14.45. Mmm. Pyszna grappa nie jest zła.

15.00. Grappa to naprawdę bdb, boski napój. Mark ma rację. Prawdopodobnie mam naturalny talent narciarski. Cały dowcip polega na tym, żeby uwierzyć w siebie.

15.15. Na szczycie oślej łączki. Toż to łatwizna. Jadę. Łiiiiii!

16.00. Jestem fantastyczna, jestem wybornym narciarzem. Właśnie zjechałam z Markiem ze stoku: „szszuuu, bzzz", uginając całe ciało i instynktownie poruszając się w idealnej harmonii. Dzika euforia! Odkryłam swoje nowe powołanie. Jestem sportsmenką jak księżniczka Anna! Pełną nowej energii i pozytywnych myśli! Wiary w siebie! Hurra! Przede mną nowe życie! Grappa! Hurra!

17.00. Poszliśmy odpocząć do kafejki na górze, gdzie Marka otoczyła cała banda prawniko-bankierów, w której, tyłem do mnie, stała wysoka, szczupła blondynka w białym kombinezonie narciarskim, futrzanych nausznikach i goglach od Versace. Wyła ze śmiechu. Kiedy, jak w zwolnionym tempie, odgarnęła włosy z twarzy, które powróciły falującą kurtyną, zaczęło do mnie docierać, że rozpoznaję ten śmiech. Wtedy odwróciła się do nas twarzą. To była Rebecca.

— Bridget! — wykrzyknęła i pobrzękując sprzętem, podeszła do nas, po czym mnie ucałowała. — Słoneczko ty moje! Fantastycznie, że cię widzę! Co za zbieg okoliczności!

Spojrzałam na Marka, który z zakłopotaniem przeczesywał palcami włosy.

— Yyy, to raczej nie jest zbieg okoliczności, co? — powiedział niezręcznie. — Przecież sama zaproponowałaś, żebym tu przywiózł Bridget. To znaczy oczywiście, wspaniale, że się spotkaliśmy, ale nie miałem pojęcia, że wy wszyscy też tu będziecie.

W Marku dobre jest jedno — zawsze mu wierzę, ale kiedy ona mu to zaproponowała? No, kiedy?

Rebecca na chwilę straciła głowę, ale zaraz uśmiechnęła się zwycięsko.

— Wiem, ale po prostu przypomniałam sobie, jak cudownie jest w Courcheval, no a wszyscy jechali, więc… Ooo! — Na szczęście „zachwiała się" i musiała się „wesprzeć" na jednym z czekających adoratorów.

— Hmmm — mruknął Mark. Wcale nie wyglądał na zadowolonego. Ja stałam ze spuszczoną głową, usiłując zrozumieć, o co w tym wszystkim chodzi.

W końcu nie mogłam już wytrzymać tego udawania, że nic się nie stało, więc szepnęłam Markowi, że idę jeszcze pojeżdżać z oślej łączki. Ustawiłam się w kolejce do wyciągu orczykowego zadowolona, że wyrwałam się z tej dziwacznej sytuacji. Przez własną niezdarność przepuściłam kilka pierwszych zaczepów, ale udało mi się załapać na następny.

Problem polegał na tym, że kiedy ruszyłam, coś było nie tak, podskakiwałam na wybojach jak rozbawione dziecko. Nagle spostrzegłam, że jakiś dzieciak macha do mnie z pobocza i krzyczy coś po francusku. Spojrzałam na balkon kafejki i z przerażeniem stwierdziłam, że wszyscy znajomi Marka też coś wrzeszczą i machają do mnie. Co się stało? Potem zobaczyłam Marka, który jak wariat pędził w moją stronę.

— Bridget! — krzyknął, kiedy znalazł się w zasięgu mojego słuchu. — Zapomniałaś przypiąć narty!

— Cholerna idiotka! — ryknął Nigel, kiedy wróciliśmy do kafejki. — To największa głupota, jaką widziałem od lat.

— Chcesz, żebym z nią została? — spytała Rebecca Marka, wytrzeszczając oczy z zatroskaniem, zupełnie jakbym była jakimś utrapionym dzieciakiem. — Wtedy mógłbyś spokojnie sobie pojeżdżać przed kolacją.

— Nie, nie, wszystko w porządku — odparł, ale po jego minie widziałam, że ma ochotę pójść na te narty, a ja naprawdę chciałam, żeby sobie pojeździł, bo tak bardzo to lubi. Nie mogłam jednak znieść myśli, że ta cholerna Rebecca miałaby mi udzielać lekcji jazdy na nartach.

— Prawdę mówiąc, to chciałabym trochę odsapnąć — powiedziałam. — Napiję się czekolady na gorąco i dojdę do siebie.

Czekolada w kafejce była fantastyczna, zupełnie jakbym piła sos czekoladowy, co dobrze mi zrobiło, bo oderwałam się myślami od widoku Marka i Rebeki jadących razem wyciągiem krzesełkowym na szczyt. Widziałam, że jest cała rozszczebiotana i dotyka jego ręki.

W końcu pojawili się znowu, szusując w dół jak Król i Królowa Śniegu — on na czarno, ona na biało — jak para z reklamówki schroniska górskiego, która nie tylko oferuje takie atrakcje, jak osiem czarnych szlaków, 400 wyciągów i dwa posiłki dziennie, ale również sugeruje, że przeżyjesz tam cudowny seks, podobnie jak tych dwoje za chwilę.

— Och, jakie to zabawne — powiedziała Rebecca, nakładając gogle na głowę i śmiejąc się do Marka. — Słuchaj, może mielibyście ochotę zjeść dzisiaj z nami kolację? Robimy sobie fondue na szczycie góry, a potem zjeżdżamy na dół z pochodniami. Och, przepraszam, Bridget, ty możesz zjechać kolejką.

— Nie — odparł Mark stanowczo. — Przegapiłem walentynki, więc zabieram Bridget na walentynkową kolację.

W Rebecce dobre jest to, że zwykle przez ułamek sekundy zdradza się wkurzoną miną.

— W porządeczku, jak chcecie, bawcie się dobrze — powiedziała, błysnęła zębami w uśmiechu jak z reklamy pasty do zębów, po czym nasunęła gogle na oczy i zgrabnie odjechała w stronę miasta.

— Kiedy ją spotkałeś? — spytałam. — Kiedy zaproponowała wyjazd do Courcheval?

Zmarszczył brwi.

— Była w Nowym Jorku.

Zachwiałam się, upuszczając jeden z kijków. Mark wybuchnął śmiechem, podniósł kijek i mocno mnie przytulił.

— Nie rób takiej miny — powiedział wtulony w mój policzek. — Była z całą grupą, pogadaliśmy góra dziesięć minut. Powiedziałem, że chciałbym sprawić ci jakąś miłą niespodziankę, bo przegapiłem walentynki, a ona zaproponowała ten wyjazd.

Wydobył się ze mnie jakiś cichy, nieartykułowany dźwięk.

— Bridget — wyszeptał Mark. — Kocham cię.

16 lutego, niedziela

Waga: nie obchodzi mnie (prawdę mówiąc, to po prostu nie ma tu wagi), liczba powtórzeń w myślach tego przecudownego słowa na „K": niebotycznie wysoka.

Jestem taka szczęśliwa. Wcale nie gniewam się na Rebeccę, tylko jestem wyrozumiała i pełna akceptacji. To przemiła, upozowana krowa na pajęczych nóżkach. Byliśmy z Markiem na b. dobrej, fajnej kolacji, ciągle się zaśmiewaliśmy i powtarzaliśmy, jak bardzo za sobą tęskniliśmy. Dałam mu prezent w postaci breloczka do kluczy z godłem Newcastle United i bokserki z takim samym godłem, które bardzo, bardzo mu się podobały. On mi dał na walentynki czerwoną jedwabną koszulkę nocną, która okazała się nieco za mała, co jednak wcale mu nie przeszkadzało, a szczerze mówiąc, wręcz przeciwnie. Potem opowiedział mi o pracy, co się wydarzyło w Nowym Jorku, a ja wygłosiłam swoją opinię na ten temat, która — jak orzekł — rozproszyła jego wątpliwości i była bardzo „wyjątkowa"!

PS. Nikomu nie wolno tego czytać, bo mi wstyd. Byłam tak podniecona tym, że tak szybko wypowiedział słowo na „K", że spontanicznie zadzwoniłam do Jude i Shaz i zostawiłam im wiadomość na sekretarce. Teraz jednak widzę, że to było płytkie i niewłaściwe.

17 lutego, poniedziałek

60 kg (aaa! Ta cholerna czekolada na gorąco), jedn. alkoholu 4 (ale razem z drinkami w samolocie, więc bdb), papierosy 12, kompromitujące neokolonialne uczynki mojej matki 1, ale bardzo duży.

Miniwakacje były fantastyczne — pomijając Rebeccę, ale dziś rano na Heathrow przeżyłam mały szok. Właśnie staliśmy w hali przylotów, rozglądając się za taksówką, kiedy usłyszałam głos:

— Kochanie! Nie musiałaś po mnie wychodzić, ty głuptasiu. Geoffrey i tatuś czekają na nas na zewnątrz. Przyszłyśmy tu tylko po prezent dla tatusia. Chodź, poznaj Wellingtona!

To była moja matka, opalona na wściekły oranż, z włosami splecionymi w warkoczyki w stylu Bo Derek, zakończone paciorkami i w obszernej pomarańczowej szacie z batiku, w której wyglądała jak Winnie Mandela.

— Na pewno sobie pomyślisz, że to Masaj, ale tak naprawdę to jest Kikuyu! Kikuyu! Pomyśl tylko!

Podążyłam za jej wzrokiem do lady w Sock Shop, przy której z otwartą portmonetką w ręce stała Una Alconbury, również cała pomarańczowa i ubrana od stóp do głów w batiki, ale w okularach do czytania i z zieloną skórzaną torebką z wielkim złotym zapięciem. Gapiła się z zachwytem na ogromnego czarnego młodzieńca z rozciągniętymi uszami (w jednym z nich tkwił pojemnik od kliszy filmowej), ubranego w jaskrawoniebieski płaszcz w kratę.

— *Hakuna Matata*. Nie martw się, uśmiechnij się! Suahili. Ale odlot, co? Una i ja super się bawiłyśmy, a Wellington przyjechał z nami! Witam, Mark — powiedziała, ledwo dostrzegając jego obecność. — No, kochanie, powiedz Wellingtonowi J a m b o!

— Zamknij się, mamo, zamknij się — syknęłam kącikiem ust, nerwowo rozglądając się na boki. — Nie możesz zapraszać do siebie jakiegoś tam członka afrykańskiego plemienia. To neokolonializm, a tata dopiero co doszedł do siebie po tej aferze z Juliem.

— Wellington nie jest jakimś tam członkiem plemienia — wyjaśniła mama, prostując się do swojego pełnego wzrostu. — Kochanie, to najprawdziwszy członek plemienia! Mieszka w chacie z łajna! Ale sam chciał tu przyjechać! Chce odbyć podróż dookoła świata, jak Una i ja!

W taksówce w drodze do domu Mark był nieco niekomunikatywny. Cholerna mama. Żałuję, że nie mam jak inni ludzie normalnej, okrągłej mamy z siwymi włosami, która robiłaby pyszny gulasz.

Dobra, dzwonię do taty.

21.00. Tata wpadł w swój najgorszy środkowoangielski dołek emocjonalny i znowu miał kompletnie pijany głos.

— Co u ciebie? — zaryzykowałam, kiedy w końcu pozbyłam się rozentuzjazmowanej mamy.

— Dobrze, dobrze. Zulus pracuje w ogródku skalnym. Prymulki już się pokazują. A u ciebie wszystko w porządku?

O Boże. Nie wiem, czy jeszcze raz da sobie radę z całym tym

wariatkowem. Powiedziałam, żeby dzwonił do mnie o każdej porze dnia i nocy, ale to bardzo trudne, kiedy jest taki oficjalny.

18 lutego, wtorek
60 kg (poważny stan alarmowy), papierosy 13, masochistyczne fantazje o Marku zakochanym w Rebecce 42.

19.00. Mętlik w głowie. W wielkim pośpiechu wróciłam do domu po kolejnym koszmarnym dniu w pracy (Shaz z jakiegoś niewytłumaczalnego powodu doszła do wniosku, że interesuje się piłką nożną, więc razem z Jude idziemy obejrzeć, jak Niemcy biją Turków, Belgów czy kogoś tam) i znalazłam dwie wiadomości na sekretarce, z których żadna nie była od taty.

Pierwszą zostawił Tom, który powiedział, że jego znajomy Adam z „Independent" mówi, że nie ma nic przeciwko zleceniu mi jakiegoś wywiadu, jeśli tylko znajdę kogoś naprawdę sławnego, i żebym się nie spodziewała żadnego honorarium.

Chyba nie jest to normalka w prasie? No bo skąd dziennikarze mają kasę na hipotekę i problemy z piciem?

Druga wiadomość była od Marka. Powiedział, że dziś wieczorem wychodzi z Amnesty i Indonezyjczykami, i pytał, czy może łapać mnie u Shazzer, żeby się dowiedzieć, jaki jest wynik meczu. Potem nastąpiła chwila milczenia i w końcu Mark powiedział: „Eee, Rebecca zaprosiła nas i całą paczkę na imprezę w najbliższy weekend do domu swoich rodziców w Gloucestershire. Co ty na to? Zadzwonię później".

Dobrze wiem, co ja na to. Z całą pewnością wolałabym siedzieć w jakiejś norce w ogródku skalnym moich rodziców i zaprzyjaźnić się z robakami, niż iść na imprezę do Rebeki i patrzeć, jak flirtuje z Markiem. Dlaczego nie zadzwoniła do mnie z zaproszeniem?

To wspominatoza. Regularna wspominatoza. Bez żadnych wątpliwości. Telefon. To pewnie Mark. Co mu powiedzieć?

— Bridget, odbierz, odłóż, odłóż. ODŁÓŻ.

Zdezorientowana podniosłam słuchawkę.

— Magda?

— Bridget! Cześć! Jak było na nartach?

— Super, ale… — Opowiedziałam jej całą historię o Rebecce, Nowym Jorku i imprezie. — Nie wiem, czy powinnam iść czy nie.

— Oczywiście, że powinnaś pójść, Bridge — zawyrokowała Magda. — Gdyby Mark chciał chodzić z Rebeccą, toby z nią chodził… Zejdź, zejdź, Harry, w tej chwili złaź z tego krzesła albo mama da ci klapsa. Jesteście zupełnie różne.

— Hmmm. Wiesz, myślę, że Jude i Shazzer uważałyby, że… Jeremy wziął słuchawkę.

— Słuchaj, Bridge, skorzystanie z rady Jude i Shazzer odnośnie do chodzenia na randki, to jak przyjęcie rady od dietetyczki, która waży sto trzydzieści kilo.

— Jeremy! — ryknęła Magda. — On się tylko bawi w adwokata diabła, Bridge. Zignoruj go. Każda kobieta ma swoją aurę. On wybrał ciebie. Idź, bądź olśniewająca i miej na nią oko. Nieee! Nie na podłogę!

Magda ma rację. Jestem pewną siebie, wrażliwą, odpowiedzialną kobietą sukcesu i będę się świetnie bawiła, emanując swoją aurą. Hurra! Zadzwonię tylko do taty i idę na ten mecz.

Północ. Z powrotem w domu. Po wyjściu na mróz pewna siebie kobieta sukcesu straciła całą pewność siebie. Musiałam przejść koło robotników pracujących w jaskrawym świetle przy gazociągu. Miałam na sobie b. krótki płaszczyk i wysokie kozaki, więc nastawiłam się na lubieżne kocie wrzaski i krępujące uwagi. Poczułam się jak kompletna idiotka, gdy nic takiego się nie zdarzyło.

Przypomniało mi się, jak kiedyś, gdy miałam piętnaście lat i szłam do miasta opustoszałą boczną uliczką, jakiś mężczyzna zaczął mnie śledzić, a potem złapał za rękę. Przerażona obróciłam się, żeby spojrzeć na atakującego. W tamtych czasach w opiętych dżinsach wyglądałam b. chudo, ale nosiłam też okulary w oprawce ze skrzydełkami i aparat korekcyjny na zębach. Facet rzucił tylko na mnie okiem i uciekł.

Po przyjściu opowiedziałam Jude i Sharon o swoich odczuciach związanych z robotnikami.

— Na tym właśnie polega cały dowcip, Bridget — eksplodowała Sharon. — Ci mężczyźni traktują kobiety jak przedmioty, jakby ich jedyną funkcją była fizyczna atrakcyjność.

— Ale oni jej tak nie potraktowali — wtrąciła Jude.

— Właśnie dlatego cała ta sprawa jest tak obrzydliwa. No dobra, miałyśmy oglądać mecz.

— Mmm. Robotnicy mają takie piękne, potężne uda, nie? — powiedziała Jude.

— Mmmm — zgodziłam się z nią, zastanawiając się z roztargnieniem, czy Shaz wkurzyłaby się, gdybym podczas meczu poruszyła temat Rebeki.

— Znam dziewczynę, która kiedyś przespała się z Turkiem — powiedziała Jude. — Miał tak wielki penis, że nie mógł się z nikim kochać.

— Co? Wydawało mi się, że mówiłaś, że się z nim przespała — zauważyła Shazzer, jednym okiem oglądając telewizję.

— Spała z nim, ale nie zrobili tego — wyjaśniła Jude.

— Nie mogła, bo miał takiego dużego — stanęłam po stronie Jude. — Coś okropnego. Myślicie, że to kwestia narodowości? To znaczy, że Turcy…?

— Zamknij się — powiedziała Shazzer.

Na chwilę umilkłyśmy, wyobrażając sobie wszystkie te penisy utknięte schludnie w majtkach i myśląc o sztuczkach różnych narodowości. Już miałam otworzyć usta, kiedy Jude, która chyba wpadła w jakąś obsesję, nagle wypaliła:

— To musi być strasznie dziwne… mieć penis.

— Tak — zgodziłam się. — To strasznie dziwne mieć taką ruchomą wypustkę. Gdybym ja miała penis, to chyba ciągle bym o nim myślała.

— No, człowiek by się martwił, co taki penis może za chwilę zrobić — powiedziała Jude.

— Właśnie — przytaknęłam. — Na przykład w samym środku meczu piłki nożnej mogłabyś dostać potężnej erekcji.

— Na miłość boską! — ryknęła Sharon.

— OK, wyluzuj się — powiedziała Jude. — Bridge? Wszystko w porządku? Wyglądasz na przygnębioną.

Zerknęłam nerwowo na Shaz i doszłam do wniosku, że to zbyt poważne, by kłamać. Odchrząknęłam, żeby zwrócić na siebie uwagę, i oznajmiłam:

— Rebecca zadzwoniła do Marka i zaprosiła nas na ten weekend na miniwakacje.

— CO? — Jude i Shaz wybuchnęły jednocześnie.

Bardzo się ucieszyłam, że powaga sytuacji została w pełni doceniona. Jude wstała po Milk Tray, a Shaz skoczyła do lodówki po kolejną butelkę.

— Cały dowcip polega na tym — podsumowała Sharon — że znamy Rebeccę od czterech lat. Czy przez cały ten czas choć raz zaprosiła ciebie, mnie albo Jude na jedną z tych swoich bajeranckich imprez weekendowych?

— Nie. — Z powagą pokręciłam głową.

— Ale problem w tym, że jeśli nie pójdziesz, to co, jak on wybierze się sam? — zastanawiała się Jude. — Nie możesz pozwolić, żeby wpadł w szpony Rebeki. A poza tym, dla kogoś na jego stanowisku ważne jest mieć partnera, który się obraca w odpowiednich kręgach.

— Hmmm — parsknęła Shazzer. — Staroświeckie brednie. Jeżeli Bridge powie, że nie chce iść, a on pójdzie sam i skuma się z Rebeccą, to znaczy, że jest drugorzędnym szarlatanem niewartym złamanego grosza. Partner, który obraca się w odpowiednich kręgach — ha! Nie żyjemy w latach pięćdziesiątych. Bridge nie sprząta cały dzień w spiczastym staniku, żeby potem zabawiać jego kolegów jak jakaś stepfordzka żona*. Powiedz mu, że wiesz, że Rebecca na niego leci, i dlatego nie chcesz iść.

— Ale on to odbierze jako komplement — powiedziała Jude.

---

* Stepfordzka żona — postać z filmu, w którym żony zostały zastąpione robotami; obraźliwie o kobiecie bez zainteresowań i charakteru.

— Dla faceta nie istnieje nic bardziej atrakcyjnego niż kobieta, która jest w nim zakochana.

— Kto tak powiedział? — spytała Shaz.

— Baronowa w *Dźwięku muzyki* — odparła zarozumiale Jude.

Niestety, zanim z powrotem skupiłyśmy się na meczu, ten już się skończył.

Potem zadzwonił Mark.

— No i jaki wynik? — spytał podekscytowany.

— Yyy... — stęknęłam, gorączkowo machając do Jude i Shazzer, które miały kompletną pustkę na twarzach.

— Nie obejrzałaś, co?

— Oczywiście, że obejrzałam, *football's coming home, it's coming...* * — zaśpiewałam, niejasno przypominając sobie, że ma to coś wspólnego z Niemcami.

— To dlaczego nie wiesz, jaki jest wynik? Nie wierzę ci.

— Oglądałyśmy, ale...

— Co?

— Jednocześnie rozmawiałyśmy — dokończyłam sztywno.

— O Boże. — Zapadło długie milczenie. — Słuchaj, chcesz iść do Rebeki?

Jak opętana zaczęłam strzelać oczami między Jude i Shaz. Jedna mówi „tak". Druga „nie". I jeszcze jedno „tak" od Magdy.

— Tak — powiedziałam.

— Super. Może być fajnie. Powiedziała, żeby wziąć ze sobą kostium kąpielowy.

Kostium kąpielowy! Kanał. Kanaaaaaaał.

W drodze powrotnej do domu napatoczyłam się na grupę robotników, którzy, kompletnie narąbani, wytoczyli się z pubu. Podniosłam wysoko głowę i postanowiłam, że mam w nosie to, czy będą za mną gwizdać czy nie, ale kiedy ich minęłam, rozległa się prawdziwa kakofonia pełnych uznania dźwięków. Odwróci-

---

* *Football's coming home...* — słowa piosenki mówiącej o powrocie angielskiej piłki nożnej do świetności; nieoficjalny hymn kibiców angielskich śpiewany podczas meczów piłkarskiej reprezentacji kraju.

łam się, zamierzając posłać im ostre spojrzenie, ale okazało się, że patrzą w drugą stronę, bo jeden z nich właśnie wrzucił cegłę przez okno do volkswagena.

22 lutego, sobota

59,5 kg (przerażające), jedn. alkoholu 3 (wzorowy z zachowania), papierosy 2 (ha!), kalorie 10 000 (prawdopodobny sabotaż Rebeki), psy zadzierające mi spódnicę 1 (ale bez przerwy).

Gloucestershire. Okazuje się, że w wiejskiej posiadłości rodziców Rebeki są stajnie, oficyny, basen, służba i kapliczka w „ogrodzie". Kiedy chrzęszcząc, przeszliśmy po żwirowanej ścieżce, Rebecca — z tyłeczkiem jak kule do bilarda, w opiętych dżinsach, jakby zeszła z reklamy Ralpha Laurena, i z włosami rozświetlonymi słońcem — bawiła się z psem pośród całej gamy saabów i kabrioletów BMW.

— Emma! Leżeć! Czeeeść! — wykrzyknęła, na co pies wyrwał się jej i wsadził mi pysk pod spódnicę.

— Cmok, weźcie sobie drinka — powiedziała, witając się z Markiem, podczas gdy ja zmagałam się z psim łbem.

Mark wyswobodził mnie, krzycząc: „Emma! Tutaj!" i rzucając patyk, który pies aportował, machając ogonem.

— Och, ona cię uwielbia, prawda, kochanie, prawda, prawda, prawda? — zagruchała Rebecca, pieszcząc łeb psa, jakby to było jej i Marka pierworodne dziecko.

Rozdzwoniła się moja komórka. Spróbowałam ją zignorować.

— To chyba twoja, Bridget — powiedział Mark.

Wyjęłam komórkę i włączyłam.

— O, cześć, kochanie. Wiesz, co?

— Mamo, po co dzwonisz do mnie na komórkę? — syknęłam, patrząc, jak Rebecca prowadzi gdzieś Marka.

— W przyszły piątek idziemy wszyscy na *Miss Saigon*! Una, Geoffrey, tatuś, ja i Wellington. On jeszcze nigdy nie był na musicalu. Kikuyu na *Miss Saigon*. Prawda, że to niesamowite? Mamy też bilety dla ciebie i dla Marka!

Aaa! Te musicale! Ci dziwni ludzie stojący w rozkroku i wyrykujący przed siebie piosenki.

Zanim dotarłam do domu, Mark i Rebecca zniknęli i został mi tylko pies, który znowu wsadził mi łeb pod spódnicę.

16.00. Właśnie wróciłam ze spaceru po „ogrodzie". Rebecca ciągle wmanewrowywała mnie w rozmowy z różnymi ludźmi, a sama odciągała Marka od reszty. Skończyło się na tym, że wylądowałam na spacerze z jej siostrzeńcem — zahukanym sobowtórem Leonarda DiCaprio w płaszczu od Oxfama, na którego wszyscy mówili „chłopak Johnny'ego".

— Znaczy się, tego, ja naprawdę mam własne imię — wymamrotał.

— Och, nie wygłuuuuupiaj się! — powiedziałam, udając Rebeccę. — Jakie?

Przystanął zakłopotany.

— St John.

— O! — wyraziłam swoje współczucie.

Roześmiał się i zaproponował mi papierosa.

— Lepiej nie — odparłam, ruchem głowy wskazując w stronę Marka.

— To twój facet czy ojciec?

Zaprowadził mnie ze ścieżki do miniaturowego jeziorka i zapalił dla mnie papierosa.

Było b. fajnie tak sobie palić i chichotać jak niegrzeczne dzieci.

— Lepiej wracajmy — powiedziałam w końcu, gasząc niedopałek papierosa.

Inni stali całe mile dalej, więc musieliśmy biec: młodzi, szaleni i wolni jak z reklamy Calvina Kleina. Kiedy ich dogoniliśmy, Mark mnie objął.

— Co robiłaś? — spytał, wtulając twarz w moje włosy. — Paliłaś jak niegrzeczna uczennica?

— Ja od pięciu lat nie miałam papierosa w ustach! — zaszczebiotała Rebecca.

19.00. Mmm. Mmm. Mark był strasznie napalony przed kolacją. Mmmmm.

Północ. Rebecca uparła się, żeby przy kolacji posadzić mnie koło „chłopaka Johnny'ego" — „Wy się taaaaak dogadujecie ze sobą!" — a sama usadowiła się koło Marka.

Wyglądali razem idealnie w swych strojach wieczorowych. Wieczorowe stroje! Jak to powiedziała Jude, Rebecca zarządziła je tylko dlatego, że chciała się popisać swoją figurą w kreacji od Country Casuals i wieczorowej sukni jak z konkursu Miss Świata. Raptem, zupełnie jakby czytała w moich myślach, zaproponowała:

— Może teraz przebierzemy się w kostiumy kąpielowe? — Po czym poszła się przebrać, a po paru minutach zjawiła się w świetnie skrojonym czarnym kostiumie kąpielowym, z nogami aż do żyrandola.

— Mark, możesz mi pomóc? — poprosiła. — Muszę zdjąć pokrowiec z basenu.

Mark z zatroskaniem przeniósł wzrok z niej na mnie.

— Oczywiście. Tak — powiedział niezręcznie i zniknął za nią.

— Będziesz pływała? — spytał ten smarkacz.

— No — zaczęłam — nie chciałabym, żebyś sobie pomyślał, że nie jestem zdecydowaną i zapaloną sportsmenką, ale jedenasta w nocy po pięciodaniowej kolacji to nie moja pora na pływanie.

Gadaliśmy jeszcze chwilę, potem zauważyłam, że ostatni z naszych współbiesiadników opuszczają pokój.

— Pójdziemy napić się kawy? — zaproponowałam, wstając.

— Bridget. — Nagle, w pijanym widzie, rzucił się do przodu i zaczął się rwać do całowania. Wtedy otworzyły się drzwi. To byli Rebecca i Mark.

— Ups! Przepraszamy! — powiedziała Rebecca i zamknęła drzwi.

— Co ty sobie wyobrażasz? — syknęłam przerażona do smarkacza.

— Ale… Rebecca powiedziała, że jej mówiłaś, że bardzo ci się podobam i… i…

— I co?

— I że ty i Mark właśnie się rozstajecie.

Uchwyciłam się stołu, żeby nie upaść.

— Kto jej to powiedział?

— Powiedziała… — Był tak zmarnowany, że naprawdę mu współczułam. — …że Mark jej to powiedział.

23 lutego, niedziela

77 kg (prawdopodobnie), jedn. alkoholu 3 (od północy, a jest dopiero 7 rano), papierosy 100 000 (tak się czuję), kalorie 3275, pozytywne myśli 0, faceci: niezwykle niepewna liczba.

Kiedy wróciłam do pokoju, Mark się kąpał, więc usiadłam w koszuli nocnej, opracowując plan obrony.

— To nie było to, co ci się wydaje — powiedziałam z niesamowitą oryginalnością, kiedy się wyłonił z łazienki.

— Nie? — odparł, trzymając whisky w ręce. Zaczął chodzić tam i z powrotem, jak to mają w zwyczaju adwokaci, odziany tylko w ręcznik. Było to wkurzające, ale niewiarygodnie seksowne. — Może coś ci utknęło w gardle? — spytał. — Może ten Sinjun* był nie leserem żyjącym z funduszu powierniczego, tylko chirurgiem laryngologiem, który usiłował wyjąć to własnym językiem?

— Nie — powiedziałam ostrożnie i z namysłem. — To też nie to.

— To może hiperwentylowałaś? Może ten Sinjun — przyswoiwszy przez swój przeżarty marihuaną mózg podstawowe zasady pierwszej pomocy, które pewnie wyczytał na plakacie w jednym z ośrodków odwykowych, w których się leczył w swym krótkim i poza tym ubogim w wydarzenia życiu — próbował uratować cię metodą usta-usta? Albo wziął cię za wyborową porcję skuna i mógł się…

Wybuchnęłam śmiechem. Wtedy on też się roześmiał, a potem

---

* Sinjun — bohater romansów Catherine Coulter.

zaczęliśmy się całować, jedno doprowadziło do drugiego i w końcu usnęliśmy w swoich objęciach.

Rano obudziłam się cała w skowronkach, myśląc, że wszystko jest OK, ale kiedy się rozejrzałam, okazało się, że Mark już jest ubrany, i zrozumiałam, że nic nie jest ani trochę OK.

— Ja ci to wszystko wytłumaczę — zaczęłam, dramatycznie podrywając się do pozycji siedzącej. Przez chwilę patrzyliśmy na siebie i znowu zaczęliśmy się śmiać. Mark jednak szybko spoważniał.

— No to tłumacz.

— Wszystko przez Rebeccę. St John powiedział, że Rebecca mu powiedziała, że ja jej powiedziałam, że on mi się podoba i…

— A ty uwierzyłaś w ten zdumiewający głuchy telefon?

— I że jej powiedziałeś, że my…

— Tak?

— Że się rozstajemy — dokończyłam.

Mark usiadł i bardzo powoli zaczął pocierać palcami czoło.

— Powiedziałeś tak? — szepnęłam. — Powiedziałeś tak Rebecce?

— Nie — odezwał się w końcu. — Nie powiedziałem tego Rebecce, ale…

Nie śmiałam na niego spojrzeć.

— Ale może powinniśmy… — zaczął.

Pokój zawirował mi przed oczami. To właśnie jest najgorsze w chodzeniu z kimś. W jednej chwili ten ktoś jest ci bliższy niż ktokolwiek inny na świecie, a już w następnej mówi, że trzeba „odpocząć od siebie", „poważnie porozmawiać" albo „może ty…", i potem już nigdy go nie zobaczysz, i będziesz musiała przez następne pół roku wyobrażać sobie rozmowy, w których on cię błaga o powrót, i wybuchać płaczem na widok jego szczoteczki do zębów.

— Chcesz, żebyśmy się rozstali…?

Rozległo się pukanie do drzwi. To była Rebecca cała rozpromieniona w brudnoróżowym kaszmirze.

— Ludzie, ostatni dzwonek na śniadanie! — zagruchała i wcale sobie nie poszła.

Wylądowałam na śniadaniu z okropnymi, tłustymi włosami, podczas gdy Rebecca potrząsała swą lśniącą grzywą i serwowała kedgeree*.

Drogę powrotną do domu odbyliśmy w milczeniu, a ja z całych sił starałam się nie pokazywać, co czuję, i nie powiedzieć czegoś ckliwego. Wiem z doświadczenia, jakie to okropne namawiać kogoś, żeby się nie rozstawać, kiedy ten ktoś już podjął decyzję, a potem przypominać sobie, co się powiedziało. I czuć się jak idiotka.

„Nie rób tego!" — miałam ochotę krzyknąć, kiedy zatrzymaliśmy się pod moim domem. „Ona próbuje cię urobić i uknuła intrygę. Nie całowałam się z St Johnem. Kocham cię".

— No to cześć — powiedziałam z godnością i zmusiłam się, żeby wysiąść z samochodu.

— Cześć — wymamrotał, unikając mojego wzroku.

Patrzyłam, jak szybko i z piskiem opon zawraca samochód. Kiedy mijał mnie, zauważyłam, że ze złością przejeżdża ręką po policzku, jakby chciał coś zetrzeć.

---

* Kedgeree — potrawa z ryby, ryżu, jajek, cebuli i innych przypraw.

Rozdział czwarty
PERSWAZJE

24 lutego, poniedziałek

95 kg (waga mojego ciała i nieszczęścia), jedn. alkoholu 1 — tzn. ja sama, papierosy 200 000, kalorie 8477 (nie licząc czekolady), teorie dotyczące tego, co się dzieje 477, liczba decyzji odnośnie do tego, co robić 448.

15.00. Nie wiem, co bym wczoraj poczęła bez dziewczyn. Zadzwoniłam do nich natychmiast po tym, jak Mark pojechał, i zjawiły się u mnie w ciągu piętnastu minut, ani razu nie mówiąc: „A nie mówiłam?"

Kiedy wpadła Shazzer, obładowana butelkami i z całym naręczem toreb z zakupami, warknęła: „Dzwonił?", poczułam się jak w *Ostrym dyżurze*, kiedy przychodzi doktor Greene.

— Nie — odparła Jude, wtykając mi do ust papierosa, jakby to był termometr.

— To tylko kwestia czasu — powiedziała wesoło Shaz, wyjmując z torby Chardonnay, trzy pizze, dwie tuby pralinek Häagen Daaz Pralines and Cream i paczkę dużych Twixów.

— No — przytaknęła Jude, kładąc na stercie kaset wideo *Dumę i uprzedzenie* razem z *Poprzez miłość i stratę do poczucia własnej wartości*, *Pięć etapów umawiania się* i *Jak wyleczyć rany nienawiścią*. — Wróci.

— Myślicie, że powinnam do niego zadzwonić? — spytałam.

— Nie! — ryknęła Shaz.

— Zwariowałaś?! — wrzasnęła Jude. — Przecież to marsjańska gumka. Telefon do niego to o s t a t n i a rzecz, jaką powinnaś zrobić.

— Wiem — powiedziałam z irytacją. Chyba Jude nie myśli, że jestem a ż t a k nieoczytana.

— Masz p o z w o l i ć, żeby wrócił do swojej nory, poczuł przyciąganie, a samej wycofać się z pozycji wyłączności do pozycji wzbudzającej niepewność.

— A jeżeli…

— Lepiej wyłącz telefon, Shaz — westchnęła Jude. — Bo inaczej całą noc będzie czekała na telefon od niego, zamiast popracować nad poczuciem własnej wartości.

— Nieeee! — krzyknęłam, czując się tak, jakby zaraz miały mi obciąć uszy.

— Zresztą — powiedziała radośnie Shaz, z kliknięciem wyciągając wtyczkę ze ściany — to mu dobrze zrobi.

Przez dwie godziny byłam kompletnie skołowana.

— „Im bardziej kobieta podoba się mężczyźnie, tym bardziej będzie unikał zaangażowania"! — Jude triumfalnie odczytała stosowny fragment z książki *Marsjanie i Wenusjanki na randce*.

— To mi wygląda na męską logikę! — oświadczyła Shaz.

— Więc porzucenie mnie rzeczywiście może być sygnałem, że poważnie traktuje nasz związek? — spytałam podniecona.

— Zaraz, zaraz. — Jude intensywnie wczytywała się w *Inteligencję emocjonalną*. — Czy żona go zdradziła?

— Tak — wymamrotałam z ustami pełnymi Twixa. — Tydzień po ślubie. Z Danielem.

— Hmmm. Widzisz, wydaje mi się, że poczuł się również emocjonalnie napastowany, prawdopodobnie z powodu wcześniejszego emocjonalnego „siniaka", w który nieopatrznie uderzyłaś. Oczywiście! Oczywiście! To jest to! To dlatego przesadnie zareagował na twoje migdalenie się z tym chłopcem. Więc nic się nie martw. Kiedy tylko siniak przestanie mu rozwalać cały system nerwowy, Mark uświadomi sobie swój błąd.

— I zrozumie, że powinien chodzić z inną, bo ty za bardzo mu się podobasz! — powiedziała Sharon, radośnie zapalając Silk Cuta.

— Zamknij się, Shaz — syknęła Jude. — Zamknij się.

Ale było już za późno. Przede mną pojawiło się widmo Rebeki, wypełniające cały pokój niczym nadmuchiwany potwór.

— Ojojoj — zaskomlałam, zaciskając powieki.

— Szybko, daj jej drinka, daj jej drinka! — ryknęła Jude.

— Przepraszam, przepraszam. Włącz *Dumę i uprzedzenie* — wybełkotała Shaz, wlewając mi do ust czystą brandy. — Znajdź ten kawałek z mokrą koszulą. Zjemy pizzę?

Czułam się trochę jak w Boże Narodzenie albo raczej jak na czyimś pogrzebie, kiedy przez całe zamieszanie wszystko staje na głowie i nikt nie dostrzega straty, bo wokół panuje taki zamęt. Kłopoty zaczynają się dopiero wtedy, kiedy życie wraca do normy, ale już bez zmarłej osoby. Na przykład jak teraz.

19.00. Dzika radość! Po powrocie do domu zobaczyłam, że miga światełko na sekretarce.

— Bridget, cześć, tu Mark. Nie wiem, gdzie byłaś wczoraj wieczorem, ale tak sobie tylko dzwonię. Jeszcze będę cię łapał.

Jeszcze będzie mnie łapał. Hmmmm. Więc to pewnie znaczy, żeby do niego nie dzwonić.

19.13. Nie zadzwonił. Nie wiem, jak powinnam się zachować. Lepiej zadzwonię do Shaz.

Na domiar złego włosy — jakby solidaryzując się z moim cierpieniem — układają się zupełnie idiotycznie. Dziwne, że włosy całymi tygodniami potrafią wyglądać normalnie, a nagle w ciągu pięciu minut kompletnie wariują, oznajmiając, że czas wybrać się do fryzjera — jak niemowlę, które się drze, bo jest głodne.

19.30. Puściłam Shaz wiadomość od Marka i spytałam:

— Mam do niego zadzwonić?

— Nie! Niech cierpi. Jeżeli cię rzucił, a potem zmienił zdanie, to musi udowodnić, że zasługuje na ciebie, cholera jasna.

Shaz ma rację. Tak. Jestem w b. asertywnym nastroju, dotyczy to Marka Darcy'ego.

20.35. A zresztą. Może mu smutno. To okropne, jak pomyślę, że siedzi smutny w swoim podkoszulku z godłem Newcastle United. Może powinnam po prostu do niego zadzwonić i wszystko wyjaśnić.

20.50. Już miałam zadzwonić do Marka i wypalić, jak bardzo go lubię i że to wszystko jedno wielkie nieporozumienie, kiedy — zanim zdążyłam podnieść słuchawkę — zadzwoniła Jude. Opowiedziałam jej o swoim krótkim, acz niepokojąco pozytywnym nastroju.

— To znaczy, że znowu stosujesz wyparcie?

— Tak — bąknęłam niepewnie. — Może powinnam jutro do niego zadzwonić?

— Nie, jeżeli chcesz, żebyście znowu byli razem, to musisz unikać robienia scen. Odczekaj cztery albo pięć dni, aż odzyskasz równowagę, i wtedy, tak, możesz z nim odbyć krótką, przyjacielską rozmowę, żeby tylko dać mu znać, że wszystko jest OK.

23.00. Nie zadzwonił. Kurwa. Świat randek jest jak jakaś dziwna gra w blefowanie i podwójne blefowanie, a mężczyźni i kobiety strzelają do siebie z przeciwnych stron okopów. Zupełnie jakby istniał pewien zbiór zasad, których wszyscy powinni się trzymać, ale nikt nie wie, jak one brzmią, więc każdy wymyśla sobie własne. Kończy się na tym, że twój facet cię rzuca, bo nie przestrzegałaś zasad, ale jak miałaś przestrzegać, skoro nawet nie wiesz, na czym polegają?

25 lutego, wtorek
Liczba przejażdżek pod domem Marka Darcy'ego, żeby sprawdzić, czy palą się jakieś światła 2 (albo 4, jeśli liczyć w obie strony). Liczba telefonów pod 141 (żeby się nie dowiedział, że dzwoniłam, jeżeli zasięgał informacji pod 1471), a potem odsłuchiwanie jego sekretarki tylko po to, żeby usłyszeć jego głos 5 (źle) (ale bdb, że nie zostawiłam żadnej wiadomości). Liczba razy, kiedy sprawdzałam numer telefonu Marka w książce telefo-

nicznej, tylko po to, żeby sobie udowodnić, że on jeszcze istnieje 2 (b. powściągliwie), procent telefonów z komórki, żeby nie blokować linii na wypadek, gdyby zadzwonił 100. Procent telefonów wywołujących wściekły żal, że to nie Mark Darcy — chyba że ktoś zadzwonił, żeby pogadać o Marku Darcym — i rozmów kończonych czym prędzej, bo Mark Darcy mógłby się nie dodzwonić 100.

20.00. Przed chwilą zadzwoniła Magda, żeby spytać, jak minął weekend. W końcu opowiedziałam jej całą historię.

— Słuchaj, jak jeszcze raz mu to zabierzesz, wylądujesz w kącie! Harry! Przepraszam, Bridge. No i co on na to?

— Nie rozmawiałam z nim.

— Co? Dlaczego?

Opowiedziałam jej o wiadomości na sekretarce i o całej tej teorii o gumce / emocjonalnym siniaku / zbyt wielkiej sympatii do mnie.

— Bridget, jesteś dosłownie niewiarygodna. W całej tej historii nic nie świadczy o tym, że Mark cię rzucił. Po prostu wpadł w dołek, bo cię przyłapał, jak się z kimś obściskiwałaś.

— Z nikim się nie obściskiwałam. To się stało wbrew mojej woli!

— Ale on nie jest Duchem Świętym. Skąd ma wiedzieć, co czujesz? Musicie się skomunikować. W tej chwili wyjmij to z buzi! Marsz ze mną. Idziemy na górę do kąta.

20.45. Może Magda ma rację. Może po prostu z góry przyjęłam, że mnie rzucił, a on wcale tego nie zrobił. Może wtedy w samochodzie po prostu był zdenerwowany tym całym obściskiwaniem i chciał, żebym to j a coś powiedziała, a teraz myśli, że go unikam!!! Zadzwonię. Na tym właśnie polega problem z nowoczesnymi (lub byłymi) związkami, po prostu za mało w nich k o m u n i k a c j i.

21.00. Dobra, dzwonię.

21.01. Uwaga, dzwonię.

21.10. Mark odebrał telefon szczeknięciem: „Tak?", i to niewiarygodnie zniecierpliwionym, a w tle rozlegał się jakiś hałas.

Zbita z tropu wyszeptałam:

— To ja, mówi Bridget.

— Bridget! Czyś ty zwariowała? Nie wiesz, co się dzieje? Nie odzywasz się przez dwa dni, a potem nagle dzwonisz w samym środku najważniejszego, najbardziej liczącego się... Nieeeee! Nieeeeee! Ty idioto, cholerny... Jezu Chryste. Ty głupi, tuż koło sędziego. To był faul! A niech cię... dostaje czerwoną kartkę. Schodzi z boiska. O Jezu... Słuchaj, zadzwonię po meczu.

21.15. Oczywiście wiedziałam, że trwa jakiś transuniwersalny finał czy coś w tym stylu, ale po prostu zapomniałam przez ten emocjonalny zamęt. Każdemu może się przydarzyć.

21.35. Ojej — telefon! Mark Darcy!

To była Jude.

— Co? — zdziwiła się. — Nie rozmawiał z tobą, bo oglądał mecz piłki nożnej? Wyjdź z domu. Wyjdź natychmiast, zanim oddzwoni. Jak on śmiał!

Od razu sobie uświadomiłam, że Jude ma rację i że gdyby Markowi rzeczywiście na mnie zależało, piłka nożna nie byłaby ważniejsza ode mnie. Shaz okazała więcej empatii.

— Mężczyźni tylko dlatego mają takiego świra na punkcie piłki nożnej, że sami są kompletnie gnuśni — wypaliła. — Wydaje im się, że kibicując jakiejś drużynie i robiąc wokół tego tyle hałasu, to oni wygrywają mecz i zasługują na oklaski i zaszczyty.

— Tak. To co, przychodzisz do Jude?

— Eee, nie...

— Dlaczego?

— Oglądam mecz z Simonem.

Z Simonem? Shazzer i Simon? Ale Simon to tylko jeden z naszych kolegów.

— Myślałam, że powiedziałaś…?

— To co innego. Ja lubię piłkę nożną, bo to bardzo interesujący sport.

Hmm. Właśnie wychodziłam, kiedy znowu odezwał się telefon.

— O, cześć, kochanie. Tu mama. Świetnie się bawimy. Wszyscy strasznie polubili Wellingtona! Zabraliśmy go do klubu Rotarian i…

— Mamo — syknęłam. — Nie możesz prowadzać się z Wellingtonem, jakby to było jakieś dziwo.

— Wiesz, kochanie — powiedziała lodowatym tonem — jeżeli jest coś, czego naprawdę nie lubię, to rasizm i bigoteria.

— Co?

— No. Kiedy Robertsonowie przyjechali z Amersham, zabraliśmy ich do Rotarian, a ty nie miałaś nic przeciwko temu, prawda?

Rozdziawiłam usta, usiłując rozwikłać tę poplątaną sieć pokrętnej logiki.

— Ty musisz wszystkich szufladkować, prawda? Te twoje Szczęśliwe Małżeństwa, samotni, kolorowi i homo. W każdym razie dzwonię w sprawie piątkowej *Miss Saigon*. Zaczyna się o wpół do ósmej.

O Chryste.

Zatkało mnie. Przecież nie powiedziałam, że idę z nimi, na pewno tego nie powiedziałam.

— Dajże spokój, Bridget. Już kupiliśmy bilety.

Z rezygnacją zgodziłam się na tę dziwaczną imprezę, nieporadnie się tłumacząc, że Mark pracuje, co ją strasznie wkurzyło.

— Pracuje, bzdura! A cóż on może robić w piątkowy wieczór? Jesteś pewna, że się nie przemęcza? Naprawdę uważam, że praca…

— Mamo, naprawdę muszę już kończyć, spóźnię się do Jude — powiedziałam stanowczo.

— Och, ty zawsze się gdzieś śpieszysz. Do Jude, Sharon, na jogę. Aż dziw, że znajdujecie z Markiem czas na to, żeby się spotykać!

U Jude rozmowa oczywiście zeszła na Shazzer i Simona.

— Powiem ci, że... — Tu Jude przysunęła się do mnie konspiracyjnie, chociaż poza nami nie było nikogo w pokoju. — ...w sobotę wpadłam na nich w Conran Shop. Chichotali nad sztućcami jak para Szczęśliwych Małżonków.

Jak to jest, że współcześni samotni potrafią angażować się tylko w takie związki, które w niczym nie przypominają normalnych? Na przykład taka Shaz umawia się z Simonem, ale nie robi tego, co powinna robić para, albo ja i Mark — powinniśmy się spotykać, a w ogóle się nie widujemy.

— Jeśli chodzi o mnie, to nie powinno się mówić: „Jesteśmy tylko dobrymi przyjaciółmi", ale: „Chodzimy ze sobą" — powiedziałam ponuro.

— No — przytaknęła Jude. — Może odpowiedzią byłaby tu platoniczna przyjaźń połączona z wibratorem.

Po powrocie do domu znalazłam na sekretarce pełną skruchy wiadomość od Marka, który powiedział, że próbował dodzwonić się do mnie zaraz po meczu, ale telefon był ciągle zajęty, a potem wyszłam. Właśnie się zastanawiałam, czy oddzwonić, kiedy rozległ się dźwięk telefonu.

— Przepraszam za tę wcześniejszą rozmowę. — To był Mark. — Naprawdę jestem tym wszystkim strasznie przygnębiony, a ty?

— Wiem — odparłam czule. — Czuję się dokładnie tak samo.

— Ciągle się zastanawiam: dlaczego?

— Właśnie! — Cała się rozpromieniłam, przetoczyła się przeze mnie fala miłości i ulgi.

— To było takie głupie i niepotrzebne — powiedział udręczonym głosem. — Bezsensowny wybuch z katastrofalnymi konsekwencjami.

— Wiem. — Pokiwałam głową, myśląc, o kurde, on to przeżywa jeszcze bardziej niż ja.

— Jak można z czymś takim żyć?

— No cóż, jesteśmy tylko ludźmi — powiedziałam z zamyśleniem. — Ludzie muszą wybaczać sobie nawzajem i… samym sobie.

— Ha! Łatwo powiedzieć. Ale gdyby go nie wyrzucono z boiska, w ogóle by nie doszło do tego karnego. Walczyliśmy jak królowie pośród lwów, ale przez to przegraliśmy!

Wydałam z siebie zduszony okrzyk, w głowie mi się zakręciło. To chyba niemożliwe, że mężczyźni mają piłkę nożną zamiast serca? Wiem, że futbol jest ekscytujący i dzięki golom i wspólnej nienawiści zbliża do siebie narody, ale ta późniejsza masowa udręka, depresja i żałoba…

— Bridget, co jest? To tylko gra. Nawet ja to rozumiem. Kiedy do mnie zadzwoniłaś w trakcie meczu, byłem tak zaabsorbowany własnymi uczuciami, że… Ale to tylko gra.

— Jasne, jasne — powiedziałam, błędnym wzrokiem tocząc po pokoju.

— A poza tym, co się dzieje? Od paru dni siedzisz cicho. Mam nadzieję, że już się nie migdalisz z żadnym małolatem… Och, poczekaj, poczekaj, dają powtórkę. Zadzwonię jutro, nie, zaraz, gram w *five-a-side**… W czwartek?

— Eee… tak — przytaknęłam.

— Super, powiedzmy koło ósmej.

26 lutego, środa
59 kg, jedn. alkoholu 2 (bdb), papierosy 3, kalorie 3845 (kiepsko), minuty spędzone na snuciu obsesyjnych rozważań dotyczących Marka Darcy'ego 24 (wspaniały postęp), wariacje na temat dwurogiej rzeźby z włosów, jaka mi się zrobiła na głowie 13 (stan alarmowy).

8.30. Dobra. Wszystko jest prawdopodobnie w porządku (oczywiście oprócz włosów), chociaż istnieje możliwość, że Mark unikał

---

* *Five-a-side* — mecz piłki nożnej rozgrywany w sali, gdzie w każdej drużynie jest tylko po pięciu zawodników.

wiadomej kwestii, bo nie chciał rozmawiać o uczuciach przez telefon. Tak więc jutrzejszy wieczór będzie rozstrzygający.

Muszę być pewna siebie, wrażliwa, odpowiedzialna, na nic nie narzekać, cofnąć się o jeden etap i... eee, wyglądać bardzo seksownie. Zobaczymy, czy uda mi się w czasie przerwy na lunch pójść do fryzjera. A przed pracą wybiorę się na siłownię. Może zafunduję też sobie łaźnię parową, żeby mieć olśniewającą skórę.

8.45. Przyszedł jakiś list! Hurra! Może to spóźniona walentynka od tajemniczego adoratora, która dotarła tak późno z powodu nieprawidłowego kodu pocztowego.

9.00. To było zawiadomienie z banku o debecie. I dołączony czek wystawiony na „M.S.F.S." Ha! Zupełnie o tym zapomniałam! Oszustwo pralni chemicznej niedługo wyjdzie na jaw i dostanę z powrotem 149 funtów. Oooch, wypadła jakaś karteczka.

Na karteczce był tekst: „Ten czek jest wystawiony na Marks & Spencer's Financial Services".

To był gwiazdkowy rachunek za kartę M&S. Oj. O Boże. Trochę mi teraz głupio, że oskarżyłam w myślach Bogu ducha winną pralnię i tak się dziwnie zachowywałam wobec tamtego chłopaka. Hmm. Teraz już za późno na siłownię, poza tym jestem za bardzo zdenerwowana. Pójdę po pracy.

14.00. W biurze. Mętlik w głowie. Kompletna, kompletna katastrofa. Właśnie wróciłam od fryzjera. Poprosiłam Paola, żeby mi troszkę podciął włosy i zmienił ten totalny chaos we fryzurę Rachel z *Przyjaciół.* Zaczął je przeczesywać palcami, a ja od razu poczułam, że jestem w rękach geniusza, który rozumie moje wewnętrzne piękno. Miałam wrażenie, że Paolo całkowicie panuje nad sytuacją, przerzucał włosy wte i wewte, potem roztrzepał je w ogromną wiechę, posyłając mi znaczące spojrzenia w stylu „Zrobię z ciebie prawdziwego kociaka".

Nagle przestał. Włosy wyglądały zupełnie idiotycznie — jak u nauczycielki, która zrobiła sobie trwałą, a potem dała się obciąć

„pod garnek". Paolo popatrzył na mnie z wyczekującym, pewnym siebie uśmieszkiem, a jego asystent podszedł i zaczął wzdychać: „Och, b o s k o". Ogarnięta paniką gapiłam się z przerażeniem na swoje odbicie w lustrze, ale między mną a Paolem powstała tak silna więź wzajemnej adoracji, że gdybym powiedziała, że ta fryzura jest koszmarna, rozwaliłabym wszystko jak jakiś nieprawdopodobny, kłopotliwy domek z kart. Zakończenie było takie, że przyłączyłam się do okrzyków zachwytu nad tymi potwornymi włosami i dałam Paolowi 5 funtów napiwku. Kiedy wróciłam do pracy, Richard Finch powiedział, że wyglądam jak Ruth Madoc z *Hi-de-Hi*.

19.00. Z powrotem w domu. Przypominam jakieś straszydło z absurdalnie krótką grzywką. Przez czterdzieści pięć minut gapiłam się w lustro, unosząc brwi, by grzywka wyglądała na dłuższą, ale nie mogę przez cały jutrzejszy wieczór wyglądać jak Roger Moore, kiedy ten facio z kotem zagroził, że wysadzi w powietrze jego, cały świat i pudełeczko pełne komputerów M15.

19.15. Próbowałam upodobnić się do wczesnej Lindy Evangelisty, za pomocą żelu układając grzywkę w ukośną linię, ale przemieniłam się w Paula Danielsa*.
Jestem wściekła na głupiego Paola. Dlaczego ludzie robią sobie nawzajem takie rzeczy? Dlaczego? Nienawidzę sadystycznych fryzjerów megalomanów. Podam Paola do sądu. Złożę skargę na Paola do Amnesty International, Esther Rantzen, Peny Junor albo kogoś w tym stylu i zadenuncjuję go w publicznej telewizji.
Za bardzo przygnębiona, żeby iść na siłownię.

19.30. Zadzwoniłam do Toma, żeby mu opowiedzieć o swoim traumatycznym przeżyciu, a on na to, że nie powinnam być taka powierzchowna, tylko pomyśleć o Mo Mowlam i jej łysej czaszce. B. mi wstyd. Nie będę już wpadać w obsesję. Tom pytał,

---

* Paul Daniels — popularny angielski magik.

czy już wybrałam sobie osobę, z którą chciałabym przeprowadzić wywiad.

— No, byłam trochę zajęta — skłamałam, czując wyrzuty sumienia.

— Wiesz co? Lepiej weź dupę w troki. — O Boże, co w niego wstąpiło w tej Kalifornii? — Kto cię naprawdę interesuje? — ciągnął. — Jest jakaś znana postać, z którą chciałabyś przeprowadzić wywiad?

Zastanawiałam się przez chwilę i nagle mnie olśniło.

— Pan Darcy! — powiedziałam.

— Co? Colin Firth?

— Tak! Tak! Pan Darcy! Pan Darcy!

Mam więc projekt. Hurra! Wezmę się do roboty i za pośrednictwem jego agenta umówię się na wywiad. Coś wspaniałego, mogę zebrać wszystkie wycinki z gazet i przedstawić unikalną perspektywę... A zresztą. Lepiej poczekam, aż mi odrośnie grzywka. Aaa! Dzwonek do drzwi. Lepiej, żeby to nie był Mark. Przecież powiedział, że wpadnie jutro! Spokojnie, spokojnie.

— Tu Gary — odezwał się domofon.

— O, cześć, cześć, Garyyyyy! — uradowałam się przesadnie, nie mając pojęcia, kto to taki. — Co u ciebie? — spytałam, główkując, kto zacz.

— Zimno. Wpuścisz mnie?

Nagle rozpoznałam ten głos.

— Och, G a r y — zaszczebiotałam z jeszcze bardziej przesadną radością. — Chodź na górę!!!

Potem pacnęłam się w głowę. Co on tu robi?

Wszedł w usmarowanych farbą dżinsach, jakie noszą budowlańcy, w pomarańczowym podkoszulku i jakiejś dziwnej kurtce w kratę z kołnierzem ze sztucznych karakułów.

— Cześć — przywitał się, siadając przy kuchennym stole, jakby był moim mężem.

Nie byłam pewna, jak się zachować — dwoje-ludzi-w-jednym-pokoju-z-kompletnie-innym-pojmowaniem-rzeczywistości.

— Gary — powiedziałam w końcu. — Trochę się śpieszę!

Nic na to nie odparł i zaczął skręcać papierosa. Nagle ogarnął mnie strach. Może to jakiś szalony gwałciciel. Ale nigdy nie próbował zgwałcić Magdy, przynajmniej nic mi o tym nie wiadomo.

— Zapomniałeś czegoś? — spytałam nerwowo.

— Nie — powiedział, nadal skręcając papierosa. Zerknęłam na drzwi, rozważając, czy się do nich nie rzucić. — Gdzie jest u ciebie przewód spustowy?

„Garyyyyy!" — miałam ochotę krzyknąć. „Spadaj. Spadaj i tyle. Jutro wieczorem spotykam się z Markiem i muszę coś zrobić z tą grzywką, i trochę się pogimnastykować".

Włożył papierosa do ust i wstał.

— Zajrzyjmy do łazienki.

— Nieeee! — krzyknęłam, przypominając sobie, że na brzegu umywalki zostawiłam otwartą tubkę farby do włosów Jolene i egzemplarz *Czego chcą mężczyźni*. — Słuchaj, może przyszedłbyś…

Ale on już zaczął się rozglądać, otwierać drzwi, zaglądać pod schody i w końcu skierował się do sypialni.

— Jest tu jakieś okno wychodzące na tyły?

— Tak.

— Zobaczmy.

Stanęłam nerwowo w drzwiach sypialni, on zaś otworzył okno i wyjrzał. Rzeczywiście bardziej interesowały go rury niż napastowanie mnie.

— Tak też myślałem! — wykrzyknął triumfalnie, cofając głowę i zamykając okno. — Tutaj jest miejsce na przybudówkę.

— Niestety, będziemy musieli się pożegnać — powiedziałam, prostując się i wracając do salonu. — Muszę wyjść.

On jednak już mnie minął i znowu poszedł w stronę schodów.

— Taa, jest miejsce na przybudówkę. Ale musisz wiedzieć, że trzeba będzie przesunąć przewód spustowy.

— Gary…

— Mógłabyś sobie dobudować drugą sypialnię — z małym tarasem na dachu. Sama słodycz.

Taras na dachu? Druga sypialnia? Mogłabym ją przerobić na gabinet i rozpocząć nową karierę.

— Ile to by kosztowało?

— Oooo. — Zaczął ze smutkiem kręcić głową. — Wiesz co? Chodźmy do pubu i się zastanówmy.

— Nie mogę — powiedziałam stanowczo. — Wychodzę.

— Dobra. No to pomyślę i zadzwonię do ciebie.

— Świetnie. No! Trzeba lecieć!

Wziął płaszcz, tytoń i bibułki do skrętów, otworzył torbę i z nabożną czcią położył na kuchennym stole jakiś magazyn.

Kiedy podszedł do drzwi, odwrócił się i rzucił mi znaczące spojrzenie.

— Strona siedemdziesiąta pierwsza — powiedział. — Ciao.

Wzięłam magazyn, myśląc, że to pewnie „Architectural Digest", ale okazało się, że patrzę na okładkę „Wędkarstwa Amatorskiego", na której facet trzymał ogromną, oślizgłą, szarą rybę. Przekartkowałam gigantyczną liczbę stron ze zdjęciami facetów trzymających ogromne, oślizgłe, szare ryby. Dotarłam do strony 71 i tam, naprzeciwko artykułu *Przynęty na ryby drapieżne*, w dżinsowym kapeluszu z metalowymi ozdobami, widniał dumny, promiennie uśmiechnięty Gary, trzymający ogromną, oślizgłą, szarą rybę.

27 lutego, czwartek

58,5 kg (zrzucone 0,5 kg to włosy), papierosy 17 (z powodu włosów), kalorie 625 (odrzuca mnie od jedzenia z powodu włosów), listy napisane w wyobraźni do radców prawnych, programów dla konsumentów, Ministerstwa Zdrowia itd., oskarżające Paola o masakrę dokonaną na moich włosach 72, milimetry włosów zapuszczone pomimo wzmożonych wysiłków 0.

19.45. Zostało jeszcze tylko piętnaście minut. Przed chwilą znowu obejrzałam grzywkę. Straszna miotła na głowie zmieniła się w koszmarną, przerażającą, wołającą o pomstę do nieba miotłę na głowie.

19.47. Wciąż wyglądam jak Ruth Madoc. Dlaczego musiało mi się to przydarzyć w do tej pory najważniejszy wieczór w moim związku z Markiem Darcym? Dlaczego? Ale przynajmniej dla odmiany sprawdzam w lustrze, czy coś mi się powiększyło.

Północ. Kiedy Mark Darcy stanął w drzwiach, serce podeszło mi do gardła.

Wszedł zdecydowanym krokiem, nawet się nie witając, wyciągnął z kieszeni kopertę i podał mi ją. Widniało na niej moje nazwisko, ale adres Marka. Była otwarta.

— Od mojego powrotu leżała w mojej przegródce — powiedział, opadając na kanapę. — Dziś rano otworzyłem ją przez pomyłkę. Przepraszam. Ale może to i lepiej, że tak się stało.

Cała roztrzęsiona wyjęłam kartkę z koperty.

Przedstawiała dwa papierowe jeże patrzące, jak w pralce wiruje biustonosz zaplątany w parę slipek.

— Od kogo to? — spytał miłym głosem.

— Nie wiem.

— Ależ wiesz — powiedział tym spokojnym, sympatycznym tonem osoby, która za chwilę wyjmie tasak do mięsa i odrąbie ci nos. — Od kogo to?

— Już ci powiedziałam, nie wiem — wymamrotałam.

— Przeczytaj.

Otworzyłam kartkę. W środku znalazłam kulfoniasty, czerwony tekst: „Bądź moją walentynką — spotkamy się, kiedy będziesz odbierała swoją koszulkę nocną — całuję — Sxxxxx".

Wstrząśnięta spojrzałam na Marka. W tej samej chwili zadzwonił telefon.

Aaaaa! To pewnie Jude, Shazzer albo ktoś inny z jakąś niedorzeczną radą na temat Marka. Już miałam się rzucić do aparatu, kiedy Mark położył rękę na moim ramieniu.

— Cześć, złotko, tu Gary. — O Boże. Jak on śmie tak się spoufalać? — Jeśli chodzi o to, o czym rozmawialiśmy w sypialni, to mam parę pomysłów, więc przekręć do mnie, to wpadnę.

Mark, bardzo szybko mrugając, spuścił głowę. Potem pociągnął nosem i potarł twarz wierzchem dłoni, jakby próbował wziąć się w garść.

— OK? — powiedział. — Możesz mi to jakoś wytłumaczyć?

— To budowlaniec. — Miałam ochotę go objąć. — Fachowiec od Magdy, Gary. Ten, który zainstalował te idiotyczne półki. Chce wstawić przybudówkę między sypialnią i schodami.

— Rozumiem — powiedział. — A ta kartka też jest od Gary'ego? Czy może od St Johna? Czy od jakiegoś innego…?

W tej samej chwili zaczął chrząkać faks. Coś z niego wychodziło. Kiedy stałam tak, gapiąc się, Mark wyjął z maszyny kartkę papieru, spojrzał na nią i podał mi. Ujrzałam nabazgrany ręką Jude tekst:

Po co ci Mark Darcy, skoro za 9,99 funta plus opłaty pocztowe możesz sobie kupić coś takiego.

Pod spodem widniała reklama wibratora z językiem.

28 lutego, piątek
58 kg (jedyny jasny punkt na horyzoncie), liczba powodów, dla których ludzie chodzą na musicale: tajemnicza i niewyobrażalna, liczba powodów, dla których Rebecca powinna pozostać przy życiu 0, liczba powodów, dla których Mark, Rebecca, mama, Una i Geoffrey Alconbury oraz Andrew Lloyd Webber i im podobni powinni rujnować mi życie: niejasna.

Muszę zachować spokój. Muszę myśleć pozytywnie. Miałam pecha, że przydarzyło mi się naraz tyle fatalnych wpadek, bez dwóch zdań. To całkowicie zrozumiałe, że po tym wszystkim Mark po prostu sobie poszedł i powiedział, że zadzwoni, kiedy się uspokoi i… Ha! Właśnie sobie uświadomiłam, od kogo była ta cholerna kartka. Pewnie od tego faceta z pralni chemicznej. Kiedy próbowałam go zmusić do przyznania się do oszustwa i mówiłam: „Nie myśl, że nie wiem, co się dzieje", kładłam na ladzie koszulę nocną. I dałam mu adres Marka, na wypadek, gdyby facet usiłował mnie nachodzić. Na świecie aż się roi od szaleńców i świrów, a ja dziś wieczorem muszę iść na *Miss Sai*kurwa*gon*.

Północ. Na początku nie było jeszcze tak źle. Z ulgą wyrwałam się z więzienia własnych myśli i piekła, jakim jest wykręcanie 1471 za każdym razem, kiedy szłam do łazienki.

Wellington, bynajmniej nie przypominający tragicznej ofiary kulturalnego imperializmu, wyglądał całkiem swojsko w jednym z garniturów taty z lat pięćdziesiątych, zupełnie jak kelner z Met Bar, który ma wolne, i zachowywał się z pełnym godności wdziękiem, podczas gdy mama i Una obskakiwały go niczym groupies. Przyjechałam późno, więc zdążyłam tylko przeprosić w paru słowach.

— Nie czujesz się dziwnie w Anglii? — spytałam i natychmiast poczułam się głupio, bo to jasne, że czuł się dziwnie.

— Jest interesująco — odparł, przyglądając mi się badawczo. — A ty czujesz się dziwnie?

— No! — przerwała nam Una. — Gdzie Mark? Myślałam, że on też przyjdzie!

— Pracuje — wymamrotałam.

Chwiejnym krokiem nadszedł wstawiony Geoffrey z tatą.

— Ten poprzedni też tak mówił, nie?! — ryknął. — U mojej małej Bridget ta sama stara bieda — powiedział, poklepując mnie niebezpiecznie blisko pupy. — Pooooszli! Fruuuuuu!

— Geoffrey! — skarciła go Una, po czym dodała, chcąc nawiązać lekką pogawędkę: — Wellington, czy w twoim plemieniu są starsze kobiety, które nie mogą wyjść za mąż?

— Ja nie jestem starszą kobietą — syknęłam.

— To należy do obowiązków rady starszych plemienia — odparł Wellington.

— Zawsze twierdziłam, że tak jest najlepiej, prawda, Colin? — powiedziała mama, wyraźnie zadowolona z siebie. — Nie mówiłam Bridget, że powinna się umówić z Markiem?

— U nas starsza kobieta, bez względu na to, czy ma męża, czy nie, cieszy się szacunkiem całego plemienia — wyjaśnił Wellington, mrugając do mnie.

— Mogę się tam przeprowadzić? — spytałam ponuro.

— Nie sądzę, by ci się spodobał zapach ścian — roześmiał się.

Udało mi się odciągnąć tatę na stronę i szepnąć:

— Jak tam?

— Och, wiesz, że nie najgorzej? Całkiem sympatyczny facet. Czy możemy wziąć ze sobą drinki na salę?

Drugi akt to był jakiś koszmar. Cała ta idiotyczna szopka na scenie migała mi przed oczami, ja zaś myślami szybowałam wokół Rebeki, Gary'ego, wibratorów i nocnych koszulek, które to obrazy lawinowo stawały się coraz bardziej tragiczne.

Na szczęście tłum ludzi wylewających się z foyer i drących się z — prawdopodobnie — radości uniemożliwił nam rozmowę, dopóki nie upchnęliśmy się w range roverze Geoffreya i Uny. Za kierownicą zasiadła Una, Geoffrey usadowił się obok niej, chichoczący radośnie tata i ja wcisnęliśmy się między mamę i Wellingtona i ruszyliśmy, kiedy nagle wydarzyło się coś potwornego i niewiarygodnego.

Mama pacnęła sobie na nos ogromne okulary w złotych oprawkach.

— Nie wiedziałam, że zaczęłaś nosić okulary — zwróciłam się do niej, przestraszona tym nietypowym ukłonem w stronę akceptacji procesu starzenia się.

— Wcale nie zaczęłam nosić okularów — odparła wesoło. — Uważaj na ten słupek, Una.

— Ale przecież nosisz — powiedziałam.

— Nie, nie, nie! Noszę je tylko do jazdy samochodem.

— Nieprawda.

— Prawda — powiedział ponuro tata, mama zaś wrzasnęła:

— Uważaj na tę fiestę, Una! Skręca!

— Czy to nie Mark? — odezwała się nagle Una. — Myślałam, że pracuje.

— Gdzie?! — spytała mama rozkazującym tonem.

— Tam — powiedziała Una. — O, a przy okazji, mówiłam wam, że Olive i Roger pojechali w Himalaje? Pewnie cała Mount Everest zaśmiecona jest papierem toaletowym.

Podążyłam wzrokiem za palcem wskazującym Uny do miejsca, gdzie Mark, w granatowym płaszczu i bardzo białej, rozpiętej pod szyją koszuli, wysiadał z taksówki. Potem zobaczyłam jakąś postać, która jak w zwolnionym tempie wyłoniła się z tylnego siedzenia samochodu: wysoką, szczupłą, z długimi włosami blond, śmiejącą się do niego. To była Rebecca.

W range roverze rozpętała się niewiarygodna burza. Mama i Una oszalały z powodu świętego oburzenia w mojej obronie: „No, coś okropnego! Z inną kobietą w piątkowy wieczór, a mówił, że pracuje! Chyba zaraz zadzwonię do Elaine i powiem jej do słuchu!", Geoffrey wybełkotał w pijanym widzie: „Poszeeedł! Fruuuu!", a tata próbował uciszyć całe towarzystwo. Jedynymi osobami, które milczały, byłam ja i Wellington, który wziął mnie za rękę i uścisnął, bardzo spokojnie i bardzo mocno, nie wypowiadając ani słowa.

Kiedy dojechaliśmy do mojego domu, wysiadł z range rovera, żeby mnie wypuścić, przy wtórze paplaniny w tle: „No niech mnie! Pierwsza żona go opuściła, prawda?", „Dokładnie. Nie ma dymu bez ognia".

— W ciemności kamień przemienia się w bizona — powiedział Wellington. — W świetle dnia wszystko wraca do swej zwykłej postaci.

— Dzięki — powiedziałam z wdzięcznością i powlokłam się do mieszkania, zastanawiając się po drodze, czy mogę zmienić Rebeccę w bizona, a potem ją podpalić, nie powodując aż tyle dymu, żeby przyjechał Scotland Yard.

1 marca, sobota
22.00. W domu. Bardzo czarny dzień. Jude, Shaz i ja poszłyśmy na zakupy (żeby mi się polepszyło) i wróciłyśmy wszystkie do mnie, żeby się przygotować do nocy na mieście, którą dziewczyny zaplanowały w celu rozproszenia mojego smutku. Do 20.00 zdążyłyśmy się już nieco podciąć.

— Mark Darcy jest gejem — oznajmiła Jude.

— Oczywiście, że jest gejem — warknęła Shazzer, dolewając Krwawej Mary.

— Naprawdę tak myślicie? — spytałam, chwilowo pocieszona tą przygnębiającą, acz ratującą moje ego teorią.

— Znalazłaś chłoptasia w jego łóżku, nie? — powiedziała Shaz.

— Z jakiego innego powodu miałby się umawiać z kimś tak absurdalnie wysokim jak Rebecca, bez cienia kobiecości, bez cycków i tyłka — czyli właściwie mężczyzną? — dodała Jude.

— Bridge — zaczęła Shaz, spoglądając na mnie mętnym wzrokiem. — Boże, wiesz co? Kiedy patrzę na ciebie pod tym kątem, to normalnie masz podwójny podbródek.

— Dzięki — powiedziałam oschle, nalewając sobie kolejny kieliszek wina i przyciskając znowu guzik NOWA WIADO-MOŚĆ, na co Jude i Shazzer zatkały sobie uszy.

— Cześć, Bridget. Tu Mark. Nie oddzwaniasz. Naprawdę myślę, że... naprawdę... Myślę, że my — tak przynajmniej czuję — winny ci jestem przyjaźń, więc mam nadzieję, że... że my... O Boże, zresztą zadzwoń do mnie na dniach. Jeśli chcesz.

— Chyba mu odbiło — mruknęła Jude. — Jakby nie miał nic wspólnego z tym, że umawia się z Rebeccą. Teraz naprawdę musisz się zdystansować. Słuchajcie, idziemy na tę imprezę czy nie?

— Taaa. Co on se, kurde, myśli? — wybełkotała Shaz. — Jest ci winien! Ha! Pwinnaś piedzieć: „Kochany, nie chce być z kimś tylko dltego, sze jss mi coś w i n i e n".

W tej chwili zadzwonił telefon.

— Cześć. — To był Mark. Serce zalała mi ogromna fala miłości.

— Cześć — powiedziałam z entuzjazmem, wymawiając samymi ustami: „To on".

— Dostałaś swoją wiadomość? To znaczy ode mnie? — spytał Mark.

Shazzer dźgała mnie w nogę, sycząc jak opętana:

— No, nagadaj mu.

— Tak — powiedziałam z wyższością. — Ale parę minut po tym, jak cię zobaczyłam z Rebeccą o jedenastej w nocy, co nie wprawiło mnie w zbyt przyjazny nastrój.

Shaz wyrzuciła w powietrze rękę z zaciśniętą pięścią, czemu

towarzyszył okrzyk: „Jees!", a Jude zatkała jej usta dłonią, uniosła kciuk do góry i sięgnęła po Chardonnay.

Po drugiej stronie kabla zapanowała cisza.

— Bridge, dlaczego ty zawsze musisz wyciągać pochopne wnioski?

Zasłoniłam słuchawkę dłonią.

— Mówi, że wyciągam pochopne wnioski — syknęłam, na co rozwścieczona Shaz wykonała skok w stronę telefonu.

— Ja wyciągam pochopne wnioski? — spytałam. — Rebecca od miesiąca cię podrywa, ty mnie rzucasz za coś, czego nie zrobiłam, potem widzę, jak wysiadasz z taksówki z Rebeccą...

— Ale to nie moja wina, mogę ci wszystko wytłumaczyć, a poza tym dzwoniłem do ciebie.

— Tak, żeby powiedzieć, że jesteś mi winien przyjaźń.

— Ale...

— No, dawaj! — syknęła Shaz.

Wzięłam głęboki oddech.

— Jesteś mi winien przyjaźń? Kochany... — Na te słowa Jude i Shaz w ekstazie padły sobie w ramiona. Kochany! Przeistoczyłam się w Lindę Fiorentino z *The Last Seduction*. — Nie chcę być z kimś tylko dlatego, że jest mi coś winien — oznajmiłam z determinacją. — Mam najlepszych, najbardziej lojalnych, najmądrzejszych, najbystrzejszych, najbardziej troskliwych, pomocnych przyjaciół na świecie. I gdybym m i a ł a być twoją przyjaciółką po tym, jak mnie potraktowałeś...

— Ale... Jak ja cię potraktowałem? — spytał boleściwie.

— Gdybym pozostała twoją przyjaciółką... — Zawahałam się.

— No, dawaj — syknęła Shaz.

— ...to miałbyś w i e l k i e szczęście.

— Dobra, zrozumiałem — powiedział Mark. — Skoro nie chcesz wysłuchać moich wyjaśnień, to nie będę cię już nękał telefonami. Do widzenia, Bridget.

Oniemiała odłożyłam słuchawkę i popatrzyłam po swoich przyjaciółkach. Sharon leżała na dywanie, triumfalnie wymachując petem, a Jude żłopała Chardonnay prosto z butelki. Nagle ogarnęło mnie straszliwe uczucie, że popełniłam przerażający błąd.

Dziesięć minut później rozległ się dzwonek do drzwi. Pobiegłam otworzyć.

— Mogę wejść? — odezwał się stłumiony męski głos. Mark!

— Oczywiście — powiedziałam z ulgą, odwracając się do Jude i Shaz ze słowami: — Tego… mogłybyście się przenieść do sypialni?

Utyskując, podnosiły się z podłogi, kiedy otworzyły się drzwi, ale stanął w nich nie Mark, tylko Tom.

— Bridget! Jaka ty jesteś chuda! — wykrzyknął. — O Boże. — Opadł na krzesło koło stołu w kuchni. — O Boże. Życie jest gówniane, życie to opowieść cynicznego…

— Tom — powiedziała Shazzer. — My tu rozmawiamy.

— I nie widziałyśmy cię od ładnych paru tygodni — wybełkotała z pretensją Jude.

— Rozmawiacie? Nie o mnie? A o kim? O Boże… Ten pieprzony Jerome, pieprzony, pieprzony Jerome.

— Jerome? — spytałam zdjęta zgrozą. — Pretensjonalny Jerome? Myślałam, że już na całe życie wykreśliłeś go ze swojego życiorysu.

— Kiedy wyjechałem do San Francisco, zostawił mi mnóstwo wiadomości na sekretarce — powiedział zarozumiale Tom. — Więc znowu zaczęliśmy się spotykać, a wczoraj wieczorem napomknąłem, że moglibyśmy znowu się zejść, no i chciałem się z nim pobzykać, a Jerome powiedział, powiedział… — Tom ze złością potarł sobie oko. — Po prostu mu się nie podobam.

Zapadła pełna osłupienia cisza. Pretensjonalny Jerome popełnił podłą, egoistyczną, niewybaczalną, niszczącą ego zbrodnię wobec wszystkich praw uczciwego chodzenia ze sobą.

— Nie jestem atrakcyjny — jęknął Tom z rozpaczą. — Jestem chronicznym pariasem uczuciowym.

Momentalnie wzięłyśmy się do działania. Jude złapała Chardonnay, Shaz przytuliła Toma, a ja przyniosłam krzesło, trajkocząc:

— Ależ jesteś atrakcyjny, ależ jesteś!

— To dlaczego tak powiedział? Dlaczego? DLACZEGOO-OOOOO?

— Pszeciesz to oszywiste — wybełkotała Jude, podając mu kieliszek. — Bo Prtensjonalny Jerome jest hetero.

— Hetero jak jasna cholera — dodała Shaz. — Kapnęłam się, że ten chłopak nie jest gejem, jak tylko go, kurde, zobaczyłam.

— Hetero. — Jude zachichotała potakująco. — Proste jak… proste jak penis.

Rozdział piąty
PAN DARCY I PAN DARCY

2 marca, niedziela
5.00. Aaaa. Właśnie sobie przypomniałam, co się stało.

5.03. Dlaczego ja to zrobiłam? Dlaczego? Dlaczego? Dlaczego? Chciałabym móc z powrotem zasnąć albo wstać.

5.20. To dziwne, jak czas mija, kiedy się ma kaca. To dlatego, że człowiekowi tak mało myśli przychodzi do głowy: dokładnie odwrotnie niż wtedy, kiedy ktoś się topi. Całe życie przemyka mu przed oczami i parę chwil wydaje się wiecznością, bo człowiek ma wtedy tyle myśli.

6.00. No i pół godziny zleciało jak z bicza trzasł, bo nie miałam żadnych myśli. Uff. Łeb mi pęka. O Boże. Mam nadzieję, że nie obrzygałam sobie płaszcza.

7.00. Cały problem polega na tym, że lekarze nigdy nie mówią, co się stanie, jak człowiek wypije więcej niż dwie jednostki dziennie, albo — uściślając — całą dopuszczalną tygodniową ilość alkoholu w jedną noc. Czy to znaczy, że gęba ci się zrobi sina, a nochal kartoflowaty jak u krasnoludka, czy też że jesteś alkoholikiem? Ale w tym wypadku wszyscy na wczorajszej imprezie musieliby być alkoholikami. Z tym, że jedyni, którzy tam nie pili, to alkoholicy. Hmm.

7.30. Może jestem w ciąży i z powodu alkoholu urodzę zdeformowane dziecko. A tam. Nie mogę być w ciąży, bo właśnie skończył mi się okres i już nigdy nie będę uprawiała seksu z Markiem. Nigdy. Przenigdy.

8.00. Najgorzej być samemu w środku nocy i nie mieć z kim pogadać czy spytać, jak bardzo byłam pijana. Pamiętam, że opowiadałam jakieś straszne głupoty. O nie. Przypomniało mi się, że dałam żebrakowi 50 pensów, na co on zamiast: „Dziękuję", powiedział: „Ale się narąbałaś".

Nagle przypomniało mi się też, że kiedy byłam mała, moja matka powtarzała: „Nie istnieje nic gorszego od pijanej kobiety". Jestem zapijaczoną łatwą panienką z rynsztoka. Muszę spróbować zasnąć znowu.

10.15. Sen mi trochę pomógł. Może ten kac już mi przeszedł. Chyba odsłonię firanki. AAAAAAAA! To nienormalne, żeby rano słońce było takie jasne.

10.30. Dobra. Za chwilę idę na siłownię i już nigdy w życiu nie wezmę do ust kropli alkoholu, więc to idealny moment na rozpoczęcie diety Scarsdale'ów. Tak więc to, co się stało wczoraj w nocy, było bdb, bo oznacza początek nowego życia. Hurra! Ludzie powiedzą… Oj, telefon.

11.15. To była Shazzer.
— Bridge, czy wczoraj w nocy bardzo się narąbałam?
Przez chwilę w ogóle nie mogłam sobie jej przypomnieć.
— Nie, oczywiście, że nie — powiedziałam miło, żeby ją trochę pocieszyć, bo byłam pewna, że gdyby się naprawdę upiła, to bym to zapamiętała. Zebrałam się na odwagę i spytałam: — A ja?
Zapadła cisza.
— Nie, byłaś cudowna, naprawdę strasznie słodka.
Jak widać dostałam paranoi na tle kaca. Oj, telefon. Może to on.
To była moja matka.

— Bridget, co ty, u licha, jeszcze robisz w domu? Masz tu być za godzinę. Tata robi pieczoną Alaskę*!

11.30. O żesz kurwa. W piątek wieczorem zaprosiła mnie na lunch, a ja byłam za bardzo osłabiona, żeby się opierać, a potem za bardzo wkurzona, żeby pamiętać. Nie mogę znowu nie pójść. Mogę? Dobra. Muszę się uspokoić i zjeść jakiś owoc, bo enzymy usuwają toksyny, i wszystko będzie dobrze. Zjem tylko kawałeczek, spróbuję nie zwymiotować, a kiedy wyłonię się z krainy niezdecydowania, oddzwonię do mamy.

Za:
Będę mogła sprawdzić, czy Wellington jest traktowany w sposób, który nie łamie zarządzeń Komisji Równości Rasowej.
Będę mogła pogadać z tatą.
Będę dobrą córeczką.
Nie będę musiała wyżywać się na mamie.

Przeciw:
Będę musiała przechodzić tortury i męki związane z incydentem Mark / Rebecca.
Mogę się porzygać na stół.

Znowu telefon. Lepiej, żeby to nie była ona.
— Jak twoja głowa? — To był Tom.
— Dobrze — zaszczebiotałam wesoło, rumieniąc się. — Bo co?
— No, wczoraj nieźle zaszalałaś.
— Shazzer mówiła, że nie.
— Bridget — powiedział Tom — Shazzer tam nie było. Poszła do Met Bar, żeby się spotkać z Simonem, i o ile mi wiadomo, wprawiła się mniej więcej w taki stan jak ty.

---

* Pieczona Alaska — rodzaj tortu czekoladowego z lodami, przykrytego bezami i zapiekanego przez chwilę.

3 marca, poniedziałek

59,5 kg (obrzydliwy natychmiastowy przyrost tłuszczu po ociekającym smalcem niedzielnym lunchu u rodziców), papierosy 17 (stan alarmowy), incydenty podczas lunchu u rodziców sugerujące, że w życiu pozostała jeszcze odrobina normalności lub realności 0.

8.00. Przynajmniej kac zaczyna mi przechodzić. To ogromna ulga wrócić do domu, gdzie jestem dorosłą panią zamku, a nie dzieckiem uwikłanym w gierki innych ludzi. Wczoraj doszłam do wniosku, że nie mam się jak wykręcić z lunchu u mamy, ale przez całą drogę do Grafton Underwood czułam, jak mi żołądek podchodzi do gardła. Wioska wyglądała surrealistycznie sielsko, pełna żonkili, cieplarni, kaczek itd., a także ludzi zawzięcie strzygących żywopłoty — jakby życie było łatwe i przyjemne, nie zdarzały się żadne katastrofy i istniało coś takiego jak Bóg.

— O, cześć, kochanie! *Hakuna Matata*. Właśnie wróciłam ze sklepu — powiedziała mama, wpychając mnie do kuchni. — Zabrakło mi groszku! Tylko odsłucham sekretarkę.

Siedziałam, targana mdłościami, podczas gdy sekretarka ryczała, a mama rzucała się, włączając rozmaite bajery, które zgrzytały i piszczały w mojej i tak już obolałej głowie.

— Pam — odezwała się sekretarka. — Mówi Penny. Znasz tego faceta, który mieszka za rogiem koło garażu? No więc on popełnił samobójstwo z powodu hałasu powstającego przy strzelaniu do rzutków. Piszą o tym w „Kettering Examiner". O, chciałam jeszcze spytać, czy Merle mogłaby przechować w twojej zamrażarce kilkadziesiąt paszcecików?

— Cześć, Pam! Margo! Już jedziemy! Mogłabyś mi pożyczyć specjalną blachę na szwajcarską roladę na dwudzieste pierwsze urodziny Alison?

Z obłędem w oczach rozejrzałam się po kuchni, osłupiała na myśl o innych światach, jakie się przed nami odsłaniają po odsłuchaniu wiadomości nagranych na sekretarce. Może ktoś powinien zrobić z tego instalację w Saatchi Gallery. Mama pobrzękała trochę w kredensach, po czym wykręciła jakiś numer.

— Margo. Pam. Mam f o r m ę na biszkopt, jeśli ci się to na coś przyda. A może użyj blachy do puddingu Yorkshire i wyłóż dno kawałkiem odpornego na tłuszcz papieru?

— Cześć, cześć, bombdibombom — powiedział tata, wtaczając się do kuchni. — Czy ktoś wie, jaki jest kod pocztowy do Barton Seagrave? KT4 HS czy L? O, Bridget, witaj w okopach trzeciej wojny światowej w kuchni. Mau Mau* jest w ogrodzie.

— Colin, mógłbyś wylać ten olej z frytkownicy? — poprosiła mama. — Geoffrey mówi, że jak się go dziesięć razy podgrzeje do wysokiej temperatury, to potem trzeba go wylać. A przy okazji, Bridget, kupiłam ci talk. — Podała mi liliową butelkę Yardleya ze złotą zakrętką.

— Po co? — spytałam, łapiąc butelkę z ożywieniem.

— No jak to?! Dla urody i świeżości!

Wrrr. Wrrrr. Aluzja była jasna. Mark umówił się z Rebeccą, bo...

— Sugerujesz, że śmierdzę? — spytałam.

— Ależ skąd, kochanie. — Urwała. — Ale zawsze warto się odświeżyć, prawda?

— Dzień dobry, Bridget! — Una pojawiła się jak grom z jasnego nieba, niosąc talerz z jajkami na twardo. — Pam! Zapomniałam ci powiedzieć, Bill próbuje zmusić radę osiedla, żeby usunęła żużel z jego podjazdu, bo nie zeskrobali nawierzchni i teraz porobiły się wyrwy, więc Eileen pyta, czy mogłabyś im powiedzieć, że dopóki nie położyli kraty, z twojego podjazdu spływała woda?

Jak na jarmarku. Normalnie jak na jarmarku. Poczułam się jak pacjent w śpiączce, który zdaniem lekarzy niczego nie słyszy.

— No, Colin, gdzie to mięso? Zaraz tu będą.

---

* Mau Mau — członek rewolucyjnej społeczności w Kenii utworzonej w latach pięćdziesiątych, składającej się głównie z członków plemienia Kikuyu, którzy przeprowadzali akcje terrorystyczne mające na celu usunięcie europejskich osadników i oddanie władzy w ręce rodowitych Kenijczyków.

— Kto? — spytałam podejrzliwie.

— Państwo Darcy. Una, kapnij trochę kremówki i papryki na te jajka, dobrze?

— Państwo Darcy? Rodzice Marka? Teraz? Dlaczego?

W tej samej chwili rozległ się dzwonek do drzwi, który odgrywa całą melodyjkę kuranta z ratusza.

— Jesteśmy starszyzną plemienia! — zaszczebiotała mama, zdejmując fartuszek. — No, do roboty!

— Gdzie Wellington? — syknęłam do mamy.

— Och, jest w ogrodzie, gra w piłkę nożną! Nie lubi tych nasiadówek, kiedy musi sobie z nami strzępić język.

Mama i Una popędziły, a tata poklepał mnie po ramieniu.

— Do ataku! — powiedział.

Poszłam za nim do zagraconego bibelotami salonu wyłożonego dywanem w esy-floresy, zastanawiając się, czy mam tyle siły i władzy w kończynach, żeby się urwać, ale doszłam do wniosku, że nie. Rodzice Marka, Una i Geoffrey stali w koślawym kółku, trzymając szklaneczki sherry.

— OK, złotko — powiedział tata. — Dam ci drinka. Poznałaś już...? — Ruchem ręki wskazał Elaine. — Wiesz, kochana, strasznie cię przepraszam, znamy się od trzydziestu lat, a ja zupełnie zapomniałem, jak masz na imię.

— To co tam u waszego syna? — palnęła Una.

— U mojego syna! Wiecie, żeni się! — odparł admirał Darcy, istny wyjec. Pokój nagle zawirował mi przed oczami. Żeni się?

— Żeni się? — spytał tata, łapiąc mnie za rękę, podczas gdy ja starałam się głęboko oddychać.

— Och, wiem, wiem — powiedział wesoło admirał Darcy. — Za tymi młodymi trudno już nadążyć: w jednej chwili żeni się z jedną, a już w następnej odchodzi z inną! Prawda, kochanie? — spytał, klepiąc matkę Marka po pupie.

— Wydaje mi się, że Una pytała o Marka, nie o Petera, kochanie — odparła jego żona, rzucając mi pełne zrozumienia spojrzenie. — Peter to nasz drugi syn, który mieszka w Hongkongu. W czerwcu się żeni. No, chłopcy, dajcie Bridget drinka.

Potrafią tylko gadać, ale żeby wziąć się do działania, to już nie, prawda? — Spojrzała na mnie ze współczuciem.

Niech mnie ktoś stąd zabierze — pomyślałam. Już dłużej nie wytrzymam tych tortur. Chcę jak normalny człowiek położyć się na podłodze w łazience z głową w pobliżu muszli klozetowej.

— Macie ochotę? — spytała Elaine, wyciągając rękę ze srebrnym pudełkiem pełnym papierosów Black Sobranies. — Wiem, że to zabójstwo, ale ja mam sześćdziesiąt pięć lat i jeszcze jakoś żyję.

— No, chodźcie i siadajcie! — zarządziła mama, tanecznym krokiem zjawiając się z talerzem wątrobianki. — Uff. — Odstawiła szopkę z kasłaniem i machaniem rękami, po czym powiedziała lodowato: — Prosimy nie palić przy stole, Elaine.

Poszłam za nią do jadalni, gdzie za oknem balkonowym Wellington grał w zdumiewająco wyrafinowaną grę w podrzucanie piłki nogą, ubrany w podkoszulek i niebieskie jedwabne szorty.

— Patrzcie go! Do góry, kolego! — zarechotał Geoffrey, wyglądając przez okno i nie przestając ruszać rękami w kieszeniach. — Do góry.

Usiedliśmy i zaczęliśmy się na siebie głupio gapić. Zupełnie jak na przedślubnym wieczorku zapoznawczym dla szczęśliwych narzeczonych i rodziców, z tym że pan młody dwa dni wcześniej uciekł z jakąś zdzirą.

— No! — odezwała się mama. — Łososia, Elaine?

— Dziękuję — odparła Elaine.

— Parę dni temu byliśmy na *Miss Saigon*! — z niebezpieczną radością wykrzyknęła mama.

— Baa! Musicale. Cholera, nie znoszę ich, banda przeklętych alfonsów — wymamrotał admirał Darcy, a Elaine nałożyła mu porcję łososia.

— Nam się podobało! — powiedziała mama. — W każdym razie…

Błędnym wzrokiem wyjrzałam przez okno w poszukiwaniu jakiegoś natchnienia i zauważyłam, że Wellington mi się przygląda. „Pomocy!" — wymówiłam samymi wargami. Skinął głową w stronę kuchni i zniknął.

— Stoją rozkraczeni i się wydzierają! — ryknął admirał, mój beniaminek. — Taki Gilbert i Sullivan. *HMS Pinafore** to co innego.

— Przepraszam na chwileczkę — powiedziałam i wymknęłam się, ignorując wściekłe spojrzenie mamy.

Wpadłam do kuchni, gdzie już był Wellington. Osunęłam się na zamrażarkę.

— Co? — spytał, intensywnie wpatrując mi się w oczy. — Co się stało?

— Jej się wydaje, że należy do starszyzny plemienia — wyszeptałam. — Wyżywa się na rodzicach Marka, wiesz, tego Marka, którego widzieliśmy...

Pokiwał głową.

— Wiem wszystko.

— Co ty jej naopowiadałeś? Ona próbuje zorganizować jakąś naradę plemienną w sprawie jego spotkania z Rebeccą, jakby...

W tej samej chwili otworzyły się drzwi do kuchni.

— Bridget! Co ty tu robisz? O. — Mama spostrzegła Wellingtona i stanęła jak wryta.

— Pamelo? — powiedział Wellington. — Co się dzieje?

— No, pomyślałam sobie, że po tym, co mówiłeś, my, dorośli, moglibyśmy... moglibyśmy znaleźć jakieś rozwiązanie! — dokończyła, odzyskując pewność siebie i nawet niemal udało jej się uśmiechnąć.

— Przyjęliście zasady zachowania naszego plemienia?

— No... ja...

— Pamelo. Wasza kultura rozwijała się przez wiele wieków. Kiedy pojawiają się jakieś wpływy z zewnątrz, nie możecie pozwolić, żeby łamały należne wam prawa. Jak już mówiliśmy, celem podróży po świecie jest obserwowanie, a nie niszczenie.

Nie mogłam się nadziwić, jak nowiuteńki walkman CD Wellingtona miał się do tego wszystkiego, ale skruszona mama kiwała

---

* *HMS Pinafore* — operetka z 1878 roku z muzyką sir Arthura Sullivana i librettem sir W.S. Gilberta.

głową. Jeszcze nigdy nie widziałam, żeby aż tak uległa czyjemuś wpływowi.

— A teraz wracaj do gości i pozostaw romans Bridget swojemu własnemu losowi, jak nakazuje odwieczna tradycja twojego plemienia.

— Cóż, chyba masz rację — zgodziła się, przyklepując sobie włosy.

— Smacznego — dodał Wellington, mrugając do mnie leciutko.

Kiedy wróciłam do jadalni, wyglądało na to, że matka Marka już umiejętnie zmieniła temat całej tej szopki.

— Dla mnie absolutną zagadkę stanowi to, jak w tych czasach komuś udaje się wziąć ślub — mówiła. — Gdybym tak wcześnie nie wyszła za mąż, to chyba nigdy bym tego nie zrobiła.

— Och, całkowicie się z tobą zgadzam! — powiedział tata, stanowczo zbyt ochoczo.

— Ja z kolei nie rozumiem, jak to możliwe, że kobieta w wieku Bridget jeszcze sobie nikogo nie przygadała — powiedział wujek Geoffrey. — Nowy Jork. Kosmos. Poooszli, fruuu!

„Och, zamknijcie się! Po prostu się zamknijcie!" — miałam ochotę wrzasnąć.

— Teraz młodym jest bardzo ciężko — znowu wtrąciła się Elaine, patrząc na mnie twardo. — Łatwo wyjść za mąż, jak się ma osiemnaście lat, ale kiedy ma się już ukształtowany charakter, człowiekowi trudno się dostosować. Oczywiście nie mam na myśli nikogo z tu obecnych.

— No, mam nadzieję! — ryknął radośnie ojciec Marka, poklepując ją po ramieniu. — Bo inaczej musiałbym cię wymienić na dwie trzydziestoparolatki. Dlaczego tylko mój syn miałby się bawić?! — Skinął z galanterią w moją stronę, na co serce znowu podeszło mi do gardła. Czyżby myślał, że wciąż jesteśmy razem? A może wiedział o Rebecce i wydawało mu się, że Mark chodzi z nami obiema?

Dzięki Bogu rozmowa znowu zeszła na *HMS Pinafore*, potem przeskoczyła na talent piłkarski Wellingtona, stoczyła się na wakacje z golfem Geoffreya i taty, prześlizgnęła przez zielniki, dotknęła podjazdu Billa i w końcu zrobiło się za piętnaście czwarta i cały ten koszmar się skończył.

Przy wyjściu Elaine wcisnęła mi w rękę parę Sobranies.

— Myślę, że przydadzą ci się w drodze powrotnej. Mam szczerą nadzieję, że się jeszcze spotkamy. — Co tchnęło we mnie nadzieję, choć nie aż taką, by zbudować na niej swe życie. Niestety, to z Markiem chciałam się znowu spotykać, a nie z jego rodzicami.

— No dobra, kochanie — powiedziała mama, wypadając z kuchni z pudełkiem z Tupperware. — Gdzie masz torebkę?

— Mamo — wysyczałam przez zaciśnięte zęby. — Nie chcę żadnego jedzenia.

— Dobrze się czujesz, kochanie?

— Na tyle, na ile to możliwe w tych okolicznościach — wymamrotałam.

Przytuliła mnie. Miłe, ale nieco zaskakujące.

— Wiem, że ci ciężko, ale nie przejmuj się Markiem. Wszystko się ułoży. Jestem tego pewna. — Niedługo się nacieszyłam tą niespotykaną matczyną troską, bo zaraz wykrzyknęła: — No! *Hakuna Matata!* Nie martw się. Uśmiechnij się! No. Chcesz wziąć parę paczek minestrone*? A może trochę herbatników Tuca? Mogę cię przeprosić? Chciałam się dostać do tej szuflady. Ooo, wiesz co? Mam parę steków.

Czy jej się wydaje, że jedzenie jest lepsze od miłości? Przysięgam, że gdybym jeszcze minutę dłużej została w tej kuchni, to chyba bym się porzygała.

— Gdzie tata?

— Och, pewnie w swojej szopie.

— Co?

— W swojej szopie. Przesiaduje tam całymi godzinami, a jak wychodzi, pachnie…

— Czym?

---

* Minestrone — gęsta włoska zupa jarzynowa z kurczakiem, fasolą i makaronem, posypana parmezanem.

— Niczym, kochanie. Leć już i się pożegnaj, jeśli chcesz.

Na zewnątrz Wellington czytał na ławce „Sunday Telegraph".

— Dzięki — powiedziałam.

— Nie ma sprawy — odparł, po czym dodał: — To dobra, silna kobieta. Kobieta o dobrym sercu i pełna entuzjazmu, ale może...

— ...czasami ma go jakieś czterysta razy za dużo?

— Taa — roześmiał się. O mój Boże, mam nadzieję, że miał na myśli tylko entuzjazm wobec życia.

Kiedy podeszłam do szopy, na chwiejnych nogach wyszedł z niej tata nieco zaczerwieniony na twarzy. W środku z taśmy śpiewał Nat King Cole.

— Aaa, wracamy do wielkiego, zadymionego Londynu? — zagadnął, lekko się zakołysał i przytrzymał drzwi szopy. — Jsteśś w dołku, kchanie? — wybełkotał.

Pokiwałam głową.

— Ty też?

Otoczył mnie ramionami i porządnie wyściskał, jak wtedy, kiedy byłam mała. Zrobiło mi się miło — kochany tatuś.

— Jak ci się udało tak długo wytrzymać z mamą? — szepnęłam, zastanawiając się, co to za słodkawy zapach. Whisky?

— T'nie takie smplikowane — powiedział, znowu się opierając o szopę. Przechylił głowę na bok, słuchając Nat King Cole'a.

— „Najważniejsze — zaczął zawodzić — to nauczyć się kochać i być kochanym". Mam nadzieję, że ona jeszcze kocha mnie, a nie tego Mau Mau.

Potem się pochylił i pocałował mnie.

5 marca, środa

58 kg (dobrze), jedn. alkoholu 0 (doskonale), papierosy 5 (miła, zdrowa liczba), liczba razy przejechanych pod domem Marka Darcy'ego 2 (bdb), liczba razy, kiedy sprawdzałam nazwisko Marka Darcy'ego w książce telefonicznej, żeby się przekonać, czy on jeszcze istnieje 18 (bdb), telefony pod 1471 tylko 12 (lepiej), telefony od Marka 0 (tragedia).

8.30. W domu. Bardzo mi smutno. Tęsknię za Markiem. Nie odzywał się przez całą niedzielę i poniedziałek, a kiedy wczoraj wieczorem wróciłam z pracy, czekała na mnie wiadomość, że na parę tygodni jedzie do Nowego Jorku. „Więc tym razem chyba naprawdę żegnaj".

Robię, co mogę, żeby nie podupadać na duchu. Odkryłam, że jeżeli rano zaraz po przebudzeniu, jeszcze zanim poczuję pierwsze ukłucie bólu, włączę radio na program *Dzisiaj* — nawet jeżeli polega on tylko na grze w stylu *Just a Minute*, kiedy politycy starają się nie powiedzieć: „Tak", „Nie" ani nie odpowiedzieć na żadne z pytań — to właściwie udaje mi się uniknąć popadnięcia w obsesyjne błędne koło rozważań „gdyby tylko" i pętlę rozmów przeprowadzonych w wyobraźni z Markiem Darcym, które tylko pogłębiają mój smutek i niemożność wygrzebania się z łóżka.

Muszę przyznać, że dziś rano Gordon Brown* był bdb w tym programie, długo i bez wahania się rozwodził o euro, czasami urywał albo mówił, co mu ślina na język przyniesie, ale cały czas był spokojny i elokwentny, natomiast John Humphreys, jak Leslie Crowther, wrzeszczał w tle: „Tak czy nie? Tak czy nie?"

Ciekawe, czy euro to to samo, co wspólna waluta? Pod paroma względami jestem za, bo wtedy byśmy mieli różne monety, to by było całkiem europejskie i eleganckie. Mogliby też pozbyć się tych brązowych, które są za ciężkie, i pięcio- oraz dwudziesto-pensówek, które są za malutkie i zbyt mało warte, żeby sprawiać przyjemność. Hmm. Powinniśmy jednak zachować jednofuntów-ki, które są fantastyczne, jak suwereny. Czasami, kiedy ci się wydaje, że skończyła się kasa, znajdujesz w torebce 8 funtów! Ale wtedy musieliby zmienić wszystkie bankomaty i... Aaaaaa! Dzwonek do drzwi. Może to Mark przyszedł się pożegnać.

To był tylko ten cholerny Gary. W końcu udało mi się z niego wydusić, że przyszedł jedynie po to, żeby powiedzieć, że ta przybudówka będzie kosztować „tylko" 7000 funtów.

— A skąd ja wezmę siedem tysięcy funtów?

---

* Gordon Brown — brytyjski minister skarbu.

— Mogłabyś wziąć drugą hipotekę — powiedział. — To by cię kosztowało tylko dodatkową stówę miesięcznie.

Na szczęście nawet on się zorientował, że już jestem spóźniona do pracy, więc udało mi się go pozbyć. 7000 funtów. No słowo daję.

19.00. Z powrotem w domu. To nie jest normalne, że traktuję swoją automatyczną sekretarkę jak staroświeckiego partnera: pędzę do niego z pracy, żeby sprawdzić, w jakim jest nastroju, czy brzęczeniem potwierdzi, że jestem kochanym i wartościowym członkiem społeczeństwa, czy będzie pusta i odległa, jak na przykład teraz. Już 42 dzień z rzędu nie ma żadnej wiadomości nie tylko od Marka, ale w ogóle od nikogo. Może poczytam trochę *Drogę rzadziej uczęszczaną*.

19.06. Tak, miłość to nie coś, co ci się przydarza, ale coś, co się robi. Czego więc ja nie zrobiłam?

19.08. Jestem pewną siebie, wrażliwą, odpowiedzialną kobietą sukcesu. Moje poczucie wartości pochodzi nie od innych ludzi, lecz z… z… mojego wnętrza? To nie może być prawda.

19.09. Ojej, telefon! Może to Mark Darcy!

— Bridget, jakaś ty chuda! — Tom. — Jak się trzymasz, moja maleńka?

— Dennie — powiedziałam, wyjęłam z ust gumę Nicorette i zaczęłam w niej rzeźbić. — Oczywiście.

— Och, daj spokój, Bridget! Mężczyźni! Można ich mieć na pęczki. Jak tam twoja kariera dziennikarska?

— Zadzwoniłam do agenta Colina Firtha i zebrałam wszystkie wycinki. Myślę, że może się zgodzić, bo niedługo wychodzi *Fever Pitch* i pewnie mu zależy na reklamie.

— I?

— Oddzwonili i powiedzieli, że jest za bardzo zajęty.

— Ha! Właśnie w tej sprawie dzwonię. Jeremy mówi, że zna…

— Tom — powiedziałam groźnie — czy to przypadkiem nie wspominatoza?

— Nie, nie... Nie zamierzam się z nim zejść — skłamał nieudolnie. — No, w każdym razie Jeremy zna takiego faceta, który pracował nad ostatnim filmem z Colinem Firthem, i pyta, czy chcesz, żeby szepnął słówko o tobie?

— Tak! — wykrzyknęłam podniecona.

Wiem, że to tylko wymówka Toma, by utrzymać kontakt z Pretensjonalnym Jerome'em, ale takie akty uprzejmości to mieszanina altruizmu i dbania o własne interesy, a poza tym może Colin Firth się zgodzi!

Hurra! To będzie dla mnie idealna praca! Będę mogła jeździć po całym świecie i przeprowadzać wywiady ze znanymi ludźmi. A za dodatkowe pieniądze spłacę drugą hipotekę zaciągniętą na pracownię i taras na dachu, a potem rzucę tę znienawidzoną robotę w Sit Up Britain i zacznę pracować w domu. Tak! Wszystko się ułoży! Zadzwonię do Gary'ego. Nie można spodziewać się zmian, dopóki człowiek sam się nie zmieni. Biorę sprawy we własne ręce!

Nie będę leżeć w łóżku i się dołować. Wstanę i zrobię coś pożytecznego. Na przykład. Yyy. Pobzykać się? O Boże. Nie mogę znieść myśli o tym, że Mark dzwoni do Rebeki i opowiada, jak mu minął dzień — tak jak przedtem opowiadał to mnie. Nie mogę, nie mogę myśleć negatywnie. Może Mark wcale nie chodzi z Rebeccą, wróci i znowu będzie ze mną! Widzicie? Hurra!

12 marca, środa
58 kg, jedn. alkoholu 4 (ale teraz jestem dziennikarką, więc oczywiście muszę się upijać), papierosy 5, kalorie 1845 (db), światełka na końcu tunelu 1 (b. malutkie).

16.00. Przed chwilą zadzwonił z pracy Tom.
— Udało się!!
— Co?
— Ten wywiad z Colinem Firthem!

Usiadłam wyprostowana na krześle, cała się trzęsąc.

— Tak! Dzwonił ten znajomy Jerome'a i powiedział, że Colin Firth był bardzo miły i jeżeli wywiad ukaże się w „Independent", to on się zgadza. A ja jutro idę na kolację z Pretensjonalnym Jerome'em!

— Tom, jesteś święty, jesteś samym Bogiem i archaniołem. To co mam teraz robić?

— Zadzwoń do agenta Colina Firtha, a potem do Adama z „Independent". O, a przy okazji, powiedziałem im, że zrobiłaś już mnóstwo wywiadów.

— Ale przecież to nieprawda.

— Och, nie bądź tak cholernie d o s ł o w n a, Bridget. Powiedz mu, że zrobiłaś.

18 marca, wtorek
58,5 kg (b. niesprawiedliwa kara), kalorie 1200 (próbuję odroczyć wyrok), hipoteki 2 (hurra!), liczba sypialni w mieszkaniu: niedługo 2 (hurra!).

Zadzwoniłam do banku i dostanę drugą hipotekę! Muszę tylko wypełnić parę formularzy, a potem dostanę 7000 funtów, co wypada tylko po 120 funtów miesięcznie! Nie do wiary, że wcześniej o tym nie pomyślałam. Może to będzie odpowiedź na wszystkie moje problemy z debetem!

2 kwietnia, środa
59 kg, kalorie 998 (dziwaczny odwrotny wpływ ilości kalorii na ilość tłuszczu sprawia, że powstrzymywanie się od jedzenia staje się bezsensowne), cuda: wielokrotne, niedawno odkryta radość: nieskończona.

17.00. Dzieje się coś dziwnego. Wywiad z Colinem Firthem nie tylko dojdzie do skutku, ale do tego w Rzymie! Niedługo powiedzą, że ma mi go udzielić nago w morzu koło jakiejś karaibskiej wyspy, jak w *Randce w ciemno*. Rozumiem, że Bóg zesłał na mnie jedną łaskę, żeby mi wszystko wynagrodzić, ale to wykracza poza wszelkie normalne religijne przyczyny. Może moje życie pnie się na sam szczyt, by potem puścić się pędem w dół wprost w ramiona śmierci. Może to spóźniony prima aprilis.

Przed chwilą zadzwoniłam do Toma, który powiedział, żebym przestała wreszcie wszędzie się dopatrywać jakiegoś podstępu, a wywiad ma się odbyć w Rzymie, bo Colin Firth tam mieszka — faktycznie — i żebym spróbowała się skupić na tym, że postać Colina Firtha nie ogranicza się tylko do jego kreacji pana Darcy'ego. Na przykład ostatnio zagrał w filmie *Fever Pitch*.

— Tak, tak, tak — przytaknęłam, po czym wyraziłam swoją ogromną wdzięczność za jego pomoc w załatwieniu mi tego wywiadu. — Właśnie dokładnie czegoś takiego potrzebuję! — zawołałam z zapałem. — Czuję się o wiele lepiej, kiedy mogę się skupić na karierze, zamiast obsesyjnie rozmyślać o jakimś facecie.

— Eee, Bridget — powiedział Tom. — Oczywiście wiesz, że Colin Firth ma dziewczynę, prawda?

Hmmm.

11 kwietnia, piątek
58 kg, jedn. alkoholu 5 (praktyki dziennikarskie), papierosy 22, kalorie 3844 (A widzicie? A widzicie? Już nigdy w życiu nie przejdę na dietę).

18.00. Stało się coś cudownego! Przed chwilą rozmawiałam z taką panią z PR i okazało się, że Colin Firth ma w weekend do mnie zadzwonić, żeby się umówić na wywiad! Nie mogę w to uwierzyć. Oczywiście przez cały weekend nie będę mogła wyjść z domu, ale to i lepiej, bo przygotuję się do wywiadu, oglądając na wideo *Dumę i uprzedzenie*, chociaż zdaję sobie sprawę z tego, że trzeba będzie porozmawiać i o innych filmach. Tak. To rzeczywiście może być punkt zwrotny w mojej karierze. Jak na ironię, przez jakiś dziwny zbieg okoliczności dzięki panu Darcy'emu zapomnę o Marku Darcym… Telefon! To pewnie pan albo

Mark Darcy, muszę szybko włączyć płytę z robiącym wrażenie jazzem albo muzyką poważną.

Hmm. To był jakiś cholernie apodyktyczny Michael z „Independent".

— Słuchaj. Do tej pory nie pracowaliśmy z tobą. Nie zamierzam się z tym cackać. Wracasz samolotem, który zabukowaliśmy dla ciebie na poniedziałek wieczór, siadasz do pisania we wtorek rano i oddajesz nam wywiad do czwartej albo nie pójdzie w ogóle. I masz go pytać o film *Fever Pitch*. *Fever Pitch*, w którym, jak wiesz, gra postać, która nie jest panem Darcym.

No i bardzo dobrze. Ooo, telefon.

To była Jude. Mają wpaść z Shazzer. Boję się, że się będą śmiać, kiedy zadzwoni pan Darcy, ale z drugiej strony muszę zająć myśli czym innym, bo inaczej chyba pęknę.

12 kwietnia, sobota

58,5 kg (ale do jutra na pewno uda mi się zrzucić 1,5 kg z pomocą diety Szpitala Frankfurter), jedn. alkoholu 3 (bdb), papierosy 2 (dosłownie święta), frankfurterki 12, telefony pod 1471, żeby sprawdzić, czy dzwonił Colin Firth, a ja nie słyszałam, bo nagle i niepostrzeżenie ogłuchłam 7, metry kwadratowe podłogi nie zawalone pudełkami po pizzy, ciuchami, popielniczkami itd. 2 (pod kanapą), liczba powtórek tego fragmentu z *Dumy i uprzedzenia*, w którym Colin Firth zanurza się w jeziorze 15 (dziennikarka wysokiej klasy), telefony od Colina Firtha 0 (do tej pory).

10.00. Colin Firth nie dzwoni.

10.03. Wciąż nie dzwoni.

10.07. Jeszcze nie zadzwonił. Ciekawe, czy jest za wcześnie, żeby obudzić Jude i Shazzer? Może czeka z telefonem do mnie, aż jego dziewczyna pójdzie do sklepu.

17.00. Z powodu zasadzki na pana Darcy'ego mieszkanie wygląda jak po bombardowaniu: różne rzeczy walają się po salonie, zupełnie jak w filmie *Thelma i Louise*, kiedy do domu Thelmy wpada policja, Harvey Keitel czeka, aż zadzwonią, a w tle warkoczą magnetofony. Naprawdę jestem wdzięczna Jude i Shazzer za pomoc i w ogóle, ale to oznacza, że nie mogłam się przygotować do wywiadu, poza nastawieniem psychicznym.

18.00. Pan Darcy ciągle nie dzwoni.

18.05. Jeszcze nie zadzwonił. Co ja mam robić? Nawet nie wiem, gdzie się spotykamy.

18.15. Nie dzwoni. Może jego dziewczyna odmówiła wyjścia do sklepu. Może przez cały weekend uprawiali seks i zajadali się lodami włoskimi, i śmieją się ze mnie za moimi plecami.

18.30. Jude nagle się obudziła i przyłożyła palce do czoła.

— Musimy lecieć — powiedziała dziwnym, mistycznym głosem.

— Zwariowałaś? — syknęła Sharon. — Lecieć? Odbiło ci?

— Nie — odparła zimno Jude. — Telefon nie dzwoni, bo skupia się na nim zbyt dużo energii.

— Pśśś — parsknęła Sharon.

— Poza tym zaczyna tu śmierdzieć. Musimy posprzątać, żeby umożliwić przepływ energii, a potem pójść na Krwawą Mary — powiedziała, spoglądając na mnie kusząco.

Parę minut później byłyśmy już na zewnątrz, mrugając w nieoczekiwanie wiosennej szarówce. Rzuciłam się gwałtownie z powrotem do drzwi, ale Shazzer złapała mnie za rękę.

— Idziemy. Na. Krwawą. Mary — syknęła, ciągnąc mnie przez ulicę jak jakiś potężny policjant.

Czternaście minut później byłyśmy w domu. Popędziłam do telefonu i zamarłam. Migała lampka na sekretarce.

— A widzicie — powiedziała Jude potwornie mądrym tonem. — A widzicie.

Trzęsącymi się rękami, jakby to był niewypał, Shazzer przycisnęła guzik NOWA WIADOMOŚĆ.

— Cześć, Bridget, mówi Colin Firth. — Odskoczyłyśmy jak oparzone. To był pan Darcy. Ten sam bajerancki, głęboki, luzacki głos, którym w BBC oświadczał się Elizabeth Bennet. Bridget. Ja. Pan Darcy powiedział „Bridget". Na mojej sekretarce. — Zdaje się, że w poniedziałek przyjeżdżasz do Rzymu, żeby przeprowadzić ze mną wywiad — ciągnął. — Dzwonię, żeby się umówić. Jest taki plac, który się nazywa Piazza Navona, łatwo go znaleźć, jadąc taksówką. Spotkajmy się o 16.30 koło fontanny. Miłej podróży.

— 1471, 1471 — wybełkotała Jude. — 1471, szybko, szybko. Nie, wyjmij kasetę, wyjmij kasetę!

— Oddzwoń! — wrzasnęła Sharon jak esesman oprawca. — Oddzwoń i poproś, żebyście się spotkali w fontannie. O Jezuniu.

Telefon zadzwonił znowu. Stałyśmy jak głupie, z rozdziawionymi ustami. Po chwili rozległ się głos Toma:

— Cześć, ślicznotki! Mówi pan Darcy. Dzwonię tylko, żeby spytać, czy ktoś mógłby ze mnie zdjąć tę mokrą koszulę.

Shazzer nagle otrząsnęła się z transu.

— Przerwijcie mu, przerwijcie mu! — krzyknęła, rzucając się do słuchawki. — Zamknij się, Tom, zamknij się, zamknij się.

Ale było już za późno. Moje nagranie z głosem pana Darcy'ego mówiącego „Bridget" i proszącego mnie o spotkanie w Rzymie przy fontannie zostało stracone już na zawsze. I nikt na całym świecie nie może tego odwrócić. Nikt. Nikt.

Rozdział szósty
WŁOSKI ŁĄCZNIK

21 kwietnia, poniedziałek
56,5 kg (tłuszcz spalony w wyniku podniecenia i strachu), jedn. alkoholu 0: wspaniale (ale jest dopiero 7.30 rano), papierosy 4 (bdb).

7.30. Fantastycznie przygotowywać się do podróży, kiedy ma się jeszcze tyle czasu. Jak jest to napisane w *Drodze rzadziej uczęszczane*j, istoty ludzkie mają umiejętność rozwoju i zmiany. Wczoraj wieczorem wpadł Tom i przepytał mnie z pytań. Jestem więc całkiem nieźle przygotowana, chociaż szczerze mówiąc, opracowując pytania, byłam nieco wstawiona.

9.15. Właściwie to mam jeszcze mnóstwo czasu. Każdy wie, że kiedy biznesmeni śmigają między europejskimi lotniskami, pojawiają się czterdzieści minut przed odlotem, i tylko z walizeczką z nylonowymi koszulami. Samolot jest o 11.45. Muszę być na Gatwick o 11, więc złapię pociąg z Victorii o 10.30 i metro o 10.00. Super.

9.30. A jak na przykład nie wytrzymam i go pocałuję? Poza tym mam za ciasne spodnie i brzuch będzie mi sterczał. Chyba się przebiorę. Może też wezmę ze sobą przybory toaletowe, żeby się odświeżyć przed wywiadem.

9.40. Nie do wiary, że zmarnowałam tyle czasu na pakowanie przyborów toaletowych, skoro najważniejsze to ładnie wyglądać po przyjeździe. Moje włosy wyglądają zupełnie idiotycznie. Będę musiała znowu je zmoczyć. Gdzie paszport?

9.45. Jedyny problem — nie mogę unieść walizki. Może zredukuję zawartość kosmetyczki z przyborami toaletowymi do szczoteczki do zębów, pasty, płynu do płukania ust, mleczka do demakijażu i kremu nawilżającego. Muszę jeszcze wyjąć z mikrofalówki 3500 funtów i zostawić dla Gary'ego, żeby mógł zacząć zbierać materiały na nową pracownio-sypialnię i taras na dachu! Hurra!

9.50. Bosko. Zamówiłam minitaksówkę. Będzie za dwie minuty.

10.00. Gdzie jest ta taryfa?

10.05. Gdzie, do kurwy nędzy, jest ta taryfa?

10.06. Zadzwoniłam do firmy taksówkowej. Mówią, że srebrny cavalier stoi przed domem.

10.07. Srebrny cavalier nie stoi przed domem ani nigdzie w pobliżu.

10.08. Facet z firmy mówi, że srebrny cavalier w tej chwili to już na pewno wjeżdża na moją ulicę.

10.10. Ciągle nie ma tej taksówki. Pieprzona, pieprzona taksówka i wszyscy jej… Aaa. Jest. Och, kurwa, gdzie klucze?

10.15. Już siedzę w taksówce. Na pewno kiedyś pokonałam tę trasę w piętnaście minut.

10.18. Aaa. Taksówka ni z tego, ni z owego wjechała na Marylebone Road — z niewiadomego powodu decydując się na wycieczkę krajoznawczą po Londynie, zamiast jechać na Victorię. Siłą woli powstrzymuję się, żeby nie rzucić się na kierowcę, zabić go i zjeść.

10.20. Z powrotem jedziemy normalną trasą, tzn. już nie kierujemy się w stronę Newcastle, ale panują straszne korki. Teraz w Londynie korki są na okrągło.

10.27. Ciekawe, czy możliwe jest dojechanie w jedną minutę z Marble Arch do Gatwick Express?

10.35. Victoria. OK. Spokojnie, spokojnie. Pociąg odjechał beze mnie. Ale jeżeli złapię ten o 10.45, to będę miała jeszcze pół godziny do odlotu. A poza tym lot pewnie będzie opóźniony.

10.40. Ciekawe, czy zdążę kupić na lotnisku nowe spodnie? Zresztą nie zamierzam się tym denerwować. W samotnym podróżowaniu cudowne jest to, że można udawać kogoś innego, być bardzo eleganckim i w stylu zen, i nikt cię nie zna.

10.50. Wolałabym nie wyobrażać sobie ciągle, że paszport wypadł mi z torby i że muszę wracać do domu.

11.10. Pociąg z jakiegoś powodu się zatrzymał. Nagle wszystkie te dodatkowe zabiegi pielęgnacyjne, jakie wykonałam, np. położenie dodatkowej warstwy lakieru na paznokcie u nóg, wydają się zupełnie bez znaczenia w porównaniu z tym, że mogę w ogóle nie dojechać na miejsce.

11.45. Nie mogę w to uwierzyć. Samolot odleciał beze mnie.

Południe. Dzięki Bogu, panu Darcy'emu i wszystkim aniołom w niebiesiech. Okazuje się, że za godzinę i czterdzieści minut mogę lecieć innym samolotem. Zadzwoniłam do agentki, która powiedziała, że nie ma sprawy, przełoży spotkanie na dwie godziny później. Super, pobuszuję po sklepach na lotnisku.

13.00. B. zadowolona z zakupu falującej, szyfonowej sukienki w różyczki, chociaż uważam, że powinni je szyć tak, żeby dobrze się układały na tyłku. Cudowne są te sklepy na lotnisku. Sir Richard Rogers, Terence Conran i im podobni zawsze narzekają, że lotniska przemieniły się w wielkie centra handlowe, ale ja myślę, że to dobrze. Może napiszę o tym w swoim następnym wywiadzie z samym sir Richardem, jeśli nie z Billem Clintonem. Jeszcze tylko przymierzę bikini.

13.30. Dobra. Jeszcze tylko wyślę listy, kupię sobie niezbędne rzeczy w Body Shop i już idę do samolotu.

13.31. Rozległ się komunikat: „Pasażerka Jones, ostatnia pasażerka lotu BA 175 do Rzymu, proszona jest o natychmiastowe udanie się do przejścia 12, gdzie czeka samolot gotowy do odlotu".

22 kwietnia, wtorek

58 kg, jedn. alkoholu 2, papierosy 22, telefony od apodyktycznego Michaela z „Independent", sprawdzającego, „jak sobie radzimy": około 30, liczba przesłuchań kasety z wywiadem 17, liczba napisanych słów „wywiad" 0.

9.00. Z powrotem w domu w Londynie po podróży będącej darem niebios. Dobra, biorę się do spisywania wywiadu. To zdumiewające, jak skupienie się na pracy i karierze zawodowej całkowicie odrywa myśli od romantycznego smutku. Ale było fantastycznie. Kiedy taksówka podrzuciła mnie na ten plac w Rzymie, myślałam, że zemdleję: coś fantastycznego — złote słońce i wielki, ogromny plac pełen wysokich ruin, a na samym jego środku pan... Ooo, telefon.

To był Michael z „Independent".

— To co, zrobiłaś?

— Tak — odparłam zarozumiale.

— Pamiętałaś, żeby wziąć dyktafon, a nie walkmana?

140

No słowo daję. Nie wiem, co mu Tom o mnie naopowiadał, ale coś w tonie jego głosu sugeruje, że nie wyraził się z jakimś szczególnym szacunkiem.

— Masz czas do czwartej. Bierz się do roboty.

Lalala. To całe wieki. Trochę sobie odsapnę. Mmm. Wyglądał dokładnie jak pan Darcy — cały ogorzały i zgrabny. Nawet mnie zaprowadził do jakiegoś kościoła z dziurą w środku, do grobu jakiegoś Adriana czy kogoś tam, posągu Mojżesza i w bardzo męski sposób uważał, żeby mnie nie potrącił samochód, i cały czas mówił po włosku. Mmm.

Południe. Ranek nie minął jakoś szczególnie dobrze, ale przecież potrzebowałam trochę czasu, żeby przyswoić sobie to, co się wydarzyło, i opowiedzieć koleżankom o swoich wrażeniach, więc w sumie był wysoce produktywny.

14.00. Znowu telefon. Tak to już bywa, kiedy się jest wybitnym dziennikarzem — telefony się urywają.

To był znowu ten cholerny apodyktyczny Michael:

— Jak nam idzie?

Co za tupet! Jeszcze nawet nie minął ostateczny termin wyznaczony na godzinę 16.00. Naprawdę jestem zadowolona z tego nagrania. Miałam świetny pomysł, żeby zacząć od łatwych pytań, zanim przeszłam do treściwych pytań Toma, które spisałam poprzedniego wieczoru, chociaż byłam nieco podcięta. Myślę, że moje pytania zrobiły na nim ogromne wrażenie, naprawdę.

14.30. Jeszcze tylko szybciutko napiję się kawy i zapalę sobie papieroska.

15.00. Lepiej znowu odsłucham kasetę.

Ding dong! Jeszcze tylko zadzwonię do Shaz i puszczę jej ten ostatni kawałek.

Aaa, aaa. Jest 15.30, a ja nawet nie zaczęłam. Zresztą nie ma powodu do paniki. Będą siedzieć na lunchu całą wieczność, potem wrócą pijani jak, jak... jak dziennikarze. Niech tylko poczekają, aż zobaczą wyniki mojej pracy.

Jak zacząć? Oczywiście wywiad musi zawierać moje wrażenia ze spotkania z panem Darcym, a także umiejętnie wplecione wypowiedzi na temat nowego filmu *Fever Pitch*, teatru, filmu itd. Na pewno co tydzień będę regularnie dostawała nowy wywiad do zrobienia: Portrety Bridget Jones. Jones spotyka się z Darcym. Jones spotyka się z Blairem. Jones spotyka się z Marcosem, tylko że on nie żyje.

16.00. Jak ja mam tworzyć, skoro ten cholerny Michael ciągle do mnie wydzwania, mówiąc, co mam, a czego nie mam pisać? Wrrr. Jeżeli to znowu on... W tej gazecie pozbawieni są szacunku dla dziennikarzy. Zupełnie.

17.15. Harhar.
— Właśnie. Piszę — powiedziałam. To mu zamknęło usta.

18.00. Wszystko jest OK. Wszyscy wybitni dziennikarze przeżywają kryzysy z terminem.

19.00. Och, kurwa, kurwa. Och, kurwa, żesz kurwa.

23 kwietnia, środa
58,5 kg (chyba już na dobre ugrzęzłam w tłuszczu), telefony z gratulacjami od przyjaciół, krewnych i kolegów z pracy w związku z wywiadem z Colinem Firthem 0, telefony z gratulacjami od pracowników „Independent" w związku z wywiadem z Colinem Firthem 0, telefony z gratulacjami od Colina Firtha w związku z wywiadem z Colinem Firthem 0 (to jakieś dziwne).

8.00. Dzisiaj ukazuje się mój artykuł. Pisałam go trochę w pośpiechu, ale na pewno wyszedł całkiem nieźle. Może nawet dość dobrze. Mogłaby się ta gazeta trochę pośpieszyć.

8.10. Gazeta jeszcze nie przyszła.

8.20. Hurra! Mam już tę gazetę.
Właśnie przeczytałam swój wywiad. „Independent" zupełnie zignorował to, co napisałam. Może faktycznie trochę się spóźniłam, ale to niedopuszczalne. Oto, co wydrukowali:

W związku z nieprzewidzianymi problemami technicznymi byliśmy zmuszeni wydrukować wywiad Bridget Jones z Colinem Firthem w postaci dosłownego zapisu z kasety magnetofonowej.

BJ: Dobrze. Teraz zacznę przeprowadzać wywiad.
CF: (*Nieco histerycznie*) Świetnie, świetnie.
(*Bardzo długa przerwa*)
BJ: Jaki jest twój ulubiony kolor?
CF: Słucham?
BJ: Jaki jest twój ulubiony kolor?
CF: Niebieski.
(*Długa przerwa*)
BJ: Jaki jest twój ulubiony pudding?
CF: Eee... *Crème brûlée.*
BJ: Wiesz, ten nowy film Nicka Hornby'ego *Fever Pitch*...?
CF: Tak?
(*Przerwa. Szelest papieru*)
BJ: Czy... O. (*Znowu szelest papieru*) Czy uważasz, że książka *Fever Pitch* zasiała ziarno nurtu spowiedniczego?
CF: Słucham?
BJ: Zasiała. Ziarno. Nurtu. Spowiedniczego.
CF: Zasiała ziarno nurtu spowiedniczego?
BJ: Tak.
CF: Cóż. Styl Nicka Hornby'ego niewątpliwie był później naśladowany, gdyż, jak sądzę, reprezentuje bardzo interesujący nurt, choć nie jestem pewien, czy Hornby... yyy... zasiał jego ziarno.
BJ: Wiesz, w tej *Dumie i uprzedzeniu* zrobionej przez BBC...

143

CF: Tak, wiem.

BJ: Wiesz, kiedy musiałeś zanurzyć się w jeziorze.

CF: Tak.

BJ: Czy kiedy trzeba było zrobić kolejne ujęcie, musiałeś zdjąć mokrą koszulę i nałożyć suchą?

CF: Tak, chyba rzeczywiście musiałem tak zrobić, tak. *Scusi. Ha vinto. É troppo forte. Si grazie.*

BJ: (*Oddychając spazmatycznie*) Ile razy musiałeś się zanurzać w jeziorze?

CF: (*Kaszle*) No… Ujęcia w wodzie były kręcone w cysternie w Ealing Studios.

BJ: O nie.

CF: Niestety tak. W tym ujęciu n i e z w y k l e króciutkim — gdzie, yyy, znajdowałem się w powietrzu — zastąpił mnie kaskader.

BJ: Ale wyglądał jak pan Darcy.

CF: Dlatego, że przykleił sobie bokobrody i włożył kostium pana Darcy'ego na kombinezon piankowy, co sprawiło, że właściwie wyglądał jak Elvis pod koniec życia. Z powodu ubezpieczenia mógł to zrobić tylko raz, a potem przez jakieś sześć tygodni musiał sobie szukać zadrapań. We wszystkich pozostałych ujęciach z mokrą koszulą występowałem ja.

BJ: I tę koszulę trzeba było za każdym razem moczyć na nowo?

CF: Tak, spryskiwali ją. Spryskiwali ją, a potem…

BJ: Czym?

CF: Słucham?

BJ: Czym?

CF: Jakimś psikaczem. Słuchaj, czy możemy…

BJ: Tak, ale chciałam spytać, czy musiałeś zdejmować tę koszulę i… i nakładać inną?

CF: Tak.

BJ: Żeby ją znowu zmoczyli?

CF: Tak.

BJ: (*Przerwa*) Wiesz, ten nowy film *Fever Pitch…*?

CF: Tak?

BJ: Jakie widzisz główne różnice i podobieństwa między postaciami Paula z *Fever Pitch* i…?

CF: I?

BJ: (*Nieśmiało*) Pana Darcy'ego.

CF: Jeszcze nikt mnie o to nie pytał.

BJ: Nie?

CF: Nie. Myślę, że główne różnice to…

BJ: To znaczy, że to bardzo oczywiste pytanie?

CF: Nie. Chciałem powiedzieć, że jeszcze nikt mnie o to nie pytał.

BJ: To znaczy, że ludzie nie pytają ciągle o to?

CF: Nie, nie, zapewniam cię.

BJ: Więc to…

CF: To zupełnie nowe, świeżutkie pytanie, tak.

BJ: Ojeju.

CF: Możemy iść dalej?

BJ: Tak.

CF: Pan Darcy nie jest pomocnikiem Arsenalu.

BJ: Nie.

CF: Nie jest nauczycielem.

BJ: Nie.

CF: Żył prawie dwieście lat temu.

BJ: Tak.

CF: Paul z *Fever Pitch* uwielbia tłum kibiców.

BJ: Tak.

CF: Natomiast pan Darcy nie znosi nawet wiejskich potańcówek. No. Czy możemy porozmawiać o czymś, co nie dotyczy pana Darcy'ego?

BJ: Tak.

(*Przerwa. Szelest papieru*)

BJ: Chodzisz jeszcze ze swoją dziewczyną?

CF: Tak.

BJ: O.

(*Długa przerwa*)

CF: Wszystko w porządku?

145

BJ: (*Ledwo słyszalnie*) Myślisz, że niezależne kino brytyjskie idzie do przodu?

CF: Nie słyszę.

BJ: (*Smętnie*) Myślisz, że niezależne kino brytyjskie idzie do przodu?

CF: Do przodu ku... (*Zachęcająco*) ...ku czemu?

BJ: (*Po bardzo długim namyśle*) Ku przyszłości.

CF: Tak. Uważam, że krok po kroku zdobywa sobie coraz większą widownię. Dosyć lubię kino niezależne, ale lubię też wielkie widowiska i byłoby dobrze, gdybyśmy i ich produkowali więcej.

BJ: Ale nie stanowi dla ciebie problemu to, że ona jest Włoszką i w ogóle?

CF: Nie.

(*Bardzo długa przerwa*)

BJ: (*Markotnie*) Uważasz, że pan Darcy ma wymiar polityczny?

CF: Rzeczywiście spekulowałem na temat jego poglądów politycznych, jeżeli w ogóle miał takowe, ale nie wydaje mi się, żeby były one jakoś szczególnie interesujące dla czytelnika „Independent". Chodzi mi o prewiktoriańską czy też wiktoriańską ideę bogatego dobroczyńcy, co chyba jest dość thatcherowskie. To znaczy, myśl socjalistyczna z pewnością nie pojawiła się w...

BJ: Nie.

CF: ...nie pojawiła się w jego sferze. Jasno to pokazano w jego sylwetce miłego faceta, który jest zawsze bardzo grzeczny wobec swoich dzierżawców. Myślę jednak, że bliżej mu do bohatera nietzscheańskiego...

BJ: Co to znaczy niczański?

CF: No wiesz, idea, eee, istoty ludzkiej jako nadczłowieka.

BJ: Supermana?

CF: Nie, nie Supermana, nie. Nie. (*Ciche jęknięcie*) Nie, nie sądzę, by nosił majtki na spodniach, nie. Słuchaj, n a p r a w d ę chciałbym już zejść z tego tematu.

BJ: Jaki jest twój nowy projekt?

CF: Ma tytuł *Świat mchu.*

BJ: To jakiś program przyrodniczy?

CF: Nie. Nie, nie. To, yyy, to, eee, film o ekscentrycznej rodzinie z lat trzydziestych, której ojciec ma fabrykę mchu.

BJ: To mech nie rośnie w sposób naturalny?

CF: No nie, on wytwarza coś, co się nazywa torfowiec i było używane do opatrywania ran podczas pierwszej wojny światowej i... eee... to... eee... bardzo lekki, zabawny...

BJ: (*Bez przekonania*) Brzmi bardzo zachęcająco.

CF: Mam taką nadzieję.

BJ: Mogę jeszcze spytać o tę koszulę?

CF: Tak.

BJ: W sumie ile razy musiałeś ją zdejmować i nakładać?

CF: Dokładnie... nie wiem. Yyy. Niech się zastanowię... Jest taka scena, w której idę do Pemberley. To nagrywaliśmy tylko raz. Jedno ujęcie. Potem ta scena, w której oddaję komuś swojego konia... tam chyba musiałem się przebrać.

BJ: (*Rozpromieniając się*) Przebrać się?

CF: (*Stanowczo*) Tak. Raz.

BJ: Więc zasadniczo była tylko ta jedna mokra koszula, tak?

CF: Jedna mokra koszula, którą spryskiwali, tak. W porządku?

BJ: Tak. Jaki jest twój ulubiony kolor?

CF: Już to przerabialiśmy.

BJ: Eee. (*Szelest papieru*) Czy nie wydaje ci się, że film *Fever Pitch* był w rzeczywistości o emocjonalnym popapraniu?

CF: O emocjonalnym czym?

BJ: Popapraniu. No wiesz, o facetach, którzy są pieprznięty-mi alkoholikami mającymi fobię na punkcie związków i obchodzi ich tylko piłka nożna.

CF: Nie, nie sądzę. Uważam, że w pewnym sensie Paul o wiele lepiej radzi sobie ze swoimi emocjami i czuje się w tym wszystkim znacznie wolniejszy niż jego dziewczyna. Myślę, że w rzeczywistości, w ostatecznym rozrachunku, najbardziej przej-mujące w tym, co Nick Hornby próbuje powiedzieć w jego imieniu, jest to, że w tym dość przyziemnym, zwykłym świecie, Paul znalazł coś, co daje mu dostęp do doświadczeń emocjonalnych, które…

BJ: Przepraszam.

CF: (*Wzdycha*) Tak?

BJ: Nie czujesz bariery językowej ze swoją dziewczyną?

CF: Ona świetnie mówi po angielsku.

BJ: Ale nie wydaje ci się, że lepiej by ci było z dziewczyną, która j e s t Angielką i bardziej w twoim wieku?

CF: My się dogadujemy.

BJ: Hmmm. (*Posępnie*) Na razie. Czy czasami wolisz występować w teatrze?

CF: Yyy. Nie podpisuję się pod poglądem, że prawdziwe aktorstwo pojawia się tylko w teatrze, że film to żadna gra. Ale rzeczywiście, wolę teatr, tak.

BJ: Ale nie uważasz, że teatr jest trochę nieprawdziwy i żenujący, a poza tym trzeba siedzieć sztywno przez całą sztukę, zanim będzie można coś zjeść, porozmawiać czy…

CF: Nieprawdziwy? Żenujący i nieprawdziwy?

BJ: Tak.

CF: To znaczy nieprawdziwy w takim sensie, że…

BJ: Widać, że to wszystko nieprawda.

CF: A, nieprawdziwy w tym sensie, tak. (*Ciche jęknięcie*) Yyy. Myślę, że dobry teatr nie powinien być taki. Już bardziej… Kręcenie filmu jest znacznie bardziej sztuczne.

BJ: Naprawdę? Zdaje się, że filmu nie robi się za jednym zamachem, prawda?

CF: No, nie. Nie. Tak. Filmu nie robi się za jednym zamachem. Jest kręcony po kawałeczku. (*Głośniejsze jęknięcie*) Po kawałeczku.

BJ: Rozumiem. Myślisz, że pan Darcy przespałby się przed ślubem z Elizabeth Bennet?

CF: Tak, myślę, że mógłby to zrobić.

BJ: N a p r a w d ę?

CF: Tak. Myślę, że to całkowicie możliwe. Tak.

BJ: (*Z zapartym tchem*) Naprawdę?

CF: Myślę, że to możliwe, tak.

BJ: Jak to możliwe?

CF: Nie wiem, czy Jane Austin zgodziłaby się ze mną w tej kwestii, ale…

BJ: Nie możemy się tego dowiedzieć, bo ona nie żyje.

CF: Nie, nie możemy… ale myślę, że pan Darcy Andrew Daviesa miał ogromny popęd seksualny.

BJ: (*Dyszy*)

CF: I, yyy…

BJ: Uważam, że naprawdę bardzo, bardzo dobrze oddałeś to swoją grą. Naprawdę bardzo dobrze.

CF: Dziękuję. Andrew nawet napisał taką wskazówkę: „Wyobraź sobie, że Darcy ma erekcję".

(*B. głośny trzask*)

BJ: W której to było scenie?

CF: Na samym początku, kiedy Elizabeth idzie przez wieś i wpada na niego na polach.

BJ: I jest cała ubłocona?

CF: I rozczochrana.

BJ: I spocona?

CF: Właśnie.

BJ: Trudno było to zagrać?

CF: To znaczy erekcję?

BJ: (*Nabożnym szeptem*) Tak.

CF: Yyy, no, Andrew napisał też, że nie powinniśmy się na tym skupiać, więc nie wymagało to ode mnie żadnej gry.

BJ: Mmm.

(*Długa przerwa*)

CF: Tak.

(*Znowu przerwa*)

BJ: Mmm.

CF: To co, kończymy?

BJ: Nie. Jak twoi przyjaciele zareagowali, kiedy zacząłeś grać pana Darcy'ego?

CF: Ciągle sobie żartowali, przy śniadaniu mruczeli „panie

Darcy" i tak dalej. Był taki krótki okres, kiedy musieli bardzo się starać, żeby ukryć, że wiedzą, kim naprawdę jestem i...

BJ: Przed kim to ukrywali?

CF: No, przed osobami, które podejrzewały, że trochę przypominam pana Darcy'ego.

BJ: Ale ty uważasz, że go nie przypominasz?

CF: Tak, nie uważam, że przypominam pana Darcy'ego.

BJ: Ja myślę, że jesteś dokładnie taki jak on.

CF: W jakim sensie?

BJ: Mówisz tak samo jak on.

CF: Och, naprawdę?

BJ: Wyglądasz dokładnie jak on, i ja, och... och...

(*Trzaski, a potem odgłosy szarpaniny*)

Rozdział siódmy
CHIMERYCZNI SAMOTNI

25 kwietnia, piątek
57 kg (taaak! taaak!), jedn. alkoholu 4, papierosy 5, duchowe olśnienia będące łącznym wynikiem *Drogi rzadziej uczęszczanej* i jedn. alkoholu 4, mieszkania bez dziur 0, liczba funtów w banku 0, faceci 0, osoby, z którymi mogłabym się spotkać dziś wieczorem 0, przyjęcia wyborcze, na które zostałam zaproszona 0.

17.30. W biurze. Trudne dwa dni w pracy, jako że Richard Finch czytał na głos fragmenty mojego wywiadu, po czym jak Dracula zanosił się gardłowym, gulgoczącym śmiechem, ale przynajmniej wyrwał mnie z otępienia. Poza tym Jude uznała, że wywiad był całkiem niezły i że naprawdę udało mi się oddać atmosferę tego spotkania. Hurra! Nie mam jeszcze żadnych głosów od Adama lub Michaela z „Independent", ale na pewno niedługo zadzwonią i może mnie poproszą o zrobienie następnego wywiadu, wtedy zostanę wolnym strzelcem i zasiadłszy przy maszynie, będę pisać na tarasie na dachu pełnym ziół i doniczek z terakoty! Poza tym został jeszcze tylko tydzień do wyborów, kiedy to wszystko się zmieni! Rzucę palenie, wróci Mark i odkryje we mnie kobietę sukcesu z ogromnym, rozbudowanym mieszkaniem z tarasem.

17.45. Hmmm. Przed chwilą odsłuchałam swoją automatyczną sekretarkę. Jest tylko jedna wiadomość, od Toma, który rozmawiał z Adamem. Okazuje się, że wszyscy z „Independent" są okropnie wkurzeni. Zostawiłam mu wiadomość, żeby oddzwonił i wytłumaczył, o co chodzi.

17.50. O Boże. Martwię się, jak teraz załatwię tę drugą hipotekę. Nie dostanę dodatkowych pieniędzy, a co, jak stracę pracę? Może lepiej uprzedzę Gary'ego, że nie chcę tej przybudówki, i wycofam te 3500 funtów. Całe szczęście, że Gary miał zacząć wczoraj, ale tylko wpadł na chwilę, żeby zostawić narzędzia, i poszedł sobie. Wtedy mnie to wkurzyło, ale może to palec Boży. Tak. Po powrocie do domu zadzwonię do niego, a potem pójdę na siłownię.

18.30. Po powrocie do domu. Aaa! Aaa! Aaa! Cholera jasna, w jednej ścianie mam wielką dziurę! Ściana jest przebita na wylot, rozdziawia się jak przepaść i widać wszystko z drugiej strony ulicy. Przede mną cały weekend z gigantyczną dziurą w ścianie, wszędzie walają się cegły, a ja nie mam żadnych planów! Żadnych! Żadnych! Żadnych!

18.45. Ooo, telefon — może ktoś chce mnie zaprosić na przyjęcie wyborcze! Albo to Mark!

— O, cześć, kochanie, wiesz co? — Moja matka. Oczywiście musiałam sobie zapalić. — O, cześć, kochanie, wiesz co? — powtórzyła. Czasami się zastanawiam, jak długo tak może powtarzać jak papuga. Co innego powiedzieć: „Halo? Halo?", kiedy po drugiej stronie panuje cisza, ale powtarzanie: „O, cześć, kochanie, wiesz co? O, cześć, kochanie, wiesz co?" z pewnością nie jest normalne.

— Co? — spytałam markotnie.

— Nie mów do mnie takim tonem.

— Co? — spytałam znowu głosem pełnej zrozumienia córki.

— Nie mówi się „co", Bridget, tylko „słucham".

Zaciągnęłam się swym miłym, normalnym i przyjaznym Silk Cutem Ultra.

— Bridget, czy ty palisz?

— Nie, nie — odparłam spanikowana, zgasiłam papierosa i schowałam popielniczkę.

— Wiesz co? Una i ja wydajemy w ogródku skalnym wyborcze przyjęcie w stylu Kikuyu dla Wellingtona!

Głęboko wciągnęłam powietrze przez nos i przypomniałam sobie o równowadze wewnętrznej.

— Nie uważasz, że to super? Wellington będzie skakał przez ognisko jak prawdziwy wojownik! Wyobraź sobie tylko! Przez ognisko! Obowiązują stroje plemienne. Będziemy pić czerwone wino i udawać, że to bycza krew! Bycza krew! To dzięki niej Wellington ma takie mocne uda.

— Yyy, czy Wellington o tym wie?

— Jeszcze nie, kochanie, ale na pewno będzie chciał uczcić wybory. Wellington bardzo popiera wolny rynek, a przecież nie chcemy z powrotem Red Wedge*. No bo inaczej znowu wróci ten jak-mu-tam i jego górnicy. Ty nie pamiętasz tych spadków napięcia, kiedy jeszcze chodziłaś do szkoły, ale raz Una wygłaszała przemówienie w klubie dla pań i nie mogła przedtem ułożyć sobie włosów na lokówce.

19.15. W końcu udało mi się pozbyć mamy, ale zaraz potem telefon znowu się odezwał. To była Shaz. Powiedziałam jej, jaka jestem zdołowana, a ona zachowała się naprawdę słodko.

— Daj spokój, Bridge. Nie powinniśmy definiować siebie w kategoriach związku z inną osobą! Trzeba się cieszyć tym, jak to fantastycznie być wolnym! Poza tym niedługo wybory i zmienią się nastroje całego narodu!

— Hurra! — wykrzyknęłam. — Samotni! Tony Blair! Hurra!

— Tak! — zachwycała się Shazzer. — Podczas weekendów wiele osób w związkach przeżywa ciężkie chwile, jest niewolnikami niewdzięcznych dzieci i ofiarami sadystycznych współmałżonków.

— Masz rację! Masz rację! — potakiwałam. — My w każdej chwili możemy wyjść i się zabawić. Umówimy się dzisiaj?

Hmm. Sharon zupełnie jak Szczęśliwa Mężatka wybiera się na kolację z Simonem.

---

* Red Wedge — organizacja popierająca Partię Pracy. Jej współtwórca, muzyk i działacz społeczny, Billy Bragg, dał kilka koncertów jako wyraz solidarności ze strajkami górników brytyjskich w latach 1984-1985.

19.40. Przed chwilą zadzwoniła Jude w nastroju przesyconym wiarą we własną atrakcyjność seksualną.

— Znowu zaczęło się ze Staceyem! — powiedziała. — Widziałam się z nim wczoraj wieczorem i wspomniał o swojej rodzinie!

Zapadła pełna oczekiwania cisza.

— Wspomniał o swojej rodzinie! — powtórzyła. — Co znaczy, że poważnie o mnie myśli. I poszliśmy do łóżka. A dzisiaj znowu się spotykamy i to czwarta randka, więc…. juubuuduubuuduu. Bridge? Jesteś tam jeszcze?

— Tak — powiedziałam cichutkim głosikiem.

— O co chodzi?

Wymamrotałam coś o dziurze w ścianie i o Marku.

— Bridge, cały dowcip polega na tym, że powinnaś zamknąć tę sprawę i żyć dalej — stwierdziła, najwyraźniej nie zauważając, że jej ostatnia rada okazała się zupełnie denna, więc może unieważnić i tę. — Musisz zacząć kochać siebie. No, Bridge! To fantastyczne. Możemy się bzykać, z kim tylko chcemy.

— Samotni górą! — powiedziałam. Dlaczego więc jestem taka zdołowana?

Chyba znowu zadzwonię do Toma.

20.00. Nie ma go. Wszyscy się bawią, tylko nie ja.

21.00. Przeczytałam fragment z *Możesz uleczyć swoje życie* i teraz wyraźnie widzę, co robiłam nie tak. Jak to ujęła Sondra Ray, wybitna specjalistka od odrodzenia się, a może to nie była ona, no w każdym razie idzie to tak: „Miłości nigdy nie znajdzie się poza nami, miłość jest w nas".

Tak!

„Co może odstraszać miłość?… Zbyt wysokie wymagania? Wizerunki gwiazd filmowych? Uczucie bezwartościowości? Wrażenie, że nie jesteś godna miłości?"

Ha. To nie wrażenie, tylko fakt. Otworzę sobie butelkę Chardonnay i obejrzę *Przyjaciół*.

23.00. Droga rzadziej uczęszczana jsst cholernie dobra. To jakiś ktarsis czszy ssoś. „By kochacinnych najpierw trzeba pokochać smego śbie". To strsznie mądre. Przwróciłmsie.

26 kwietnia, sobota
59 kg, jedn. alkoholu 7 (hurra!), papierosy 27 (hurra!), kalorie 4248 (hurra!), wizyty na siłowni 0 (hurra!).

7.00. Aaa. Kto włączył to cholerstwo?

7.05. Od dzisiaj biorę odpowiedzialność za własne życie i zaczynam kochać samą siebie. Jestem piękna. Jestem cudowna. O Boże. Gdzie są Silk Cuty?

7.10. Dobra. Wstaję i idę na siłownię.

7.15. Właściwie to bardzo niebezpieczne ćwiczyć, zanim się człowiek na dobre nie rozbudził. Można sobie nadwerężyć stawy. Pójdę wieczorem przed *Randką w ciemno*. Bez sensu lecieć na siłownię w ciągu dnia w sobotę, kiedy jest tyle do roboty, np. zakupy. Nie powinnam się złościć na Jude i Shaz za to, że pewnie teraz i jedna, i druga jest w łóżku i bzykają się bez opamiętania, bzyku-bzyk.

7.30. Bzyk.

7.45. Oczywiście jest za wcześnie, żeby do kogoś dzwonić. To, że ja nie śpię, nie znaczy wcale, że inni też już się obudzili. Muszę się nauczyć większej empatii wobec innych.

8.00. Przed chwilą dzwoniła Jude, chociaż na początku trudno mi się było zorientować, kto to, bo słyszałam tylko jakieś owcze beczenie, szlochanie i gulgotanie.
— Jude, co się stało? — spytałam w końcu zdruzgotana.
— Mam załamanie — wychlipała. — Wszystko jest czarne, czarne. Nie widzę żadnego wyjścia…

— Już dobrze. Wszystko się ułoży — uspokajałam ją, rozglądając się błędnym wzrokiem po ulicy w poszukiwaniu jakiegoś psychiatry. — To poważne czy tylko zespół napięcia przedmiesiączkowego?

— Jest okropnie, okropnie — odparła głosem zombie. — To narastało we mnie od jakichś jedenastu lat. — Znowu się załamała. — Przede mną cały weekend, a ja jestem sama jak ten palec. Odechciewa mi się żyć.

— Już dobrze, już dobrze — powiedziałam uspokajająco, zastanawiając się, czy zadzwonić na policję czy do samarytan.

Okazało się, że wczoraj wieczorem Stacey z jakichś nie wyjaśnionych powodów po kolacji najzwyczajniej odwiózł ją do domu i ani słowem się nie zająknął o ponownym spotkaniu. Teraz więc Jude uważa, że w czwartek była kiepska w łóżku.

— Mam taką depresję. Przede mną cały weekend. Sama, zupełnie sama, mogłabym umrzeć i...

— Masz ochotę dziś wpaść?

— Ooo tak, proszę!! Pójdziemy do 192? Mogłabym włożyć ten nowy sweter z Voyage.

Potem zadzwonił Tom.

— Dlaczego nie oddzwoniłeś do mnie wczoraj wieczorem? — spytałam.

— Co? — spytał jakimś dziwnym, tępym, monotonnym głosem.

— Nie oddzwoniłeś.

— A — powiedział znużony. — Uważałem, że to nie fair rozmawiać z inną osobą.

— Dlaczego? — spytałam zaintrygowana.

— Och. Dlatego, że straciłem swoją poprzednią osobowość i stałem się maniakalno-depresyjny.

Okazało się, że Tom przez cały tydzień pracował sam w domu, obsesyjnie rozmyślając o Jeromie. W końcu zdołałam uświadomić mu, że jego domniemane szaleństwo jest nieco dziwne, zważywszy na fakt, że gdyby mnie nie poinformował, że zapadł na chorobę psychiczną, to nawet bym nie zauważyła różnicy.

Przypomniałam mu, jak kiedyś Sharon przez trzy dni nie wychodziła z domu, bo wydawało się jej, że od promieniowania słonecznego sypie jej się twarz — jak w filmowym efekcie specjalnym — i nie chciała się nikomu pokazywać ani wystawiać na promieniowanie ultrafioletowe, dopóki we własnym sumieniu się z tym nie pogodziła. A kiedy w końcu przyszła do Café Rouge, wyglądała dokładnie tak samo jak tydzień wcześniej. Udało mi się wreszcie zmienić temat i przejść do mojej kariery wybitnej dziennikarki, która niestety najwyraźniej się skończyła, przynajmniej na razie.

— Nie martw się, mała — powiedział Tom. — Zapomną o wszystkim w dziesięć minut, zobaczysz. Jeszcze się doczekasz swojego come backu.

14.45. Czuję się o wiele lepiej. Uświadomiłam sobie, że wszystko polega na tym, żeby nie dostawać obsesji na punkcie własnych problemów, tylko pomagać innym. Przez godzinę i piętnaście minut pocieszałam przez telefon Simona, który najwyraźniej nie poszedł do łóżka z Shazzer. Okazuje się, że miał się dzisiaj spotkać z dziewczyną o imieniu Georgie, z którą sporadycznie i potajemnie bzykał się w sobotnie wieczory, ale teraz Georgie mówi, że sobotni wieczór to nie jest najlepszy pomysł, bo to za bardzo wygląda tak, jakby byli „razem".

— Jestem pariasem uczuciowym skazanym przez bogów na wieczną samotność — wściekał się Simon. — Wieczną. A przede mną cała niedziela.

Powiedziałam mu, że wspaniale jest być samotnym, bo jesteśmy wolni! Wolni! (Mam jednak nadzieję, że Shaz nie dowie się, jak bardzo wolny jest Simon).

15.00. Jestem cudowna — przez cały dzień występowałam w roli psychoterapeuty. Powiedziałam Jude i Tomowi, że mają do mnie dzwonić o każdej porze dnia i nocy, a nie smucić się w samotności. Tak więc jestem bardzo mądra i zrównoważona, zupełnie jak matka przełożona w *Dźwięku muzyki*. Z łatwością potrafię sobie wyobrazić, jak w 192 śpiewam *Climb Every Mountain*, a Jude z wdzięcznością klęka za mną.

16.00. Przed chwilą zadzwonił telefon. To była Shazzer na granicy łez, chociaż udawała, że wcale tak nie jest. Okazuje się, że właśnie dzwonił do niej Simon z gadką o Georgie (b. wkurzające, bo wychodzi na to, że postawa matki przełożonej była niewystarczająca dla, jak się okazuje, chciwego Simona).

— Ale ja myślałam, że jesteście „tylko dobrymi przyjaciółmi"? — spróbowałam pocieszenia.

— Ja też, ale teraz widzę, że wyobrażałam sobie, że to jakaś wyższa postać miłości. Okropnie jest być samotnym! — wybuchnęła. — Wieczorem nie ma cię kto przytulić, nie ma komu naprawić bojlera. A przede mną cały weekend! Sama! Zupełnie sama!

16.30. Hurra! Wszyscy mają przyjść: Shaz, Jude i Tom (ale nie Simon, który się znalazł w niełasce przez swoje krętactwa), zamówimy sobie hinduskie jedzenic i będziemy oglądać na wideo *Ostry dyżur*. Uwielbiam być samotna, bo wtedy można się bawić z mnóstwem różnych osób, a życie jest pełne wolności i potencjału.

18.00. Wydarzyło się coś strasznego. Przed chwilą dzwoniła Magda.

— Włóż to z powrotem do nocnika. Włóż to! Słuchaj, nie wiem, czy powinnam ci o tym mówić, Bridge, ale odłóż to. Odłóż kupkę DO NOCNIKA!

— Magda... — zaczęłam groźnym tonem.

— Przepraszam, kochana. Słuchaj, dzwonię tylko, żeby ci powiedzieć, że Rebecca... to bardzo brzydko, wiesz? Fuj! Fuj! Powiedz „fuj".

— CO?

— Mark wraca w przyszłym tygodniu. Zaprosiła nas na powyborcze przyjęcie powitalne na jego cześć i... NIEEEEEE! OK, OK, daj mi to do ręki.

Z obłędem w oczach rzuciłam się do stołu kuchennego w poszukiwaniu papierosa.

— No dobrze. W takim razie daj tatusiowi. Bridge, chodzi o to... Skończyłeś czy będziesz jeszcze robił? No to zrób do nocnika. Do nocnika!

— O Boże — powiedziałam. — O Boże.

18.30. Idę po fajki.

19.00. Po całym wiosennym Londynie chodzi pełno zakochanych trzymających się za ręce, którzy się potem bzykają, bzyku-bzyku, i planują urocze miniwakacje. A ja już do końca życia zostanę sama. Sama!

20.00. Jest super. Jude i Tom przyszli z winem i gazetami i wyśmiewali się ze mnie, bo nie wiedziałam, co to jest kaszmir. Jude doszła do wniosku, że Stacey ma wielki tyłek, a poza tym ciagle kładł dłoń na jej dłoni i powtarzał: „Szczęśliwa?", o czym nie wspomniała wcześniej i co definitywnie klasyfikuje go jako palanta, którego należy wysłać na drzewo.

Poza tym wszyscy jednogłośnie orzekli, że Magda powinna pójść na imprezę przebrzydłej Rebeki w charakterze szpiega i że jeżeli Mark r z e c z y w i ś c i e chodzi z Rebeccą, to definitywnie jest gejem, co się dobrze składa — zwłaszcza dla Toma, który na tę wieść autentycznie poweselał. Poza tym Jude zamierza zrobić wyborczą imprezę i nie zaprosić Rebeki. HA!

HAHAHAHAHHHAAAHAHHAHAHHHAAAHAHA-HHHAHAA!

Potem pojawiła się Shaz, cała zalana łzami, co w pewnym sensie było dość przyjemne, bo ona nigdy po sobie nie pokazuje, że coś jej się nie podoba.

— Kurde balans — wyrzuciła z siebie w końcu. — Cały rok umawiałam się z emocjonalnymi popaprańcami i teraz mam kompletny mętlik w głowie.

Pośpieszyłam z pierwszą pomocą w postaci „Vogue", wina

musującego, papierosów itd., a Tom oznajmił, że nie istnieje coś takiego jak platoniczna przyjaźń.

— Cholera, oszszywiście, że istnieje — wybełkotała Jude. — Ty masz pprostu obsesje na pnkcie sekssu.

— Nie, nie — zaprzeczył Tom. — To po prostu fin-de-milenijny sposób na radzenie sobie z koszmarem związków. Wszystkie przyjaźnie między mężczyzną a kobietą opierają się na dynamice seksualnej. Błąd polega na tym, że ludzie to ignorują, a potem się denerwują, że przyjaciel nie chce z nimi pójść do łóżka.

— Ja tam się nie denerwuję — wymamrotała Shazzer.

— A co z przyjaciółmi, którzy nie lecą na siebie? — spytała Jude.

— To się nie zdarza. Wszystko jest napędzane przez seks. „Przyjaźń" to zła definicja.

— Kaszmiry jedne! — wybełkotałam, siorbiąc chardonnay.

— Właśnie! — podchwycił z zapałem Tom. — To fin-de-milenijny kaszmiryzm. Shazzer jest „kaszmirem" Simona, bo to przede wszystkim ona chce z nim chodzić do łóżka, więc Simon ją lekceważy i staje się jej „kaszpanem".

Na te słowa Sharon wybuchnęła płaczem i minęło dwadzieścia minut, zanim udało się nam ją pocieszyć za pomocą kolejnej butelki Chardonnay i paczki papierosów, aż wreszcie mogliśmy stworzyć listę kolejnych definicji, która wyglądała następująco:

K a s z m i r a ż — przyjaciel, na którego lecisz i który okazuje się gejem („To ja, to ja" — powiedział Tom).

K a s z m ą ż — przyjaciel, z którym kiedyś chodziłaś i który jest teraz żonaty i dzieciaty, ale lubi cię mieć na podorędziu jako pamiątkę ze starych czasów, przez co czujesz się jak bezpłodna macica, która sobie wyobraża, że zakochał się w niej ksiądz proboszcz.

E k s - k a s z p a r t — były partner, który chce do ciebie wrócić, ale udaje, że tylko na stopie przyjacielskiej, po czym się do ciebie przystawia i ciągle się obraża.

— A kaszmęczennicy? — spytała markotnie Shaz. — Przyjaciele, którzy kosztem twoich uczuć robią z twojej osobistej tragedii studium socjologiczne.

W tym momencie uznałam, że będzie lepiej, jeśli pójdę po papierosy. Sterczałam właśnie w obskurnym pubie na rogu, czekając, aż automat wyda mi resztę, kiedy niemal wyskoczyłam ze skóry. Po drugiej stronie baru stał facet, który wyglądał dokładnie jak Geoffrey Alconbury, z tym, że zamiast żółtego swetra w romby i spodni do golfa miał na sobie jasnoniebieskie dżinsy zaprasowane w kancik i skórzaną kurtkę na czarnej nylonowej kamizelce z cieniutkimi ramiączkami. Próbowałam dojść do siebie, wpatrując się jak głupia w butelkę Malibu. Nie, to nie mógł być wujek Geoffrey. Zerknęłam do góry i zobaczyłam, że rozmawia z chłopakiem, który wyglądał na siedemnaście lat. To był wujek Geoffrey. Bez żadnych wątpliwości!

Zawahałam się, niepewna, co robić. Przez krótką chwilę zamierzałam zrezygnować z papierosów i wyjść, by oszczędzić Geoffreyowi wstydu, ale potem jakaś operetkowa złość przypomniała mi, że Geoffrey wielokrotnie mnie poniżał na własnym terenie, drąc się na całe gardło. Ha! Ahahahaha! Teraz wujek Geoffrey znalazł się na moim terenie.

Już miałam podejść i ryknąć na całe gardło: „A to kto? Matko święta! Znalazłeś sobie przydupasa?!", kiedy poczułam klepnięcie w ramię. Odwróciłam się, ale za mną nie było nikogo, a potem poczułam klepnięcie w drugie ramię. Ulubiona sztuczka wujka Geoffreya.

— Ahahaha, a cóż tu robi moja mała Bridget? Szuka sobie gacha?! — zaryczał.

Nie mogłam uwierzyć własnym oczom. Na sobie miał żółty sweter z pumą z przodu, w pobliżu nie było żadnego chłopaczka, a Geoffrey bezczelnie próbował odwrócić role.

— Tu nikogo sobie nie znajdziesz, Bridget. Wszyscy mi tu przypominają Juliana Clarysa. Same pedzie! Ahahaha. Wpadłem tylko po paczkę Panatelli Slimów.

W tej chwili znowu pojawił się jakiś podenerwowany chłoptaś ze skórzaną kurtką na ramieniu.

— Bridget — powiedział Geoffrey, jakby miał za sobą cały Kettering Rotary Club, ale zaraz uszła z niego para i odwrócił się do barmana. — No, panie kolego! Ma pan te Panatelle Slimy, o które prosiłem? Czekam już dwadzieścia minut.

— Co robisz w Londynie? — spytałam podejrzliwie.

— W Londynie? Przyjechałem do AGM w imieniu rotarianów. Wiesz, Londyn nie jest twoją prywatną własnością.

— Cześć, jestem Bridget — powiedziałam dwuznacznym tonem do chłoptasia.

— Yyy, to jest Steven. Ubiega się o funkcję skarbnika, prawda, Steven? Dałem mu parę rad. Taaa. No, będę już leciał. Bądź grzeczna! A jeśli nie możesz być grzeczna, to przynajmniej zachowaj ostrożność!!! Ahahaha! — I wypadł z pubu, a za nim chłoptaś, oglądający się na mnie z urazą.

Kiedy wróciłam do domu, Jude i Shazzer nie mogły uwierzyć, że pozwoliłam, żeby przeszła mi koło nosa taka szansa na zemstę.

— Pomyśl tylko, co mogłaś mu powiedzieć — westchnęła Shaz, zaciskając oczy z pełnym niedowierzania żalem.

— No! Cieszę się, że w końcu znalazłeś sobie faceta, wujku GeoffrEEEEY! Zobaczymy, jak długo z tobą zostanie. Poooszedł — fruuuu!

Na twarzy Toma malowała się jednak strasznie irytująca pompatyczna troska.

— To jest tragiczne, tragiczne! — wybuchnął. — Tylu mężczyzn w całym kraju żyje w kłamstwie! Wyobraźcie sobie wszystkie te skryte myśli, wstyd i pragnienia, które ich zżerają na przedmieściach, pomiędzy kanapą a balkonem! Pewnie jeździ do Hampstead Heath. Pewnie naraża się na potworne, potworne ryzyko. Powinnaś z nim porozmawiać, Bridget.

— Słuchaj no — przerwała mu Shaz. — Zamknij się. Jesteś pijany.

— Czuję się usprawiedliwiona — powiedziałam z zamyśleniem i ostrożnie. Zaczęłam tłumaczyć, że już od dawna podejrzewam, że szczęśliwy świat Geoffreya i Uny wcale nie jest taki, na jaki wygląda, i dlatego nie jestem żadnym dziwolągiem, i wcale nie trzeba być po bożemu w normalnym heteroseksualnym związku.

— Bridge, zamknij się. Ty też jesteś pijana — zawyrokowała Shaz.

— Hurra! Wróćmy do naszych spraw. Nic bardziej nie wkurza niż cudze obsesje, które nas odciągają od własnych — powiedział Tom.

Napraliśmy się potem w cztery trąbki. Wieczór był absolutnie fantastyczny. Jak to ujął Tom, gdyby Miss Havisham* miała jakieś fajne kumpelki, które potrafiłyby ją rozruszać, nie łaziłaby tak długo w swej sukni ślubnej.

28 kwietnia, poniedziałek

58 kg, jedn. alkoholu 0, papierosy 0, faceci 0, telefony od Budowlańca Gary'ego 0, widoki na nową pracę 0 (obiecująco), wizyty na siłowni 0, liczba wizyt na siłowni w tym roku 1, koszt członkostwa na siłowni za rok 370 funtów, koszt jednorazowej wizyty na siłowni 123 funty (b. nieekonomicznie).

Dobra. Od dzisiaj stanowczo rozpoczynam program gimnastyczny na siłowni, żeby potem móc chodzić i mówić z wyższością: „Było ciężko, ale się opłaciło" — jak Partia Konserwatywna — ale, nie tak jak partii, wszyscy mi uwierzą i pomyślą, że jestem wspaniała. Ojej, już dziewiąta. Jednak pójdę wieczorem. Gdzie, kurwa, jest ten Gary?

Później. W biurze. Haha! Ahahahaha! W pracy było dziś fantastycznie.

— No — zaczął Richard Finch, kiedy wszyscy zebraliśmy się przy stole. — Bridget. Tony Blair. Komisje kobiet. Nowa polityka wobec kobiet, jakieś sugestie? W żaden sposób nie kojarz tego z Colinem Firthem, jeśli to możliwe.

---

* Miss Havisham — bohaterka *Wielkich nadziei* Charlesa Dickensa, która po odejściu narzeczonego wpadła w obłęd i stale chodziła w sukni ślubnej.

Uśmiechnęłam się uszczęśliwiona, spoglądając w dół na swoje notatki, po czym spokojnie i z pewnością siebie z powrotem podniosłam wzrok.

— Tony Blair powinien wprowadzić kodeks chodzenia na randki dla samotnych — powiedziałam w końcu.

Wśród pozostałych researcherów przy stole zapadło pełne zazdrości milczenie.

— I to już wszystko? — spytał Richard Finch.

— Taa — odparłam pewnym siebie głosem.

— Nie uważasz — powiedział — że nasz potencjalny nowy premier ma co innego do roboty?

— Ale pomyśl tylko, ile godzin pracy traci się przez roztargnienie, zły nastrój, roztrząsanie różnych sytuacji i czekanie na telefon — wyjaśniłam. — Chyba tyle, co przez bóle pleców. Poza tym wszystkie inne kultury mają określone rytuały związane z chodzeniem na randki, a my błądzimy we mgle, w której mężczyźni i kobiety coraz bardziej oddalają się od siebie.

Na te słowa Straszny Harold wydał z siebie pogardliwe parsknięcie.

— O Boże — zajęczała Patchouli, kładąc na stole nogi odziane w kolarzówki z lycry. — Nie można regulować emocjonalnego zachowania ludzi. To faszyzm.

— Nie, nie, Patchouli, nie słuchałaś mnie — odparłam surowo. — Chodzi mi tylko o seksualne dobre wychowanie. Ponieważ jedną czwartą gospodarstw domowych prowadzą osoby samotne, kodeks ten znacznie poprawiłby umysłowe samopoczucie narodu.

— Naprawdę wydaje mi się, że w okresie kampanii wyborczej... — zaczął szyderczo Straszny Harold.

— Nie, czekaj — przerwał mu Richard Finch, żując gumę, podrygując nogą i spoglądając na nas dziwnie. — Ilu z was ma żonę albo męża?

Wszyscy zaczęli się głupio gapić w stół.

— Czyli tylko ja, tak? Tylko ja trzymam w kupie wystrzępioną materię brytyjskiego społeczeństwa?

Wszyscy starali się nie patrzeć na Saskię, researcherkę, z którą

Richard sypiał przez całe lato, dopóki nagle nie przestał się nią interesować i nie przerzucił się na dziewczynę od kanapek.

— Nic dziwnego — ciągnął. — Kto by tam chciał się z wami żenić? Wy nie potraficie się zaangażować w robienie cappuccino, już nie wspominając o związaniu się na całe życie z jedną osobą.

Na te słowa Saskia wydała z siebie jakiś dziwny odgłos i wybiegła z biura.

Przez całe rano odwaliłam całą masę researchu, telefonując i rozmawiając z różnymi ludźmi. Całkiem ciekawe było to, że nawet ci researcherzy, którzy wygwizdali mój pomysł, ciągle podsuwali mi swoje sugestie.

— OK, Bridget — powiedział Richard Finch tuż przed lunchem. — Posłuchajmy tego rewolucyjnego, wybitnego *oeuvre*.

Wyjaśniłam, że nie od razu Rzym zbudowano i że jeszcze nie skończyłam swojej pracy, ale zdążyłam zrobić szkic. Odchrząknęłam i zaczęłam:

Kodeks chodzenia na randki

1. Jeżeli obywatel wie, że nie chce z kimś chodzić, przede wszystkim nie powinien robić mu nadziei.
2. Kiedy mężczyzna i kobieta postanawiają, że chcą pójść ze sobą do łóżka, to jeżeli jedna ze stron chce, żeby był to tylko „skok w bok", powinna przedtem jasno to stwierdzić.
3. Jeżeli obywatel pieści się lub sypia z innym obywatelem, nie powinien udawać, że nic się nie dzieje.
4. Obywatelowi nie wolno całymi latami chodzić z innym obywatelem, powtarzając przy tym, że nie chce się poważnie angażować.
5. Po kontakcie seksualnym objawem złego wychowania jest niepozostanie na noc.

— Ale co, jeśli… — niegrzecznie przerwała mi Patchouli.

— Czy mogę skończyć? — spytałam czarującym, lecz autorytatywnym tonem, zupełnie jakbym była Michaelem Heseltine'em*,

---

* Michael Heseltine — brytyjski minister handlu.

a Patchouli — Jeremym Paxmanem. Potem przeleciałam resztę listy, dodając: — Poza tym, jeśli rząd zamierza dalej rozprawiać o wartościach rodzinnych, to powinien zrobić coś bardziej pozytywnego dla samotnych, zamiast ich olewać. — Zrobiłam pauzę i zaszeleściłam papierami. — Oto moje propozycje:

Promocja Szczęśliwych Małżeństw

1. Wprowadzić na listę lektur szkolnych książkę *Mężczyźni są z Marsa, kobiety z Wenus*, by obie strony z przeciwnych armii rozumiały siebie nawzajem.

2. Uczyć wszystkich małych chłopców, że udział w pracach domowych nie sprowadza się do wrzucenia jednego widelca pod kran.

3. Stworzyć olbrzymią rządową agendę kojarzenia samotnych ze ścisłym kodeksem chodzenia na randki, zawierającym zasady dla szukających partnera dotyczące picia, rozmów telefonicznych, kosmetyków itd., kary za emocjonalne popapranie i zasadę, że obywatel jest zobowiązany pójść przynajmniej na dwanaście rządowych randek, zanim się zadeklaruje jako samotny, i to tylko wtedy, gdy ma rozsądne podstawy do odrzucenia wszystkich dwunastu.

4. Jeżeli podstawy te zostaną uznane za rozsądne, obywatel jest zobowiązany do uznania się za popaprańca.

— O Chryste — jęknął Straszny Harold. — Naprawdę uważam, że jednak powinniśmy zająć się euro.

— Nie, nie, to jest dobre, to jest bardzo dobre — powiedział Richard, wpatrując się we mnie uważnie, na co Harold zrobił taką minę, jakby zjadł gołębia. — Myślę: dyskusje w studio na żywo. Myślę: Harriet Harman, myślę: Robin Cook*. Może nawet myślę: Blair. Dobra, Bridget. Ruchy, ruchy. Bierz się do tego. Połącz się z biurem Harman i załatw ją na jutro, a potem spróbuj u Blaira.

---

* Robin Cook — autor thrillerów medycznych.

Hurra! Jestem czołowym researcherem. Wszystko się zmieni w moim życiu i w życiu całego narodu!

19.00. Hmm. Harriet Harman w ogóle nie oddzwoniła. Ani Tony Blair. Mój temat został odwołany.

29 kwietnia, wtorek

Budowlaniec Gary jest niewiarygodny. W tym tygodniu codziennie zostawiałam mu wiadomość i nic. Żadnej odpowiedzi. Może jest chory czy coś. Poza tym niedobrze mi się robi od tego straszliwego smrodu, który idzie ze schodów.

30 kwietnia, środa

Hmm. Właśnie wróciłam z pracy i zobaczyłam, że dziura w ścianie została zasłonięta wielkim kawałem folii, ale wciąż nie ma żadnego liściku, wiadomości, żadnej odpowiedzi na moją prośbę o zwrot tych 3500 funtów. Nic. Chciałabym, żeby zadzwonił Mark.

Rozdział ósmy
OCH, KOTKU

1 maja, czwartek

58 kg, jedn. alkoholu 5 (ale świętuję zwycięstwo Nowej Lewicy), wkład w zwycięstwo Nowej Lewicy — poza jedn. alkoholu — 0.

18.30. Hurra! Dzisiaj panuje naprawdę fantastyczna atmosfera: dni wyborów to jedna z niewielu okazji, kiedy sobie uświadamiasz, że to my, lud, jesteśmy odpowiedzialni za losy naszego kraju, a rząd to tylko arogancka marionetka. Nadszedł czas, by stanąć ramię w ramię i przejąć władzę.

19.30. Właśnie wróciłam ze sklepu. Coś niesamowitego. Ludzie wylewają się z pubów kompletnie pijani. Naprawdę czuję, że jestem częścią większej całości. Nie chodzi tylko o to, że ludzie chcą zmiany. Nie. To wielkie ruszenie nas, narodu, przeciwko całej tej chciwości, brakowi zasad i szacunku dla prawdziwych ludzi i ich problemów i… Ojej, telefon.

19.45. Hmm. To był Tom.
— Głosowałaś już?
— Właśnie się wybierałam — odparłam.
— Ach, tak. Do którego punktu wyborczego?
— Do tego za rogiem.
Nie cierpię, kiedy Tom się tak zachowuje. Tylko dlatego, że kiedyś należał do Red Wedge i koszmarnym głosem zawodził

„Śpiewaj, jeśli się cieszysz, że jesteś gejem", jeszcze nie znaczy, że może się zachowywać jak Święta Inkwizycja.

— A na którego kandydata będziesz głosować?

— Yyy — stęknęłam, tocząc błędnym wzrokiem po ulicy w poszukiwaniu czerwonych plakatów na latarniach. — Na Bucka!

— No to idź — powiedział. — I pamiętaj o pani Pankhurst*.

Słowo daję, co on sobie wyobraża — że jest członkiem partii przestrzegającym dyscypliny wśród współtowarzyszy czy co? Oczywiście, że będę głosować. Ale lepiej najpierw się przebiorę. W tym stroju nie wyglądam zbyt lewicowo.

20.45. Właśnie wróciłam z punktu wyborczego. „Czy ma pani kartę do głosowania?" — spytał mnie jakiś zarozumiały typek. Jaką znowu kartę do głosowania, pytam ja się kogo? Okazało się, że nie byłam zarejestrowana na żadnej z ich list, chociaż, cholera jasna, od lat płacę podatki, więc będę musiała lecieć do innego punktu wyborczego. Wróciłam tylko na chwilę po plan Londynu.

21.30. Hmm. Tam też nie jestem zarejestrowana. Muszę iść do jakiejś biblioteki czy na drugi koniec miasta. Ale dzisiaj wieczorem cudownie jest chodzić po mieście. My, lud, jednoczymy się w walce o zmiany. Taaaak! Szkoda tylko, że włożyłam koturny. Poza tym za każdym razem, kiedy schodzę schodami, zalatuje ten straszliwy smród.

22.30. Nie mogę uwierzyć w to, co się stało. Zawiodłam Tony'ego Blaira i cały naród, ale nie z własnej winy. Okazało się, że chociaż moje mieszkanie figuruje na liście, to ja nie jestem zarejestrowana jako uprawniona do głosowania, mimo że miałam przy sobie książeczkę opłat podatkowych od miejsca zamieszkania. Słowo daję, narobili tyle szumu, że nie wolno głosować, jeśli się nie płaci podatków, a teraz się okazuje, że płacąc podatki, można nie być uprawnionym do głosowania.

---

* Pani Pankhurst — słynna brytyjska sufrażystka.

— Czy w październiku zeszłego roku wypełniła pani formularz? — spytała jakaś nadęta krowa w bluzce z żabotem i broszką, rozkoszująca się swoimi pięcioma minutami, bo tak się złożyło, że wylądowała za stołem w punkcie wyborczym.

— Tak! — skłamałam. Przecież nie można się spodziewać, że ludzie mieszkający w bloku będą otwierać każdą nudną brązową kopertę zaadresowaną „Do lokatora", która wpada przez otwór w drzwiach. A co, gdyby Buck przegrał jednym głosem i wtedy cała partia przegrałaby jednym mandatem? To byłaby moja i tylko moja wina. Droga do Shazzer z punktu wyborczego była okryta wstydem. Poza tym w najbliższym czasie nie mogę nosić koturnów, bo mam otarte stopy, więc będę wyglądała jak konus.

2.30. Ale fjne było pszjęcie wyborcze. DaviMellor. A sio! A sio! A sio! Ups.

2 maja, piątek
58,5 kg (hurra! Nowo narodzone pół kilograma Nowej Lewicy, pierwsze w nowej erze).

8.00. Hurra! Nie mogłabym być bardziej zadowolona ze zwycięstwa politycznego. Ale wstyd dla mojej matki toryski i byłego faceta. Ha, ha! Już się nie mogę doczekać. Cherie Blair jest fantastyczna. Ona pewnie też by się nie zmieściła w skąpe bikini we wspólnych przymierzalniach. I ona nie ma tyłka jak dwie kule do bilarda, a jednak jakoś udaje jej się upolować ciuchy, w których ten tyłek się mieści i w których wygląda jak modelka. Może teraz Cherie wykorzysta swój wpływ na naszego nowego premiera, który wyda zarządzenie, by wszystkie sklepy odzieżowe zaczęły produkować ciuchy wyglądające atrakcyjnie na każdym tyłku.

Martwię się jednak, że Nowa Lewica będzie jak zakochanie się w kimś, z kim wreszcie można normalnie się umawiać, a potem pierwsza sprzeczka okaże się traumatycznie straszna. Ale w końcu Tony Blair to pierwszy premier, z którym mogłabym z własnej woli uprawiać seks. Wczoraj w nocy Shaz wysunęła teorię, że on i Cherie tak się ciągle dotykali nie dlatego, że tak im kazali ich doradcy polityczni, ale dlatego, że Cherie coraz bardziej się podniecała napływającymi wynikami wyborów — afrodyzjak władzy lub... Oj, telefon.

— O, cześć, kochanie, wiesz co? — Moja matka.

— Co? — spytałam zarozumiale, przygotowując się na triumf.

— Wygraliśmy, kochanie. Prawda, że to cudownie? Zdecydowane zwycięstwo! Wyobraź sobie tylko!

Przeszył mnie zimny dreszcz. Kiedy kładłyśmy się spać, Peter Snow* wciąż jeszcze brylował i wydawało się całkiem jasne, że szala zwycięstwa przechyla się na stronę Partii Pracy, ale... Ojoj. A może źle zrozumiałyśmy. Byłyśmy trochę podcięte i nie docierało do nas nic poza tym, że na całej mapie Brytanii wybuchały niebieskie domki torysów. A może coś się stało w nocy i wskrzesiło torysów?

— I wiesz co?

To wszystko moja wina. Laburzyści przegrali, i to przeze mnie. I ludzi takich jak ja, którzy, jak przed tym przestrzegał Tony Blair, spoczęli na laurach. Nie mam prawa nazywać się obywatelką brytyjską ani kobietą. Kanał. Kaaaaaanał.

— Bridget, czy ty mnie słuchasz?

— Tak — szepnęłam umęczonym głosem.

— Wydajemy w Rotary Club przyjęcie na cześć Tony'ego i Gordona! Wszyscy będą mówić do siebie po imieniu i wkładamy swobodne stroje zamiast krawatów. Merle Robertshaw próbuje zbojkotować ten pomysł, bo twierdzi, że nikt oprócz pastora nie zechce przyjść w luźnych spodniach, ale my z Uną uważamy, że to dlatego, że Percival jest wściekły z powodu zakazu posiadania broni palnej. A Wellington wygłosi przemówienie. Czarny przemawiający u rotarianów! Wyobraź sobie tylko! No ale to

---

* Peter Snow — dziennikarz stacji BBC, który w 1997 roku prowadził w TV studio wyborcze.

właśnie w duchu Partii Pracy, kochanie. Kolorowo i etnicznie jak u Nelsona Mandeli. Geoffrey obwoził Wellingtona po pubach w Kettering. Któregoś dnia utknęli za ciężarówką Nelsona Myersa pełną desek na rusztowanie, a my myśleliśmy, że mieli wypadek!

Starając się nie zastanawiać nad możliwą motywacją wujka Geoffreya do „przejażdżek" z Wellingtonem, wyraziłam swoją opinię:

— Wydawało mi się, że już wydaliście przyjęcie wyborcze z Wellingtonem?

— Och, właściwie to nie, kochanie. Wellington doszedł do wniosku, że sobie nie życzy takiego przyjęcia. Powiedział, że nie chce zanieczyszczać naszej kultury ani kazać mi i Unie skakać przez ognisko, zamiast podawać *vol-au-vents**. — Wybuchnęłam śmiechem. — No i w każdym razie chce wygłosić to przemówienie i zebrać trochę pieniędzy na motor wodny.

— Na co?

— Motor wodny, kochanie. Chce rozkręcić mały interes na plaży, zamiast sprzedawać muszle. Mówi, że rotarianie powinni na to pójść, bo popierają biznes. No, muszę lecieć! Una i ja zabieramy go do kolorystki!

Jestem pewną siebie, wrażliwą, odpowiedzialną kobietą sukcesu, która nie bierze na siebie odpowiedzialności za zachowanie innych. Tylko za własne. Tak.

3 maja, sobota
58 kg, jedn. alkoholu 2 (standardowa zdrowa ilość dla uniknięcia zawału), papierosy 5 (bdb), kalorie 1800 (bdb), pozytywne myśli 4 (doskonale).

20.00. Zupełnie nowe pozytywne nastawienie. Pod rządami Blaira na pewno wszyscy będą uprzejmiejsi i bardziej szczodrzy. Blair niewątpliwie zlikwiduje wszelkie zło, jakie powstało za panowania torysów. Nawet zmieniłam swoją postawę wobec

---

* *Vol-au-vents* — paszteciki z warzywami, rybą lub mięsem, polane sosem.

Marka i Rebeki. Przecież to, że ona robi imprezę, jeszcze nie znaczy, że chodzą ze sobą, prawda? Po prostu lubi manipulować ludźmi. Naprawdę to cudowne uczucie, kiedy się osiągnęło równowagę i cały świat wygląda po prostu pięknie. Wszystkie te myśli, że powyżej pewnego wieku traci się atrakcyjność, to nieprawda. Wystarczy spojrzeć na Helen Mirren i Francescę Annis*.

20.30. Hmm, ale z drugiej strony... W sumie szkoda, że ta impreza jest właśnie dzisiaj. Chyba sobie poczytam *Buddyzm. Dramat zamożnego mnicha.* Dobrze jest się uspokoić. Nie mogę się spodziewać, że w życiu zawsze będzie się układać i że każdy chce pielęgnować swoją duszę.

20.45. Tak! Cały problem polega na tym, że zawsze żyłam w świecie fantazji, nieustanie zwracałam się ku przeszłości lub przyszłości, zamiast cieszyć się chwilą obecną. Teraz sobie posiedzę i będę się cieszyła chwilą obecną.

21.00. Wcale się nie cieszę chwilą obecną. W ścianie mam dziurę, smród na schodach, debet na koncie, a Mark idzie na imprezę z Rebeccą. Może otworzę sobie butelkę wina i obejrzę *Ostry dyżur.*

22.00. Ciekawe, czy Magda już wróciła. Obiecała, że zadzwoni do mnie, jak tylko wróci z pełnym raportem. Pewnie powie, że Mark nie chodzi z Rebeccą i że pytał o mnie.

23.30. Przed chwilą zadzwoniłam do opiekunki do dziecka Magdy. Jeszcze nie wrócili. Zostawiłam wiadomość, żeby oddzwoniła.

23.35. Jeszcze nie zadzwoniła. Może impreza u Rebeki to ogromny sukces i wszyscy jeszcze tam siedzą i bawią się do

---

* Helen Mirren, Francesca Annis — aktorki brytyjskie.

upadłego, a Mark Darcy stoi na stole, ogłaszając swoje zaręczyny z Rebeccą... Oj, telefon.

— Cześć, Bridge, tu Magda.

— No i jak było? — spytałam zbyt szybko.

— Och, właściwie całkiem miło.

Aż się wzdrygnęłam. Jak można coś takiego powiedzieć, no jak?

— Podała crottin z grilla na zielonej sałacie, a potem penne carbonara*, tylko że ze szparagami zamiast z pancettą**, która była pyszna, a na koniec brzoskwinie zapiekane w Marsali z serem mascarpone.

Koszmar.

— Oczywiście wszystko zrobiła Delia Smith, ale Rebecca się nie przyznała.

— Naprawdę? — spytałam podniecona. Przynajmniej to jedno było dobre. Mark nie lubi pretensjonalnych osób. — A jak tam Mark?

— Dobrze. To bardzo fajny facet, nie? Niesamowicie atrakcyjny. — Magda w ogóle nic nie rozumie. W ogóle nic. Nie chwali się byłego faceta przyjaciółki, który ją rzucił. — O, a jeszcze potem podała skórkę pomarańczową w czekoladzie.

— Jasne — powiedziałam cierpliwie. No słowo daję, na jej miejscu Jude albo Shazzer wyłapałyby i zrekonstruowały każdy niuans. — A jak myślisz, czy on chodzi z Rebeccą?

— Hmmm, nie jestem pewna. Mocno z nim flirtowała.

— Był już tam, kiedy przyszłaś? — spytałam powoli i wyrozumiale, jakbym rozmawiała ze skołowanym dwulatkiem.

— Tak.

— A wyszedł razem z innymi?

— Jeremy! — ryknęła nagle z całych sił. — Czy Mark Darcy został jeszcze, kiedy wychodziliśmy?

---

* Penne carbonara — kluski w sosie carbonara sporządzonym na bazie śmietany, wędzonego boczku i grzybów.

** Pancetta — szynka włoska.

O Boże.

— Co Mark Darcy?! — usłyszałam ryk Jeremy'ego, a potem coś jeszcze.

— Narobił do łóżka?! — wrzasnęła Magda. — Kupkę czy siusiu? KUPKĘ CZY SIUSIU?! Przepraszam, Bridge, będę musiała kończyć.

— Jeszcze tylko jedno — wymamrotałam. — Wspomniał coś o mnie?

— Wyjmij to z łóżka — rękami! No, przecież możesz je potem umyć, nie? Och, na miłość boską, dorośnij wreszcie. Przepraszam, Bridge, o co pytałaś?

— Czy wspomniał coś o mnie?

— Yyy, eee. Och, odpieprz się, Jeremy.

— No?

— Szczerze mówiąc, Bridge, to chyba nie.

4 maja, niedziela

58 kg, jedn. alkoholu 5, papierosy 9 (muszę przestać się osuwać w przepaść dekadencji), pełne nienawiści plany zgładzenia Rebeki 14, buddyjski wstyd za mordercze myśli: niezmierny, katolickie wyrzuty sumienia (chociaż wcale nie katolickie): rosnące.

W domu. Bardzo zły dzień. Wcześniej, czując się jak zombie, poszłam do Jude. Razem z Shaz w kółko powtarzały, że muszę z powrotem dosiąść jakiegoś tam konia, i zaczęły — co mnie naprawdę uraziło — przeglądać ogłoszenia Klubu Samotnych Serc.

— Nie chcę korzystać z Klubu Samotnych Serc — powiedziałam z oburzeniem. — Nie jest aż tak źle.

— Eee, Bridget — powiedziała zimno Sharon. — Czy to przypadkiem nie ty chciałaś, żeby Tony Blair ustanowił agendy randkowe dla samotnych? Wydawało mi się, że zgodziłyśmy się co do tego, że uczciwość polityczna jest czymś ważnym.

— O Boże, to jest niesamowite. — Jude zaczęła czytać na głos, wrzucając sobie do ust ogromne kawały resztek czekoladowych jajek wielkanocnych. — Naturalny, wysoki, atrakcyjny mężczyzna 57, OPH, CSS, kulturalny, pozna zmysłową panią 20-25 w celu nawiązania dyskretnej znajomości bez zahamowań i zobowiązań". Co oni sobie wyobrażają, te palanty?

— Co to jest OPH, CSS? — spytałam.

— Obleśny Pryszczaty Hippis, Chudy Smętny Siusiak? — zasugerowała Sharon.

— Osiemnastoletni Prawiczek Harcerz Chce Samczego Seksu? — zadumałam się.

— To znaczy: Ogromne Poczucie Humoru. Chciałby Się Spotkać — odparła Jude, w czym kryła się podejrzana sugestia, że już wcześniej korzystała z tych ogłoszeń.

— Myślę, że faktycznie trzeba mieć spore poczucie humoru, żeby poskąpić kilku pełnych słów — zachichotała Sharon.

Okazało się, że Mówiące Serduszka są b. zabawne. Można zadzwonić i u s ł y s z e ć, jak ludzie się reklamują, zupełnie jak w *Randce w ciemno*.

— OK. Mam na imię Barret i jeśli zostaniesz moją kotką, będzie nam razem bardzo słodko.

Idiotycznie jest zaczynać swoją reklamę od „OK", bo to przywodzi na myśl wielkiego mięśniaka i odstrasza od zostawiania wiadomości, co i tak wymaga sporej odwagi.

— Moja praca jest fascynująca, daje mi spełnienie i satysfakcję. Interesuję się zwykłymi rzeczami: magią, okultyzmem, poganizmem.

— Jestem przystojny, bardzo namiętny. Jestem pisarzem i szukam bardzo wyjątkowej, dominującej pani. Mile widziane piękne ciało. Powinienem być przynajmniej dziesięć lat starszy od niej, a jej powinno się to podobać.

— Ba! — parsknęła Shazzer. — Zadzwonię do któregoś z tych seksistowskich drani.

Shazzer była w siódmym niebie — włączała głośnik w telefonie, a potem mruczała seksownie:

— Halo, czy to Pierwszy Raz Dający Ogłoszenie na linii? To lepiej z niej zejdź, bo pociąg jedzie.

Niewątpliwie niezbyt to było dojrzałe, ale po tylu kieliszkach Chardonnay wydawało nam się niezwykle zabawne.

— „Cześć, jestem Dzikus. Jestem wysokim Hiszpanem o długich, czarnych włosach, ciemnych oczach, długich, czarnych rzęsach i smukłym, dzikim ciele..." — odczytałam głupim głosem.

— Ooo! — wykrzyknęła radośnie Jude. — Ten może być fajny.

— No to może do niego zadzwonisz? — zaproponowałam.

— Nie! — odparła Jude.

— To dlaczego ciągle mnie namawiasz, żebym zadzwoniła? Wtedy Jude się spłoszyła. Okazało się, że przez cały ten depresyjny, samotny weekend z winy Staceya w końcu wpakowała się w telefon do Podłego Richarda.

— O Boże — powiedziałyśmy jednocześnie z Shazzer.

— Nie chodzę z nim znowu czy coś. Po prostu... jest miło — dokończyła nieporadnie, próbując uniknąć naszego oskarżycielskiego wzroku.

Po powrocie do domu zobaczyłam, że miga światełko na sekretarce.

— Cześć, Bridget — powiedział głęboki, seksowny, m ł o d o b r z m i ą c y głos z zagranicznym akcentem. — Mówi Dzikus...

Te cholerne dziewuchy pewnie podały mu mój telefon. Przerażona faktem, że jakiś obcy człowiek ma mój numer telefonu, nie podniosłam słuchawki, tylko słuchałam, jak Dzikus mówi, że jutro wieczorem będzie czekał na mnie w 192, z czerwoną różą w ręku.

Zaraz potem zadzwoniłam do Shazzer i porządnie ją ochrzaniłam.

— Oj, daj spokój — powiedziała Shaz. — Chodźmy wszystkie. Będzie niezły ubaw.

Więc plan jest taki, że wybieramy się tam wszystkie trzy. Co ja mam zrobić z tą dziurą w ścianie i smrodem na schodach? Cholerny Gary! Ma moje 3500 funtów. Dobra. Kurde, zadzwonię do niego.

5 maja, poniedziałek

57,5 kg (hurra!), postępy Gary'ego w łataniu dziury: zero, postępy w zapomnieniu o Marku Darcym poprzez snucie fantazji na temat Dzikusa: średnie (trochę przeszkadzają te jego rzęsy).

W domu czekała na mnie wiadomość od Gary'ego. Powiedział, że dorwał inną robotę i że ponieważ się rozmyśliłam, nie ma pośpiechu. Twierdzi, że wszystko załatwi i wpadnie jutro wieczorem. Tak więc zupełnie niepotrzebnie się martwiłam. Mmmm. Dzikus. Może Jude i Shazzer mają rację. Muszę po prostu żyć dalej, a nie ciągle wyobrażać sobie Marka i Rebeccę w różnych miłosnych scenariuszach. Martwię się jednak tymi rzęsami. Dokładnie jak są długie? Fantazje na temat smukłego, dzikiego, diabelskiego ciała trochę mi psuje obraz Dzikusa mrugającego pod ciężarem rzęs długich jak u jelonka Bambi z filmów Walta Disneya.

21.00. Dotarłam do 192 o 20.05. Parę kroków za mną przyszły Jude i Shaz, które usiadły przy innym stoliku, żeby mieć wszystko na oku. Ani śladu Dzikusa. Jedynym samotnym mężczyzną był jakiś straszliwy stary palant w dżinsowej koszuli, z kucykiem i w okularach przeciwsłonecznych, który cały czas się na mnie gapił. Gdzie Dzikus? Rzuciłam palantowi wrogie spojrzenie. Palant gapił się na mnie tak namolnie, że postanowiłam się przesiąść. I wtedy o mało co mnie szlag nie trafił. Palant podniósł czerwoną różę. Spojrzałam na niego ze zgrozą, a wtedy on z krzywym uśmieszkiem zdjął okulary i moim oczom ukazały się sztuczne rzęsy w stylu Barbary Cartland. Ten palant to był Dzikus. Wybiegłam przerażona, a za mną Jude i Shazzer, zataczające się ze śmiechu.

6 maja, wtorek

58 kg (czyżby te 0,5 kg to ciąża urojona?), myśli o Marku: lepiej, postępy Gary'ego w łataniu dziury w ścianie: statyczne, tzn. żadne.

19.00. B. przygnębiona. Przed chwilą zostawiłam Tomowi wiadomość z pytaniem, czy on też jest wkurzony. Wiem, że powinnam nauczyć się kochać siebie i żyć chwilą obecną, nie wpadać w obsesję, tylko myśleć o innych i czuć się spełniona, ale czuję się po prostu okropnie. Strasznie tęsknię za Markiem. Nie mogę uwierzyć, że zamierza chodzić z Rebeccą. Co ja takiego zrobiłam? Przecież niczego mi nie brakuje. Po prostu się starzeję i to jasne, że już mi się życie nie ułoży, więc powinnam się pogodzić z tym, że na zawsze zostanę sama i nie będę miała dzieci. Och, muszę się wziąć w garść. Gary będzie tu lada chwila.

19.30. Gary się spóźnia.

19.45. Wciąż ani śladu tego cholernego Gary'ego.

20.00. Gary'ego ani widu, ani słychu.

20.15. Kurde, Gary w ogóle się nie pojawił. O, telefon, to pewnie on.

20.30. To był Tom, który powiedział, że jest bardzo wkurzony, podobnie jak jego kot, który zaczął szczać na dywan. Potem dodał coś dosyć zaskakującego.

— Bridge? — zagadnął. — Nie chciałabyś mieć ze mną dziecka?

— Czego?

— Dziecka.

— Dlaczego? — spytałam, nagle mając przed oczyma przerażającą wizję seksu z Tomem.

— No... — Zastanawiał się przez chwilę. — Nawet chciałbym mieć dziecko, które by przedłużyło mój ród, ale po pierwsze: jestem za bardzo egoistyczny, żeby się nim opiekować, a po drugie: jestem ciotą. Ale ty potrafiłabyś się nim zająć, oczywiście pod warunkiem, że nie zostawiłabyś go w sklepie.

Uwielbiam Toma. Zupełnie jakby wyczuł mój nastrój. W każdym razie poprosił, żebym się nad tym zastanowiła. To tylko taki luźny pomysł.

20.45. W sumie dlaczego nie? Mogłabym je trzymać w domu w koszyku. Tak! Budziłabym się rano, a obok mnie leżałoby słodkie stworzonko służące do tulenia i kochania. I moglibyśmy robić razem różne rzeczy, na przykład chodzić na huśtawki i do Woolwortha, żeby obejrzeć ubranka i domek dla Barbie, i żylibyśmy w cudnym, spokojnym niebie pachnącym talkiem dla dzieci. A gdyby pojawił się Gary, dziecko mogłoby spać w drugiej sypialni. Może Jude i Shazzer też urodziłyby dzieci i stworzyłybyśmy komunę, i... O cholera. Podpaliłam petem kosz na śmieci.

10 maja, sobota
58,5 kg (ciąża urojona jest już gigantyczna, zważywszy na wiek płodu), papierosy 7 (chyba za mało, żeby zahamować ciążę urojoną?), kalorie 3255 (jem za siebie i za maleńkie urojone dziecko), pozytywne myśli 4, postępy Gary'ego w łataniu dziury w ścianie: zero.

11.00. Przed chwilą skoczyłam po fajki. Nagle zrobiło się dziwnie, okropnie, straszliwie gorąco. Fantastycznie! Niektórzy faceci normalnie chodzą w samych kąpielówkach!

11.15. Tylko dlatego, że jest lato, nie powinnam wprowadzać zamętu w swoje życie, chaosu do mieszkania i pozwalać, by przytłaczały mnie nie załatwione sprawy, a na korytarzu cuchnęło. (Uch. Na schodach śmierdzi już naprawdę okropnie). Zamierzam to zmienić, cały dzień sprzątając i załatwiając bieżące sprawy. Muszę uporządkować rzeczy na powitanie nowego życia.

11.30. Dobra. Zacznę od zgromadzenia wszystkich gazet w jedną centralną stertę.

11.40. Oj tam.

12.15. Może najpierw załatwię bieżące sprawy.

12.20. Nie mogę tego zrobić, najpierw trzeba się porządnie ubrać.

12.25. Nie za dobrze wyglądam w tych szortach. Jakoś za sportowo. Potrzebna mi jakaś mięciutka sukieneczka.

12.35. Gdzie ona się podziała?

12.40. Trzeba ją wyprać i powiesić, żeby wyschła. Potem biorę się do roboty.

12.55. Hurra! Jadę popływać do Hampstead Ponds z Jude i Shazzer! Nie ogoliłam sobie nóg, ale Jude mówi, że ten staw jest tylko dla pań i pełno nad nim lesbijek, które uważają za gejowski punkt honoru być owłosioną jak yeti. Hurra!

Północ. Nad wodą było fantastycznie, zupełnie jak na szesnastowiecznym obrazku przedstawiającym nimfy, z tym, że nimfy raczej nie noszą kostiumów kąpielowych od Dorothy Perkins. B. staroświecko, drewniany pomost i ratownicy. Pływanie w środowisku naturalnym z błotkiem (na dnie jeziora, nie na własnym tyłku) to całkowicie nowe doznanie.

Opowiedziałam im o pomyśle Toma z ojcostwem.

— Boże drogi! — wykrzyknęła Shaz. — Myślę, że to dobry pomysł. Tylko że zamiast: „Dlaczego nie wyszłaś za mąż", ciągle by cię pytali: „Kto jest ojcem?"

— Mogłabym mówić, że to niepokalane poczęcie — zasugerowałam.

— Ja tam uważam, że byłoby to wyjątkowo egoistyczne — powiedziała zimno Jude.

Nastąpiła pełna osłupienia cisza. Zaczęłyśmy się na nią gapić, próbując rozgryźć, o co jej chodzi.

— Dlaczego? — spytała w końcu Shaz.

— Dlatego, że dziecko potrzebuje dwojga rodziców. Zrobiłybyście to, żeby zaspokoić swoje potrzeby, bo jesteście zbyt egoistyczne, by stworzyć związek.

O kurde. Prawie widziałam, jak Shaz wyjmuje karabin maszynowy i kosi serią Jude. Trochę ją poniosło i wdała się w tyradę naszpikowaną eklektycznymi kulturowo odnośnikami.

— Weźcie na przykład Karaiby! — wrzasnęła, aż dziewczyny obok nas obejrzały się wystraszone, a ja pomyślałam: „Mmm. Karaiby. Cudne luksusowe hotele i biały piaseczek". — Tamtejsze kobiety wspólnie wychowują dzieci — oznajmiła Shaz. — A mężczyźni pojawiają się tylko czasami, żeby się z nimi pobzykać, ale teraz kobiety przejmują władzę w ekonomii i powstają pamflety pod tytułem *Mężczyźni w niebezpieczeństwie*, bo faceci wypadają ze swojej roli NA CAŁYM PIEPRZONYM ŚWIECIE.

Czasami się zastanawiam, czy Sharon rzeczywiście jest takim doktorkiem od… no od wszystkiego… jakiego udaje.

— Dziecko potrzebuje dwojga rodziców — zawzięła się Jude.

— Och, na miłość boską, to kompletnie ograniczony, paternalistyczny, nierealistyczny, stronniczy pogląd w stylu Szczęśliwej Mężatki Z Klasy Średniej — syknęła Shaz. — Każdy wie, że jedna trzecia małżeństw kończy się rozwodem.

— Tak! — powiedziałam. — Posiadanie jednej matki, która cię kocha, musi być lepsze niż bycie produktem gorzkiego rozwodu. Dzieciom potrzebne są związki, życie i ludzie, ale to nie musi być mąż. — Wtedy nagle przypomniałam sobie coś — o ironio losu! — z czym zawsze wyskakiwała moja matka. — Dziecka nie da się zepsuć miłością.

— Nie musicie tak na mnie naskakiwać — obruszyła się Jude. — Ja tylko przedstawiam swoją opinię. Zresztą mam wam coś do powiedzenia.

— Taaak? A co? — spytała Shaz. — Jesteś za trzymaniem niewolników?

— Podły Richard i ja bierzemy ślub.

Shazzer i ja zaniemówiłyśmy ze zgrozy, a Jude, rumieniąc się triumfalnie, spuściła wzrok.

— Prawda, że to cudownie? Myślę, że kiedy go ostatnio rzuciłam, zrozumiał, że pewnych rzeczy nie docenia się, dopóki się ich nie straci — i to go w końcu zmusiło do oświadczyn!

— Raczej to go w końcu zmusiło do zrozumienia, że skoro już nie może żyć z twojej forsy, to będzie musiał poszukać sobie jakiejś roboty — wymamrotała Shaz.

— Eee, Jude — powiedziałam. — Mówisz, że zamierzasz wyjść za Podłego Richarda?

— Tak. I tak sobie myślę, czy zostaniecie moimi druhnami?

11 maja, niedziela

58 kg (urojone dziecko czmychnęło, przerażone wizją zbliżającego się ślubu), jedn. alkoholu 3, papierosy 15 (teraz mogę sobie palić i pić do woli), fantazje na temat Marka: tylko 2 (wspaniale).

Przed chwilą dzwoniła Shaz i obie się zgodziłyśmy, że cała ta sprawa to straszny kanał. Kanał. I że Jude nie powinna wychodzić za Podłego Richarda, bo:

1. Jest nienormalny.
2. Jest podły: Podły z nazwiska i z natury.
3. Dostajemy drgawek na myśl, że ubrane jak różowe purchawki miałybyśmy przejść środkiem kościoła, a wszyscy by się na nas gapili.

Zadzwonię do Magdy i powiem jej o wszystkim.

— No i co ty na to? — spytałam.

— Hmm. Nie wygląda to obiecująco. Ale wiesz, związki między ludźmi to jedna wielka tajemnica — powiedziała enigmatycznie. — Nikt z zewnątrz nie zrozumie, co trzyma dwoje ludzi razem.

Następnie rozmowa zeszła na pomysł z macierzyństwem, na co Magda z niezrozumiałych powodów się rozpromieniła.

— Wiesz, co, Bridge? Myślę, że powinnaś spróbować, naprawdę.

— Jak to?

— No, może byś się zajęła na jedno popołudnie Constance

i Harrym i zobaczyła, jak to jest. Zawsze uważałam, że samopomoc to najlepsze rozwiązanie dla współczesnej kobiety.

O kurde. Obiecałam, że w przyszłą sobotę zaopiekuję się Harrym, Constance i niemowlęciem, a ona w tym czasie pójdzie sobie zrobić pasemka. Poza tym za sześć tygodni ona i Jerome organizują garden party z okazji z urodzin Constance i spytała, czy chcę, żeby zaprosiła Marka. Przytaknęłam. Nie widział mnie od lutego, więc dobrze, żeby się przekonał, jak się zmieniłam i jaka teraz jestem spokojna, zrównoważona i pełna wewnętrznej siły.

12 maja, poniedziałek

Kiedy przyszłam do pracy, Richard Finch w okropnej manii latał jak kot z pęcherzem po całym pokoju, żując gumę i wrzeszcząc na wszystkich. (Seksowny Matt, który dziś rano wyglądał szczególnie jak model z DKNY, powiedział Strasznemu Haroldowi, że posądza Richarda Fincha o zażywanie kokainy).

W każdym razie okazało się, że kontroler programu odrzucił pomysł Richarda, by zastąpić poranne wydanie wiadomości zebraniem zespołu Sit Up Britain — „bez upiększeń" i na żywo. Zważywszy na to, że ostatnie poranne zebranie Sit Up Britain sprowadziło się do kłótni, który z naszych prezenterów ma poprowadzić główny temat, a główny temat dotyczył tego, którzy prezenterzy mają występować w BBC i wiadomościach ITV, nie uważam, by był to jakoś szczególnie interesujący program, ale Richard naprawdę się tym wkurzył.

— Wiecie, na czym polega problem wiadomości? — zwrócił się do nas, wyjmując gumę z ust i rzucając ją w bardzo ogólnie pojętym kierunku kosza na śmieci. — Są nudne. Nuda, nuda, flaki z olejem.

— Nuda? — spytałam. — Przecież oglądamy powstawanie pierwszego od... od kilku lat rządu laburzystów!

— Boże — westchnął, zdejmując okulary w stylu Chrisa Evansa. — Mamy nowy rząd laburzystowski? Naprawdę? Ludzie! Chodźcie tu! Bridget ma dla was sensacyjną wiadomość!

— A co z bośniackimi Serbami?

— Och, obudź się wreszcie — zajęczała Patchouli. — Chcą do siebie strzelać zza krzaków? No i co? Nic nowego.

— Ta, ta, ta — zawołał Richard z rosnącym podnieceniem. — Ludzie nie chcą oglądać martwych Albańczyków w opaskach na głowie, chcą oglądać ludzi. Myślę: *Nationwide*. Myślę: Frank Bough*, myślę: baby na deskorolkach.

No i teraz wszyscy musimy wymyślać jakieś ciekawostki dla ludzi, jak ślimaki, które się upijają, albo staruszkowie skaczący na bunjee. Ale niby jak mamy zorganizować geriatryczne skoki na bunjee do... Aaa, telefon! To pewnie Stowarzyszenie Mięczaków i Małych Amfibii.

— O, cześć, kochanie, wiesz co?

— Mamo — powiedziałam groźnie. — Mówiłam ci...

— Och, wiem, kochanie. Dzwonię tylko, żeby ci powiedzieć coś bardzo smutnego.

— Co? — spytałam naburmuszona.

— Wellington wraca do domu. Jego przemówienie w Rotary Club było fantastyczne. Absolutnie fantastyczne. Wiesz, kiedy mówił o sytuacji dzieci w jego plemieniu, Merle Robertshaw się rozpłakała! Rozpłakała się!

— Myślałam, że Wellington zbiera pieniądze na motor wodny.

— Zgadza się, kochanie, ale wymyślił taki wspaniały nowy projekt, w sam raz dla rotarianów. Powiedział, że gdyby uczynili dotację, to nie tylko by dał oddziałowi w Kettering dziesięć procent zysków, ale gdyby przekazali połowę na jego wioskę, to dodałby kolejne pięć procent. Charytatywność i drobny biznes — prawda, że to łebskie? W każdym razie zebrali czterysta funtów i Wellington wraca do Kenii! Zamierza wybudować nową szkołę! Wyobraź sobie! Dzięki nam! Dał też cudowny pokaz slajdów z *Nature Boy* Nat King Cole'a w tle, a na koniec powiedział: *Hakuna Matata!*, co przyjęliśmy na swoje motto!

---

* Chris Evans, Frank Bough — prezenterzy popularnych programów telewizyjnych.

— Wspaniale! — podsumowałam, po czym zauważyłam, że Richard Finch gapi się na mnie wkurzony.

— No i, kochanie, pomyśleliśmy sobie, że...

— Mamo — przerwałam jej — czy znasz jakichś starszych ludzi, którzy robią interesujące rzeczy?

— No słowo daję, co za głupie pytanie. Wszyscy starsi ludzie robią interesujące rzeczy. Na przykład Archie Garside — znasz Archiego — kiedyś był zastępcą rzecznika dyrektora banku. Skacze na spadochronie. Zdaje się, że nawet jutro ma wykonać skok sponsorowany przez rotarianów, a właśnie kończy dziewięćdziesiąt dwa lata. Dziewięćdziesięciodwuletni skoczek spadochronowy! Wyobraź sobie!

Pół godziny później, z triumfującym uśmieszkiem igrającym na ustach ruszyłam w stronę biurka Richarda Fincha.

18.00. Hurra! Wszystko pięknie! Wróciłam do łask u Richarda Fincha i jadę do Kettering kręcić skok ze spadochronem. I nie tylko to — mam reżyserować ten materiał, który będzie tematem głównym.

13 maja, wtorek

Już nie chcę być żadną głupią kobietą sukcesu z telewizji. Zupełnie zapomniałam, jakim koszmarem jest ekipa telewizyjna, kiedy jej pozwolić na swobodne kontakty z dziewiczą pod względem mediów publicznością. Nie pozwolono mi reżyserować tego materiału, bo uznano, że jest za bardzo skomplikowany, więc zostałam na ziemi, a do samolotu wysłano tego apodyktycznego karierowicza Grega. Okazało się, że Archie nie chciał skoczyć, bo nigdzie nie widział dobrego miejsca do lądowania, ale Greg ciągle marudził: „Szybciej, kolego, tracimy światło” i w końcu zmusił go do skoczenia na zaorane pole, które sprawiało wrażenie miękkiego. Niestety, wcale nie było to zaorane pole, tylko roboty kanalizacyjne.

17 maja, sobota

58,5 kg, jedn. alkoholu 1, papierosy 0, fantazje na temat cholernego dziecka 1, fantazje na temat cholernego Marka Darcy'ego: wszystkie te, w których widzi mnie znowu, uświadamia sobie, jak bardzo się zmieniłam, jaka jestem zrównoważona, tzn. chuda, dobrze ubrana itd., i w których ponownie się we mnie zakochuje: 472.

Kompletnie wykończona po całym tygodniu pracy. Prawie za bardzo wyzuta z sił, żeby w ogóle wstać z łóżka. Szkoda, że nie mogę kogoś wysłać na dół po gazetę, a także czekoladowego croissanta i cappuccino. Chyba zostanę w łóżku, poczytam sobie „Marie Claire" i pomaluję paznokcie, a potem zobaczę, czy Jude i Shazzer mają ochotę pójść do Jigsaw. Bardzo chciałabym kupić sobie coś nowego na spotkanie z Markiem w przyszłym tygodniu, żeby podkreślić, że się zmieniłam… Aaa! Dzwonek do drzwi. Kto przy zdrowych zmysłach może dzwonić do czyichś drzwi o dziesiątej rano w sobotę? Czy ci ludzie kompletnie powariowali?

Później. Powlokłam się do domofonu. To była Magda, która zaszczebiotała:

— Przywitaj się z ciocią Bridget!

Mało co się nie przewróciłam ze zgrozy, niejasno sobie przypominając, że się zaoferowałam wziąć do siebie na sobotę dzieci Magdy, podczas gdy ona cały dzień będzie robiła sobie włosy i spędzała miło czas z Jude i Shazzer jak wolna dziewczyna.

Cała spanikowana przycisnęłam brzęczyk, narzuciłam na siebie jedyny szlafrok, jaki zdołałam znaleźć — niestosowny, b. krótki i przezroczysty — i zaczęłam ganiać po mieszkaniu, żeby usunąć popielniczki, kubki z wódką, potłuczone kieliszki etc.

— Uff! No to jesteśmy! Harry trochę się zasapał, co? — zapiała Magda, gramoląc się po schodach, objuczona wózkami i torbami jak bezdomny. — Uff. Co to za smród?

Constance, moja córka chrzestna, która niebawem kończy trzy lata, powiedziała, że przyniosła mi prezent. Wyglądała na strasznie zadowoloną ze swojego wyboru i była pewna, że prezent mi się spodoba. Z podnieceniem rozdarłam papier. Był to katalog kominków.

— Chyba myślała, że to jakiś magazyn — szepnęła Magda.

Okazałam bezbrzeżny zachwyt. Constance uśmiechnęła się z satysfakcją i pocałowała mnie, co było bardzo miłe, po czym usiadła zadowolona przed wideo, oglądając *Pingu*.

— Przepraszam. Podwijam kiecę i lecę, bo się spóźnię na pasemka — oznajmiła w pośpiechu Magda. — W torbie pod wózkiem masz wszystko, czego będziesz potrzebować. Pilnuj, żeby dzieciaki nie powypadały przez tę dziurę w ścianie.

Wszystko wyglądało OK. Niemowlę spało, Harry, który ma prawie roczek, siedział obok niego w podwójnym wózku, z bardzo uszarganym króliczkiem w rączce, i wyglądał, jakby też miał lada moment usnąć. Ale kiedy trzasnęły drzwi na dole, Harry i niemowlę zaczęli się drzeć wniebogłosy, rzucać i kopać, a gdy próbowałam je wziąć na ręce, zachowywali się jak rozwścieczeni deportowani.

Imałam się wszelkich sposobów (chociaż oczywiście nie zakleiłam im buzi taśmą), żeby je uciszyć: tańczyłam, machałam rękami i udawałam, że gram na trąbce — wszystko na próżno.

Constance odwróciła się od ekranu i spojrzała na mnie poważnym wzrokiem.

— Pewnie chce im się pić — powiedziała. — Przez tę koszulę wszystko ci widać.

Upokorzona przez osobę, która jeszcze nie skończyła trzech lat, odnalazłam butelki w torbie, podałam je dzieciom, które oczywiście od razu przestały płakać i wzięły się do ssania, z przejęciem obserwując mnie spod spuszczonych główek, jakbym była jakimś paskudnym urzędnikiem z Ministerstwa Spraw Wewnętrznych.

Próbowałam się wślizgnąć do drugiego pokoju, żeby coś na siebie zarzucić, ale dzieciaki wyjęły butle z buzi i znowu się rozwrzeszczały. Skończyło się na tym, że ubrałam się w salonie, dzieci zaś obserwowały mnie intensywnie, jakbym była jakąś dziwaczną artystką wykonującą odwrotny striptiz.

Po czterdziestu pięciu minutach operacji w stylu wojny nad Zatoką, mających na celu zniesienie dzieci, wózków i toreb na dół, znaleźliśmy się na ulicy. Harry, jak mówi Magda, nie opanował jeszcze ludzkiej mowy, ale za to Constance przybrała wobec mnie bardzo uroczy, dorosły, poufny ton, tłumacząc: „Chyba chce na huśtawkę", kiedy coś tam sobie gaworzył, gdy zaś kupiłam sobie paczkę Minstreli, powiedziała surowo: „Lepiej nikomu o tym nie mówmy".

Niestety, z jakiegoś powodu, kiedy dotarliśmy do drzwi wejściowych, Harry zaczął kichać i z nosa z siłą pocisku wystrzeliła mu ogromna sieć zielonych gili, które następnie opadły mu na usta i brodę, zupełnie jak substancja z filmu *Dr Who*. Constance ze zgrozą rozdziawiła usta i zwymiotowała mi na włosy, a niemowlę zaczęło się drzeć, na co rozdarła się także pozostała dwójka. Rozpaczliwie usiłując zapanować nad sytuacją, schyliłam się, starłam gile z twarzy Harry'ego i włożyłam mu smoczek z powrotem do buzi, nucąc jednocześnie własną, kojącą wersję *I Will Always Love You*.

Na jedną cudowną sekundę zapadła cisza. Przejęta swym wrodzonym talentem macierzyńskim, zaczęłam drugi wers, uśmiechając się promiennie do Harry'ego, ale on raptownie wyciągnął sobie smoczek z ust i wetknął go mnie.

— Cześć — powiedział jakiś męski głos, gdy Harry znowu zaczął się wydzierać. Kiedy się odwróciłam, ze smoczkiem w ustach i zarzyganymi włosami, ujrzałam Marka Darcy'ego, na którego twarzy malowało się nieopisane zdumienie.

— To dzieci Magdy — powiedziałam w końcu.

— Aha. Bo właśnie myślałem, że trochę za szybko ci to poszło. Albo że bardzo skrzętnie dochowywałaś tajemnicy.

— Kto to? — Constance włożyła dłoń w moją i podejrzliwie spojrzała na Marka.

— Jestem Mark. Jestem przyjacielem Bridget.

— Aha — mruknęła, patrząc wciąż podejrzliwie.

— Ma taki sam wyraz twarzy jak ty — powiedział, spoglądając na mnie wzrokiem, którego nie potrafiłam zgłębić. — Mogę ci pomóc wejść na górę?

Skończyło się na tym, że ja, trzymając niemowlę, ujęłam Constance za rękę, a Mark złapał wózek i wziął Harry'ego za rączkę. Z jakiegoś powodu odzywaliśmy się tylko do dzieci, ale nie do siebie nawzajem. Potem jednak usłyszałam na schodach jakieś głosy. Kiedy skręciliśmy za róg, zobaczyliśmy dwóch policjantów, którzy opróżniali kredens stojący na korytarzu. Sąsiad złożył skargę, że panuje tam straszliwy smród.

— Ty weź dzieci na górę, a ja się tym zajmę — powiedział cicho Mark. Poczułam się jak Maria w *Dźwięku muzyki*, kiedy po koncercie ona musi zabrać dzieci do samochodu, a w tym czasie kapitan Von Trapp stawia czoło gestapo.

Szepcząc z nieszczerą wesołością, z powrotem nastawiłam *Pingu*, nalałam wszystkim dzieciom do butelek trochę Ribeny bez cukru i usiadłam na podłodze między nimi, z czego były bardziej niż zadowolone.

Wtedy pojawił się policjant, ściskając w ręku torbę, którą rozpoznałam jako swoją. Z zapinanej na suwak kieszeni oskarżycielskim ruchem dłoni w rękawiczce wyjął foliową torebkę z jakimś cuchnącym, usmarowanym krwią mięsem i spytał:

— Czy to należy do pani? Znalazłem to w kredensie na korytarzu. Czy mogę zadać pani parę pytań?

Wstałam, zostawiając dzieci wpatrzone urzeczonym wzrokiem w *Pingu*, kiedy w drzwiach pojawił się Mark.

— Jak już mówiłem, jestem prawnikiem — zwrócił się uprzejmie do młodego policjanta, z ledwo dostrzegalną nutką „więc lepiej uważaj, co robisz".

W tej samej chwili zadzwonił telefon.

— Mogę odebrać? — spytał podejrzliwie jeden z policjantów, jakby to dzwonił na przykład mój dostawca fragmentów trupów. Nie mogłam zrozumieć, jak to zakrwawione mięso znalazło się w mojej torbie. Policjant przyłożył słuchawkę do ucha, na jego twarzy na chwilę pojawiło się wielkie przerażenie, po czym podsunął mi telefon.

— O, cześć, kochanie, kto to był? Czy u ciebie jest jakiś mężczyzna?

Nagle mnie olśniło. Ostatnio miałam tę torbę, kiedy byłam na lunchu u rodziców.

— Mamo — powiedziałam — czy wkładałaś mi coś do torby, kiedy byłam u ciebie na lunchu?

— Tak, istotnie, przypominam sobie. Dwa surowe steki. A ty nawet nie podziękowałaś. Do tej kieszeni na suwak. Pamiętam, jak mówiłam Unie, że takie steki nie należą do tanich.

— Dlaczego mi nie powiedziałaś? — syknęłam.

W końcu udało mi się namówić matkę, która nie wyraziła najmniejszej skruchy, by wszystko opowiedziała policjantom. Ale nawet wtedy zaczęli przebąkiwać, że chcą zabrać te steki do analizy i może wezwać mnie na przesłuchanie, na co Constance wybuchnęła płaczem. Wzięłam ją na ręce, a ona objęła mnie za szyję i uczepiła się mojego swetra, jakbym zaraz miała zostać od niej oderwana i rzucona na pożarcie niedźwiedziom.

Mark tylko się roześmiał, położył dłoń na ramieniu jednego z policjantów i powiedział:

— Dajcie spokój, chłopcy. To tylko parę steków od jej matki. Na pewno macie co innego do roboty.

Policjanci popatrzyli po sobie i kiwnęli głowami, a potem zaczęli zamykać swoje notesy i zbierać kaski. Potem ten główny powiedział:

— OK, panno Jones, na przyszłość proszę uważać, co pani matka wkłada do torby. Dzięki za pomoc, proszę pana. Życzymy miłego wieczoru. Miłego wieczoru, proszę pani.

Na sekundę zapadła cisza, kiedy to Mark gapił się na dziurę w ścianie, jakby niepewien, co robić, aż nagle powiedział: „Bawcie się dobrze przy *Pingu*" i wypadł za policjantami na schody.

21 maja, środa

57,5 kg, jedn. alkoholu 1 (bdb), papierosy 12 (wspaniale), kalorie 3425 (straciłam apetyt), postępy Gary'ego w łataniu dziury w ścianie 0, pozytywne myśli na temat tkaniny obiciowej jako stroju na specjalną okazję 0.

Jude kompletnie zwariowała. Kiedy przed chwilą do niej poszłam, całe mieszkanie było zawalone magazynami dla panien młodych, próbkami koronki, truskawkami ze złotą posypką, wazami i broszurami reklamującymi nożyki do grejpfrutów, doniczkami z terakoty z jakimś zielskiem i źdźbłami słomy.

— Chcę mieć burtę — mówiła. — A może to jurta? Zamiast namiotu. To takie coś jak namiot nomadów w Afganistanie z dywanami na podłodze i jeszcze chcę, żeby tam stały patynowane lampki olejowe na długich nóżkach.

— Jak się ubierzesz? — spytałam, przerzucając zdjęcia chudych jak szczapa modelek, całych w haftach i z kwiatami wplecionymi we włosy, i zastanawiając się, czy wezwać karetkę.

— Będę miała suknię szytą na miarę. Abe Hamilton! Koronki i mnóstwo rozcięć.

— Jakich rozcięć? — wymamrotała morderczym tonem Shaz.

— Słucham? — spytała zimno Jude.

— Jakie rozcięcie? — wyjaśniłam. — Jak w „Jaki samochód?"

— Nie „Jaki samochód?", tylko „Który samochód?" — sprostowała Shaz.

— Dziewczęta — powiedziała Jude nazbyt miłym głosem, jakby była panią od WF-u, która zaraz nas ustawi w tenisówkach na korytarzu. — Możemy iść dalej?

Interesujące, w jaki sposób wkradło się to „my". Nagle ślub Jude stał się naszym ślubem i lada chwila miałyśmy zacząć wykonywać wszystkie te idiotyczne zadania w stylu oplatanie słomą 150 lampek olejowych i wyjazd na farmę piękności na wieczór panieński Jude.

— Mogę coś powiedzieć? — spytała Shaz.

— Tak — zgodziła się Jude.

— CHOLERA JASNA, NIE WYCHODŹ ZA PODŁEGO RICHARDA! To nieodpowiedzialny, egoistyczny, gnuśny, nielojalny popapraniec z piekła rodem. Jeśli za niego wyjdziesz, zabierze ci połowę twoich pieniędzy i ucieknie z jakąś żyletą. Wiem, że istnieje coś takiego jak intercyza, ale...

Jude nagle ucichła. Raptem uświadomiłam sobie — czując but Shazzie na swojej goleni — że mam ją poprzeć.

— Posłuchajcie tego — powiedziałam z nadzieją, sięgając po *Przewodnik panny młodej*. — „Drużba: pan młody powinien wybrać zrównoważoną, odpowiedzialną osobę…"

Rozejrzałam się z zadowoleniem, jakbym w ten sposób udowodniła teorię Shaz, ale spotkałam się z chłodnym przyjęciem.

— Poza tym — ciągnęła Shaz — czy nie uważacie, że ślub wywiera zbyt wielką presję na związek? Chyba nietrudno to zrozumieć, co?

Jude oddychała głęboko przez nos, a my obserwowałyśmy ją, siedząc jak na szpilkach.

— No! — wykrzyknęła w końcu, spoglądając na nas z dzielnym uśmiechem. — Obowiązki druhen!

Shaz zapaliła Silk Cuta.

— Jak się ubieramy?

— No! — zaćwierkała Jude. — Myślę, że powinnyście sobie uszyć suknie. Patrzcie na to! — Był to artykuł zatytułowany *50 sposobów zaoszczędzenia wydatków na Wielki Dzień.* „Dla druhen doskonale nadają się tkaniny obiciowe"!

Tkaniny obiciowe?

— Widzicie — ciągnęła Jude — tu jest napisane, że przy układaniu listy gości nie trzeba zapraszać ich nowych partnerów, ale kiedy tylko o tym wspomniałam, ona powiedziała: „Och, przyjdziemy z radością".

— Kto? — spytałam.

— Rebecca.

Spojrzałam na Jude oniemiała. To niemożliwe. Chyba się nie spodziewa, że będę paradowała główną nawą wystrojona jak kanapa, podczas gdy Mark Darcy będzie siedział z Rebeccą?

— I zaprosili mnie, żebym pojechała z nimi na wakacje. Oczywiście nie zamierzam nigdzie jechać, ale Rebecca czuła się chyba trochę urażona, że nie uprzedziłam jej wcześniej.

— Co?! — wybuchnęła Shazzer. — Czy ty nie masz pojęcia, co to znaczy „przyjaźń"? Bridget i ja jesteśmy twoimi najbliższymi przyjaciółkami, Rebecca bezwstydnie ukradła Marka i teraz zamiast zachowywać się taktownie, próbuje uwikłać wszystkich w swą sieć towarzyską i tak nią oplątać Marka, żeby nigdy z niej nie uciekł. A ty, cholera jasna, nawet nie zajmujesz żadnego stanowiska! Na tym właśnie polega cały problem ze współczesnym światem — wszystko jest do wybaczenia. Wiesz co, Jude, niedobrze mi się robi. Skoro taka z ciebie przyjaciółka, to sama sobie idź główną nawą z Rebeccą z tyłu, wystrojoną w zasłony z Ikei. Zobaczymy, czy ci się to spodoba. I wsadź sobie gdzieś tę swoją burtę, jurtę czy jogurtę!

No więc teraz Sharon i ja nie rozmawiamy z Jude. O Boże. O Boże.

Rozdział dziewiąty
PIEKIEŁKO TOWARZYSKIE

22 czerwca, niedziela

58,5 kg, jedn. alkoholu 6 (czułam, że jestem to winna Constance), papierosy 5 (bdb), kalorie 2455 (ale głównie rzeczy w pomarańczowym lukrze), zwierzęta, które uciekły z zagrody 1, liczba ataków dzieci na mnie 2.

Wczoraj była impreza urodzinowa Constance. Spóźniłam się godzinę i ruszyłam przez dom Magdy, kierując się wrzaskami, do ogrodu, gdzie moim oczom ukazały się iście dantejskie sceny: dorośli ścigali dzieci, dzieci ścigały króliki, a w kącie stało niskie ogrodzenie, za którym przycupnęły dwa króliki, jakiś gryzoń, owca wyglądająca na chorą i brzuchata świnia.

Przystanęłam przy balkonie, rozglądając się nerwowo. Serce mi podeszło do gardła, kiedy go zobaczyłam. Stał samotnie, w swej zwykłej, tradycyjnej, imprezowej pozie Marka Darcy'ego i sprawiał wrażenie nieobecnego i pogrążonego we własnych myślach. Zerknął w stronę drzwi, gdzie stałam, i przez sekundę patrzyliśmy na siebie, aż wreszcie z zakłopotaniem skinął mi głową, po czym odwrócił wzrok. Wtedy zauważyłam Rebeccę, która przykucnęła za nim z Constance.

— Constance! Constance! Constance! — szczebiotała Rebecca, machając jej przed samą twarzą japońskim wachlarzem, na co Constance mrugała i groźnie się marszczyła.

— Patrz, kto przyszedł! — wykrzyknęła Magda, schylając się nad córką i wskazując w moją stronę.

Po twarzy Constance przemknął tajemniczy uśmiech i dziewczynka zdecydowanie, choć nieco chwiejnie, ruszyła do mnie, zostawiając Rebeccę jak idiotkę z jej wachlarzem. Kiedy do mnie podeszła, pochyliłam się, a ona zarzuciła mi rączki na szyję i przycisnęła do mojej twarzy swoją gorącą buzię.

— Przyniosłaś mi prezent? — szepnęła.

Ciesząc się, że tego żywiołowego wybuchu interesownej miłości nie usłyszał nikt poza mną, odszepnęłam:

— Możliwe.

— Gdzie jest?

— W mojej torebce.

— Pójdziemy po niego?

— Och, prawda, jakie to słodkie? — usłyszałam gruchanie Rebeki, a kiedy podniosłam wzrok, zobaczyłam, że razem z Markiem patrzą, jak Constance bierze mnie za rękę i prowadzi do chłodnego domu.

Prawdę mówiąc, byłam dość zadowolona z prezentu dla Constance, którym była paczka Minstreli oraz różowa sukienka baletnicy ze złoto-różową siatkową, rozpostartą spódnicą w stylu Barbie, w poszukiwaniu której przeczesałam dwa domy towarowe Woolwortha. Constance bardzo się spodobał mój prezent i naturalnie — jak każda kobieta na jej miejscu — natychmiast chciała przymierzyć sukienkę.

— Constance — powiedziałam, kiedy już z każdej strony obejrzałyśmy prezent — ucieszyłaś się, bo przyszłam czy z powodu prezentu?

Spojrzała na mnie spode łba.

— Prezentu.

— Jasne.

— Bridget?

— Tak?

— A u siebie w domu?

— Tak?

— Dlaczego nie masz żadnych zabawek?

— No, bo ja się nie bawię t a k i m i zabawkami.

— O. A dlaczego nie masz pokoju do zabaw?

— Bo ja się nie bawię w ten sposób.

— A dlaczego nie masz faceta?

Nie mogłam uwierzyć własnym uszom. Dopiero co pojawiłam się na przyjęciu, a już mnie pouczała osoba, która ledwo skończyła trzy lata.

Potem usiadłyśmy na schodach i odbyłyśmy długą, poważną rozmowę o tym, że każdy jest inny i że niektórzy ludzie są samotni, a po jakimś czasie usłyszałam hałas i kiedy podniosłam głowę, zobaczyłam, że nad nami stoi Mark Darcy.

— Ja tylko… Toaleta jest na górze, zdaje się? — spytał bez większego zaangażowania. — Cześć, Constance. Jak tam Pingu?

— On nie jest prawdziwy — odparła, patrząc na niego ze złością.

— Jasne, jasne. Przepraszam. To głupio, że jestem taki… — tu spojrzał mi prosto w oczy — …naiwny. W każdym razie, wszystkiego najlepszego. — Po czym minął nas, nawet nie cmoknąwszy mnie na powitanie. „Naiwny". Czyżby nadal myślał, że zdradzałam go z Budowlańcem Garym i facetem z pralni chemicznej? A zresztą, nic mnie to nie obchodzi. To nie ma żadnego znaczenia. Wszystko jest w porządku, a Mark mi już kompletnie przeszedł.

— Jesteś smutna — powiedziała Constance. Zamyśliła się na chwilę, a potem wyjęła z buzi na wpół wyssanego Minstrela i wsadziła mi go w usta. Postanowiłyśmy wyjść na dwór i pochwalić się sukienką. Na zewnątrz do Constance natychmiast doskoczyła, jakby ogarnięta manią Rebecca.

— Ooch, patrzcie, to chyba jakaś wróżka. Jesteś wróżką? Jaką jesteś wróżką? A gdzie masz czarodziejską różdżkę? — zagruchała.

— Wspaniały prezent, Bridge — powiedziała Magda. — Przyniosę ci drinka. Znasz Cosmo, prawda?

— Tak — odparłam z sercem w gardle, spoglądając na trzęsące się policzki olbrzymiego bankiera.

— Bridget, miło cię widzieć! — ryknął Cosmo, lubieżnie taksując mnie wzrokiem. — Jak tam w pracy?

— Och, świetnie. — Skłamałam z ulgą, że nie pakuje się od razu w moje życie uczuciowe. Co za postęp! — Teraz pracuję w telewizji.

— W telewizji? Cudownie! Cholernie cudownie! Przed kamerą?

— Tylko czasami — odparłam skromnym tonem, który sugerował, że tak naprawdę to jestem Cillą Black*, ale nie chcę, żeby ktoś się o tym dowiedział.

— Ha! Gwiazda, co? A — pochylił się nade mną z troską — ułożyłaś sobie resztę życia?

Niestety, akurat tak się złożyło, że w tej samej chwili przechodziła koło nas Sharon. Spojrzała na Cosmo, który wyglądał jak Clint Eastwood, który uważa, że ktoś usiłuje go przechytrzyć.

— A cóż to za pytanie? — warknęła.

— Co? — spytał Cosmo, odwracając się do niej przestraszony.

— Czy ułożyłaś sobie resztę życia? Co to w ogóle ma znaczyć?

— No, yyy, wiesz... kiedy w końcu... no wiesz...

— Kiedy w końcu wyjdzie za mąż? Tylko dlatego, że jej życie nie wygląda dokładnie jak twoje, uważasz, że jej się nie ułożyło, tak? A ty sobie ułożyłeś resztę życia, Cosmo? Jak ci się układa z Woney?

— Ja... tego... — sapnął Cosmo, czerwieniejąc na twarzy.

— Och, przepraszam. Zdaje się, że trafiłyśmy w twój czuły punkt. Chodź, Bridget, zanim znowu wetknę nos w nie swoje sprawy!

— Shazzer! — syknęłam, kiedy znalazłyśmy się w bezpiecznej odległości.

— Daj spokój — powiedziała. — Dość tego dobrego. Nie można pozwolić, żeby nas pouczali i obrażali nasz styl życia. Cosmo pewnie marzy o tym, żeby Woney schudła ze dwadzieścia pięć kilo i przestała tak wrzaskliwie się śmiać przez cały dzień,

---

* Cilla Black — gospodyni telewizyjnej *Randki w ciemno*.

ale my jakoś nie uważamy, że przy każdym spotkaniu powinnyśmy się w to wtrącać, prawda? — W jej oku pojawił się złośliwy błysk. — A może właśnie powinnyśmy? — Złapała mnie za rękę i zmieniając kierunek, ruszyła z powrotem w stronę Cosmo, ale na drodze stanął Mark z Rebeccą i Constance. Jezu Chryste.

— Jak myślisz, kto jest starszy: ja czy Mark? — pytała Rebecca.

— Mark — odparła Constance markotnie, rozglądając się na boki, jakby planowała ucieczkę.

— Jak myślisz, kto jest starszy: ja czy mamusia? — Rebecca ciągnęła zabawę.

— Mamusia — powiedziała nielojalnie Constance, na co Rebecca roześmiała się perliście.

— Jak myślisz, kto jest starszy: ja czy Bridget? — spytała Rebecca, mrugając do mnie.

Constance spojrzała na mnie z powątpiewaniem, Rebecca zaś uśmiechnęła się do niej promiennie. Szybko kiwnęłam głową w stronę Rebeki.

— Ty — powiedziała Constance.

Mark Darcy wybuchnął śmiechem.

— Pobawimy się we wróżki? — zaszczebiotała Rebecca, zmieniając taktykę i próbując wziąć Constance za rączkę. — Mieszkasz w czarodziejskim zamku? Harry też jest czarodziejem? A gdzie są twoi zaczarowani przyjaciele?

— Bridget — powiedziała Constance, spoglądając na mnie spode łba — lepiej powiedz tej pani, że ja nie jestem żadną wróżką.

Później, kiedy opowiadałam to Shaz, ta odparła ponuro:

— O Boże. Patrz, kto przyszedł.

Na drugim końcu ogrodu stała olśniewająca w turkusach Jude, gawędząc z Magdą, ale bez Podłego Richarda.

— Dziewczyny tu są! — wykrzyknęła wesoło Magda. — Patrz! Tam!

Shaz i ja zaczęłyśmy się z wielkim zainteresowaniem wpatrywać w swoje kieliszki, jakbyśmy jej w ogóle nie zauważyły.

Kiedy podniosłyśmy wzrok, Rebecca pochylała się nad Jude i Magdą, szczebiocząc jak oczytana żona, która wypatrzyła wśród gości Martina Amisa rozmawiającego z Gore'em Vidalem*.

— Och, Jude, tak się cieszę, to po prostu wspaniale! — szczebiotała.

— Nie wiem, na czym jedzie ta kobieta, ale ja też chcę trochę tego — wymamrotała Sharon.

— Och, musicie przyjść z Jeremym, nie, koniecznie musicie. Absolutnie — nadawała teraz Rebecca. — No to weźcie je ze sobą! Weźcie dzieci! Ja uwielbiam dzieci! W drugi weekend lipca. W domu moich rodziców w Gloucestershire. Będą zachwycone basenem. I ma przyjść cała masa cudownych, cudownych ludzi! Będzie Louise Barton-Foster, Woney i Cosmo... — Myślałam, że mogłaby jeszcze dodać: „Macocha Królewny Śnieżki, Fred i Rosemary West** oraz Kaligula". — ...Jude z Richardem, no i oczywiście Mark, Giles i Nigel z kancelarii Marka...

Zauważyłam, że Jude zerka w naszą stronę.

— A Bridget i Sharon? — spytała.

— Co?

— Zaprosiłaś Bridget i Sharon?

— Och. — Rebecca na chwilę straciła rezon. — No oczywiście, nie jestem pewna, czy wystarczy sypialni, ale mogłabym je umieścić w małym domku. — Wszycy się na nią gapili. — Oczywiście, że je zapraszam! — Potoczyła po ogrodzie błędnym wzrokiem. — O, tu jesteście! Przyjdziecie dwunastego, prawda?

— Gdzie? — spytała Sharon.

— Do Gloucestershire.

— Nic o tym nie wiedziałyśmy — powiedziała głośno Sharon.

— No tu już wiecie! Drugi weekend lipca. Tuż pod Woodstock. Byłaś tam już kiedyś, prawda, Bridget?

---

* Martin Amis, Gore Vidal — pisarze amerykańscy.
** Fred i Rosemary West — słynna para seryjnych morderców.

— Tak — odparłam, rumieniąc się na wspomnienie tamtego koszmarnego weekendu.

— To super! Magda, ty też będziesz, więc...

— Yyy... — zaczęłam.

— Bardzo chętnie przyjdziemy — powiedziała Sharon, przydeptując mi stopę.

— Co? Co? — dopytywałam, kiedy Rebecca oddaliła się, rżąc.

— Cholera, jasne, że idziemy — odparła. — Nie możesz pozwolić, żeby ot tak, ukradła ci wszystkich przyjaciół. Próbuje na siłę wciągnąć wszystkich w jakiś kretyński towarzyski krąg nagle-niezbędnych prawie-przyjaciół Marka, w którym ona sama wraz z Markiem będą brylować jak Król i Królowa Buzzy--bee*.

— Bridget? — odezwał się jakiś głos. Kiedy się odwróciłam, zobaczyłam niskiego płowowłosego faceta w okularach. — Giles, Giles Benwick. Pracuję z Markiem. Pamiętasz mnie? Bardzo mi pomogłaś przez telefon tamtej nocy, kiedy żona powiedziała, że ode mnie odchodzi.

— A tak, Giles. Jak się masz? — powiedziałam. — Co słychać?

— Niestety, nie najlepiej — odparł Giles. Sharon odpłynęła, oglądając się przez ramię, a Giles rozpoczął długie, szczegółowe i bardzo dogłębne sprawozdanie z rozpadu swego małżeństwa. — Twoja rada bardzo mi pomogła — powiedział, patrząc na mnie z wielkim przejęciem. — I kupiłem też *Mężczyźni są z Marsa, kobiety z Wenus*. To bardzo, bardzo, bardzo dobra książka, chociaż raczej nie zmieniła punktu widzenia Veroniki.

— Bo dotyczy bardziej chodzenia na randki niż rozwodu — wyjaśniłam zgodnie z koncepcją Marsa-i-Wenus.

— Bardzo prawdziwa, bardzo prawdziwa — zachwycał się Giles. — Powiedz: czytałaś *Możesz uleczyć swoje życie* Louise Hay?

---

* Buzzy-bee — postaci z popularnej angielskiej książki dla dzieci.

— Tak! — rozpromieniłam się. Giles Benwick najwyraźniej miał rozległą wiedzę o świecie poradników i z wielką radością porozmawiałam z nim o różnych dziełach, chociaż trochę go poniosło. W końcu nadeszła Magda z Constance.

— Giles, koniecznie musisz poznać mojego przyjaciela, Cosmo! — powiedziała, dyskretnie przewracając oczami, żebym tylko ja to zauważyła. — Bridge, mogłabyś na chwilkę zająć się Constance?

Przyklękłam, żeby pogawędzić z Constance, która martwiła się estetycznym rezultatem czekolady rozmazanej na sukience. W chwili, gdy doszłyśmy do wspólnego wniosku, że plamy czekolady na różowym materiale to bardzo atrakcyjny, niezwykły i pozytywny efekt, pojawiła się Magda.

— Zdaje się, że wpadłaś w oko biednemu Gilesowi — powiedziała z krzywym uśmieszkiem i zabrała Constance, której się zachciało kupkę. Zanim zdążyłam wstać, poczułam, że ktoś mnie klepnął w pupę.

Odwróciłam się — przyznaję, że z myślą: „Może to Mark Darcy!" — i ujrzałam syna Woney, Williama, z kolegą, chichoczących złośliwie.

— Zrób to jeszcze raz — powiedział William i jego koleżka znowu mnie klepnął. Chciałam się podnieść, ale William — który ma sześć lat i jest duży jak na swój wiek — wskoczył mi na plecy i owinął ręce wokół mojej szyi.

— Przestań, William — powiedziałam, usiłując przybrać stanowczy ton, ale w tej chwili na drugim końcu ogrodu powstało jakieś zamieszanie. Brzuchata świnia uciekła z zagrody i zaczęła ganiać w kółko, głośno kwicząc. Otoczenie pogrążyło się w chaosie, kiedy rodzice ruszyli na ratunek swoim dzieciom, ale William wciąż tkwił mocno przyczepiony do moich pleców, a jego kolega klepał mnie po pupie, wyjąc ze śmiechu jak opętana dziewczynka z *Egzorcysty*. Próbowałam zrzucić z siebie Williama, on jednak był zaskakująco silny i ani drgnął. Plecy okropnie mnie bolały.

W pewnej chwili William nagle mnie puścił. Czułam, że unosi

się w powietrze, a klapsy ustały. Przez moment stałam ze spuszczoną głową, usiłując odzyskać oddech i dojść do siebie. Kiedy się odwróciłam, zobaczyłam Marka Darcy'ego, jak odchodzi, przytrzymując ramionami wijących się w powietrzu sześciolatków.

Przez jakiś czas głównym punktem przyjęcia były próby złapania świni oraz awantura, jaką Jeremy zrobił osobie, która miała pilnować zwierząt. Kiedy ponownie zobaczyłam Marka, miał już na sobie marynarkę i żegnał się z Magdą, na co podbiegła Rebecca i również zaczęła się żegnać. Szybko odwróciłam wzrok, próbując o tym nie myśleć. Wtedy nagle podszedł do mnie Mark.

— Bridget, eee, ja już idę — powiedział. Mogłabym przysiąc, że gapił się na moje cycki. — Nie wychodź z surowym mięsem w torebce, dobrze?

— Dobrze. — Przez chwilę po prostu patrzeliśmy na siebie. — Dziękuję, dziękuję za... — Kiwnęłam głową w kierunku miejsca, gdzie wydarzył się ten nieszczęsny incydent.

— Nie ma za co — powiedział cicho. — Zawsze do usług, jeżeli będziesz potrzebowała mnie do ściągnięcia ci z pleców chłopczyka.

Wtedy jak na zawołanie pojawił się Giles Benwick z dwoma drinkami.

— O, spadasz już, stary? — spytał. — Właśnie miałem wydusić z Bridget parę jej pieprznych rad.

Mark szybko przenosił wzrok ze mnie na Gilesa i z powrotem.

— Zostawiam cię w dobrych rękach — powiedział raptem. — Do zobaczenia w poniedziałek w biurze.

Kurwa, kurwa, kurwa. Jak to się dzieje, że dopiero jak Mark jest w pobliżu, ktoś zaczyna ze mną flirtować?

— Z powrotem w sali tortur, co? — powiedział Giles, poklepując go po plecach. — I tak w kółko, i tak w kółko. No, to na razie.

Czułam się jak w młynie, kiedy Giles jak katarynka trajkotał o tym, że musi mi podesłać egzemplarz *Poczuj swój strach i mimo wszystko zrób to.* Bardzo chciał się dowiedzieć, czy będziemy z Sharon dwunastego w Gloucestershire, ale wkrótce słońce zaczęło zachodzić, rozległy się płacze dzieci i groźby: „Mama da ci klapsa", więc wszyscy zaczęli zbierać się do wyjścia.

— Bridget. — To była Jude. — Miałabyś ochotę wpaść do 192 na…

— Nie — warknęła Sharon. — Idziemy na sekcję zwłok. — Co było kłamstwem, gdyż Sharon miała się spotkać z Simonem. Jude wyglądała jak rażona piorunem. O Boże. Ta cholerna Rebecca wszystko zepsuła. Ale muszę pamiętać, żeby nie zwalać winy na innych, tylko brać odpowiedzialność za wszystko, co mi się przydarza.

1 lipca, wtorek
57,5 kg (to działa!), postępy Gary'ego w łataniu dziury w ścianie 0.

Chyba będzie lepiej, jak się z tym pogodzę. Mark i Rebecca są parą. Nic nie mogę na to poradzić. Poczytałam sobie *Drogę rzadziej uczęszczaną* i zrozumiałam, że w życiu nie można mieć wszystkiego. Trochę można, ale nie wszystko. Liczy się nie to, co masz, ale jak rozegrasz swoje karty. Nie będę roztrząsać przeszłości i całego szeregu katastrof z facetami. Zacznę myśleć o przyszłości. Ojej, telefon! Hurra! A widzicie!

Zadzwonił Tom, żeby sobie trochę pojęczeć. Miło. Dopóki nie powiedział:

— O, a tak przy okazji, wieczorem widziałem Daniela Cleavera.

— Tak? Gdzie? — zaszczebiotałam wesołym, acz zduszonym głosem. Wiem, że jestem już innym człowiekiem i żadna z tych upokarzających sytuacji z randek (np. biorąc pierwszą lepszą z brzegu — znalezienie nagiej kobiety na dachu Daniela latem zeszłego roku, kiedy podobno chodziliśmy ze sobą) już się nie powtórzy, ale i tak wolałabym, żeby widmo poniżenia, jakiego doznałam ze strony Daniela, nie wyskakiwało nagle jak potwór z Loch Ness albo erekcja.

— W Groucho Club — odparł Tom.

— Rozmawiałeś z nim?

— Tak.

— Co powiedziałeś? — spytałam groźnie. Cały dowcip z byłymi facetami polega na tym, że przyjaciele powinni ich karać i ignorować, a nie próbować dogadywać się z obiema stronami, jak Tony i Cherie z Charlesem i Dianą.

— Uff. W tej chwili nie pamiętam dokładnie. Powiedziałem, yyy: „Dlaczego byłeś taki okropny dla Bridget, skoro ona jest taka miła?"

Wyrecytował to trochę jak papuga, co sugerowało, że być może nie cytuje zbyt wiernie swoich słów.

— Dobrze — powiedziałam. — Bardzo dobrze. — Urwałam, zdecydowana na tym poprzestać i zmienić temat. Bo co właściwie mnie obchodzi, co powiedział Daniel?

— A co on na to? — syknęłam.

— Powiedział… — zaczął Tom i nagle ogarnął go atak śmiechu. — Powiedział…

— Co?

— Powiedział… — Teraz już dosłownie płakał ze śmiechu.

— Co? Co? COOOOOOOOO?

— Jak można chodzić z kimś, kto nie wie, gdzie leżą Niemcy?

Zawyłam ze śmiechu jak hiena, trochę tak jak ktoś, kto właśnie usłyszał, że umarła mu babcia, i myśli, że to dowcip. Potem do mnie dotarło. Złapałam się krawędzi stołu, w głowie mi się zakotłowało.

— Bridge? — powiedział Tom. — Nic ci nie jest? Śmiałem się, bo… bo to takie absurdalne. Przecież oczywiście wiesz, gdzie leżą Niemcy… Bridge? Przecież wiesz?

Nastąpiła długa, niezręczna chwila ciszy, kiedy to próbowałam pogodzić się z tym, co się stało, tzn. Daniel mnie rzucił, bo myślał, że jestem głupia.

— No? — spytał pogodnie Tom. — Gdzie są… Niemcy?

— W Europie.

Słowo daję. W dzisiejszych czasach nie trzeba koniecznie

wiedzieć, gdzie leży jakie państwo, skoro żeby się tam dostać, wystarczy kupić bilet na samolot. Przecież w biurze podróży — zanim kupisz bilet — nikt cię nie pyta, nad jakimi krajami będziesz przelatywać, prawda?

— Podaj tylko ogólne położenie.

— Yyy — zająknęłam się, strzelając oczami po kuchni z nadzieją, że może jakimś cudem znalazł się tam atlas świata.

— Jak myślisz, jakie kraje mogą leżeć koło Niemiec? — naciskał Tom.

Starannie rozważyłam to pytanie.

— Francja.

— Francja. Rozumiem. Więc Niemcy leżą „w pobliżu Francji", tak?

Coś w jego tonie dało mi do myślenia, że popełniłam jakąś potworną gafę. Potem przyszło mi do głowy, że Niemcy oczywiście mają związek z Niemcami Wschodnimi, więc muszą się znajdować bliżej Węgier, Rosji albo Pragi.

— Praga — powiedziałam, a wtedy Tom wybuchnął śmiechem. — Zresztą już nie istnieje coś takiego jak wiedza ogólna — dodałam z oburzeniem. — W wielu artykułach udowodniono, że media stworzyły tak ogromne morze wiedzy, że nikt nie może z niego czerpać w tym samym stopniu.

— Nie szkodzi, Bridget — odparł Tom. — Nic się nie martw. Pójdziemy jutro do kina?

23.00. Tak, teraz będę chodziła do kina i czytała książki. Mam w głębokim poważaniu to, co Daniel powiedział i czego nie powiedział.

23.15. Jak ten Daniel śmie mnie obgadywać! Skąd wiedział, że nie mam pojęcia, gdzie leżą Niemcy? Nigdy nawet nie byliśmy w pobliżu. Najdalej pojechaliśmy do Rutland Water. Ha.

23.20. A poza tym rzeczywiście jestem miła. No.

23.30. Jestem straszna. Jestem głupia. Zacznę czytać „The Economist", pójdę na studia wieczorowe i wezmę się do czytania *Forsy* Martina Amisa.

23.35. Hahaha. Znalazłam atlas.

23.40. Ha! Dobra. Zadzwonię do tego drania.

23.45. Wykręciłam numer telefonu Daniela.

— Bridget? — powiedział, zanim w ogóle zdążyłam się odezwać.
— Skąd wiedziałeś, że to ja?
— To jakiś surrealistyczny szósty zmysł — wycedził z rozbawieniem. — Poczekaj chwilę. — Usłyszałam, jak zapala papierosa. — No to mów. — Zaciągnął się głęboko.
— Co? — wymamrotałam.
— Powiedz, gdzie leżą Niemcy.
— Koło Francji — powiedziałam. — I Holandii, Belgii, Polski, Czechosłowacji, Szwajcarii, Austrii i Danii. I są nad morzem.
— Jakim?
— Północnym.
— I…?
Błędnym wzrokiem spojrzałam na atlas. Nic tam nie było o drugim morzu.
— OK — powiedział. — Jedno morze na dwa to całkiem nieźle. To jak, chcesz wpaść?
— Nie! — wykrzyknęłam. Słowo daję. Daniel to już kompletne dno. Nie zamierzam znowu się w to pakować.

12 lipca, sobota
132,5 kg (tak się czuję w porównaniu z Rebeccą), liczba ataków bólu w plecach od tego przeklętego piankowego materaca 9, liczba myśli o Rebecce i katastrofach naturalnych, pożarach

od spięcia, powodziach i zawodowych mordercach: ogromna, ale proporcjonalna.

W domu Rebeki, Gloucestershire. W koszmarnym domku dla gości. Po co ja tu przyjeżdżałam? Po co? Po co? Sharon i ja wyjechałyśmy dość późno, więc dotarłyśmy dopiero dziesięć minut przed kolacją. Niezbyt się to spodobało Rebecce, która zaszczebiotała w stylu mamy albo Uny Alconbury: „Och, już myśleliśmy, że zabłądziłyście!"

Ulokowano nas w domku dla gości, co uznałam za korzystne, gdyż tam nie mogłyśmy na korytarzu wpaść na Marka — dopóki się tam nie znalazłyśmy: domek jest cały wymalowany na zielono, stoją w nim pojedyncze łóżka z piankowymi materacami i plastikowymi zagłówkami, co stanowi ostry kontrast z moim ostatnim pobytem tutaj, kiedy nocowałam w ślicznym, niemalże hotelowym pokoju z własną łazienką.

— To typowe dla Rebeki — sarknęła Sharon. — Samotni są obywatelami drugiej klasy. Lubi to na każdym kroku podkreślać.

Na kolację przywlokłyśmy się spóźnione, czując się jak para krzykliwie ubranych rozwodników, bo malowałyśmy się w wielkim pośpiechu. Jadalnia wyglądała równie oszałamiająco jak zwykle, na jednym końcu znajdował się ogromny kominek z niszą, a na drugim — dwadzieścia osób siedziało za starym, dębowym stołem oświetlonym srebrnymi świecznikami i przystrojonym kwiatami.

Mark zajmował miejsce u szczytu stołu, między Rebeccą i Louise Barton-Foster, i był pogrążony w rozmowie.

Rebecca nawet nie zauważyła naszego wejścia. Stanęłyśmy niezdarnie przy stole, aż wreszcie Giles Benwick zakrzyknął:

— Bridget! Tutaj!

Posadzono mnie między Gilesem i Jeremym Magdy, który najwyraźniej zapomniał, że chodziłam z Markiem Darcym, bo zaczął gadkę:

— No! Wygląda na to, że Mark Darcy poleciał na twoją przyjaciółkę Rebeccę. Dziwne, bo pewna panienka, Heather jakaś tam, przyjaciółka Barky Thompson, chyba trochę się durzyła w tym starym palancie.

Fakt, że Mark i Rebecca siedzieli tuż obok, zupełnie umknął Jeremy'emu, ale nie mnie. Próbowałam się skupić na rozmowie z nim i nie podsłuchiwać ich, choć umawiali się na sierpniowe wakacje w Toskanii — zdaje się, że było to już postanowione — na które k o n i e c z n i e zapraszała wszystkich, pewnie oprócz mnie i Shaz.

— A to co takiego?! — ryknął jakiś straszny głos, który niejasno pamiętałam z wypadu na narty. Wszyscy spojrzeli na kominek, w który wmurowano wyglądający na nowy rodzinny herb z mottem: *Per determinam ad victoriam.* Dziwne, bo rodzina Rebeki nie należy do arystokracji, tylko do potężnej agencji nieruchomości Knighta, Franka i Rutleya. — *Per determinam ad victoriam?* — wyjec ryknął ponownie. — Przez bezwzględność do zwycięstwa. Cała Rebecca.

Gruchnął śmiech, a Shazzer i ja zerknęłyśmy na siebie z uciechą.

— Prawdę mówiąc, znaczy to: przez determinację do sukcesu — wyjaśniła lodowatym tonem Rebecca. Zerknęłam na Marka, który zasłonił dłonią lekki uśmieszek.

Jakoś przebrnęłam przez tę kolację, słuchając, jak Giles bardzo powoli przeprowadza analizę swojej żony, i cały czas próbowałam oderwać się myślami od Marka, dzieląc się swoją poradnikową wiedzą.

Rozpaczliwie pragnęłam rzucić się do łóżka i uciec od tego bolesnego koszmaru, ale kazano nam wszystkim przejść do dużego pokoju na tańce.

Zaczęłam przeglądać kolekcję płyt CD, żeby nie patrzeć na Rebeccę powoli wirującą z Markiem na parkiecie, z rękoma oplecionymi wokół jego szyi, i z zadowoleniem strzelającą oczami po całej sali. Zrobiło mi się słabo, ale nie zamierzałam tego po sobie pokazać.

— Och, na miłość boską, Bridget. Miej trochę zdrowego rozsądku — powiedziała Sharon, poczłapała do półki z kompaktami, wyjęła z odtwarzacza *Jesus to a Child* i włożyła jakiś wściekły garażowy acidowy łomot. Potem odpłynęła na parkiet, wyrwała Marka Rebecce i zaczęła z nim tańczyć. Mark był dość zabawny, zaśmiewając się z prób Shazzer nakłonienia go do nowoczesnego tańca. Rebecca wyglądała, jakby zjadła tiramisu i właśnie natknęła się na grudkę tłuszczu.

Nagle złapał mnie Giles Benwick i zaczął mną dziko szarpać, więc wylądowałam na parkiecie z przyklejonym uśmiechem i rzucając głową jak lalka potrząsana przez dziecko.

Potem już dosłownie nie mogłam ustać na nogach.

— Muszę już lecieć — szepnęłam do Gilesa.

— Wiem — odpowiedział konspiracyjnie. — Odprowadzić cię do domku?

Udało mi się go spławić i znalazłam się na żwirowanej ścieżce w swoich sandałach od Pied à Terre, po czym opadłam z wdzięcznością na to okropnie niewygodne łóżko. W tej chwili Mark prawdopodobnie idzie do łóżka z Rebeccą. Chciałabym być wszędzie, tylko nie tu — na letniej fecie rotarianów w Kettering, na porannym zebraniu Sit Up Britain, na siłowni. Ale sama jestem sobie winna. Przyjechałam tu na własne życzenie.

13 lipca, niedziela
144 kg, jedn. alkoholu 0, papierosy 12 (wszystkie po kryjomu), ludzie uratowani z topieli 1, ludzie, których nie powinno się ratować z rzeczonej topieli, tylko zostawić w wodzie, żeby cali się pomarszczyli 1.

Dziwaczny, dający do myślenia dzień.

Po śniadaniu postanowiłam się wyrwać i pospacerowałam sobie po całkiem ładnym ogrodzie nad wodą, który przecinały płytkie strumyczki mknące między trawiastymi brzegami i pod kamiennymi mostkami. Ogród otoczony był żywopłotem, za którym rozpościerały się pola. Usiadłam na kamiennym mostku, patrząc na strumyk i myśląc sobie, że to wszystko nie ma żadnego znaczenia, bo natura i tak przetrwa, i wtedy usłyszałam głosy dochodzące zza żywopłotu.

— ...najgorszy kierowca na świecie... Matka ciągle... go

poprawia, ale... nie ma pojęcia... o prowadzeniu. Czterdzieści pięć lat temu stracił bonus za jazdę bezwypadkową i od tamtej pory go nie odzyskał. — To był Mark. — Na miejscu mojej matki nigdy w życiu nie wsiadłbym z nim do samochodu, ale oni nie mogą się rozstać ani na chwilę. Urocze.

— Och, jakie to piękne! — Rebecca. — Gdybym wyszła za mąż za mężczyznę, którego naprawdę bym kochała, chciałabym przebywać z nim cały czas.

— Naprawdę? — spytał z zapałem. Potem dodał: — Myślę, że w pewnym wieku... jeżeli przez jakiś czas było się samotnym, to istnieje niebezpieczeństwo, że można się zamknąć w gronie znajomych — dotyczy to zwłaszcza kobiet — i wtedy zaczyna brakować miejsca dla drugiego człowieka, nie tylko pod względem emocjonalnym, bo przyjaciele i ich opinie są pierwszymi punktami odniesienia.

— Och, absolutnie się z tobą zgadzam. Na przykład ja kocham swoich przyjaciół, ale nie znajdują się oni na pierwszym miejscu mojej listy priorytetów.

„Niemożliwe" — pomyślałam sobie. Potem na chwilę zapadła cisza i Mark wybuchnął znowu.

— Te wszystkie bzdury z poradników — te mityczne zasady postępowania, jakich trzeba się trzymać. A każdy twój ruch jest analizowany przez komisję przyjaciółek kierujących się jakimś oszałamiająco arbitralnym kodeksem opartym na *Buddyzm dzisiaj*, *Wenus i Budda idą do łóżka* i na *Koranie*. Człowiek czuje się jak jakaś doświadczalna myszka z uchem na plecach!

Z mocno bijącym sercem kurczowo ścisnęłam książkę. Chyba nie zaobserwował tego u mnie?

Ale wtedy Rebecca znowu zaczęła nadawać.

— Całkowicie się z tobą zgadzam — zaszczebiotała. — Ja nie mam czasu na takie głupoty. Jeżeli dochodzę do wniosku, że kogoś kocham, to nic mi nie może w tym przeszkodzić. Nic. Ani przyjaciele, ani żadne teorie. Słucham swoich instynktów, głosu serca — powiedziała jakimś nowym, sztucznym tonem, jak dziecko-kwiat natury.

— Szanuję cię za to — odparł cicho Mark. — Kobieta powinna wiedzieć, w co wierzy, bo jak inaczej samemu można w nią wierzyć?

— A ponad wszystko musi ufać swojemu mężczyźnie — dodała Rebecca jeszcze innym głosem, dźwięcznym i na przydechu, jak jakaś afektowana aktorka grająca Szekspira.

Wtedy zapadła rozdzierająca cisza. Umierałam, umierałam przygwożdżona do swojego miejsca, domyślając się, że się całują.

— Oczywiście powiedziałam to wszystko Jude — znowu odezwała się Rebecca. — Tak się zmartwiła, że Bridget i Sharon odradzały jej wyjście za Richarda — a to przecież taki fajny facet — że powiedziałam: „Jude, posłuchaj głosu swojego serca".

Aż mnie zamurowało i żeby się uspokoić, zaczęłam obserwować przelatującą pszczołę. Mark chyba nie mógł ślepo w to wszystko uwierzyć?

— Taaak — powiedział z powątpiewaniem. — No, nie jestem pewien...

— Bridget chyba wpadła w oko Gilesowi! — Rebecca weszła mu w słowo, najwyraźniej wyczuwając, że nieco zboczyła z kursu.

Nastąpiła chwila milczenia. Potem Mark powiedział nienaturalnie wysokim głosem:

— Ach tak? Z wzajemnością?

— Och, znasz Bridget — rzuciła Rebecca lekkim tonem. — Jude mówi, że tylu facetów się za nią ugania... — „Dobra, stara Jude" — pomyślałam sobie. — ...ale ona jest taka popieprzona, że nie chce — no, jak ty to ujmujesz, nie potrafi związać się z żadnym z nich.

— Naprawdę? — wtrącił Mark. — Więc byli jacyś...

— Tak myślę — no wiesz... ale ona tak kurczowo się trzyma tych swoich zasad randkowania, czy jak to tam się nazywa, że nikt nie jest dla niej wystarczająco dobry.

Nie potrafiłam rozgryźć, o co tu chodzi. Może Rebecca próbowała zlikwidować w nim poczucie winy wobec mnie.

— Naprawdę? — powtórzył Mark. — Więc ona nie jest...

— O, zobacz, kaczuszka! Ojej, całe stado kaczuszek! I ich mama i tata. Ojej, jaka cudowna, cudowna chwila! Ojej, chodź, popatrzymy!

I poszli sobie, a ja zostałam sama, bez tchu i z mętlikiem w głowie.

Po lunchu z nieba zaczął lać się skwar i wszyscy rozłożyli się pod drzewem nad jeziorem. Prawdziwa idylla, sielanka — stary kamienny mostek nad wodą, wierzby zwieszające swe gałęzie nad porośniętymi trawą brzegami. Rebecca triumfowała.

— Ojej, ale jest fajnie! Prawda, ludzie? Ale fajnie!

Gruby Nigel z biura Marka wygłupiał się, próbując kopnąć piłkę w stronę jednego z wyjców, jego wielki brzuch trząsł się w oślepiającym świetle. Zamachnął się, nie trafił i wpadł głową do wody, powodując olbrzymią falę.

— Taaak! — roześmiał się Mark. — Oszałamiająca niekompetencja.

— Pięknie tu, prawda? — zagadnęłam enigmatycznie Shaz. — Jeszcze tylko brakuje lwów wylegujących się koło owieczek.

— Lwów, Bridget? — podchwycił Mark. Aż podskoczyłam. Siedział na drugim końcu grupy, patrząc na mnie przez lukę między ludźmi i wznosząc jedną brew.

— Jak w tym psalmie — wyjaśniłam.

— Jasne. — W jego oku pojawił się znajomy chochlik. — Może masz na myśli lwy z Longleat*?

Rebecca nagle zerwała się na równe nogi.

— Skoczę z mostku!

Rozejrzała się z wyczekującym uśmiechem. Wszyscy mieli na sobie szorty albo krótkie sukienki, ale ona byłaby kompletnie naga, gdyby nie wąziutki paseczek brązowego nylonu od Calvina Kleina.

— Dlaczego? — spytał Mark.

— Dlatego, że na pięć minut przestała być w centrum zainteresowania — wymamrotała pod nosem Sharon.

---

* Longleat — park safari.

— W dzieciństwie często tak robiliśmy! Boskie uczucie!

— Ale woda jest bardzo płytka — powiedział Mark.

Prawda, wodę otaczało pół metra spieczonej ziemi.

— Nie, nie, jestem w tym dobra, jestem bardzo odważna.

— Naprawdę uważam, że nie powinnaś, Rebecca — odezwała się Jude.

— Już się zdecydowałam. Wiem, co robię! — zaszczebiotała łobuzersko, wsunęła na nogi klapki od Prady i ruszyła w stronę mostka. Na szczęście do prawego pośladka przylepiło jej się trochę błota i trawy, co wielce potęgowało efekt. Patrzyliśmy, jak zdejmuje klapki, bierze je w rękę i wdrapuje się na brzeg poręczy.

Mark wstał, spoglądając z niepokojem na wodę i na mostek.

— Rebecca! — krzyknął. — Naprawdę myślę, że nie...

— Wszystko w porządku, ufam własnemu rozsądkowi — odparła figlarnie, odrzucając włosy. Potem spojrzała w górę, wzniosła ręce, zrobiła dramatyczną pauzę i skoczyła.

Wszyscy patrzyli, jak uderzyła w wodę. Potem nadeszła ta chwila, kiedy powinna się z niej wynurzyć. Tak się jednak nie stało. Mark ruszył w stronę jeziora dokładnie w chwili, gdy z wrzaskiem pojawiła się na powierzchni wody.

Razem z dwoma pozostałymi facetami rzucił się do niej. Sięgnęłam do torebki po komórkę.

Wyciągnęli ją na płyciznę i w końcu po szarpaninie, której towarzyszyły krzyki i płacze, Rebecca połapała na brzeg, podpierana przez Marka i Nigela. Było jasne, że nie stało jej się nic strasznego.

Podniosłam się i podałam jej swój ręcznik.

— Zadzwonić pod 999? — zażartowałam.

— Tak... tak.

Wszyscy zebrali się dokoła niej i wpatrywali w jej zranioną stopę. Mogła poruszać palcami, z paznokciami szykownie i profesjonalnie pomalowanymi Rouge Noir, więc odetchnęliśmy z ulgą.

W końcu wydostałam od niej numer telefonu jej lekarza,

ściągnęłam z jego automatycznej sekretarki numer, pod którym był osiągalny po godzinach przyjęć, wykręciłam go i podałam telefon Rebecce.

Wdała się w długą dysputę z lekarzem, zgodnie z jego instrukcjami poruszając stopą i wydając z siebie całą gamę odgłosów, ale w końcu zapadła decyzja, że nie ma złamania ani nawet zwichnięcia, a noga jest tylko trochę nadwerężona.

— Gdzie jest Benwick? — spytał Nigel, kiedy już się wytarł i poczęstował wielkim łykiem schłodzonego białego wina.

— Właśnie, gdzie jest Giles? — spytała Louise Barton-Foster. — Nie widziałam go całe rano.

— Pójdę go poszukać — odezwałam się zadowolona, że mogę się wyrwać z tego piekła, jakim był widok Marka rozcierającego delikatną kostkę Rebeki.

Z przyjemnością weszłam do chłodnego holu z krętymi schodami. Na marmurowych cokołach stały posągi, kamienną podłogę zdobiły orientalne dywany, a nad drzwiami wisiał drugi olbrzymi krzykliwy herb. Stałam przez chwilę, rozkoszując się spokojem.

— Giles? — zawołałam, a mój głos odbił się echem o ściany. — Giles?

Nie było żadnej odpowiedzi. Nie miałam pojęcia, gdzie jest jego pokój, więc ruszyłam na wspaniałe schody.

— Giles!

Zajrzałam do jednego pokoju i zobaczyłam ogromne, rzeźbione dębowe łoże z czterema kolumienkami. Cały pokój był pomalowany na czerwono i wychodził na nasz piknik nad jeziorem. Nad lustrem wisiała ta czerwona sukienka, którą Rebecca miała na sobie podczas kolacji. Spojrzałam na łóżko i poczułam się, jakbym dostała cios w brzuch. Na kapie, schludnie złożone, leżały bokserki w barwach Newcastle United, które kupiłam Markowi na walentynki.

Wypadłam z pokoju i oparłam się o drzwi, oddychając spazmatycznie. Wtedy usłyszałam jakiś jęk.

— Giles? — spytałam. Nic. — Giles? Tu Bridget.

Znowu rozległo się jęczenie.

Ruszyłam korytarzem.

— Gdzie jesteś?

— Tutaj.

Otworzyłam drzwi. Ten pokój był wściekle zielony i szkaradny, wszędzie stały ogromne lampy z ciemnego drewna. Giles leżał na plecach z głową przekręconą na bok, jęcząc cichutko, obok wisiała słuchawka zdjęta z aparatu.

Usiadłam na łóżku, a on uniósł powieki, po czym znowu je zamknął. Okulary przekrzywiły mu się na nosie. Zdjęłam je.

— Bridget. — Trzymał buteleczkę z jakimiś pigułkami.

Wzięłam ją. Temazepam.

— Ile wziąłeś? — spytałam, biorąc go za rękę.

— Sześć… a może cztery?

— Kiedy?

— Niedawno… jakieś… niedawno.

— Zwymiotuj — poleciłam mu, przypominając sobie, że zawsze robi się płukanie żołądka osobom, które przedawkowały leki.

Poszliśmy razem do łazienki. Szczerze mówiąc, nie było to nic przyjemnego, ale potem kazałam mu wypić mnóstwo wody i Giles opadł z powrotem na łóżko, i zaczął cicho szlochać, trzymając mnie za rękę. Kiedy głaskałam go po głowie, z jękiem wyznał, że zadzwonił do Veroniki, swojej żony. Upodlił się, błagając ją o powrót i niwecząc w ten sposób kawał dobrej roboty, jaką odwalił w ciągu ostatnich dwóch miesięcy. Ona zaś oznajmiła, że zdecydowanie chce rozwodu, na co on wpadł w czarną rozpacz, co było dla mnie absolutnie zrozumiałe. Powiedziałam, że w takiej sytuacji każdy sięgnąłby po temazepam.

Na korytarzu rozległy się kroki, potem pukanie i w drzwiach pojawił się Mark.

— Zadzwonisz jeszcze raz po lekarza? — poprosiłam.

— Co wziął?

— Temazepam. Mniej więcej sześć. Wymiotował.

Mark wyszedł na korytarz. Rozległo się więcej głosów. Usły-

216

szałam okrzyk Rebeki: „Na miłość boską!" i Marka, który usiłował ją uciszyć, a potem jeszcze jakieś zduszone mamrotanie.

— Chcę, żeby po prostu to wszystko się skończyło. Nie chcę się tak męczyć. Chcę, żeby się to wszystko skończyło — zajęczał Giles.

— Nie, nie — protestowałam. — Musisz mieć nadzieję i wiarę, że wszystko się ułoży, i wtedy będzie dobrze.

Znowu rozległy się kroki i głosy. Potem w pokoju ponownie zjawił się Mark.

Uśmiechnął się do mnie półgębkiem.

— Przepraszam za to. — Znowu zrobił poważną minę. — Nic ci nie będzie, Giles. Jesteś w dobrych rękach. Lekarz będzie za piętnaście minut, ale powiedział, że nie ma się czym martwić.

— Dobrze się czujesz? — spytał mnie.

Kiwnęłam głową.

— Byłaś wspaniała — powiedział. — Taka bardziej atrakcyjna wersja George'a Clooneya. Zostaniesz z nim do przyjazdu lekarza?

Kiedy lekarz w końcu doprowadził Gilesa do porządku, połowy gości już nie było. Rebecca siedziała smętnie w magnackim holu, z nogą w górze, rozmawiając z Markiem, a Shaz ze spakowanymi naszymi torbami stała w drzwiach, paląc papierosa.

— To takie nierozważne — mówiła Rebecca. — Zepsuł mi cały weekend! Ludzie powinni być silni i rozsądni, a to takie... egoistyczne i obsesyjne. Nie milcz tak, nie uważasz, że mam rację?

— Myślę, że powinniśmy... porozmawiać o tym później — powiedział Mark.

Kiedy Shaz i ja już się pożegnałyśmy i pakowałyśmy bagaże do samochodu, wyszedł do nas.

— Dobra robota — rzucił. — Przepraszam. Mówię jak sierżant. To otoczenie tak na mnie działa. Byłaś wspaniała, tam, z... z... no, z obojgiem.

— Mark! — wrzasnęła Rebecca. — Upuściłam laskę!

— Aport! — zawołała Sharon.

Przez ułamek sekundy na twarzy Marka pojawił się prawdziwy wstyd, ale doszedł do siebie i powiedział:

— No, miło było się z wami spotkać, dziewczyny. Jedźcie ostrożnie.

Kiedy odjeżdżałyśmy, Sharon chichotała radośnie na myśl o Marku, który do końca życia będzie skakał wokół Rebeki, spełniał jej rozkazy i jak szczeniak przynosił laski, ja jednak myślami byłam przy rozmowie, którą podsłuchałam zza żywopłotu.

Rozdział dziesiąty
MARSJANIE I WENUSJANKI W KOSZU NA ŚMIECI

14 lipca, poniedziałek

59 kg, jedn. alkoholu 4, papierosy 12 (ograniczenie palenia już nie jest priorytetem), kalorie 3752 (przed dietą), poradniki wyrzucone do kosza na śmieci 47.

8.00. Mętlik w głowie. To chyba niemożliwe, żeby czytanie poradników, które miały mi pomóc w budowaniu związku, zniszczyło cały ten związek? Czuję się tak, jakby praca całego mojego życia okazała się niewypałem. Ale z poradników nauczyłam się jednego — jak zapomnieć o przeszłości i żyć dalej.

Zamierzam wyrzucić:
Czego chcą mężczyźni
Jak mężczyźni myślą i co czują
Dlaczego mężczyźni czują, że chcą tego, co im się wydaje, że chcą
Zasady
Ignorowanie zasad
Nie teraz, kochanie, oglądam mecz
Jak szukać i znaleźć miłość, której pragniesz
Jak bez szukania znaleźć miłość, której pragniesz
Jak znaleźć miłość, której pragniesz, a której nie szukasz
Szczęśliwe życie w samotności
Jak nie być samotnym
Gdyby Budda chodził na randki
Gdyby Mahomet chodził na randki

Gdyby Jezus chodził na randki z Afrodytą

Droga bez dna Bena Okriego (o ile mi wiadomo, nie do końca poradnik, ale i tak już nigdy w życiu nie przeczytam tego cholerstwa).

Dobra. Wszystko do kubła plus pozostałe trzydzieści dwie. A zresztą, Boże drogi. Nie mogę się zmusić do wyrzucenia *Drogi rzadziej uczęszczanej* i *Możesz uleczyć swoje życie*. Dokąd mam się zwrócić po duchową pomoc w problemach współczesnego świata, jeśli nie do poradników? A może powinnam je oddać do Oxfam? Ale nie. Nie powinnam niszczyć związków innych, zwłaszcza w Trzecim Świecie. To byłoby gorsze od postępowania gigantów tytoniowych.

Problemy:

Dziura w ścianie.

Negatywna sytuacja finansowa spowodowana drugą hipoteką zaciągniętą na dziurę w ścianie.

Mój facet chodzi z Inną Kobietą.

Nie rozmawiam ze swoją najlepszą przyjaciółką, bo jedzie na wakacje z moim facetem i Inną Kobietą.

Moja praca jest denna, ale niezbędna do spłacenia drugiej hipoteki zaciągniętej na dziurę w ścianie.

Bardzo potrzebuję urlopu z powodu kryzysów wywołanych facetem / przyjaciółkami / dziurą w ścianie / sprawami zawodowymi i finansowymi, ale nie mam z kim jechać na wakacje. Tom wraca do San Francisco. Magda i Jeremy jadą do Toskanii z Markiem i tą pieprzoną Rebeccą, a o ile mi wiadomo, Jude i Podły Richard wybierają się z nimi. Shazzer robi uniki, bo pewnie czeka, czy Simon zgodzi się z nią gdzieś jechać, pod warunkiem, że będą spali w jednoosobowych łóżkach (przynajmniej półtora metra szerokości), i Shaz ma nadzieję, że Simon przyjdzie do jej łóżka.

Poza tym nie mam pieniędzy na wakacje z powodu kryzysu finansowego wywołanego dziurą w ścianie.

Nie. Nie będę się osłabiać. Ludzie szarpią mną wte i wewte. Wszystko. Do. Kosza. Ja. Zamierzam. Stanąć. Na. Własnych. Nogach.

8.30. Mieszkanie zostało wyczyszczone ze wszystkich poradników. Czuję się pusta i duchowo zagubiona. Ale chyba jakieś informacje zostały mi w głowie?

Duchowe wartości, jakie zebrałam ze studiów nad poradnikami (na podstawie zasady niechodzenia na randki):
1. Znaczenie pozytywnego myślenia, zob. *Inteligencja emocjonalna, Emocjonalna pewność siebie, Droga rzadziej uczęszczana, Jak w 30 dni pozbyć się cellulitis z ud, Ewangelia według św. Łukasza*, rozdz. 13.
2. Znaczenie wybaczania.
3. Znaczenie kierowania się instynktami, zamiast zmieniać wszystko pod własnym kątem i wszystko organizować.
4. Znaczenie wiary w samą siebie.
5. Znaczenie uczciwości.
6. Znaczenie cieszenia się chwilą obecną, zamiast fantazjować albo żałować.
7. Znaczenie niepopadania w obsesyjne czytanie poradników.

Tak więc rozwiązaniem jest:
1. Pomyśleć, jak to fajnie spisywać listy problemów i duchowych rozwiązań, zamiast planować przyszłość i…

Aaa! Aaa! Jest za piętnaście dziewiąta! Spóźnię się na poranne zebranie i nie zdążę wypić cappuccino.

10.00. W pracy. Dzięki Bogu kupiłam sobie cappuccino, żeby pomóc sobie w przejściu przez piekło następstw picia cappuccino, kiedy jestem spóźniona. Niesamowite, jak kolejki po cappuccino nadają całym dzielnicom Londynu wygląd społeczeństwa nękanego wojną lub komunizmem, gdzie ludzie cierpliwie całymi godzinami stoją w ogromnych kolejkach, jakby czekali na chleb w Sarajewie, podczas gdy inni w tym czasie pocą się, mieląc i parząc kawę, i szczękając metalowymi naczyniami, a wszędzie syczy para. To dziwne w czasach, kiedy ludzie generalnie coraz rzadziej są skłonni wytrwale czekać na jedną jedyną rzecz, jakby w tym okrutnym, nowoczesnym świecie tylko na niej naprawdę można było polegać... Aaa!

10.30. Toaleta, w pracy. To był Richard Finch, który ryknął na mnie:

— No, Bridget! Śmiało! — Ta bryła tłuszczu wydarła się przy wszystkich, krzywiąc się i żując gumę w oczywistej postkokainowej manii. — Kiedy jedziesz?

— Eee... — stęknęłam z nadzieją, że później dowiem się od Patchouli dokąd.

— Nie masz zielonego pojęcia, o czym mówię, co? Coś niesamowitego. Kiedy jedziesz na wakacje? Jeżeli teraz nie wypełnisz swojego planu urlopowego, to w ogóle nie pojedziesz.

— O, hmm, taa — rzuciłam lekko.

— Nie zaplanujesz, nie urlopujesz.

— Jasne, jasne, taa, muszę tylko sprawdzić terminy — powiedziałam przez zaciśnięte zęby. Zaraz po zebraniu popędziłam do toalety na pocieszającego papieroska. To nie ma żadnego znaczenia, że jestem jedyną osobą w całym biurze, która nigdzie nie jedzie na wakacje. Najmniejszego. Nie znaczy to, że jestem społecznym wyrzutkiem. Absolutnie. W moim świecie wszystko układa się wspaniale. Nawet jeżeli znowu będę musiała kogoś zastąpić.

18.00. Przez cały koszmarny dzień próbowałam zwerbować kobiety do gadki o przyprawiającej o mdłości przemianie, jaka się dokonuje podczas wysiadywania jajka. Nie mogę się pogodzić z myślą, że wracam prosto do domu, czyli na rozbabrany plac budowy. Jest cudowny, pogodny wieczór. Może przejdę się na spacer do Hampstead Heath.

21.00. Coś niesamowitego. Coś niesamowitego. Okazuje się, że jak tylko człowiek przestaje się szarpać, chcąc sobie ułożyć życie, i daje się ponieść pozytywnej fali zen, rozwiązanie pojawia się samo.

Właśnie szłam ścieżką na szczyt Hampstead Heath, myśląc o tym, jak fantastyczny jest Londyn latem, kiedy ludzie rozluźniają krawaty po pracy i rozwalają się leniwie na słońcu, kiedy moją uwagę przykuła jakaś szczęśliwa para: ona leży na plecach z głową na jego brzuchu, on z uśmiechem coś mówi i głaszcze ją po głowie. Wydali mi się znajomi. Kiedy się zbliżałam, zobaczyłam, że to Jude i Podły Richard.

Uświadomiłam sobie, że nigdy przedtem nie widziałam ich razem — oczywiście, nigdy razem by się nie pojawili w moim towarzystwie. Nagle Jude roześmiała się z czegoś, co powiedział Podły Richard. Wyglądała na bardzo szczęśliwą. Zawahałam się, rozważając, czy przejść koło nich, czy zawrócić, kiedy Podły Richard powiedział:

— Bridget?

Stanęłam jak wryta, a Jude podniosła głowę i nieestetycznie rozdziawiła usta.

Podły Richard podniósł się i otrzepał z trawy.

— Hej, miło cię widzieć, Bridget — powiedział, szczerząc zęby. Przyszło mi do głowy, że do tej pory widywałam go jedynie na spotkaniach towarzyskich zorganizowanych przez Jude i zawsze wtedy ja miałam wsparcie w postaci Shazzer i Toma, a on był kokieteryjnie nadąsany.

— Właśnie wybieram się po wino, usiądź z Jude. Oj, daj spokój, przecież cię nie zje. Nie tknęłaby nabiału.

Kiedy poszedł, Jude uśmiechnęła się zarozumiale.

— Ja tam się nie cieszę, że cię widzę.

— Ja też się nie cieszę, że cię widzę — mruknęłam gburowato.

— To co, chcesz usiąść?

— Dobrze. — Przyklęknęłam na kocu, na co ona szturchnęła mnie niezdarnie w ramię, niemal mnie przewracając.

— Stęskniłam się za tobą — powiedziała.

— Zzzmknij się — wymamrotałam kącikiem ust. Przez chwilę miałam wrażenie, że się rozpłaczę.

Jude przeprosiła za to, że zachowała się tak niedelikatnie w związku z Rebeccą. Powiedziała, że po prostu omamiło ją to, że ktoś się ucieszył z jej ślubu z Podłym Richardem. Okazuje się, że ona i Podły Richard nie jadą do Toskanii z Markiem i Rebeccą, chociaż zostali zaproszeni, bo Podły Richard powiedział, że nie pozwoli się rozstawiać po kątach jakiejś pomylonej pani socjotechnik i że woli jechać we dwójkę. Nagle ogarnęła mnie niewytłumaczalna fala czułości do Podłego Richarda. Przeprosiłam za zerwanie z powodu tak głupiego jak cała ta sprawa z Rebeccą.

— To wcale nie było głupie. Naprawdę cierpiałaś — powiedziała Jude. Potem dodała, że przekładają ślub, bo wszystko się skomplikowało, ale nadal chce, żebyśmy z Shazzer zostały jej druhnami. — Jeżeli się zgodzicie — szepnęła nieśmiało. — Ale wiem, że go nie lubicie.

— Ty go naprawdę kochasz?

— Tak — odparła radośnie. Potem na jej twarzy pojawił się niepokój. — Ale nie wiem, czy dobrze robię. W *Drodze rzadziej uczęszczanej* jest napisane, że miłość to nie coś, co czujesz, tylko coś, co decydujesz się zrobić. A w *Jak znaleźć miłość, której pragniesz* — że jeżeli chodzisz z kimś, kto nie potrafi sam zarobić na życie i przyjmuje pomoc od rodziców, to znaczy, że nie przeciął pępowiny łączącej go z rodzicami i taki związek nigdy się nie uda.

A w mojej głowie kołatała się piosenka Nat King Cole'a, którą tata puścił sobie w szopie: „Najwspanialsza rzecz... jakiej się kiedykolwiek dowiesz..."

— Poza tym myślę, że jest uzależniony, bo pali trawkę, a nałogowcy nie potrafią stworzyć związku. Mój psychiatra mówi, że...

„...to, jak kochać i być kochanym".

— ...Przez przynajmniej rok nie powinnam się z nikim związywać, bo jestem uzależniona od związków — ciągnęła

Jude. — A ty i Shaz uważacie go za popaprańca. Bridge? Słuchasz mnie?

— Tak, tak, przepraszam. Jeżeli uważasz, że powinnaś to zrobić, zrób to.

— Właśnie — powiedział Podły Richard, pochylając się nad nami jak Bachus z butelką Chardonnay i dwiema paczkami Silk Cutów.

Świetnie się bawiliśmy z Jude i Podłym Richardem, a potem wszyscy władowaliśmy się do taksówki i razem wróciliśmy do domu. Natychmiast zadzwoniłam do Shazzer, żeby jej opowiedzieć, co się stało.

— O — powiedziała, kiedy jej dokładnie wytłumaczyłam cudowne działanie uniesienia się na fali zen. — Eee, Bridge?

— Co?

— Chcesz jechać na wakacje?

— Myślałam, że nie chcesz ze mną jechać.

— No, pomyślałam sobie, że zaczekam, aż…

— Aż co?

— Och, nic takiego. Ale zresztą…

— Shaz? — zaczęłam ją popędzać.

— Simon jedzie do Madrytu, żeby się spotkać z dziewczyną, którą poznał przez Internet.

Byłam rozdarta między współczuciem dla Sharon, wielkim podnieceniem na myśl, że mam z kim jechać na wakacje, i poczuciem winy, że nie jestem architektem, który ma metr osiemdziesiąt wzrostu i penis.

— Baaah. Toż to kaszmiryzm. Pewnie się okaże, że to facet — spróbowałam pocieszyć Shazzer.

— W każdym razie… — rzuciła lekko po chwili milczenia, w trakcie której przez kabel telefoniczny docierały do mnie potężne fale cierpienia. — Znalazłam fantastyczny lot do Tajlandii za jedyne 249 funtów. Możemy polecieć do Koh Samui, zostać hippiskami i prawie nic nas to nie będzie kosztowało!

— Hurra! — wykrzyknęłam. — Tajlandia! Możemy studiować buddyzm i przeżyć duchowe oświecenie.

— Tak! I będziemy się trzymać z daleka od tych CHOLER-NYCH FACETÓW.

No i tak... O, telefon. Może to Mark Darcy!

Północ. Telefon był od Daniela, który mówił jakoś inaczej niż zwykle, ale oczywiście był pijany. Powiedział, że jest strasznie zdołowany, bo w pracy mu się nie układa i jest mu przykro z powodu tej sprawy z Niemcami. Przyznaje, że naprawdę jestem bardzo dobra z geografii, i pyta, czy w piątek moglibyśmy się razem wybrać na kolację? Po prostu pogadać. No to się zgodziłam. W związku z tym czuję się b. dobrze. Dlaczego w tej godzinie potrzeby nie miałabym podać Danielowi pomocnej dłoni? Nie powinno się pielęgnować w sobie urazy, bo to tylko cofa człowieka w rozwoju, trzeba umieć przebaczać.

Poza tym, jak udowodniła Jude z Podłym Richardem — ludzie się zmieniają, a ja naprawdę k i e d y ś za nim szalałam.

No i czuję się b. samotna.

A to tylko kolacja.

Ale na pewno nie pójdę z nim do łóżka.

18 lipca, piątek

57,5 kg (cudowny znak), prezerwatywy, które próbowałam kupić 84, prezerwatywy, które kupiłam 36, prezerwatywy nadające się do użytku, które kupiłam 12 (chyba wystarczy, zwłaszcza że nie zamierzam ich wykorzystać).

14.00. W porze lunchu wychodzę po prezerwatywy. Nie zamierzam się przespać z Danielem ani nic z tych rzeczy. Po prostu wolę się zabezpieczyć.

15.00. Wyprawa po prezerwatywy zakończyła się całkowitą klęską. Początkowo bardzo mi się podobało to niespodziewane uczucie bycia nabywcą prezerwatyw. Kiedy moje życie seksualne przestaje istnieć, ogarnia mnie wielki smutek, gdy mijam stoisko z prezerwatywami, bo cała ta strona życia jest nie dla mnie. Kiedy jednak dotarłam do kasy, znalazłam tam zdumiewającą różnorodność prezerwatyw: ultra bezpieczne „antyalergiczne", różnorodne „do wyboru, do koloru" (apetyczna reklama w stylu płatków Kelloga), superdelikatne „nawilżane spermopodobnie", Gossamer, „delikatnie nawilżane (tu następuje straszne, odpychające słowo) żelem plemnikobójczym", naturalne dla wyjątkowej wygody (czy to znaczy „większe"? — a co, jak się okażą za duże?). Spod spuszczonych powiek toczyłam błędnym wzrokiem po tej gamie prezerwatyw. Na pewno każdy by chciał i antyalergiczne, i wyjątkowo wygodne, i superdelikatne, więc dlaczego trzeba wybierać?

— W czym mogę pani pomóc? — spytała ze znaczącym uśmieszkiem wścibska sprzedawczyni. Oczywiście nie mogłam powiedzieć, że chcę kupić prezerwatywy, co równałoby się oznajmieniu: „Będę uprawiać seks". To tak samo jak kobiety z widoczną ciążą dają wszystkim do zrozumienia: „Patrzcie, uprawiałam seks". Przemysł produkcji prezerwatyw to coś niesamowitego, samo jego istnienie jest żywym dowodem na to, że wszyscy (oprócz mnie) cały czas uprawiają seks, zamiast stwarzać pozory, że nikt go nie uprawia, co na naszej ziemi niewątpliwie jest bardziej normalne.

A co tam. Kupiłam tylko opakowanie tabletek od bólu gardła.

18.10. Zirytowałam się, bo musiałam zostać w pracy do 18.00 i teraz drogeria jest zamknięta, a ja nie mam prezerwatyw. Wiem: pójdę do Tesco Metro. Na pewno będą tam mieli kondomy, bo to sklep przeznaczony dla impulsywnych samotnych.

18.40. Snułam się cichaczem tam i z powrotem po sekcji past do zębów. Guzik z pętelką. W końcu, zdjęta rozpaczą, podeszłam boczkiem, boczkiem do pani o wyglądzie nadzorcy i szepnęłam, próbując zachowywać się w stylu i-wszyscy-razem, z uśmieszkiem i unosząc jedną brew:

— Gdzie są prezerwatywy?

— Zamierzamy je sprowadzić — odparła z zamyśleniem. — Może za parę tygodni.

„Dla mnie bomba!" — miałam ochotę wrzasnąć. „A co z dzisiejszą nocą?" Chociaż oczywiście nie zamierzam się z nim przespać!

Hmm. Samozwańczy, nowoczesny, miejski sklep dla samotnych. Hmm.

19.00. Wstąpiłam do maleńkiego, śmierdzącego sklepiku za rogiem z podwójnymi cenami. Dostrzegłam prezerwatywy za ladą, obok papierosów i nędznych rajstop, ale uznałam, że całe otoczenie jest zbyt obskurne. Chcę kupić paczkę prezerwatyw w przyjemnym, czystym otoczeniu w stylu Bootsa*. I tylko najlepsze. W grę wchodzą tylko najwyższej jakości ze zbiorniczkiem.

19.15. Zrobiłam sobie burzę mózgu. Pójdę na stację benzynową, stanę w kolejce, ukradkiem oglądając prezerwatywy, a potem... Zresztą nie powinnam potwierdzać przestarzałych, stworzonych przez facetów stereotypów, czując się jak kobieta wyzwolona albo dziwka tylko dlatego, że kupuję prezerwatywy. Wszystkie czyste dziewczyny używają prezerwatyw. To kwestia higieny.

19.30. Lalala. Zrobiłam to. Łatwizna. Nawet udało mi się złapać dwie paczki: jedną różnorodnych (nadają smak życiu) oraz wzmocnionych ultracienkich lateksowych ze zbiorniczkiem dla jeszcze większych doznań. Sprzedawca spojrzał z przerażeniem, lecz i z dziwnym szacunkiem na asortyment i liczbę prezerwatyw, które wybrałam. Pewnie sobie pomyślał, że jestem nauczycielką biologii lub kimś takim, a prezerwatywy kupuję na lekcję pokazową w przedszkolu dla wybitnie uzdolnionych dzieci.

19.40. Trochę mnie przeraziły niesamowicie poważne instrukcje rysunkowe na załączonej ulotce, które, co niepokojące, sko-

---

* Sklepy Bootsa — sieć angielskich drogerii.

jarzyły mi się nie z Danielem, lecz z Markiem. Hmmmm. Hmmmm.

19.50. Pewnie strasznie się męczyli, ustalając wielkość obrazków tak, żeby nikt się nie poczuł do niczego albo nie popadł w zarozumiałość. Paczka różnorodnych to prawdziwe szaleństwo. „Barwione prezerwatywy są w żywych kolorach dla dodatkowej przyjemności". Dla dodatkowej przyjemności? Nagle stanęła mi przed oczami barwna wizja par w jaskrawych kondomach, z papierowymi czapeczkami na głowie, wyjących seksownie i radośnie ze śmiechu i bijących się balonami. Chyba wyrzucę tę szaloną paczkę różnorodnych. Dobra, trzeba się szykować. O Boże, telefon.

20.15. Jasna cholera. To był Tom, który zaczął jęczeć, że zgubił komórkę, i pomyślał, że może zostawił ją u mnie. Zmusił mnie, żebym jej poszukała, chociaż było już strasznie późno, ale nigdzie nie mogłam jej znaleźć i w końcu przyszło mi do głowy, że pewnie ją wyrzuciłam razem z poradnikami i gazetami.

— Możesz po nią pójść? — spytał namolnie.

— Już późno. Mogę to zrobić jutro?

— A jak opróżnią kubły na śmieci? Kiedy zwykle przyjeżdżają?

— Jutro rano — odparłam z goryczą. — Ale problem polega na tym, że to wielkie, miejskie kontenery, a nie wiem, w którym ona się znalazła.

W końcu zarzuciłam na stanik i majtki długą skórzaną kurtkę i wyszłam na ulicę, gdzie miałam poczekać, aż Tom zadzwoni na swoją komórkę, żebym mogła się zorientować, gdzie ją wyrzuciłam. Właśnie stałam na murku, gapiąc się na kontenery, kiedy usłyszałam znajomy głos:

— Cześć.

Odwróciłam się i zobaczyłam Marka Darcy'ego.

Spojrzał w dół i wtedy uświadomiłam sobie, że stoję w bieliźnie — na szczęście do kompletu — na widoku.

— Co robisz? — spytał.

— Czekam, aż zadzwoni w kontenerze — odparłam z godnością, otulając się kurtką.

— Rozumiem. — Nastąpiła chwila ciszy. — Długo... czekasz?

— Nie — powiedziałam ostrożnie. — Normalnie.

W tej chwili zaczął dzwonić jeden z kontenerów.

— O, to do mnie — powiedziałam i zaczęłam pakować do niego rękę.

— Pozwól, proszę. — Mark odstawił teczkę, dość zwinnie wskoczył na murek, włożył rękę do kontenera i wyjął z niego telefon. — Tu numer Bridget Jones — powiedział. — Tak, oczywiście, daję ją. — Podał mi telefon. — To do ciebie.

— Kto to? — syknął Tom głosem rozhisteryzowanym z podniecenia. — Seksowny głos, kto to taki?

Zasłoniłam słuchawkę dłonią.

— Bardzo ci dziękuję — powiedziałam do Marka Darcy'ego, który wyjął z kontenera stertę poradników i oglądał je zaintrygowany.

— Nie ma za co — odparł, odkładając książki. — Eee... — Urwał, patrząc na moją skórzaną kurtkę.

— Co? — spytałam z mocno bijącym sercem.

— Nic takiego, yyy, no, miło cię było widzieć. — Zawahał się. — Miło było się znowu spotkać. — Spróbował się uśmiechnąć, odwrócił się i odszedł.

— Tom, oddzwonię do ciebie — powiedziałam do protestującej słuchawki. Serce waliło mi jak oszalałe. Zgodnie ze wszystkimi zasadami etykiety chodzenia na randki powinnam pozwolić Markowi odejść, ale przypomniała mi się rozmowa podsłuchana zza żywopłotu. — Mark?

Odwrócił się z ożywieniem. Przez chwilę po prostu patrzyliśmy na siebie.

— Hej! Bridge! Idziesz na kolację bez spódnicy?

To był Daniel, który przyszedł za wcześnie i stanął za moimi plecami.

Mark go zauważył. Rzucił mi przeciągłe, pełne bólu spojrzenie, po czym odwrócił się na pięcie i poszedł sobie.

23.00. Daniel nie dojrzał Marka Darcy'ego — na szczęście i niestety, bo z jednej strony nie musiałam się tłumaczyć, co Mark tam robił, ale z drugiej — nie mogłam wyjaśnić, dlaczego jestem taka roztrzęsiona. Gdy tylko znaleźliśmy się w mieszkaniu, Daniel wziął się do całowania. Bardzo dziwne, ale teraz wcale go nie pragnęłam, chociaż cały ubiegły rok rozpaczliwie za nim tęskniłam i zastanawiałam się, dlaczego on nie tęskni za mną.

— OK, OK — powiedział, wyciągając ręce z dłońmi zwróconymi w moją stronę. — Nie ma sprawy. — Nalał nam po kieliszku wina, po czym usiadł na kanapie, wyciągając długie, szczupłe, seksowne nogi w dżinsach. — Słuchaj. Wiem, że cię zraniłem, i bardzo mi przykro. Wiem, że masz opory, ale ja się zmieniłem, naprawdę. Chodź, usiądź koło mnie.

— Tylko się ubiorę.

— Nie, nie. Chodź tutaj. — Poklepał miejsce na kanapie koło siebie. — No, Bridge. Nie tknę cię palcem, przyrzekam.

Usiadłam ostrożnie, otulając się kurtką i kładąc ręce sztywno na kolanach.

— No, no. Napijmy się i zrelaksujmy — powiedział.

Delikatnie mnie objął.

— Dręczy mnie to, jak cię potraktowałem. To było niewybaczalne. — Czułam się cudownie, znowu w objęciach mężczyzny. — Jones — szepnął czule. — Moja mała Jones.

Przyciągnął mnie do siebie i położył sobie na piersi moją głowę.

— Nie zasłużyłaś na to. — Owionął mnie jego znajomy zapach. — Tylko się trochę poprzytulamy. Już dobrze.

Głaskał mnie po włosach, po szyi, po plecach, a potem zaczął zsuwać ze mnie kurtkę, włożył rękę pod spód i jednym ruchem rozpiął mi stanik.

— Przestań! — powiedziałam, próbując z powrotem okryć się kurtką. — Daniel, słowo daję! — Prawie się roześmiałam. Nagle zobaczyłam jego twarz. On się nie śmiał.

— Dlaczego? — spytał, brutalnie znowu ściągając kurtkę z moich ramion. — Dlaczego nie chcesz? Daj spokój.

— Bo nie! — zawołałam. — Daniel, mieliśmy tylko iść na kolację. Nie chcę się z tobą całować.

Opuścił głowę, oddychając spazmatycznie, po czym wyprostował się, odchylił głowę i zamknął oczy.

Wstałam, owinęłam się kurtką i podeszłam do stołu. Kiedy się odwróciłam, Daniel siedział z głową ukrytą w rękach. Uświadomiłam sobie, że szlocha.

— Przepraszam, Bridge. Zostałem zdegradowany. Perpetua dostała moje stanowisko. Czuję się niepotrzebny, a teraz i ty mnie nie chcesz. Żadna dziewczyna mnie nie zechce. Nikt nie chce faceta w moim wieku, który nie zrobił kariery.

Gapiłam się na niego ze zdumieniem.

— A jak ci się wydaje — jak ja się czułam w zeszłym roku? Kiedy w biurze mnie traktowano jak śmiecia, ty mną pomiatałeś i przez ciebie czułam się jak opóźniona?

— Opóźniona, Bridge?

Już mu miałam wyjaśnić teorię opóźnienia, ale z jakiegoś powodu doszłam do wniosku, że nie ma sensu.

— Chyba będzie lepiej, jak już sobie pójdziesz — powiedziałam.

— Och, nie wygłupiaj się, Bridge.

— Idź już.

Hmm. No i dobrze. Zdystansuję się od całej tej sprawy. Fajnie, że wyjeżdżam. W Tajlandii uwolnię się od spraw damsko-męskich i skoncentruję na sobie.

19 lipca, sobota

58,5 kg (dlaczego? Dlaczego właśnie w dniu, kiedy zamierzam kupić bikini?), niepokojące myśli o Danielu: zbyt wiele, majtki od bikini, w które się zmieściłam 1, staniki od bikini, które na mnie pasowały: połowa, niegrzeczne myśli o księciu Williamie 22, liczba razy, kiedy napisałam na magazynie „Hello!": „Książę William i jego śliczna przyjaciółka, panna Bridget Jones w Ascot" 7.

18.30. Cholera, cholera, jasna cholera. Cały dzień spędziłam w przymierzalniach na Oxford Street, próbując wcisnąć swoje piersi w staniki od bikini zaprojektowane dla kobiet, które albo mają piersi jedna na drugiej pośrodku klatki piersiowej albo pod pachami, a przez jaskrawe oświetlenie wyglądałam jak frittata z River Café. Oczywistym rozwiązaniem jest kostium jednoczęściowy, ale po powrocie mój już płaściutki wówczas brzuszek będzie się odcinał swoją bladością od reszty ciała.

Program pilnej diety bikini: tydzień 1
niedz. 20 lipca   58,5 kg
pon. 21 lipca   58 kg
wt. 22 lipca   57,5 kg
śr. 23 lipca   57 kg
czw. 24 lipca   56,5 kg
piąt. 25 lipca   56 kg
sob. 26 lipca   55,5 kg

Hurra! Tak więc za tydzień osiągnę swą prawie idealną wagę, przystosuję masę ciała i będę musiała już tylko za pomocą ćwiczeń zmienić strukturę i układ tłuszczu.

O kurwa. To nie wyjdzie. Dzielę pokój i prawdopodobnie łóżko z Shaz. Zamiast tego skoncentruję się na sprawach duchowych. Poza tym Jude i Shaz zaraz mają przyjść. Hurra!

Północ. Cudny wieczór. B. było fajnie znowu się spotkać z dziewczynami, chociaż Shaz tak się nakręciła w swej wściekłości na Daniela, że mogłabym ją powstrzymać, tylko dzwoniąc na policję, żeby go aresztowała za gwałt na randce.

— Niepotrzebny? A widzicie? — rzucała się. — Daniel to absolutny archetyp osobnika gatunku męskiego z końca wieku. Zaczyna rozumieć, że kobiety są rasą wyższą. Uświadamia sobie, że nie ma żadnego znaczenia, więc co robi? Ucieka się do przemocy.

— Ale on tylko chciał ją pocałować — powiedziała łagodnie Jude, przerzucając bezmyślnie „What Marquee".

— Ba! Właśnie o to chodzi. Bridget ma cholerne szczęście, że Daniel nie wpadł do jej banku przebrany za Urban Killera* i nie zastrzelił z karabinu maszynowego siedemnastu osób.

W tej chwili rozległ się dźwięk telefonu. To był Tom, który dzwonił nie po to, żeby mi podziękować za odesłanie jego komórki, po wszystkich kłopotach, jakich mi przysporzyło to cholerstwo, ale po to, żeby spytać o numer telefonu mojej mamy. Chyba się z nią skumplował, widząc w niej — moim zdaniem, kiczowatą — wersję Judy Garland / Ivany Trump (dziwne, bo jeszcze rok temu mama mnie pouczała, że „homoseksualizm to po prostu lenistwo, kochanie, gejom nie chce się wiązać z płcią przeciwną" — no, ale to było w zeszłym roku). Nagle ogarnął mnie strach, że Tom zamierza poprosić moją matkę o wykonanie *Non, je ne regrette rien* w sukni z cekinami, w klubie Dymanko, na co ona — naiwnie, lecz z właściwą sobie megalomanią — z pewnością by się zgodziła, myśląc, że nazwa klubu ma coś wspólnego ze starą, dymiącą maszynerią w hucie Cotswold.

— Po co ci ten numer? — spytałam podejrzliwie.

— Czy ona przypadkiem nie należy do klubu miłośników książki?

— Nie mam pojęcia. Bardzo możliwe. A bo co?

— Jerome ma wrażenie, że jego wiersze są już gotowe, więc szukam dla niego takiego klubu. W zeszłym tygodniu miał swój wieczorek w Stoke Newington, ale to było coś strasznego.

— Strasznego? — powtórzyłam, udając przed Shaz i Jude, że zbiera mi się na wymioty. W końcu, choć z rezerwą, dałam Tomowi ten numer telefonu, bo doszłam do wniosku, że po wyjeździe Wellingtona mamie przyda się nowa rozrywka. — O co chodzi z tymi klubami miłośników książki? — spytałam po odłożeniu słuchawki. — Czy mi się zdaje, czy powyrastały wszędzie ni tego, ni z owego? Powinnyśmy się zapisać czy może najpierw trzeba być Szczęśliwą Mężatką?

— Trzeba być Szczęśliwą Mężatką — stwierdziła stanowczo

---

* Urban Killer — postać z krwawej gry komputerowej.

Shaz. — Bo oni się boją, że mózgi im się zlasują od paternalistycznych żądań… O Boże, spójrzcie na księcia Williama.

— Daj popatrzeć — wtrąciła się Jude, wyrywając jej egzemplarz „Hello!" ze zdjęciem smukłego młodego następcy tronu. Sama ledwo się powstrzymałam, żeby jej nie wyszarpnąć gazety. Zdjęcia księcia Williama mogłabym oglądać w ilościach hurtowych, najlepiej w całej gamie strojów, ale oczywiście zdaję sobie sprawę z tego, że żądza ta jest czymś niepożądanym i niewłaściwym.

— Jak myślicie, kiedy małolat jest zbyt małoletni? — spytała Jude z rozmarzeniem.

— Wtedy, gdy jest zbyt małoletni, by legalnie zostać twoim synem — odparła Shaz stanowczym tonem, jakby to było częścią jakiejś ustawy: co, jak się tak zastanowić, chyba faktycznie jest prawdą, w zależności od tego, w jakim się jest wieku. W tej chwili znowu zadzwonił telefon.

— O, cześć, kochanie, wiesz co? — Moja matka. — Twój przyjaciel Tom, wiesz, ten „homo", ma przyprowadzić jakiegoś poetę do Klubu Książki Ratunkowej! Będzie czytał romantyczne wiersze. Jak lord Byron! Prawda, że fajnie?

— Eee… tak? — stęknęłam.

— Właściwie to nic takiego — prychnęła pogardliwie. — Często mamy spotkania z literatami.

— Naprawdę? Na przykład z kim?

— Och, z wieloma osobami, kochanie. Penny jest b a r d z o bliską znajomą Salmana Rushdiego. To jak, przyjdziesz, kochanie, prawda?

— Kiedy?

— Za tydzień w piątek. Una i ja robimy *vol-au-vents* na gorąco z piersi kurczaka.

Nagle aż skręciło mnie ze strachu.

— Czy admirał i Elaine Darcy też przychodzą?

— Matko święta! Chłopcom wstęp wzbroniony, głuptasku! Elaine ma przyjść, ale panowie pojawią się później.

— Ale przecież Tom i Jerome przychodzą.

— Bo to nie chłopcy, kochanie.

— Jesteś pewna, że wiersze Jerome'a...

— Bridget. Nie wiem, co próbujesz mi powiedzieć. Wiesz, nie urodziłyśmy się wczoraj. A w literaturze chodzi o swobodę ekspresji. O, zdaje się, że później ma też przyjść Mark. Przy okazji ma spisać testament Malcolma — nigdy nic nie wiadomo!

1 sierpnia, piątek

58,5 kg (całkowita klęska diety bikini), papierosy 19 (pierwsza pomoc w diecie), kalorie 625 (z pewnością nie za późno).

18.30. Wrr. Wrr. Jutro jadę do Tajlandii, jeszcze się nie spakowałam i dopiero przed chwilą sobie przypomniałam, że „piątek za tydzień" w klubie miłośników książki to właśnie, cholera, dzisiaj. Okropnie, strasznie nie chce mi się wlec aż do Grafton Underwood. Jest upalny, parny wieczór i Jude z Shaz idą na uroczą imprezkę do River Café. Ale oczywiście muszę wesprzeć mamę, uczuciowe życie Toma, sztukę itd. Szanując innych, szanuję siebie. Poza tym nie ma to żadnego znaczenia, jeśli jutro będę zmęczona, kiedy wsiądziemy do samolotu, bo przecież jadę na wakacje. Przygotowania do podróży na pewno nie zajmą mi zbyt wiele czasu, bo biorę tylko najpotrzebniejszą garderobę (parę sztuk body i sarong!), a pakowanie się zawsze zajmuje cały wolny czas przed wyjściem, więc oczywiście najlepiej skrócić ten czas do minimum. Tak! A widzicie? Zdążę ze wszystkim!

Północ. Tuż po powrocie. Przyjechałam b. późno z powodu typowego zamieszania spowodowanego znakami drogowymi (gdyby dzisiaj wybuchła wojna, najlepiej skołować Niemców, stawiając mylne znaki drogowe). Powitała mnie mama w bardzo dziwnym kasztanowym, aksamitnym kaftanie, który pewnie uznała za niezwykle literacki.

— Jak tam Salman? — spytałam, kiedy już się nabuczała o moim spóźnieniu.

— Och, jednak zdecydowałyśmy się na kurczaka* — prychnęła pogardliwie, prowadząc mnie przez balkonowe drzwi z falistego szkła do salonu, gdzie pierwszą rzeczą, jaką zauważyłam, był krzykliwy nowy „herb rodzinny" nad kominkiem ze sztucznego kamienia i z napisem: *Hakuna Matata*.

— Ćśś — syknęła oczarowana Una, unosząc palec.

Pretensjonalny Jerome, z przekłutym sutkiem wyraźnie widocznym pod czarną kamizelką zrobioną na mokrą, stał przed kolekcją naczyń z rżniętego szkła, rycząc wojowniczo do półkola zachwyconych pań z Klubu Książki Ratunkowej w dwuczęściowych kostiumach od Jaegera, siedzących na kopiach krzeseł z okresu panowania Jerzego IV:

— Patrzę na jego twarde, kościste, napalone szynki! Patrzę, chcę je złapać!

Na drugim końcu sali zobaczyłam mamę Marka Darcy'ego, Elaine, wyraźnie tłumiącą śmiech.

— Chcę! — ryczał Jerome. — Łapię jego napalone, włochate szynki! Muszę je mieć. Unoszę się, wyginam…

— No! Uważam, że to było coś niesamowitego! — powiedziała mama, zrywając się na równe nogi. — Czy ktoś ma ochotę na *vol-au-vent*?

To zdumiewające, jak panie z klasy średniej potrafią wszystko ukształtować na własną modłę, przemieniając chaos i zamęt świata w śliczny, bezpieczny maminy strumyczek — tak jak spłuczka w toalecie wszystko barwi na różowo.

— Och, uwielbiam słowo mówione i pisane! Dzięki niemu czuję się taka wolna! — szczebiotała Una do Elaine, podczas gdy Penny Husbands-Bosworth i Mavis Enderbury rozpływały się w zachwycie nad Pretensjonalnym Jerome'em, jakby był T.S. Eliotem.

— Ale ja jeszcze nie skończyłem — zajęczał Jerome. — Chciałem jeszcze zadeklamować *Kontemplacje analne* i *Płytkie męskie dziury*.

Wtedy rozległ się jakiś ryk.

---

* *Salman* wymawia się podobnie jak *salmon* (łosoś).

— „Jeżeli spokój zachowasz, choćby go stracili ubodzy duchem, ciebie oskarżając!" — To był tata z admirałem Darcym. Obaj narąbani na sztywno. O Boże. Ostatnio za każdym razem, kiedy widzę tatę, wygląda na kompletnie uwalonego, chociaż w układzie ojciec–córka zazwyczaj bywa odwrotnie.

— „Jeżeli wierzysz w siebie, gdy inni zwątpili!" — zaryczał admirał Darcy, po czym, ku zgrozie zebranych pań, wskoczył na krzesło.

— „Na ich niepewność jednak pozwalając" — niemal płaczliwie dodał tata, opierając się dla równowagi o admirała.

Następnie narąbane duo, niczym sir Laurence Olivier i John Gielgud, jęło recytować całe *Jeżeli* Rudyarda Kiplinga, co rozwścieczyło mamę i Pretensjonalnego Jerome'a, którzy jednocześnie dostali jakiegoś ataku posykiwania.

— Typowe, bardzo typowe — syknęła mama, gdy admirał Darcy, na kolanach i bijąc się w piersi, zaintonował: „Samemu nie kłamiesz, chociaż fałsz panuje".

— Zacofane, kolonialne wierszydło — syknął Jerome.

— „Lecz mędrca świętego pozy nie przyjmujesz".

— Kurwa, to się rymuje — ponownie syknął Jerome.

— Jerome, nie życzę sobie takiego słownictwa w moim domu — odsyknęła mu mama.

— „Serce, hart ducha, aby ci służyły" — wyrecytował tata, po czym, udając zgon, rzucił się na wymiętolony dywan.

— To po co ich zaprosiłaś? — niezwykle sycząco syknął Jerome.

— „A gdy się wypalisz, Wola twa zostanie!" — ryknął admirał.

— „I Wola ta powie ci: »Wstań!« — wycharczał tata na dywanie, po czym poderwał się na kolana i wzniósł ręce. — »Zbierz siły!«"

Wśród pań rozległ się głośny aplauz i brawa, Jerome zaś wypadł z pokoju, zatrzaskując za sobą drzwi, a Tom pobiegł za nim. Z rozpaczą rozejrzałam się po pokoju i spojrzałam prosto w oczy Markowi Darcy'emu.

— To było interesujące! — powiedziała Elaine Darcy, stając

koło mnie, gdy ja schyliłam głowę, by odzyskać równowagę. —
Poezja jednoczy młodych i starych.

— Narąbanych i trzeźwych — dodałam.

W tej chwili chwiejnym krokiem podszedł admirał Darcy,
ściskając w ręku swój wiersz.

— Och, kochana, kochana, najdroższa! — wykrzyknął, rzucając się na Elaine. — O, jest ta jak-jej-tam — dodał, zerkając na
mnie. — Cudownie! Mark przyszedł, grzeczny chłopczyk! Przyjechał po nas. Trzeźwy jak sędzia. Sam jak ten palec. Ja nie mam
pojęcia!

Oboje odwrócili się i spojrzeli na Marka, który siedział przy
kupionym okazyjnie za trzy pensy stoliku Uny i gryzmolił coś,
obserwowany bacznie przez delfina z niebieskiego szkła.

— Spisuje mój testament na przyjęciu! Ja nie mam pojęcia.
Pracuj, pracuj, pracuj! — zaryczał admirał. — Przyprowadziłeś
ze sobą tę laseczkę, jak jej tam, kochanie, Rachel, nie? Betty?

— Rebecca — powiedziała ostro Elaine.

— Nigdzie jej nie widzę. Spytaj go, co się z nią stało. Co on
tam mamrocze? Nie cierpię, jak ktoś mamrocze! Nigdy tego nie
cierpiałem.

— Nie sądzę, żeby ona... — wymruczała Elaine.

— Dlaczego nie?! Dlaczego nie?! Doskonale! Ja nie mam
pojęcia! Po co stroić takie fochy? Mam nadzieję, że młode damy
nie fruwają z kwiatka na kwiatek jak dzisiejsi młodzieńcy!

— Nie — odparłam ponuro. — Prawdę mówiąc, jeśli kogoś
kochamy, to dosyć trudno jest nam wybić go sobie z głowy, kiedy
nas porzuca.

Za nami rozległ się jakiś trzask. Kiedy się odwróciłam, okazało się, że to Mark Darcy niechcący przewrócił delfina z niebieskiego szkła, który z kolei strącił wazon z chryzantemami
i zdjęcie w ramce, powodując melanż potłuczonego szkła, kwiatów i kartek, podczas gdy sam obrzydliwy delfin jakimś cudem
pozostał nietknięty.

Nastąpiło zamieszanie, gdy mama, Elaine i admirał Darcy
popędzili tam. Admirał zaczął wrzeszczeć, zataczając się, tata

próbował zrzucić delfina na podłogę, wołając: „Wynocha z tą paskudą", a Mark wziął się do zbierania swoich papierów, oferując się, że za wszystko zapłaci.

— Możemy iść, tato? — wymamrotał Mark z wyrazem głębokiego wstydu na twarzy.

— Nie, nie, wszystko w swoim czasie. Jestem tu w bardzo dobrym towarzystwie, razem z Brendą. Przynieś mi jeszcze porto, co, synu?

Zapadła niezręczna cisza, a Mark i ja spojrzeliśmy na siebie.

— Cześć, Bridget — powiedział Mark ni z tego, ni z owego.
— No, tato, myślę, że naprawdę powinniśmy już iść.

— Tak, chodź, Malcolm — włączyła się Elaine, czule ujmując go pod ramię. — Bo inaczej posiusiasz się na dywan.

— Och, psi-psi, ja nie mam pojęcia.

W końcu cała trójka się pożegnała i Mark z Elaine wyprowadzili admirała. Patrzyłam za nim, czując w środku pustkę, i wtedy nagle Mark pojawił się znowu i skierował w moją stronę.

— Zapomniałem pióra — powiedział, biorąc swojego Mont Blanca ze stolika. — Kiedy jedziesz do Tajlandii?

— Jutro rano. — Przysięgłabym, że przez ułamek sekundy wyglądał na rozczarowanego. — Skąd wiedziałeś, że jadę do Tajlandii?

— W Grafton Underwood nie mówi się o niczym innym. Spakowałaś się już?

— A jak myślisz?

— Pewnie jeszcze nawet nie zaczęłaś — odparł z krzywym uśmiechem.

— Mark! — ryknął jego ojciec. — No, synu, wydawało mi się, że to ty chciałeś stąd uciekać.

— Już idę — odparł Mark, oglądając się przez ramię. — To dla ciebie. — Podał mi zmiętą kartkę, rzucił mi... eee... przenikliwe spojrzenie, po czym wyszedł.

Upewniłam się, czy nikt na mnie nie patrzy, i drżącymi rękoma rozłożyłam kartkę. Była to kopia wiersza taty i admirała Darcy'ego. Po co mi to dał?

2 sierpnia, sobota

58 kg (totalna klęska diety przedwakacyjnej), jedn. alkoholu 5, papierosy 42, kalorie 4457 (czarna rozpacz), spakowane rzeczy 0, pomysły co do miejsca przebywania mojego paszportu 6, pomysły co do miejsca przebywania mojego paszportu, które znalazły jakiekolwiek odbicie w rzeczywistości 0.

5.00. Po co, och, po co ja jadę na te wakacje? Przez cały czas będę żałować, że Sharon to nie Mark Darcy, a ona — że ja nie jestem Simonem. Jest piąta rano. Cała sypialnia jest zawalona mokrym praniem, długopisami i torbami foliowymi. Nie wiem, ile wziąć staników, nie mogę znaleźć małej czarnej od Jigsaw, bez której nie mogę jechać, drugiego różowego klapka, nie mam czeków podróżnych, a moja karta kredytowa jest chyba nieważna. Do wyjścia zostało mi tylko 1,5 godziny, a wszystko to nie zmieści się do walizki. Może dla uspokojenia zapalę sobie i przez parę minut pooglądam foldery.

Mmm. Cudownie będzie tak sobie leżeć na plaży i opalać się na czekoladkę. Słońce, kąpiel w morzu i… Oooj. Miga lampka na sekretarce. Jak to możliwe, że nie zauważyłam?

5.10. Przycisnęłam guzik NOWA WIADOMOŚĆ.

— Bridget, tu Mark. Tak sobie pomyślałem… wiesz, że teraz w Tajlandii jest pora deszczowa? Może powinnaś zapakować parasolkę.

Rozdział jedenasty
TAJSKIE DANIE NA WYNOS

3 sierpnia, niedziela

Pozbawiona wagi (w powietrzu), jedn. alkoholu 8 (ale podczas lotu, więc zniesione przez wysokość), papierosy 0 (czarna rozpacz: miejsce dla niepalących), kalorie 1 milion (w całości złożone z rzeczy, których w życiu nie wzięłabym do ust, gdyby nie znajdowały się w jadłospisie linii lotniczych), bąki puszczone przez towarzysza podróży 38 (do tej pory), różnorodność zapachowa bąków 0.

16.00 czasu angielskiego. W samolocie w powietrzu. Muszę udawać, że jestem bardzo zajęta słuchaniem walkmana i pisaniem, bo siedzący koło mnie koszmarny typ w jasnobrązowym garniturze z jakiegoś syntetycznego materiału w przerwach między puszczaniem cichych, acz śmierdzących bąków próbuje wciągnąć mnie w rozmowę. Próbowałam udawać, że usnęłam, zatykając jednocześnie nos, ale po paru minutach koszmarny typ poklepał mnie po ramieniu i spytał:

— Ma pani jakieś hobby?

— Tak, drzemanie — odparłam, ale nawet to go nie odstraszyło i w ciągu paru sekund wchłonął mnie mroczny świat wczesnoetruskich monet.

Sharon i ja siedzimy osobno, bo spóźniłyśmy się na samolot i zostały tylko dwa fotele w różnych miejscach, więc strasznie się na mnie obraziła. Ale teraz już jakimś cudem jej przeszło, co jednak najwyraźniej nie ma związku z tym, że siedzi obok faceta w stylu Harrisona Forda w dżinsach i wymiętej koszuli khaki i chichocze jak opętana (jakoś dziwnie to brzmi) ze wszystkiego, co on powie. I to pomimo faktu, że Shaz nienawidzi wszystkich mężczyzn za to, że wypadli ze swej roli i zwrócili się ku kaszmiryzmowi oraz bezsensownej przemocy. Ja tymczasem tkwię koło pana Automatu Do Bąków W Syntetycznym Ubraniu i przez dwanaście godzin nie będę mogła sobie zapalić. Dzięki Bogu, mam Nicorette.

Niezbyt dobry początek, ale i tak jestem b. podniecona. Dot.: podróż do Tajlandii. Sharon i ja będziemy podróżnikami, a nie turystami, to znaczy nie utkwimy w hermetycznie zamkniętych enklawach dla turystów, tylko będziemy bezpośrednio poznawać tamtejszą religię i kulturę.

Cele wakacji:
1. Być podróżniczką w hippisowskim stylu.
2. Schudnąć dzięki łagodnej, najlepiej nie zagrażającej życiu dyzenterii.
3. Zdobyć subtelną opaleniznę w kolorze herbatnika — a nie jaskrawopomarańczową, jak Sheryl Gascoigne, albo zaczątki czerniaka skóry lub zmarszczek.
4. Dobrze się bawić.
5. Odnaleźć samą siebie, a także okulary przeciwsłoneczne (mam nadzieję, że są w walizce).
6. Kąpać się i opalać (na pewno wystąpią tylko krótkie tropikalne opady deszczu).
7. Zwiedzić świątynie (ale nie za dużo).
8. Przeżyć duchowe oświecenie.

4 sierpnia, poniedziałek
54 kg (ważenie się nie jest już możliwe, więc mogę sobie dobierać wagę według nastroju: wspaniała zaleta podróżowania), kalorie 0, minuty spędzone w toalecie 12 (takie mam wrażenie).

2.00 czasu miejscowego. Bangkok. Shazzer i ja próbujemy zasnąć w najgorszym miejscu, w jakim się kiedykolwiek znalazłam. Chyba się uduszę i przestanę oddychać. Kiedy przylecieliśmy nad Bangkok, w powietrzu wisiały ciężkie, szare chmury i lało jak z cebra. W pensjonacie The Sin Sane (Sin Sae) nie ma toalet, tylko obrzydliwe śmierdzące dziury w podłodze w kabinach. Otwarte okno i wentylator nic nie dają, bo od tego powietrza woda by się mogła zagotować. Na dole (hotelu, nie pod toaletą) znajduje się dyskoteka, a w przerwach między kolejnymi piosenkami słyszymy, jak wszyscy na ulicy jęczą i też nie mogą usnąć. Czuję się jak jakaś wielka, biała, spuchnięta galareta. Włosy najpierw zmieniły mi się w pierze, a potem przykleiły do twarzy. Ale najgorsze jest to, że Sharon bez przerwy nadaje o tym facecie w stylu Harrisona Forda z samolotu.

— ...taki światowy... kiedyś leciał samolotem Sudan Airlines i pilot oraz drugi pilot postanowili uścisnąć dłoń wszystkim pasażerom, i wtedy zatrzasnęły się za nimi drzwi do kokpitu! Musili je wyrąbać siekierą. Straszny z niego bystrzak. On się zatrzymał w Orientalu. Powiedział, żebyśmy go odwiedziły.

— Wydawało mi się, że miałyśmy się nie zadawać z facetami — burknęłam.

— Nie, nie, tylko tak sobie pomyślałam, że skoro jesteśmy w obcym kraju, to dobrze by było pogadać z kimś bywałym w świecie.

6.00. W końcu, o wpół do piątej, udało mi się usnąć, ale o 5.45 obudziła mnie Sharon, która zaczęła skakać po łóżku, mówiąc, że powinnyśmy pójść do świątyni i obejrzeć wschód słońca (przez chmury o grubości stu metrów?). Już nie mogę. Aaa! Coś okropnego dzieje się w moim brzuchu. Ciągle coś mi się tam przelewa.

11.00. Wstałyśmy pięć godzin temu, z czego cztery i pół spędziłyśmy na zmianę w „toalecie". Sharon mówi, że cierpienie i proste życie są częścią duchowego oświecenia. Komfort fizyczny nie tylko nie jest niezbędny, ale też hamuje rozwój duchowy. Zamierzamy medytować.

Południe. Hurra! Przeniosłyśmy się do Orientalu! Wiemy, że jedna noc tam będzie nas kosztować więcej niż tydzień na Korfu, ale to sytuacja wyjątkowa, a zresztą od czego są karty kredytowe? (Karta Shazzer nadal jest ważna, będę mogła jej zwrócić pieniądze potem. Ciekawe, czy duchowe oświecenie na czyjś koszt jest w porządku?)

Obie zgodnie doszłyśmy do wniosku, że hotel jest fantastyczny i natychmiast przebrałyśmy się w pastelowoniebieskie szlafroki, bawiłyśmy się w kąpieli z pianą itd. Poza tym Shazzer mówi, że po to, by zostać prawdziwym podróżnikiem, nie trzeba cały czas się umartwiać, bo to kontrast między światami i stylami życia prowadzi do duchowego oświecenia. Absolutnie się z nią zgadzam. Na przykład w obliczu obecnych problemów z żołądkiem jestem niezmiernie wdzięczna za toaletę i bidet.

20.00. Shazzer spała (albo umarła na dyzenterię), więc postanowiłam pójść na spacer po hotelowym tarasie. Coś przepięknego. Stałam w atramentowych ciemnościach, lekki, ciepły wietrzyk odklejał mi z twarzy pierze, potem przechyliłam się przez barierkę i spoglądałam na rzekę Chao Phraya oraz na migające światełka i łódki w orientalnym stylu czające się w mroku. Samoloty to cudowny wynalazek — zaledwie 24 godziny temu siedziałam na łóżku w domu otoczona mokrym praniem — a teraz znajduję w tak niesamowicie egzotycznym i romantycznym miejscu. Właśnie miałam zapalić papierosa, kiedy nagle przed moim nosem pojawiła się bajerancka złota zapalniczka. Zerknęłam na twarz oświetloną płomykiem i wydałam z siebie jakiś dziwny odgłos. To był Harrison Ford z samolotu! Kelner przyniósł dziwnie mocny gin z tonikiem. Harrison Ford, czy też Jed, wyjaśnił, że w tropikach koniecznie trzeba brać chininę. Teraz zrozumiałam, dlaczego Shaz tak odbiło na jego punkcie. Spytał mnie o nasze plany wakacyjne. Powiedziałam, że postanowiłyśmy pojechać na hippisowską wyspę Koh Samui, zamieszkać w chatce i przeżyć duchowe oświecenie. Odparł, że chętnie by się tam z nami wybrał. Ja na to, że Sharon by się ucieszyła (gdyż oczywiście należał do niej, chociaż mu tego nie zdradziłam), i spytałam, czy ją obudzić. Od całej tej chininy czułam się już nieco wstawiona i wpadłam w panikę, kiedy delikatnie pogładził mnie palcem po policzku i pochylił się ku mnie.

— Bridget — syknął jakiś głos. — Kurde, ale z ciebie przyjaciółka.

O nie, o nie. To była Shazzer.

7 sierpnia, czwartek
53,5, a może 51,5 kg?, papierosy 10, widok słońca na niebie 0.

Koh Samui Island, Thailand. (Hmm: rymy jak w piosence rapowej).

Przybiłyśmy do b. sielskiej — pomijając lejący deszcz — hippisowskiej plaży: cudny sierp piaseczku, małe chatki na palach i wszędzie restauracje. Chatki te są zbudowane z bambusa i mają balkoniki wychodzące na morze. Atmosfera między mną a Shaz jest dosyć chłodna, a Shaz dostała awersji do Chłopców Z Sąsiedniej Chatki, w rezultacie czego, chociaż jesteśmy tu zaledwie od osiemnastu godzin, już trzy razy w tym deszczu musiałyśmy zmieniać miejsce pobytu. Za pierwszym razem było to całkowicie uzasadnione, gdyż po jakichś trzech minutach od naszego pojawienia się w chatce przyszli chłopcy i próbowali nam sprzedać coś, co było albo heroiną, albo opium, albo krówką mleczną. Wtedy przeniosłyśmy się do nowego hotelu-chatki, gdzie sąsiadujący z nami chłopcy wyglądali b. schludnie, jak biochemicy lub ktoś w tym rodzaju. Niestety, ci biochemicy przyszli do nas i powiedzieli, że trzy dni temu w naszej chatce ktoś się powiesił, na co Shazzer nieodwołalnie postanowiła się przeprowadzić. Było już kompletnie ciemno. Biochemicy zaproponowali, że pomogą nam przenieść bagaż, ale Shaz nawet nie chciała o tym słyszeć, więc całe wieki wlokłyśmy się plażą z plecakami. Ale ukoronowaniem wszystkiego było, że po przebyciu 20 000 mil po to, by codziennie rano budzić się nad morzem, wylądowałyśmy w chatce wychodzącej na tył restauracji i kanał. Teraz więc musimy znowu ruszyć na poszukiwanie następnej chatki, która by się znajdowała nad morzem, ale nie sąsiadowała z nieodpowiednim towarzystwem ani nie była obciążona wisielczą karmą. Cholerna Shazzer.

23.30. Właśnie wrciłyśmy z odlotowe knajpy z trwką, Shazz strsznie fajna. Moja najpszyjaciółka.

8 sierpnia, piątek
51 kg (cudowny skutek uboczny eksplozji brzucha), jedn. alkoholu 0, papierosy 0 (bdb), czarodziejskie grzybki 12 (mmmmm, iiiii-haaaa).

11.30. Kiedy się obudziłam — przyznaję, że dość późno — odkryłam, że jestem sama. Nie mogłam znaleźć Shazzer w chatce, więc wyszłam na balkon i zaczęłam się rozglądać. Ku memu strapieniu okazało się, że przerażające Szwedki z chatki obok zastąpił Chłopiec Z Sąsiedniej Chatki, ale oczywiście nie mogła to być moja wina, jako że podróżnicy nieustannie przyjeżdżają i wyjeżdżają. Założyłam korekcyjne okulary przeciwsłoneczne i po bliższej inspekcji odkryłam, że Chłopak Z Sąsiedniej Chatki to sobowtór Harrisona Forda z samolotu, Podrywacz z Orientalu. Odwrócił się i uśmiechnął do jakiejś dziewczyny, która wychodziła z jego chatki. To była Shazzer, której filozofia „uważaj w podróży, unikaj Chłopców Z Sąsiedniej Chatki" najwyraźniej zawierała aneks „chyba że są niezwykle atrakcyjni".

13.00. Jed zabiera nas obie do kafejki na omlet z czarodziejskimi grzybkami! Początkowo podchodziłyśmy do tego nieufnie, gdyż jesteśmy przeciwne zakazanym substancjom, ale Jed wyjaśnił, że czarodziejskie grzybki to nie narkotyki, tylko sama natura, i że otworzą przed nami bramę do duchowego oświecenia. B. podniecona.

14.00. Jestem piękna uderzającą, egzotyczną urodą, jestem częścią wszystkich kolorów i życia z jego wszystkimi prawami.

Kiedy kładę się na piasku i patrzę na niebo przez kapelusz, przeświecają przez niego iskierki światła i jest to najpiękniejsza, najpiękniejsza i najbardziej drogocenna rzecz na świecie. Shazzer jest piękna. Wezmę kapelusz do morza, bo piękno morza połączyło się z drogocennymi iskierkami światła jak klejnoty.

17.00. Sama w restauracji z marychą. Shazzer się do mnie nie odzywa. Po omlecie z czarodziejskimi grzybkami początkowo nic się nie działo, ale kiedy wracałyśmy do swojej chatki, nagle wszystko zaczęło mnie niesamowicie śmieszyć i niestety rozchichotałam się na dobre. Shaz jednak nie była w nastroju do żartów. Po powrocie do chatki postanowiłam powiesić hamak na zewnątrz za pomocą sznurka, który się zerwał, więc wylądowałam na piachu. Wydało mi się to tak zabawne, że zrobiłam to raz jeszcze i, jak twierdzi Shazzer, przez następne czterdzieści pięć minut wykonywałam upadek z hamaka, którego atrakcyjności wcale nie umniejszały powtórzenia. Jed był w chatce z Shaz, ale poszedł popływać, więc postanowiłam dołączyć do niej. Leżała na łóżku, jęcząc: „Jestem brzydka, brzydka, brzydka, brzydka". Zaniepokojona wstrętem, który Shazzer czuła do samej siebie i który tak kontrastował z moim nastrojem, podbiegłam do niej, żeby ją pocieszyć. Niestety, po drodze kątem oka uchwyciłam swoje odbicie w lustrze i stanęłam jak wryta, bo nigdy w życiu nie widziałam równie pięknej i zachwycającej istoty.

Shaz utrzymuje, że przez kolejne czterdzieści minut próbowałam ją podnieść na duchu, ale wciąż mnie rozpraszało własne odbicie w lustrze. Ustawiałam się więc w różnych pozach i kazałam Shaz mnie podziwiać. Shaz tymczasem przeżywała prawdziwy koszmar, gdyż miała wrażenie, że cała jej twarz i ciało są poważnie zniekształcone. Wyszłam, żeby jej przynieść coś do jedzenia, i wróciłam, chichocząc, z bananem i Krwawą Mary. Powiedziałam, że kelnerka w restauracji miała na głowie abażur, po czym oszołomiona wróciłam na swe stanowisko przed lustrem. Shaz twierdzi, że następnie przez dwie i pół godziny leżałam na plaży, gapiąc się w niebo przez kapelusz i lekko poruszając palcami, podczas gdy ona zastanawiała się nad samobójstwem.

Ja pamiętam tylko, że przeżywałam najpiękniejsze chwile swojego życia, pewna, że pojęłam najgłębsze, odwieczne prawa życia i że muszę tylko dać unieść się fali — jak to zostało opisane w *Inteligencji emocjonalnej* — czyli żyć według tych praw, a potem nagle jakby ktoś przekręcił wyłącznik i wszystko zniknęło. Wróciłam do chatki i w lustrze zamiast kobiecego wcielenia promiennego Buddy / Yasmin Le Bon ujrzałam po prostu siebie, czerwoną na gębie i spoconą, z włosami z jednej strony przylepionymi do czaszki, a z drugiej — sterczącymi na kształt rogów, Shaz zaś patrzyła na mnie wzrokiem mordercy z siekierą. B. mi smutno i jest mi wstyd za swoje zachowanie, ale to nie moja wina, tylko tych grzybków.

Może jeżeli wrócę do chatki i pogadam z nią o duchowym oświeceniu, przestanie się na mnie boczyć.

15 sierpnia, piątek
51,5 (dziś w nieco lepszym nastroju), jedn. alkoholu 1, papierosy 25, duchowe oświecenia 0, katastrofy 1.

9.00. Miałyśmy fantastyczne wakacje, chociaż nie przeżyłyśmy duchowego oświecenia. Czułam się nieco osamotniona, bo Shaz często przebywała z Jedem, ale słońca było sporo, więc kąpałam się i opalałam, podczas gdy oni się bzykali, a wieczorami we trójkę chodziliśmy na kolację. Shaz ma złamane serce, bo Jed wczoraj wieczorem wyjechał na jakieś inne wyspy. Zamierzamy sobie zrobić superśniadanie na pocieszenie (ale bez grzybków), a potem znowu zostaniemy tylko we dwie i będziemy się świetnie bawić. Hurra!

11.30. O jasna cholera i kurwa żesz mać. Właśnie wróciłyśmy do naszej chatki i odkryłyśmy, że ktoś wyłamał kłódkę i ukradł nasze plecaki. Z całą pewnością zamykałyśmy za sobą drzwi, więc ktoś musiał się włamać. Na szczęście miałyśmy ze sobą paszporty, a w plecakach nie trzymałyśmy wszystkich rzeczy, ale straciłyśmy bilety na samolot i czeki podróżne. Po zakupach w Bangkoku karta Shaz już też nie jest ważna. Zostało nam tylko 38 dolarów, samolot do Londynu z Bangkoku jest we wtorek, a my tkwimy setki mil od domu na jakiejś wyspie. Sharon płacze, a ja próbuję ją pocieszyć, chociaż z niewielkim skutkiem.

Cała ta sytuacja przypomina *Thelmę i Louise*, kiedy Thelma idzie do łóżka z Bradem Pittem, który kradnie im wszystkie pieniądze, Geena Davis mówi, że wszystko w porządku, a Susan Sarandon płacze i odpowiada: „Nic nie jest w porządku, Thelma, z pewnością nic nie jest w porządku".

Sam lot do Bangkoku, żeby zdążyć na samolot, kosztowałby po 100 dolarów na głowę, a kto wie, czy w Bangkoku uwierzyliby nam, że zgubiłyśmy bilety i czy w ogóle mogłybyśmy... O Boże. Nie powinnam tracić głowy, muszę zachować zimną krew. Zaproponowałam Shazzer, żebyśmy wróciły do restauracji z marychą na parę Krwawych Mary, a potem przespały się z tą sprawą, na co Shaz odbiła szajba.

Cały problem polega na tym, że z jednej strony ogarnia mnie panika, a z drugiej — uważam, że to cudownie, bo przeżyjemy przygodę, a to taka odmiana po wiecznym martwieniu się o obwód moich ud. Chyba się wymknę i pójdę po te Krwawe Mary. Nie zaszkodzi, jak się trochę rozerwiemy. Do poniedziałku nic z tym nie zrobimy, bo wszystko jest pozamykane. Pomyślałam sobie, że mogłybyśmy pójść do jakiegoś baru i zebrać napiwki za egzotyczny taniec, podczas którego wychodziłyby z nas piłeczki pingpongowe, ale doszłam do wniosku, że nie wygrałybyśmy z konkurencją.

13.00. Hurra! Shazzza i ja jezziemy do KohSamui jak hippisi i będziemy sprzedawać muszl naplaży. Dchowe ośfiesenie. Ale super. Polegamy tylko na sobie. Duchofość.

17.00. Hmmm. Shaz jeszcze śpi, co mnie cieszy, bo raczej ciężko znosi całą tę sytuację. Myślę, że to dobra okazja, by sprawdzić swoją samodzielność. Wiem. Pójdę do tego dużego hotelu i wypytam się w recepcji, co można zrobić w sytuacji kryzysowej. Mogłabym na przykład zadzwonić do firmy zajmującej się czekami podróżnymi. Ale wtedy nie dostaniemy w porę zwrotu. Nie, nie. Muszę myśleć pozytywnie.

19.00. A widzicie? Dopóki się nie traci ducha, zawsze znajdzie się coś, co cię wyciągnie z dołka. Na kogóż innego wpadłam w hotelowym holu, jak nie na Jeda? Powiedział, że jego podróż na wyspy została odwołana z powodu deszczu, że wieczorem wraca do Bangkoku i właśnie zamierzał przyjść się z nami pożegnać przed wyjazdem. (Shaz może się trochę zdenerwować, że od razu do niej nie przyszedł. Może myślał, że już wyjechałyśmy albo... No nie, nie zamierzam w imieniu Sharon wpadać w obsesję).

W każdym razie Jed był strasznie miły, chociaż powiedział, że nie powinnyśmy zostawiać w chatce niczego wartościowego, nawet jeżeli domek był zamknięty na kłódkę. Potem wygłosił mały wykład (cholernie seksownym ojcowsko/księżowskim tonem), po czym powiedział, że trzeba próbować dostać się do Bangkoku, żeby zdążyć na wtorkowy lot, bo wszystkie loty stąd są dzisiaj, a na jutro nie ma miejsc, ale spróbuje zdobyć dla nas bilety na jutrzejszy pociąg, co powinno załatwić sprawę. Zaoferował też trochę pieniędzy na taksówki i hotel. Uważa, że jeżeli zaraz z rana w poniedziałek zadzwonimy do biura turystycznego w Londynie, to na pewno nam ponownie wydadzą bilety, które będą do odebrania na lotnisku.

— Oddamy ci te pieniądze — powiedziałam z wdzięcznością.

— Ej, nie martw się — odparł. — Nie jest to zbyt wiele.

— Nie, nie, oddamy — nalegałam.

To hojne, bogate bóstwo, chociaż oczywiście pieniądze nie są ważne. Chyba że jest się w sytuacji kryzysowej.

18 sierpnia, poniedziałek

W pociągu z Surat Thani Koh Samui do Bangkoku. W pociągu jest całkiem miło, oglądamy po drodze pola ryżowe i ludzi w spiczastych kapeluszach. Za każdym razem, kiedy pociąg się zatrzymuje, pod okna podchodzą handlarze z kurczakiem w sosie saté*, który jest przepyszny. Ciągle myślę o Jedzie. Był taki miły i pomocny, że przypomniał mi się Mark Darcy z okresu, kiedy jeszcze nie chodził z Rebeccą. Jed dał nam nawet jedną ze swych toreb, żebyśmy mogły się spakować, i wszystkie szamponiki i mydełka z różnych hoteli. Shaz jest szczęśliwa, bo się wymienili telefonami i adresami i zaraz po powrocie mają się spotkać. Szczerze mówiąc, Shaz jest szczęśliwa aż do granic możliwości. To dobrze, bo tak się umęczyła z tym Simonem. Zawsze podejrzewałam, że wcale nie nienawidzi wszystkich mężczyzn, tylko tych porąbanych. O Boże. Mam nadzieję, że zdążymy na samolot.

19 sierpnia, wtorek
11.00. Na lotnisku w Bangkoku. To jest jakiś koszmar. W głowie mam mętlik i ledwo widzę na oczy. Shaz poszła przodem, żeby zatrzymać samolot, a ja niosłam bagaż. Musiałam przejść koło celnika z psem na smyczy, który zaczął się wyrywać do mojej torby i szczekać. Celnicy jęli dziamgotać po swojemu, a potem jakaś kobieta w mundurze wojskowym zabrała mnie i moją torbę do separatki. Tam opróżnili torbę, potem wzięli nóż i rozcięli podszewkę, a w środku była plastikowa torebka z jakimś białym proszkiem. A potem… O Boże. O Boże. Na pomoc.

20 sierpnia, środa
38 kg, jedn. alkoholu 0, papierosy 0, kalorie 0, szanse na to, że jeszcze kiedyś będę jadła tajskie potrawy na wynos 0.

11.00. W areszcie w Bangkoku. Spokojnie. Spokojnie. Spokojnie. Spokojnie.

11.01. Spokojnie.

---

* Saté — sos z orzeszków ziemnych.

11.02. Założyli mi kajdany na nogi. Założyli mi KAJDANY NA NOGI. Tkwię w śmierdzącej celi w Trzecim Świecie razem z ośmioma tajskimi prostytutkami i nocnikiem w kącie. Chyba zemdleję od tej duchoty. To nie może się dziać naprawdę.

11.05. O Boże. Zaczynam rozumieć, co się stało. Nie do wiary, że Jed mógł być tak podły, żeby najpierw przespać się z Shaz, a potem ukraść nam wszystkie rzeczy i wsadzić mnie do pudła. Nie do wiary. Ale spodziewam się, że niedługo przyjdzie ambasador Wielkiej Brytanii, wszystko wyjaśni i mnie stąd wyciągnie.

Południe. Zaczynam się lekko niepokoić nieobecnością ambasadora Wielkiej Brytanii.

13.00. Ambasador Wielkiej Brytanii na pewno przyjdzie po lunchu.

14.00. Może ambasadora Wielkiej Brytanii coś zatrzymało, może jeszcze pilniejszy przypadek prawdziwego przemytu narkotyków, co jest ważniejsze od nieuzasadnionego uwięzienia.

15.00. Jasna cholera, żesz kurwa! Mam nadzieję, że w ogóle p o w i a d o m i l i ambasadora Wielkiej Brytanii. Shazzer na pewno wszczęła alarm. Może przymknęli i ją? Ale gdzie ona jest?

15.30. Muszę, muszę się pozbierać. Teraz mogę polegać tylko na sobie. Pieprzony Jed. Nie powinnam pielęgnować w sobie urazy. O Boże, jaka ja jestem głodna.

16.00. Przed chwilą strażnik przyniósł jakiś paskudny ryż i parę rzeczy osobistych, które pozwolono mi zachować — majtki, zdjęcie Marka Darcy'ego, zdjęcie, na którym Jude pokazuje Shazzer, jak się przeżywa orgazm, oraz jakąś wymiętą kartkę z kieszeni w dżinsach. Próbowałam spytać strażnika o ambasadora Wielkiej Brytanii, ale on tylko pokiwał głową i powiedział coś, czego nie zrozumiałam.

16.30. A widzicie? Nawet kiedy sytuacja wygląda kiepsko, może się pojawić światełko w tunelu. Okazało się, że na tej wymiętej kartce jest wiersz taty z klubu miłośników książki, który dał mi Mark. To literatura. Przeczytam go i pomyślę o przyjemniejszych rzeczach.

Jeżeli **Rudyarda Kiplinga**
Jeżeli spokój zachowasz, choćby go stracili
Ubodzy duchem, ciebie oskarżając...

O mój Boże. O mój BOŻE. Czy w Tajlandii nadal ścina się ludziom głowy?

21 sierpnia, czwartek
32 kg (bdb, ale tylko w wyobraźni), jedn. alkoholu 14 (ale również w wyobraźni), papierosy 0, kalorie 12 (ryż), liczba razy, kiedy żałowałam, że zamiast do Tajlandii nie pojechałam do Cleethorpes 55.

5.00. Przez całą tę koszmarną noc leżałam zwinięta w kłębek na zapchlonym starym worze wypchanym starymi skarpetami, który udawał materac. To dziwne, jak szybko człowiek przyzwyczaja się do brudu i niewygody. Najgorszy jest ten smród. Udało mi się przespać parę godzin z przerwami, kiedy się budziłam i przypominałam sobie, co się stało. Wciąż ani widu, ani słychu ambasadora Wielkiej Brytanii. Na pewno to tylko pomyłka i wszystko będzie OK. Nie wolno mi upadać na duchu.

10.00. Przed chwilą w drzwiach pojawił się strażnik z jakimś sloaneowskim facecikiem w różowej koszuli.

— Czy pan jest ambasadorem Wielkiej Brytanii?! — wrzasnęłam, dosłownie się na niego rzucając.

— Yy... Nie, jestem zastępcą konsula. Charlie Palmer- -Thompson. Miło mi panią poznać. — Podał mi rękę gestem, który byłby uspokajająco brytyjski, gdyby nie to, że zaraz potem Charlie odruchowo wytarł dłoń w spodnie.

Spytał mnie, co się stało, a potem zapisał szczegóły w notesie w skórzanej oprawie od Mulberry'ego, powtarzając co chwila: „Taa, taa. O Chryste, coś okropnego", jakbym mu opowiadała anegdotkę z gry w polo. Zaczęłam wpadać w panikę, bo a) najwyraźniej nie pojmował powagi sytuacji, b) nie wyglądał na — nie żebym była snobką czy coś w tym rodzaju — najmądrzejszego człowieka w Wielkiej Brytanii i c) nie sprawiał wrażenia tak pewnego, jak bym chciała, że to wszystko jedna wielka pomyłka i że lada chwila zostanę uwolniona.

— Ale dlaczego? — spytałam, opowiedziawszy po raz kolejny całą historię. Wyjaśniłam mu, że Jed pewnie sam się włamał do naszej chatki i wszystko zaplanował.

— Widzi pani, cały dowcip polega na tym — Charlie konspiracyjnie pochylił się ku mnie — że każdy, kto tu ląduje, opowiada jakąś historię, zwykle bardzo podobną do pani wersji. Tak więc, jeżeli ten przeklęty Jed sam się do wszystkiego nie przyzna, to czarno to widzę.

— Dostanę karę śmierci?

— Boże święty, nie. Jasna cholera. Raczej nie. Może się pani spodziewać co najwyżej dziesięciu lat.

— DZIESIĘCIU LAT? Ale przecież ja nic nie zrobiłam.

— Taa, taa, fatalna sprawa, wiem — powiedział, z powagą kiwając głową.

— Ale ja nie wiedziałam, że tam są narkotyki!

— Jasne, jasne — przytaknął z taką miną, jakby znalazł się w nieco kłopotliwym położeniu na popijawie.

— Zrobi pan wszystko, co w pana mocy?

— Absolutnie tak — zapewnił, wstając. — Taa.

Obiecał, że przyniesie mi listę adwokatów do wyboru, i powiedział, że może wykonać dwa telefony w moim imieniu, żeby przekazać szczegóły tego, co mi się przydarzyło. Miałam niezły mętlik w głowie. Prawdę mówiąc, najlepszy byłby Mark Darcy, ale wolałam mu się nie przyznawać, że znowu się wpakowałam w tarapaty, zwłaszcza po tej sprawie z mamą i Juliem w zeszłym roku. W końcu zdecydowałam się na Jude i Shazzer.

Czuję się tak, jakby teraz mój los znalazł się w rękach jakiegoś sloaneowskiego świeżo upieczonego absolwenta Oksfordu. Boże, tu jest po prostu okropnie. Gorąco, śmierdząco i dziwnie. Mam wrażenie, że to się nie dzieje naprawdę.

16.00. Kompletne dno. Przez całe życie miałam przeczucie, że wydarzy się coś strasznego, no i się wydarzyło.

17.00. Nie mogę upadać na duchu. Powinnam pomyśleć o czymś innym. Może poczytam sobie ten wiersz i spróbuję zignorować dwa pierwsze wersy:

Jeżeli Rudyarda Kiplinga

Jeżeli spokój zachowasz, choćby go stracili
  Ubodzy duchem, ciebie oskarżając;
Jeżeli wierzysz w siebie, gdy inni zwątpili,
  Na ich niepewność jednak pozwalając.
Jeżeli czekać zdołasz, nie czując zmęczenia,
  Samemu nie kłamiesz, chociaż fałsz panuje,
Lub nienawiścią otoczon, nie dasz jej wstąpienia,
  Lecz mędrca świętego pozy nie przyjmujesz.

Jeżeli masz marzenia, nie czyniąc ich panem,
  Jeżeli myśląc, celem nie czynisz myślenia,
Jeżeli triumf i porażkę w życiu napotkane
  Jednako przyjmujesz oba te złudzenia.
Jeżeli zniesiesz, aby z twoich słów
  Dla głupców pułapkę łotrzy tworzyli,
Lub gmach swego życia, co runął w nów,
  Bez słowa skargi wznieść będziesz miał siły.

Jeżeli zbierzesz, coś w życiu swym zdobył,
  I na jedną kartę wszystko to postawisz,
I przegrasz, i zaczniesz wieść żywot nowy,
  A żal po tej stracie nie będzie cię trawić.

Jeżeli zmusisz, choć ich już nie stanie,
  Serce, hart ducha, aby ci służyły,
A gdy się wypalisz, Wola twa zostanie
  I Wola ta powie ci: „Wstań! Zbierz siły!"

Jeżeli pokory twej zniszczyć nie zdoła tłumu obecność,
  Pychy nie czujesz, z królem rozmawiając,
Jeżeli nie zrani cię wrogów ni przyjaciół niecność,
  I ludzi cenisz, żadnego nie wyróżniając.
Jeżeli zdołasz każdą chwilę istnienia
  Wypełnić życiem, jakby była wiekiem,
Twoja jest ziemia i wszystkie jej stworzenia
  I — mój synu — będziesz prawdziwym człowiekiem!

Dobry jest ten wiersz. Bardzo dobry, prawie jak poradnik. Może dlatego Mark Darcy mi go dał! Może wyczuł, że znajdę się w niebezpieczeństwie! A może po prostu próbował mi coś powiedzieć o mojej postawie. Co za tupet. Nie jestem pewna, czy potrafię każdą chwilę istnienia wypełnić życiem, ani tego, czy chcę być prawdziwym człowiekiem. Poza tym trochę trudno mi traktować tę katastrofę tak samo jak sukcesy, bo nie przypomina mi się, bym odniosła jakoweś, ale i tak zmuszę swoje serce i hart ducha, aby mi służyły jak podczas pierwszej wojny światowej albo jak żołnierz w dżungli, czy co tam Rudyard Kipling miał na myśli, i po prostu będę się trzymać. Przynajmniej do mnie nie strzelali ani nie musiałam uciekać z okopów. No i w więzieniu nie wydam pieniędzy, więc właściwie przezwyciężam kryzys finansowy. Tak, muszę znaleźć pozytywne strony tej sytuacji.

Zalety przebywania w więzieniu:
1. Nie wydaję pieniędzy.
2. Uda bardzo mi schudły i bez żadnego wysiłku straciłam na pewno przynajmniej trzy i pół kilo.
3. Włosom dobrze zrobi, jak ich nie będę myła, bo przedtem nie potrafiłam się zmusić, by wyjść z domu z nie umytą głową.

Kiedy więc wrócę do domu, będę chuda, z lśniącymi włosami i nieco bogatsza. Ale kiedy wrócę do domu? Kiedy? Będę już stara. Albo martwa. Jeżeli spędzę tu dziesięć lat, to już nigdy nie będę mogła mieć dzieci, chyba że po wyjściu zacznę brać lekarstwa na płodność i urodzę ośmioro. Stanę się samotną, załamaną, starą kobietą, wygrażającą pięścią ulicznikom, którzy będą mi wrzucać końskie łajno przez otwór na listy w drzwiach. Może urodzę dziecko w więzieniu? Mogłabym namówić zastępcę konsula Wielkiej Brytanii, żeby mnie zapłodnił. Ale skąd ja wezmę w więzieniu kwas foliowy? Dziecko urodzi się karłowate. Nie, muszę przestać. Przestać. Przestać. Wyobrażam sobie nie wiadomo jakie katastrofy.

Ale to jest katastrofa.

Przeczytam jeszcze raz ten wiersz.

22 sierpnia, piątek
Kalorie 22, bezlitosne minuty spędzone na ucieczce 0.

20.00. Więzienie dla kobiet, Bangkok. Dziś rano przyszli i przenieśli mnie z aresztu do prawdziwego więzienia. Czarna rozpacz. To chyba znaczy, że mnie olali i uznali, że już po mnie. Moja cela to wielkie, brudne pomieszczenie, w którym upchnięto przynajmniej sześćdziesiąt kobiet. Wygląda na to, że coraz bardziej uchodzi ze mnie wszelka siła czy osobowość, bo jestem coraz brudniejsza i wyczerpana. Dzisiaj płakałam po raz pierwszy od czterech dni. Czuję się, jakbym spadała w jakąś otchłań. Jakby wszyscy o mnie zapomnieli i jakbym miała tu zmarnieć. Spróbuję usnąć. Tak bardzo tego potrzebuję.

23.00. Aaa. Ledwo usnęłam, a obudziło mnie jakieś cmokanie w szyję. To było Kółko Lesbijek, które mnie dopadły. Wszystkie zaczęły mnie całować i obmacywać. Nie miałam ich czym przekupić, bo już oddałam swój stanik, a nie zamierzałam chodzić bez majtek. Nie mogłam zawołać strażnika, bo tutaj to najgorsze świństwo. Musiałam więc wymienić dżinsy na brudny, stary sarong. Oczywiście, czułam się molestowana, ale z drugiej strony było mi tak przyjemnie, że ktoś mnie dotykał. Aaa! Może jestem lesbijką? Nie. Chyba jednak nie.

24 sierpnia, niedziela
Minuty spędzone na płaczu 0 (hurra!).

Nastrój o wiele lepszy, bo sobie pospałam. Poszukam Phrao. Phrao to moja przyjaciółka, bo przeniesiono ją tutaj w tym samym czasie co mnie i pożyczyłam jej swój stanik. Chociaż nie ma piersi, to i tak jej się podoba — chodzi w nim cały czas, powtarzając: „Madonna". Nie mogę się oprzeć myśli, że to miłość interesowna, a wręcz przekupna, ale żebracy nie wybierają, a zawsze to miło mieć przyjaciółkę. Poza tym nie chcę, żeby się powtórzyła sytuacja, kiedy wypuszczono zakładników z Bejrutu i okazało się, że nikt nie lubił Terry'ego Waite'a.

Jak się człowiek postara, to do wszystkiego można się przyzwyczaić. Nie zamierzam wpadać w dołek. W domu na pewno próbują coś z tym zrobić. Shazzer i Jude zorganizują kampanie prasowe jak dla Johna McCarthy'ego i staną pod Izbą Gmin z transparentami z moją podobizną i z pochodniami.

Na pewno mogłabym coś zrobić. Wydaje mi się, że jeżeli moje wyjście z więzienia zależy od tego, czy złapią Jeda i wyduszą z niego przyznanie się do winy, to w to łapanie i wyduszanie powinni włożyć trochę więcej energii.

14.00. Hurra! Nagle stałam się najbardziej lubianą dziewczyną w celi. Po cichutku uczyłam Phrao słów piosenek Madonny (bo Phrao ma hysia na jej punkcie), kiedy wokół nas zaczęła się tworzyć mała grupka. Chyba mnie uznały za jakąś boginię, bo znałam wszystkie teksty z *Immaculate Collection*. Skończyło się na tym, że zgodnie z wolą ludu wykonałam *Like a Virgin*, stojąc na stercie materacy, w staniku i sarongu oraz używając tampaxa jako mikrofonu. W pewnej chwili rozległ się przenikliwy wrzask strażnika. Kiedy podniosłam wzrok, zobaczyłam, że właśnie wszedł zastępca konsula Wielkiej Brytanii.

— O Charlie — powiedziałam z wdziękiem, zeskoczyłam

z materacy i podbiegłam do niego, usiłując jednocześnie zakryć stanik sarongiem i odzyskać resztki godności. — Tak się cieszę, że przyszedłeś! Musimy porozmawiać!

Charlie nie wiedział, gdzie podziać oczy, ale ciągle powracał wzrokiem do mojego stanika. Przyniósł mi torbę z Ambasady Brytyjskiej z wodą, biszkoptami, kanapkami, środkiem przeciw owadom, paroma długopisami, papierem i, co najważniejsze, z mydłem.

Nie posiadałam się z radości. To był najwspanialszy prezent, jaki kiedykolwiek dostałam.

— Dziękuję, dziękuję. Nie potrafię wyrazić, jaka ci jestem wdzięczna — mówiłam, rozemocjonowana, prawie rzucając mu się na szyję i biorąc go brutalnie, przypartego do krat.

— Nie ma sprawy, to standard, naprawdę. Wcześniej bym ci przyniósł, ale ci cholerni idioci w biurze ciągle zżerali kanapki.

— Rozumiem. Charlie, a teraz — Jed.

Puste spojrzenie.

— Pamiętasz Jeda? — spytałam z anielską cierpliwością. — Faceta, który dał mi tę torbę? To bardzo ważne, żebyśmy go złapali. Chciałabym, żebyś zebrał więcej szczegółów na jego temat, a potem przysłał mi kogoś z brygady antynarkotykowej, kto poprowadziłby poszukiwania.

— Jasne — odparł Charlie poważnie, ale jednocześnie zupełnie bez przekonania. — Jasne.

— No, rusz trochę głową! — powiedziałam, przemieniając się w postać w stylu Peggy Ashcroft* z ostatnich dni brytyjskich rządów w Indiach, która lada moment uderzy go parasolką w głowę. — Jeżeli władze tajlandzkie były tak uprzejme, by świecić przykładem w walce z narkotykami, bez rozprawy zamykając w więzieniu niewinną kobietę z zachodniego kraju, to powinny przynajmniej wykazać zainteresowanie złapaniem przemytnika narkotyków.

---

* Peggy Ashcroft — aktorka brytyjska, grała m.in. w *Klejnocie Korony* i *Drodze do Indii*, filmach opowiadających o okresie panowania Wielkiej Brytanii w Indiach.

Charlie spojrzał na mnie tępo.

— Taa, jasne, jasne — powiedział, marszcząc brwi i z zapałem kiwając głową, choć jego spojrzenia nie rozświetlił najsłabszy nawet błysk zrozumienia.

Kiedy jeszcze parę razy wyjaśniłam, o co mi chodzi, Charlie nagle zobaczył światełko w tunelu.

— Taa, taa. Rozumiem, co masz na myśli. Taa. Muszą szukać tego faceta, przez którego tu jesteś, bo inaczej wyglądałoby to tak, jakby nie kiwnęli nawet palcem.

— Dokładnie! — Rozpromieniłam się zachwycona swoją robotą.

— Jasne, jasne. — Charlie wstał, wciąż z szalenie poważnym wyrazem twarzy. — Każę im natychmiast wziąć się do roboty.

Patrzyłam za nim, dziwując się, jak takie coś mogło się pojawić w szeregach brytyjskiej służby dyplomatycznej. Nagle mnie olśniło.

— Charlie? — zagadnęłam.

— Taa — odparł, spuszczając wzrok, by sprawdzić, czy nie ma rozpiętego rozporka.

— Czym się zajmuje twój ojciec?

— Tata? — Charlie się rozpromienił. — Och, pracuje w Ministerstwie Spraw Zagranicznych. Stary pruk.

— Jest politykiem?

— Nie, urzędnikiem państwowym. Kiedyś był prawą ręką Douglasa Hurda.

Rzuciłam okiem, czy strażnicy nie patrzą, i pochyliłam się w jego stronę.

— Jak się tutaj rozwija twoja kariera?

— Szczerze mówiąc, w ogóle się nie rozwija, cholera jasna — powiedział wesoło. — Ta Kalkuta to przeklęta dziura zabita dechami, chyba że się pojedzie na wyspy. Och, przepraszam.

— A nie chciałbyś zrobić kariery w dyplomacji? — zaczęłam kusząco. — Przecież wystarczy, że twój tata tylko zadzwoni do…

25 sierpnia, poniedziałek

45,5 kg (chudość będąca apelem o uwagę), liczba... och, pieprzyć to, mózg mi się zlasował. Co jest oczywiście korzystne dla chudnięcia.

Południe. Zły, przygnębiający dzień. Chyba zwariowałam, myśląc, że mogę mieć jakiś wpływ na swoje położenie. Komary i pchły zżerają mnie do żywego mięsa. Mam mdłości i jestem osłabiona od nie kończącej się biegunki, co stanowi problem w kontekście nocnika. Ale w pewnym sensie to dobrze, bo od tych zawrotów głowy wszystko wydaje mi się nierealne: o wiele lepsze od rzeczywistości. Chciałabym móc usnąć. Jak gorąco. Może mam malarię.

14.00. Cholerny Jed. Jak człowiek może być tak...? Nie mogę pielęgnować w sobie urazy, bo w ten sposób wyrządzam krzywdę samej sobie. Zdystansować się. Nie życzę mu źle, nie życzę mu dobrze. Dystansuję się.

14.01. Cholerny, pieprzony, zasifiony śmierdziel z piekła rodem. Mam nadzieję, że upadnie mordą na jeża.

18.00. Są rezultaty! Są rezultaty! Godzinę temu przyszedł strażnik i wygonił mnie z celi. Jak fantastycznie wyrwać się z tego smrodu! Zabrano mnie do małego pokoju przesłuchań ze stołem z plastyku udającego drewno, z szarym, metalowym regałem i egzemplarzem japońskiego pornosa dla gejów, który strażnik w pośpiechu schował, kiedy wszedł jakiś niski, dystyngowany Tajlandczyk w średnim wieku, który przedstawił się jako Dudwani.

Okazało się, że to jakiś straszny beton z brygady antynarkotykowej. Dobry, stary Charlie.

Zaczęłam relacjonować szczegóły z podróży, podałam numer lotu, którym przyleciał Jed, i tego, którym prawdopodobnie odleciał, opisałam torbę i samego Jeda.

— Na pewno na tej podstawie będzie pan mógł go znaleźć? — zakończyłam. — Na torbie muszą być jego odciski palców.

— Wiemy, gdzie jest — odparł wymijająco. — I nie ma linii papilarnych. — Fiuu. Nie ma linii papilarnych. To trochę tak, jakby nie miał sutków.

— To dlaczego jeszcze go nie złapaliście?

— Jest w Dubaju — powiedział beznamiętnie.

Nagle okropnie się wkurzyłam.

— Och, jest w Dubaju, co? I wie pan o nim wszystko. I wie pan, że to zrobił. I wie też, że ja tego nie zrobiłam, a on mnie wrobił. Ale wieczorem wraca pan do domu, swoich uroczych pałeczek do kurczaka z sosem saté, do żony i dzieci, a ja mam tu tkwić do końca swego okresu rozrodczego za coś, czego nie zrobiłam, bo panu się nie chce zmusić kogoś do przyznania się do czegoś, czego ja nie zrobiłam.

Spojrzał na mnie skonsternowany.

— Dlaczego nie zmusi go pan do zeznań?

— Jest w Dubaju.

— W takim razie niech ktoś inny zeznaje.

— Panno Jones, my w Tajlandii…

— Na pewno ktoś widział, jak się włamywał do naszej chatki, albo zrobił to za niego. Ktoś musiał widzieć, jak zaszywał narkotyki pod podszewką. Zrobił to za pomocą maszyny do szycia. Niech pan prowadzi dochodzenie.

— Robimy, co w naszej mocy — stwierdził zimno. — Nasz rząd bardzo poważnie traktuje wszystkie przestępstwa narkotykowe.

— A mój rząd bardzo poważnie traktuje ochronę swoich obywateli — powiedziałam, myśląc przez chwilę o Tonym Blairze i wyobrażając sobie, jak wpada do tego pokoju i daje Tajlandczykowi w łeb.

Tajlandczyk odchrząknął.

— Jestem dziennikarką — wtrąciłam. — Pracuję dla jednego z największych dzienników telewizyjnych Wielkiej Brytanii — powiedziałam, usiłując pozbyć się wizji Richarda Fincha mówiącego: „Myślę: Harriet Harman, myślę: czarna bielizna, myślę…"

— Moi współpracownicy planują energiczną kampanię na rzecz mojego uwolnienia.

Umysłowy przeskok na Richarda Fincha: „O, Bridget Opadające Bikini nie wróciła z wakacji? Pewnie się bzyka na plaży i zapomniała o samolocie".

— Mam powiązania na najwyższych szczeblach rządowych i u w a ż a m, że w obecnej atmosferze... — Tu urwałam i rzuciłam mu znaczące spojrzenie. Obecna atmosfera to już c o ś, prawda? — ...w naszych mediach bardzo źle by to wyglądało, gdybym pozostała uwięziona w tych urągających ludzkiej godności warunkach za przestępstwo, którego zwyczajnie nie popełniłam, co pan sam przyznaje, podczas gdy tutejsza policja nie egzekwuje swoich praw i nie wszczyna śledztwa.

Z niesamowitą godnością zebrałam wokół siebie sarong, odchyliłam się na krześle i rzuciłam mu lodowate spojrzenie.

Urzędnik powiercił się na swoim krześle i wbił wzrok w papiery. Potem podniósł głowę i przygotował długopis.

— Panno Jones, czy możemy wrócić do chwili, kiedy uświadomiła sobie pani, że włamano się do pani chaty?

Ha!

27 sierpnia, środa

51 kg, papierosy 2 (ale za kosmiczną cenę), fantazje dotyczące Marka Darcy'ego / Colina Firtha / księcia Williama wpadającego z okrzykiem: „W imię Boga i Anglii, uwolnijcie moją przyszłą żonę!": nieustające.

Dwa dni niepokoju bez żadnych rezultatów. Ani widu, ani słychu odsieczy, tylko wieczne prośby o wykonanie piosenek Madonny. Dla uspokojenia ciągle czytam *Jeżeli*. W końcu dziś rano pojawił się Charlie — w zupełnie innym nastroju! Niezwykle poważny, z klasą i strasznie pewny siebie, z kolejną torbą zawierającą kanapki z serem topionym, na które — biorąc pod uwagę wcześniejsze fantazje na temat zapłodnienia w więzieniu — w ogóle nie miałam ochoty.

— Taa. Sprawa zaczyna się posuwać do przodu — powiedział Charlie tonem agenta rządowego dźwigającego ciężar tajemnicy ładunku wybuchowego M15. — Prawdę mówiąc, jest cholernie dobrze. Są głosy z Ministerstwa Spraw Zagranicznych.

Starając się nie myśleć o gówienkach w pudełku, spytałam:

— Rozmawiałeś ze swoim tatą?

— Taa, taa. Wiedzą o wszystkim.

— Napisali o mnie w gazetach? — spytałam podniecona.

— Nie, nie. Ćśś, ćśś. Nie chcę robić zamieszania. Jest poczta do ciebie. Twoja przyjaciółka przyniosła ją mojemu tacie. Zresztą cholernie atrakcyjna, jak mówi tata.

Drżącymi rękami otworzyłam dużą, brązową kopertę z Ministerstwa Spraw Zagranicznych. Pierwszy list był od Jude i Shaz, napisany ostrożnie, niemal szyfrem, jakby podejrzewały, że może wpaść w ręce szpiegów.

Bridge,
nic się nie martw, kochamy Cię. Wyciągniemy Cię stamtąd. Jed wytropiony. Mark Darcy pomaga (!).

Serce podeszło mi do gardła. To była wiadomość najlepsza z możliwych (oczywiście poza wiadomością o unieważnieniu wyroku skazującego mnie na dziesięć lat więzienia).

Pamiętaj o równowadze wewnętrznej i korzyściach, jakie ze sobą niesie więzienna dieta. Do zobaczenia wkrótce w 192. Pamiętaj: nic się nie martw. Dziewczyny rządzą.

Całujemy bardzo gorąco,
Jude i Shaz

Popatrzyłam na list, mrugając ze wzruszenia, po czym niecierpliwie rzuciłam się na drugą kopertę. Może jest od Marka?

List był napisany na odwrocie długiej pocztówki z panoramą jeziora Windermere i brzmiał następująco:

Jesteśmy z wizytą u babci w St Anne i podróżujemy wokół jezior. Pogoda mieszana, ale sklepy przyfabryczne są super. Tatuś kupił sobie kubraczek z owczej skóry! Czy mogłabyś zadzwonić do Uny i sprawdzić, czy nastawiła timer?

Całuję,
Mama

30 sierpnia, sobota

51 kg (taką mam nadzieję), jedn. alkoholu 6 (hurra!), papierosy 0, kalorie 8755 (hurra!), liczba przeglądów torby, żeby sprawdzić, czy nie ma w niej jakichś narkotyków 24.

6.00. W samolocie. Wracam do domu! Wolna! Chuda! Czysta! Z lśniącymi włosami! We własnym, czystym ubraniu! Hurra! Mam brukowce: „Marie Claire" i „Hello!" Coś wspaniałego.

6.30. Nie wiadomo dlaczego, czuję jakiś ciężar na sercu. Dziwnie tak tkwić w samolocie w kompletnych ciemnościach, kiedy wszyscy śpią. Czuję ogromną presję, żeby być w euforii, ale tak naprawdę to jestem strasznie oszołomiona. Zeszłej nocy przyszli strażnicy i wywołali mnie. Zostałam zabrana do pokoju przesłuchań, gdzie oddano mi ciuchy i spotkałam się z jakimś innym urzędnikiem z ambasady o imieniu Brian, w dziwnej nylonowej koszuli z krótkim rękawem i okularach w drucianej oprawce. Powiedział, że w Dubaju nastąpił „przełom" i pojawiły się naciski z najwyższych szczebli w Ministerstwie Spraw Zagranicznych, więc trzeba mnie jak najszybciej wyrwać z tego kraju, zanim zmieni się atmosfera.

W ambasadzie wszystko było takie dziwne. Nie spotkałam tam nikogo oprócz Briana, który zaprowadził mnie prosto do pustej, staroświeckiej łazienki, gdzie znalazłam swoje rzeczy ułożone w stosik, i powiedział, żebym wzięła prysznic i się przebrała, ale to już.

Nie wierzyłam własnym oczom, jak bardzo schudłam, ale w łazience nie było suszarki, więc włosy nadal wyglądały idiotycznie. Oczywiście to było nieistotne, ale wolałam po powrocie wyglądać ładnie. Właśnie zaczynałam się malować, kiedy Brian zapukał do drzwi, mówiąc, że już naprawdę musimy iść.

Jak we śnie wyszłam w parną noc, wsiadłam do samochodu i popędziliśmy ulicami pełnymi kóz i tuk-tuków*, gdzie wszyscy trąbili, a ludzie jeździli całymi rodzinami na jednym rowerze.

Nie mogłam uwierzyć, jak czyste było lotnisko. Nie musiałam iść normalną drogą, tylko poszłam jakąś specjalną, oznakowaną trasą dla pracowników ambasady. Kiedy znaleźliśmy się przed przejściem, dookoła nas było pusto, samolot stał gotowy do odlotu i czekał na nas tylko jeden facet w odblaskowej, żółtej marynarce.

— Dziękuję — powiedziałam do Briana. — Podziękuj ode mnie Charliemu.

— Dobrze — odparł skwaszony. — Albo raczej jego tacie.

— Potem podał mi paszport i uścisnął dłoń z wielkim szacunkiem, z jakim się nie spotkałam nawet przed uwięzieniem. — Świetnie dałaś sobie radę — powiedział. — Dobra robota, panno Jones.

10.00. Przed chwilą się obudziłam. Bardzo się cieszę na ten powrót. Rzeczywiście przeżyłam duchowe oświecenie. Teraz wszystko się zmieni.

Postanowienia na nowe życie po duchowym oświeceniu:
1. Nie wrócę do palenia i picia, bo nie piłam od jedenastu dni i w tym czasie wypaliłam tylko dwa papierosy (nie chcę wracać do tego, co przeżyłam, żeby je zdobyć). Chociaż może teraz wypiję tylko małą butelkę wina. Bo przecież muszę to jakoś uczcić. Tak.
2. Nie będę polegać na mężczyznach, tylko na samej sobie. (Chyba że Mark Darcy zechce do mnie wrócić. O Boże, mam taką nadzieję. Mam nadzieję, że wie, że wciąż go kocham. Mam nadzieję, że to on mnie stamtąd wyrwał. Mam nadzieję, że będzie czekał na lotnisku).

---

* Tuk-tuk — azjatycka taksówka.

3. Nie będę się przejmowała głupotami, tj. wagą, włosami, tym, kogo Jude zaprosiła do ślub.

4. Nie zrezygnuję z pomocy, jaką niosą poradniki, wiersze itd., ale ograniczę ją do najważniejszych spraw, np. optymizmu, normalności, przebaczania (ale nie Pieprzonemu Jedowi, jak go odtąd będę nazywać).

5. Będę bardziej ostrożna wobec mężczyzn — nauczona doświadczeniem z Pieprzonym Jedem, już nie wspominając o Danielu — bo to niebezpieczne istoty.

6. Nie będę słuchać pieprzenia ludzi, tj. Richarda Fincha, tylko zacznę ufać własnemu osądowi i polegać na samej sobie.

7. Będę bardziej uduchowiona i zacznę się trzymać zasad duchowości.

Dobra, teraz mogę przeczytać „Hello!" i inne brukowce.

11.00. Mmm. Fantastyczne rozkładówki z nieco zaokrągloną Dianą i owłosionym Dodim. A swoją drogą: właśnie wtedy, kiedy wreszcie schudłam, ona zaczyna nową modę na okrągłości. Super. Cieszę się, że jest szczęśliwa, ale nie jestem pewna, czy to dla niej odpowiedni mężczyzna. Mam nadzieję, że chodzi z nim nie tylko dlatego, że Dodi nie jest emocjonalnym popaprańcem. Chociaż zrozumiałabym to.

11.15. W gazetach nie ma nic o mnie — ale w końcu, jak powiedział Charlie, to bardzo poufna sprawa trzymana przez rząd w tajemnicy, żeby nie psuć stosunków z Tajlandią, importu sosu z orzeszków ziemnych itd.

11.30. Czernią tego sezonu jest brąz! Właśnie przejrzałam „Marie Claire".

11.35. Chociaż właściwie brąz powinien być szarością, bo to szarość była czernią ubiegłego sezonu. Tak.

11.40. Fatalna sprawa, bo liczba brązowych ciuchów w mojej szafie wynosi 0, ale może nadejdzie niespodziewana pomoc w postaci jakichś pieniędzy.

11.45. Mmm. Po tak długiej przerwie wino smakuje fantastycznie. Strasznie uderza do głowy.

12.30. Błe. Trochę mi niedobrze po tej gazetowej uczcie. Już zapomniałam o tym uczuciu przygnębienia i wstydu, jakie się ma potem — zupełnie jak na kacu — i wrażeniu, że świat zmienia się w jakąś straszną baśń, w której ludzie są przedstawiani jako dobrzy, a potem się okazuje, że są źli.

Najbardziej podobała mi się historia księdza erotomana. Zawsze to miło, kiedy inni zachowują się nieładnie. Mam jednak wrażenie, że założyciele grupy wsparcia dla księdza erotomana („kobiety, które wchodzą w intymne związki z księżmi, nie mają się do kogo zwrócić ze swoim problemem") to partyzantka. A co z innymi, którzy nie mają się do kogo zwrócić? Powinny istnieć również grupy wsparcia dla kobiet, które padły ofiarą torysów erotomanów, dla członków brytyjskich drużyn sportowych, którzy spali z członkami rodziny królewskiej, dla duchownych rzymskokatolickich, którzy spali z osobami publicznymi lub członkami rodziny królewskiej, oraz dla osób publicznych, które spały ze zwykłymi obywatelami, którzy następnie wyznali swą historię duchownym rzymskokatolickim, którzy z kolei sprzedali ją niedzielnym gazetom. Może i ja sprzedam swoją historię niedzielnym gazetom i będę miała pieniądze na brązowe ciuchy. Nie, to nie tak, moja duchowość już została zainfekowana przez mentalność brukowców.

A może napisać książkę? Wrócę do Anglii w glorii jak John McCarthy i napiszę książkę pod tytułem *Inne formacje chmur* albo coś innego o zjawiskach meteorologicznych. Może mnie powitają jak bohatera, na lotnisku będzie na mnie czekać Mark, Jude, Shazzer, Tom, rodzice i tłumy fotoreporterów, a Richard Finch skamlać będzie o wywiad na wyłączność. Lepiej za bardzo się nie wstawiać. Mam nadzieję, że mi nie odbije. Może wyjdzie po mnie policja, adwokaci lub ktoś w tym rodzaju i zabiorą mnie do jakiejś tajnej bazy na złożenie raportu z wykonanej misji. Chyba się trochę zdrzemnę.

21.00 (już czasu brytyjskiego). Przyleciałam na Heathrow z głową pękającą od samolotowego kaca, próbując oczyścić ubranie z okruchów chleba i różowej pasty do zębów podstępnie zaserwowanej jako deser oraz powtarzając sobie wypowiedź dla czekającej falangi reporterów: „To był koszmar. Istny koszmar. Grom z jasnego nieba. Nie czuję nienawiści (goryczy?), bo jeżeli moja tragedia będzie przestrogą dla innych kobiet, by ich przyjaciółki nie szły do łóżka z nieznajomymi, wówczas moje uwięzienie nie poszło na marne (nie okazało się bezowocne?)". Ale jednocześnie wcale nie wierzyłam w to, że czekać na mnie będzie ta falanga reporterów. Bez żadnych incydentów przeszłam przez odprawę celną i z podnieceniem zaczęłam się rozglądać w poszukiwaniu znajomych twarzy, lecz natychmiast mnie obległa — no właśnie, owa falanga. Tłum fotoreporterów i dziennikarzy z lampami błyskowymi. Poczułam kompletną pustkę w głowie i nie potrafiłam wydusić z siebie ani słowa oprócz tego, że jak papuga w kółko powtarzałam: „Bez komentarza" — zupełnie jak jakiś minister, którego przyłapano na bzykaniu się z prostytutką, i szłam przed siebie na uginających się nogach. Nagle ktoś zabrał mi wózek, a ktoś inny mnie objął, mówiąc:

— Już dobrze, Bridge, jesteśmy tu, jesteśmy z tobą, już dobrze.

To była Jude i Shazzer.

31 sierpnia, niedziela

52 kg (Tak! Tak! Triumfalna kulminacja osiemnastoletniej diety, chociaż za zbyt wysoką cenę), jedn. alkoholu 4, kalorie 8995 (oczywiście zasłużone), postępy Budowlańca Gary'ego w łataniu dziury w ścianie 0.

2.00. W domu. Jak to miło być znowu we własnym domu. I znowu widzieć Jude i Shazzer. Na lotnisku policjanci przeprowadzili nas przez tłum do pokoju przesłuchań, gdzie ludzie z brygady antynarkotykowej i jakiś facet z Ministerstwa Spraw Zagranicznych zaczęli mnie zasypywać pytaniami.

— Cholera, czy to nie może poczekać? — po jakiejś minucie wybuchnęła oburzona Shaz. — Nie widzicie, w jakim ona jest stanie?

Ci faceci najwyraźniej uważali, że dalsze przesłuchanie jest konieczne, ale w końcu tak się przerazili warczeniem Shazzer: „Jesteście ludźmi czy potworami?" i groźbami złożenia na nich doniesienia w Amnesty International, że w końcu dali nam policjanta, który miał nas odwieźć.

— Prosimy tylko, żeby następnym razem panie uważały, z kim się zadają — powiedział facet z Ministerstwa Spraw Zagranicznych.

— No, przepraszam bardzo… — zaczęła Shaz, ale Jude weszła jej w słowo: — Ależ oczywiście, proszę pana. — I wygłosiła bardzo fachową dziękczynną mowę.

W domu lodówka była pełna jedzenia, w piekarniku czekały pizze, na stole leżały Milk Tray i Dairy Box, płaty wędzonego łososia, paczki Minstreli i butelki Chardonnay. Na zakrytej plandeką dziurze w ścianie widniał wielki napis: „Witaj w domu, Bridget". Znalazłam też faks od Toma — który w p r o w a d z i ł s i ę do tego celnika w San Francisco — z następującym tekstem:

KOCHANIE, NARKOTYKI TO ZIELE SZATANA. POWIEDZ NIE! DOMYŚLAM SIĘ, ŻE JESZCZE NIGDY W ŻYCIU NIE BYŁAŚ TAKA CHUDA. NATYCHMIAST WYRZECZ SIĘ WSZYSTKICH MĘŻCZYZN I ZOSTAŃ GEJEM. PRZYJEŻDŻAJ I ZAMIESZKAJ Z NAMI W KALIFORNIJSKIM GEJOWSKIM TRÓJKĄCIE. ZŁAMAŁEM JEROME'OWI SERCE! HAHAHA-HA. ZADZWOŃ. KOCHAM CIĘ. WITAJ W DOMU.

Poza tym Jude i Shaz posprzątały z podłogi w sypialni cały ten bajzel po pakowaniu się, zmieniły pościel, wstawiły świeże kwiaty, a na nocnym stoliku położyły Silk Cuty. Kocham je. I tego cudownego egocentryka, Toma.

Przygotowały dla mnie kąpiel, przyniosły do wanny kieliszek szampana, a ja im pokazałam ukąszenia pcheł. Potem przebrałam się w piżamę i rozsiadłyśmy się na łóżku z papierosami, szampanem i Milk Tray od Cadbury. Zaczęłam im opowiadać całą historię, ale chyba usnęłam, bo teraz jest już zupełnie ciemno, a Jude i Shaz wyszły, ale zostawiły mi na poduszce liścik z prośbą, żebym zadzwoniła, jak się obudzę. Nocują obie u Shazzer, bo w mieszkaniu Jude trwa remont, żeby po ślubie Podły Richard mógł się do niej wprowadzić. Mam nadzieję, że ma lepszego fachowca niż mój. Dziura w ścianie nic a nic się nie zmieniła.

10.00. Aaa! Gdzie ja jestem? Gdzie ja jestem?

10.01. To dziwne uczucie — leżeć w łóżku z pościelą. Miłe, ale nierzeczywiste. Oooj, właśnie sobie przypomniałam, że będę w gazetach. Polecę do sklepu. Wytnę wszystko, wkleję do albumu i będę pokazywać wnukom (jeżeli w ogóle się ich doczekam). Hurra!

10.30. Nie do wiary. Jak sen albo jakaś głupia kaczka dziennikarska na prima aprilis. Nie mogę w to uwierzyć. Diana nie żyje, co wcale do niej nie pasuje.

11.10. Włączę telewizor, pewnie powiedzą, że to pomyłka, że wróciła, a potem pokażą, jak wychodzi z Harbour Club, a wszyscy fotoreporterzy będą ją pytać, jak to było.

11.30. Nie mogę w to uwierzyć. To takie przerażające, kiedy staje się oczywiste, że nikt kompetentny nie wie, co robić.

Południe. Przynajmniej Tony Blair zachował kontrolę. Mówi wszystko, o czym inni myślą, zamiast w kółko powtarzać jak papuga: „Szok i ból".

13.15. Cały świat chyba zwariował. Nic już nie jest normalne.

13.21. Dlaczego Jude i Shaz nie dzwonią?

13.22. Może myślą, że jeszcze śpię. Zadzwonię do nich.

13.45. Jude, ja i Shazzer zgadzamy się co do tego, że ona była naszym skarbem narodowym, i strasznie nam przykro, że wszyscy byli dla niej tacy nieżyczliwi i że źle się czuła w Anglii. Zupełnie jakby z nieba odezwał się głos: „Jak się zamierzacie o nią kłócić, to nikt jej nie będzie miał".

14.00. Ale czy to, cholera, musiało się stać akurat tego dnia, kiedy ja miałam być w gazetach?! O mnie ani słowa, nic.

18.00. Nie mogę uwierzyć, że ona nie żyje. Ciągle muszę na nowo czytać nagłówek w gazecie, żeby to do mnie dotarło. Księżna Diana naprawdę była patronką samotnych kobiet, bo jak w typowej bajce zrobiła to, co wszystkie powinnyśmy zrobić, tzn. poślubiła przystojnego księcia, ale potem była na tyle uczciwa, by powiedzieć, że życie to nie bajka. Poza tym pokazała, że nawet ktoś tak piękny i wspaniały może być traktowany jak śmieć, czuć się nie kochany i samotny — ale wcale nie dlatego, że naprawdę jest śmieciem. No i wciąż na nowo tworzyła samą siebie i próbowała rozwiązać swoje problemy. Bardzo się starała, jak przystało na nowoczesną kobietę.

18.10. Hmm. Ciekawe, co by ludzie powiedzieli, gdybym to ja umarła?

18.11. Zwłaszcza że nie pisnęli ani słowem o moim pobycie w tajlandzkim więzieniu.

18.20. Przed chwilą zrozumiałam coś potwornego. Oglądałam telewizję przy ściszonym dźwięku i w pewnej chwili na ekranie pojawiła się pierwsza strona z jakiegoś brukowca, na której chyba rzeczywiście były prawdziwe zdjęcia zrobione tuż po wypadku. Uświadomiłam sobie, że jakiś potwór we mnie chciał zobaczyć te zdjęcia. Oczywiście nigdy nie kupiłabym tej gazety, nawet gdybym mogła, ale uch! Uch! Jak to o mnie świadczy? O Boże. Jestem okropna.

18.30. Bezmyślnie gapię się przed siebie. Nie zdawałam sobie sprawy z tego, ile miejsca księżna Diana zajmowała w mojej świadomości. To trochę tak, jakby Jude i Shazzer, pełne życia, rozchichotane i z błyszczykiem na ustach, nagle przemieniły się w coś tak dorosłego, przerażającego i obcego jak martwy człowiek.

18.45. Przed chwilą widziałam w telewizji, jak jakaś kobieta poszła do centrum ogrodniczego, kupiła drzewko i zasadziła je dla księżnej Diany. Może i ja bym coś zasadziła w doniczce na parapecie, np. yyy, bazylię? Mogłabym ją kupić u Cullensa.

19.00. Hmm. W tej sytuacji bazylia chyba jednak jest nie na miejscu.

19.05. Wszyscy idą z kwiatami do Buckingham Palace, jakby to była odwieczna tradycja. Czy ludzie zawsze to robili? Czy to jakiś obciach, coś, co ludzie robią po to, by ich pokazali w telewizji, tak jak wtedy, gdy koczują całą noc przed supermarketem w oczekiwaniu na wyprzedaż? Hmm. Ale i tak chcę iść.

19.10. Trochę strasznie mi będzie tam iść z kwiatami... ale ja naprawdę bardzo ją lubiłam. Trochę tak, jakby u władzy znajdował się ktoś, kto był zupełnie taki sam jak ty. Poza tym wszyscy ważniacy krytykowali ją za te miny przeciwpiechotne, ale jeśli chodzi o mnie, to wybrała cholernie inteligentny sposób na wykorzystanie tego przeklętego rozgłosu. Lepsze to niż tylko siedzieć w domu i się ciskać.

19.15. Jaki jest sens mieszkać w stolicy, jeżeli nie można się przyłączyć do masowej demonstracji uczuć? Nie bardzo to w angielskim stylu, ale może wszystko się zmieniło razem ze zmieniającą się pogodą, Europą i Tonym Blairem i teraz okazywanie uczuć jest w porządku. Może księżna Diana zmieniła sztywność Anglików.

19.25. OK, idę do Kensington Palace. Ale nie mam kwiatów. Kupię na stacji benzynowej.

19.40. Na stacji benzynowej zabrakło kwiatów. Zostały tylko rzeczy w stylu Chocolate Orange i custard*. Miło, ale do niczego mi się nie przydadzą.

19.45. Ale na pewno by jej smakowały.

19.50. Wzięłam „Vogue", pudełko Milk Tray, jedną zdrapkę i paczkę Silk Cutów. Nie najlepszy wybór, ale wszyscy zaniosą kwiaty, a ja wiem, że ona lubiła „Vogue".

21.30. B. się cieszę, że poszłam. Trochę się krępowałam iść przez Kensington, bo pewnie wszyscy się domyślali, dokąd idę, a poza tym byłam sama, ale potem mi się przypomniało, że księżna Diana często była sama.

W parku było b. ciemno i spokojnie, wszyscy w milczeniu szli w jednym kierunku. Nie było żadnych scen jak w telewizji. Ziemia pod murem była usłana kwiatami i świecami, a ludzie zapalali na nowo te, które zgasły, i czytali słowa pożegnania dla księżnej.

Mam nadzieję, że — po tylu latach zamartwiania się, że nie jest wystarczająco dobra — teraz widzi, co wszyscy do niej czują. Naprawdę, to powinno stać się przesłaniem dla wszystkich kobiet, które przejmują się swoim wyglądem i stawiają sobie zbyt wysokie

---

* Custard — krem z jajek i mleka, słodzony i gotowany, pieczony lub mrożony.

wymagania. Trochę mi było głupio przez „Vogue", czekoladki i zdrapki, więc schowałam je pod kwiatami, a potem zaczęłam czytać epitafia, które mi uświadomiły, że nie trzeba być niczyim rzecznikiem, żeby umieć wyrazić swoje myśli. Najlepszy tekst pochodził chyba z Biblii i został napisany drżącą starczą ręką: „Kiedy byłam w opałach, zatroszczyliście się o mnie, kiedy znalazłam się w niebezpieczeństwie, próbowaliście je powstrzymać, kiedy ludzie ode mnie uciekali, podaliście mi dłoń. Cokolwiek uczyniliście najuboższym i najmniejszym z moich braci, mnieście to uczynili".

Rozdział dwunasty
DZIWNE CZASY

1 września, poniedziałek
52 kg (muszę się pilnować, żeby od razu nie przytyć), kalorie 6452.

— Wiedziałam, że coś jest nie tak, kiedy podeszłam do przejścia — powiedziała Shaz, kiedy z Jude przyszły wczoraj wieczorem. — Ale pracownicy lotniska nie chcieli mi wyjaśnić, co się stało, tylko kazali mi wsiadać do samolotu, a potem nie pozwolili mi wysiąść, a chwilę potem zaczęło się kołowanie.

— To kiedy się dowiedziałaś? — spytałam, po czym wypiłam duszkiem kieliszek Chardonnay, na co Jude natychmiast wzięła butelkę i nalała mi następny. Było cudownie, cudownie.

— Dopiero po wylądowaniu — powiedziała Shaz. — To był najgorszy lot w moim życiu. Miałam nadzieję, że po prostu nie zdążyłaś wsiąść, ale oni zachowywali się jakoś tak dziwnie i pogardliwie wobec mnie. A jak tylko wysiadłam z samolotu...

— Aresztowali ją! — wykrzyknęła radośnie Jude. — Narąbaną w cztery trąbki.

— O nie — westchnęłam. — A ty miałaś nadzieję, że Jed wyjdzie po ciebie.

— Drań — powiedziała Shaz, rumieniąc się.

Pomyślałam sobie, że lepiej już nie wspominać o Jedzie.

— Ktoś od niego stał za tobą w kolejce w Bangkoku — wyjaśniła Jude. — Widocznie czekał na Heathrow na telefon i natychmiast wsiadł do samolotu do Dubaju.

Okazało się, że Shaz zadzwoniła do Jude z komisariatu, a potem szybko pojechała do Ministerstwa Spraw Zagranicznych.

— Ale nie mogłam niczego załatwić — powiedziała Jude. — Zaczęły się gadki, że mogą cię wsadzić na dziesięć lat.

— Pamiętam. — Aż mnie ciarki przeszły.

— W środę wieczorem zadzwoniłyśmy do Marka, a on natychmiast uruchomił wszystkie swoje kontakty w Amnesty i Interpolu. Próbowałyśmy złapać twoją mamę, ale na jej sekretarce znalazłyśmy wiadomość, że pojechała na wycieczkę nad jeziora. Zastanawiałyśmy się nad telefonem do Geoffreya i Uny, ale doszłyśmy do wniosku, że tylko dostaną histerii i na nic się nam nie przydadzą.

— Bardzo rozsądnie — zauważyłam.

— W piątek dowiedziałyśmy się, że cię przeniesiono do regularnego więzienia… — powiedziała Shaz.

— I Mark wsiadł do samolotu do Dubaju.

— Poleciał dla Dubaju? Dla mnie?

— Był fantastyczny — stwierdziła Shaz.

— A gdzie on jest teraz? Zostawiłam mu wiadomość, ale nie oddzwonił.

— Jeszcze nie wrócił — odparła Jude. — W poniedziałek miałyśmy telefon z Ministerstwa Spraw Zagranicznych i wyglądało na to, że sytuacja się zmieniła.

— To pewnie wtedy Charlie rozmawiał ze swoim tatą! — wykrzyknęłam z podnieceniem.

— Pozwolili nam wysłać do ciebie list…

— A we wtorek dowiedziałyśmy się, że złapali Jeda…

— A w piątek zadzwonił Mark i powiedział, że Jed do wszystkiego się przyznał…

— A potem w sobotę ni z tego, ni z owego dzwonią, że już jesteś w samolocie!

— Hurra! — wrzasnęłyśmy wszystkie trzy, stukając się kieliszkami. Bardzo chciałam wrócić do tematu Marka, ale po tym wszystkim, co dziewczyny dla mnie zrobiły, nie mogłam wyjść na płytką i niewdzięczną.

— Czy on jeszcze chodzi z Rebeccą? — wybuchnęłam.

— Nie! — odparła Jude. — Już nie! Już nie!

— Ale co się stało?

— Właściwie to nie wiemy — powiedziała Jude. — W jednej chwili wszystko było jak dawniej, a już w następnej Mark zrezygnował z wyjazdu do Toskanii i…

— Nigdy nie zgadniesz, z kim teraz chodzi Rebecca — wtrąciła Shaz.

— Z kim?

— Z kimś, kogo znasz.

— Chyba nie z Danielem? — spytałam z dziwną mieszaniną uczuć.

— Nie.

— Z Colinem Firthem?

— Nie.

— Fiuu. Z Tomem?

— Nie. Z kimś, kogo całkiem dobrze znasz. Żonaty.

— Z moim tatą? Z Jeremym Magdy?

— Ciepło, ciepło.

— Co? Chyba nie z Geoffreyem Alconburym?

— Nie — zachichotała Shaz. — On jest mężem Uny i gejem.

— Z Gilesem Benwickiem — wypaliła Jude.

— Z kim? — wymamrotałam.

— Z Gilesem Benwickiem — potwierdziła Shaz. — Na miłość boską, przecież znasz Gilesa, to ten, który pracuje z Markiem i którego uratowałaś po próbie samobójczej u Rebeki.

— Ten, któremu kiedyś wpadłaś w oko.

— Po swych wypadkach oboje z Rebeccą zaszyli się z poradnikami w Gloucestershire i teraz… są razem.

— Są jednością — dodała Jude.

— Połączyli się w akcie miłości — zagalopowała się Shaz.

Nastąpiła chwila milczenia, a my spoglądałyśmy po sobie, zadziwione tym zdumiewającym zrządzeniem losu.

— Świat chyba zwariował! — wybuchnęłam z mieszaniną zdumienia i strachu. — Giles Benwick nie jest przystojny, nie jest bogaty.

— No, prawdę mówiąc, to jest — wymruczała Jude.

— Ale nie jest facetem innej kobiety. Dla Rebeki nie jest symbolem pozycji społecznej.

— Poza tym, że jest bardzo bogaty — powiedziała Jude.

— A jednak Rebecca go wybrała.

— Właśnie, święte słowa! — powiedziała poruszona Shaz. — Dziwne czasy! Doprawdy, dziwne czasy!

— Niedługo książę Filip zaproponuje mi, żebym z nim chodziła, a Tom zacznie się umawiać z królową! — wykrzyknęłam.

— Nie z Pretensjonalnym Jerome'em, tylko z naszą własną, kochaną królową — sprecyzowała Shaz.

— Nietoperze zjadać będą słońce — puściłam wodze fantazji. — Konie rodzić się będą z ogonami na głowie, a na naszych dachach zaczną lądować kostki zamrożonego moczu, częstujące nas papierosami.

— A księżna Diana nie żyje — powiedziała poważnie Shazzer.

Nastrój gwałtownie się zmienił. Wszystkie zamilkłyśmy, próbując sobie przyswoić tę straszną, szokującą i niewiarygodną myśl.

— Dziwne czasy — obwieściła Shaz, wielce złowieszczo kręcąc głową. — Doprawdy dziwne czasy.

2 września, wtorek

52,5 kg (od jutra przestaję się obżerać jak świnia), jedn. alkoholu 6 (nie powinnam znowu pić zbyt dużo), papierosy 27 (nie powinnam znowu palić zbyt dużo), kalorie 6285 (nie powinnam znowu zacząć jeść zbyt dużo).

8.00. W domu. Z powodu śmierci Diany Richard Finch odwołał wszystkie materiały, jakie robili o Narkotykowej Dziewczynie z Tajlandii (czyli o mnie), i dał mi dwa dni, żebym się pozbierała. Nie mogę się pogodzić z tą śmiercią. Może w naszym kraju nastąpi jakiś kryzys. To koniec pewnej ery, bez dwóch zdań, ale również początek nowej, bo zaczyna się jesień. Czas na nowy początek.

Postanowiłam nie wracać do starych przyzwyczajeń, nie odsłuchiwać co chwila sekretarki i nie czekać całe życie, aż Mark zadzwoni, tylko zachować spokój i równowagę.

8.05. Ale dlaczego Mark rozstał się z Rebeccą? Dlaczego ona chodzi z tym wykręconym Gilesem Benwickiem? DLACZEGO? DLACZEGO? Czy Mark poleciał do Dubaju dlatego, że wciąż mnie kocha? Ale dlaczego nie oddzwonił? Dlaczego? Dlaczego?

Zresztą wszystko jedno. Teraz jest mi to obojętne. Pracuję nad sobą. Zrobię sobie woskowanie nóg.

10.30. Z powrotem w domu. Spóźniłam się (8.30) na woskowanie nóg, ale okazało się, że kosmetyczka nie przyjdzie „Z powodu księżnej Diany". Recepcjonistka mówiła o tym niemal sarkastycznie, ale, jak już wspomniałam, kimże jesteśmy, by oceniać, co przeżywa każdy z nas? Jeżeli śmierć Diany nas czegoś nauczyła, to na pewno tego, by nie oceniać siebie nawzajem.

W drodze do domu trudno mi było jednak utrzymać ten nastrój, bo na Kensington High Street utknęłam w ogromnym korku, przez który pokonanie odległości, jaką normalnie przejeżdżam w dziesięć minut, zajęło mi cztery razy więcej czasu. Gdy wreszcie dotarłam do źródła korka okazało się, że są nim zwykłe roboty drogowe, tyle że nic się tam nie działo, nie było żadnych robotników i tylko stała tablica z tekstem: „Robotnicy pracujący na tej drodze postanowili na cztery dni przerwać roboty drogowe jako wyraz szacunku dla zmarłej księżny Diany".

Ooo, miga lampka na sekretarce.

To był Mark! Słychać go było bardzo słabo i rozlegały się jakieś trzaski.

— Bridget... właśnie się dowiedziałem. Jestem zachwycony, że jesteś wolna. Zachwycony. Wrócę w... — Nastąpiło jakieś głośne syczenie na linii, po czym połączenie zostało zerwane.

Dziesięć minut później zadzwonił telefon.

— O, cześć, kochanie, wiesz co?

Moja matka. Moja własna matka! Ogarnęła mnie potężna fala miłości.

— Co? — spytałam, a łzy napływały mi do oczu.

— „Przechodź spokojnie przez hałas i pośpiech i pamiętaj, jaki spokój można znaleźć w ciszy"*.

Nastąpiła długa chwila ciszy.

— Mamo? — odezwałam się w końcu.

— Ćśś, kochanie, cisza. — (Znowu milczenie). — Pamiętaj, jaki spokój można znaleźć w ciszy.

Wzięłam głęboki oddech, wetknęłam słuchawkę pod brodę i zabrałam się do robienia kawy. Już zdążyłam się przekonać, że trzeba umieć się zdystansować wobec szaleństwa innych ludzi, bo człowiek ma dość własnych problemów. W tej samej chwili zadzwoniła komórka.

Usiłując zignorować pierwszy telefon, który zaczął wibrować i się drzeć: „Bridget, nigdy nie odnajdziesz równowagi, jeśli nie nauczysz się pracować w ciszy!", włączyłam komórkę. To był mój tata.

— O, Bridget — powiedział sztywnym, wojskowym tonem.

— Porozmawiasz z matką przez telefon stacjonarny? Wprowadziła się w niezły stan.

O n a była w niezłym stanie? Czy oni w ogóle o mnie nie myślą? O swojej krwi z ich krwi, i kości z ich kości?

Nastąpiła seria szlochnięć, wrzasków i niewytłumaczalnych trzasków na linii „stacjonarnej".

— OK, tato, pa — powiedziałam i znowu wzięłam normalną słuchawkę.

— Kochanie — zaskrzeczała mama głosem ochrypłym od żalu nad samą sobą. — Muszę ci o czymś powiedzieć. Już nie mogę tego ukrywać przed rodziną i tymi, których kocham.

Usiłując nie deliberować nad różnicą między „rodziną" i „tymi, których kocham", powiedziałam pogodnie:

— Oj tam! Nie musisz mówić, jeżeli nie chcesz.

— A co mam zrobić?! — wrzasnęła histerycznym głosem. — Kłamać? Jestem uzależniona, kochanie, uzależniona!

Zaczęłam się gorączkowo zastanawiać, od czego mogła się

---

* Fragment *Dezyderaty*.

uzależnić. Moja mama nigdy nie piła więcej niż szklaneczkę sherry, odkąd w 1952 roku Mavis Enderbury spiła ją na swym przyjęciu urodzinowym i potem trzeba było ją odwieźć do domu na ramie roweru należącego do kogoś, kto się nazywał „Kurdupel". Przyjmowanie lekarstw ogranicza do pastylki Fisherman's Friend, kiedy czuje drapanie w gardle w trakcie odbywającego się dwa razy roku przedstawienia Amatorskiego Kółka Teatralnego Kettering.

— Jestem uzależniona — powtórzyła, po czym zrobiła dramatyczną pauzę.

— Taaa — powiedziałam. — Uzależniona. A od czego to konkretnie jesteś uzależniona?

— Od związków — odparła. — Jestem uzależniona od związków, kochanie. Jestem współuzależniona.

Trzasnęłam głową w stół przede mną.

— Trzydzieści sześć lat z tatusiem! — wyliczyła. — I niczego nie zrozumiałam.

— Ależ, mamo, bycie czyjąś żoną jeszcze nie znaczy, że…

— Nie, nie, jestem współuzależniona z tatusiem. Jestem współuzależniona od rozrywki. Powiedziałam tatusiowi, że… Oj, muszę kończyć. Pora na moje afirmacje.

Siedziałam, gapiąc się na ekspres do kawy, a myśli galopowały mi po głowie. Czy oni nie wiedzą, co mi się przydarzyło? Może mama w końcu znalazła się na krawędzi?

Znowu zadzwonił telefon. To był tata.

— Przepraszam za tamto.

— Co się dzieje? Jesteś teraz z mamą?

— Tak, w pewnym sensie… Poszła na jakieś zajęcia czy coś tam.

— Gdzie jesteś?

— Jestem w… no, to taka… yyy… Nazywa się „Tęcze". Sekta Moona? Scjentolodzy? Est*?

---

* Est, Erhard seminars training — warsztaty zorganizowane w 1971 roku przez Wernera Erharda, których uczestnicy mieli osiągnąć spełnienie w życiu, ucząc się kontrolować podstawowe funkcje organizmu. Obecnie idea ta nadal jest popularna w Stanach Zjednoczonych.

— To... yyy... ośrodek odwykowy.

O mój Boże. Okazuje się, że nie ja pierwsza zaczęłam się martwić piciem taty. Mama mówiła, że pewnej nocy, kiedy byli u babci w St Anne, pojechał do Blackpool, po czym wrócił do domu staruszków kompletnie nawalony, z butelką Famous Grouse i plastikową laleczką Scary Spice, która miała sztuczną szczękę przyczepioną do piersi. Wezwano lekarza i w zeszłym tygodniu rodzice pojechali prosto od babci w St Anne do tego ośrodka, gdzie mama, jak na to wygląda, nie zamierzała usunąć się w cień.

— Raczej nie sądzą, by stara, dobra szkocka stanowiła tu jakiś poważny problem. Mówią, że maskuję swój ból, czy coś w tym rodzaju, związany z tymi wszystkimi Juliami i Wellingtonami. Plan jest taki, że mam jej pozwolić oddawać się nałogowi wspólnej „zabawy".

O Boże.

Chyba lepiej nic nie mówić rodzicom o Tajlandii, przynajmniej na razie.

22.00. Nadal w domu. No i co? Hurra! Cały dzień sprzątałam, utykałam i teraz wszystko jest pod kontrolą. Poczta załatwiona (no, powiedzmy, że ułożona w stosik). A poza tym Jude ma rację. To jakiś absurd, że od czterech miesięcy mam w ścianie ogromną dziurę i na cud zakrawa, że jeszcze nikt mi się przez nią nie wdarł do mieszkania. Już nie dam się nabrać na bezsensowne wymówki Budowlańca Gary'ego. Poproszę znajomego Jude, który jest prawnikiem, żeby napisał do niego list. Jak widać, wiele można zdziałać, kiedy się jest nowym, pewnym siebie człowiekiem. Cudownie...

Szanowny Panie,
działamy w imieniu panny Bridget Jones.
Poinformowano nas, że nasza klientka 5 marca 1997 roku drogą kontaktu werbalnego ustaliła z Panem, iż skonstruuje Pan przybudówkę w jej mieszkaniu (składająca się z drugiej pracownio-sypialni oraz tarasu na dachu) za (cytuję) sumę 7 000 funtów. 21 kwietnia 1997 roku nasza klientka wypłaciła Panu 3500 funtów

jako zaliczkę za rozpoczęte prace. Umowa stwierdzała, iż prace zostaną ukończone w ekspresowym terminie sześciu tygodni od dnia wypłaty zaliczki.

Rozpoczął Pan prace 25 kwietnia 1997 roku poprzez wybicie w fasadzie dziury o wymiarach 1,5 na 2,5 metra. W ciągu następnych tygodni zaprzestał Pan wykonywania swych prac. Nasza klientka wielokrotnie usiłowała się z Panem skontaktować telefonicznie oraz zostawiała wiadomości, na które Pan nie odpowiadał. Ostatecznie 30 kwietnia 1997 roku wrócił Pan do mieszkania naszej klientki, podczas gdy ta przebywała w pracy. Zamiast jednak kontynuować pracę, co zostało ustalone w umowie, po prostu zasłonił Pan grubą plandeką dziurę, którą wybił w fasadzie. Od tej pory nie wrócił Pan do wykonywania swych prac ani nie odpowiadał na liczne wiadomości telefoniczne naszej klientki z prośbą o kontakt.

Dziura, którą zostawił Pan w fasadzie mieszkania naszej klientki, naraża mieszkanie na niską temperaturę, niebezpieczeństwa oraz ryzyko okradzenia. Pańskie odstąpienie od wykonywania pracy, jakiej się Pan podjął, stanowi jaskrawe złamanie warunków umowy, którą zawarł Pan z naszą klientką. Tym samym doprowadził Pan do rozwiązania umowy, które to rozwiązanie nasza klientka akceptuje...

Bla bla, srutu-tutu kłębek drutu... upoważniona do odzyskania kosztów... bezpośrednio odpowiedzialny za wszelkie straty... jeżeli nie skontaktuje się Pan z nami w ciągu siedmiu dni od dnia otrzymania niniejszego listu oraz nie potwierdzi, iż zrekompensuje Pan naszej klientce wszelkie poniesione straty... w rezultacie będziemy zmuszeni bez uprzedniego zawiadomienia wszcząć przeciw Panu postępowanie sądowe.

Ha. Ahahahaha! To mu da nauczkę, której nigdy nie zapomni. Już wysłałam ten list, więc dostanie go jutro. To mu udowodni, że ze mną nie ma żartów i że nie dam się rozstawiać po kątach i znieważać.

Dobra. Teraz jakieś pół godzinki zastanowię się nad pomysłami na jutrzejsze zebranie.

22.15. Hmmm. Może lepiej poszukam w gazetach. Ale trochę później.

22.30. Nie zamierzam się przejmować Markiem Darcym. Faceci są niepotrzebni. Kiedyś mężczyźni i kobiety się schodzili, bo kobiety nie mogły przetrwać bez mężczyzn, ale teraz — ha! Mam własne mieszkanie (chociaż z dziurą w ścianie), przyjaciół, dochody i pracę (przynajmniej do jutra), więc — ha! Hahahahahaha!

22.40. Dobra. Pomysły.

22.41. O Boże. Mam okropną ochotę na seks. Nie kochałam się od pierwszej wojny punickiej.

22.45. Może coś nowego o Nowej Lewicy Nowej Brytanii? Jak po miesiącu miodowym, kiedy człowiek chodził z kimś przez pół roku, a potem się wkurza za nie pozmywane naczynia? Hmm. W czasach studenckich tak łatwo było uprawiać seks i umawiać się z facetami. Może studenci nie zasługują na te cholerne dotacje, skoro ciągle uprawiają seks.

Liczba miesięcy, w trakcie których nie uprawiałam seksu: 6
Liczba sekund, w trakcie których nie uprawiałam seksu:
(Ile sekund ma dzień?)
$60 \times 60 = 3600 \times 24 =$
(Chyba sobie kupię kalkulator).
$= 86\,400 \times 28 = 2\,419\,200 \times 6$ miesięcy $= 14\,515\,200$
Czternaście milionów pięćset piętnaście tysięcy dwieście sekund, odkąd ostatnio uprawiałam seks.

23.00. A może, po prostu i zwyczajnie, JUŻ NIGDY NIE BĘDĘ UPRAWIAŁA SEKSU.

23.05. Ciekawe, co się dzieje z człowiekiem, kiedy nie uprawia seksu? To dobrze czy źle?

23.06. A może mi wszystko p o z a r a s t a?

23.07. Nie powinnam myśleć o seksie. Jestem istotą duchową.

23.08. A poza tym lepiej się nie rozmnażać.

23.10. Germaine Greer* nie miała dzieci. Ale czego to dowodzi?

23.15. Dobra, Nowa Lewica, Nowa…
O Boże. Żyję w celibacie.
Celibat! Nowy Celibat! Skoro ja się znalazłam w takiej sytuacji, to na pewno przeżywa ją wiele innych osób. Czyż nie o to chodzi w duchu czasów?

„Ostatnio ludzie coraz rzadziej uprawiają seks". Ale jakoś nie podoba mi się takie popularne ujęcie. Przypomina mi się taki artykuł z „The Times", który zaczynał się następująco: „Ostatnio pojawia się coraz więcej jadłodajni", a tego samego dnia w „Telegraph" pojawił się artykuł pod tytułem *Gdzie się podziały jadłodajnie?*

Dobra, trzeba kłaść się spać. Muszę się pojawić bardzo wcześnie w swój pierwszy dzień nowego życia.

3 września, środa
53 kg (aaa, aaa), kalorie 4955, liczba sekund, odkąd ostatnio uprawiałam seks 14 601 600 (wczorajsza liczba + 86 400 — zawartość sekund w jednym dniu).

19.00. Pierwszego dnia po Tajlandii przyszłam do pracy wcześnie, spodziewając się, że zostanę otoczona troską i szacunkiem, lecz zamiast tego zastałam Richarda Fincha w tradycyjnie paskudnym nastroju — był rozdrażniony, z obłędem w oku obsesyjnie palił jednego papierosa za drugim, jednocześnie żując gumę.

---

* Germaine Greer — słynna feministka australijska.

— Ho-ho! — wykrzyknął, kiedy weszłam. — Ho-ho! Aha-hahahaha! To co tam masz w torebce, co? Opium, nie? Skuna? Zaszyłaś prochy pod podszewką? Przywiozłaś trochę Fioletowych Serduszek*? Ciutkę ecstasy dla studentów? A może poppersa**? Jakiegoś fajniutkiego speeda? Haszyyyyyysz? Szczyptę koki? Oooo okikoki! — zawył jak opętany. — Ooo, okikokioki-kokiiii! Oooo! Okikokiokikokiiiiii! — W jego oczach pojawił się błysk szaleństwa, Richard przyciągnął do siebie dwóch researcherów i ruszył w moją stronę, drąc się: — Skłon na raz, skok na dwa, Bridget wszystko w tor-bie ma, ta-da!

Zrozumiałam, że nasz kierownik jest na zejściu po narkotykowym odlocie, więc uśmiechnęłam się miłosiernie i go zignorowałam.

— Och, zadzieramy dzisiaj noska, co? Ooo! No, ludzie. Przyszła Bridget Zarozumiała-Dupeńka-Prosto-Z-Więzienia. Zaczynamy. Zaczynanananamy.

Naprawdę nie tego się spodziewałam. Wszyscy zaczęli się gromadzić wokół stołu i z pretensją spoglądać to na zegar, to na mnie. Cholera, przecież było dopiero dwadzieścia po dziewiątej: zebranie miało się zacząć o wpół do dziesiątej. Tylko dlatego, że zaczęłam przychodzić wcześniej, nie znaczy, że zebranie też ma się odbywać wcześniej.

— No dobra, Brrrrrridget! Pomysły. Jakie mamy na dzisiaj pomysły, które zachwycą czekający z zapartym tchem naród? Dziesięć rad dla przemytników od Tej, Która Zna Się Na Wszystkim? Złoty medal za zwabienie Charliego do meliny narkomańskiej?

„Jeżeli wierzysz w siebie, gdy inni zwątpili" — pomyślałam. Och, pieprzyć to, zaraz mu dam w gębę.

Spojrzał na mnie, żując gumę i z oczekiwaniem szczerząc zęby. Na szczęście przy stole nie rozległy się normalne w takiej sytuacji chichoty. Prawdę mówiąc, cały ten tajlandzki epizod

---

* Fioletowe Serduszko — barbituran lub mieszanka barbituranu z morfiną.
** Poppers — środek odurzający w postaci pigułki lub kapsułki z amylem lub azotanem butylu.

zapewnił mi zupełnie nowy szacunek kolegów, którym naturalnie byłam zachwycona.

— A co powiesz na Nową Partię Pracy — po miesiącu miodowym?

Richard Finch uderzył głową w stół i zaczął chrapać.

— Właściwie to mam jeszcze jeden pomysł — powiedziałam po chwili obojętnego milczenia. — Seks — dodałam, na co Richard zastrzygł uszami. (Mam nadzieję, że tylko uszami).

— No? Podzielisz się nim z nami czy zachowasz go dla swoich kumpli z brygady antynarkotykowej?

— Celibat — powiedziałam.

Zapadła pełna uznania cisza.

Richard Finch wytrzeszczył na mnie oczy, jakby nie wierzył własnym uszom.

— Celibat?

— Celibat — kiwnęłam głową zadowolona z siebie. — Nowy Celibat.

— To znaczy, że co — mnisi i zakonnice? — spytał Richard Finch.

— Nie. Celibat.

— Zwyczajni ludzie, którzy nie uprawiają seksu — wtrąciła Patchouli, spoglądając na niego wyniośle.

Atmosfera przy stole bardzo się zmieniła. Może Richard zaczynał już tak bardzo przeginać, że ludzie przestali go trawić.

— Z powodu tych jakichś tantrycznych, buddyjskich bzdur? — zachichotał Richard, żując gumę i podrygując jedną nogą.

— Nie — odparł seksowny Matt, wbijając wzrok w swój notes. — Zwyczajni ludzie, tacy jak my, którzy przez długi czas nie uprawiają seksu.

Strzeliłam oczami w stronę Matta, on zaś zrobił to samo w moim kierunku.

— Co? Wy wszyscy? — spytał Richard, spoglądając na nas z niedowierzaniem. — Przecież wciąż jesteście w kwiecie wieku... no, może poza Bridget.

— Dzięki — wymamrotałam.

— Co noc robicie to jak króliki! Nie? *In, out, in, out and shake it all about* — zaśpiewał. — *You do the Okeekokee and you turn her round, and do it to her from — be-hind* Nie?

Odpowiedział mu tylko szelest papierów.

— Nie?

Nieprzerwane milczenie.

— Kto z tu obecnych nie uprawiał seksu w zeszłym tygodniu?

Wszyscy zaczęli się wgapiać w swoje notesy.

— OK. Kto u p r a w i a ł seks w zeszłym tygodniu?

Nikt nie podniósł ręki.

— Nie do wiary. Dobra. Kto z was uprawiał seks w zeszłym miesiącu?

Patchouli podniosła rękę. I Harold, który promiennie uśmiechnął się do nas zza okularów. Pewnie kłamał. Albo może tylko trochę się poprzytulał.

A więc reszta z was… Jezu. Banda oszołomów. Przyczyną na pewno nie jest zbyt ciężka praca. Celibat. Ba! Z powodu Diany zeszliśmy z wizji, więc wymyślcie coś lepszego na resztę sezonu. W przyszłym tygodniu wracamy z wielkim hukiem.

4 września, czwartek

53,5 kg (to się musi skończyć, gdyż inaczej mój pobyt w więzieniu pójdzie na marne), liczba fantazji o mordowaniu Richarda Fincha 32 (to też musi się skończyć, gdyż inaczej zapobiegawcza rola mojego pobytu w więzieniu zostanie zniweczona), liczba czarnych żakietów, nad kupnem których się zastanawiałam 23, liczba sekund, odkąd ostatnio uprawiałam seks 14 688 000.

18.00. B. mnie cieszy ta atmosfera jesiennego-początku-roku-szkolnego. W drodze do domu wybiorę się na późne zakupy: z powodu kryzysu finansowego nie po coś konkretnego, tylko żeby przymierzyć nową jesienną garderobę w kolorze „brązu, który jest czernią". Jestem b. podniecona i zdecydowana, żeby w tym roku umiejętniej robić zakupy, tzn. a) nie panikować i nie kupować kolejnego czarnego żakietu, bo ile czarnych żakietów dziewczyna może potrzebować? i b) zdobyć skądś pieniądze. Może od Buddy?

20.00. Angus Steak House, Oxford Street. Nie kontrolowany atak paniki. Wygląda na to, że we wszystkich sklepach znajdują się zaledwie odrobinę różniące się między sobą wersje tych samych ciuchów. Kompletnie zaćmiło mi umysł i nie potrafiłam zebrać myśli, dopóki nie objęłam rozumem i nie skatalogowałam na przykład wszystkich czarnych nylonowych żakietów: jeden z French Connection za 129 funtów czy taki wysokiej klasy od Michaela Korsa (malutki, kwadratowy i pikowany) za 400 funtów. U Hennesa czarne nylonowe żakiety można kupić za jedyne 39,99 funtów. Mogłabym na przykład kupić dziesięć czarnych nylonowych żakietów od Hennesa za cenę jednego od Korsa, ale wtedy miałabym szafę pełną czarnych nylonowych żakietów, a i tak nie stać mnie na ani jeden.

A może to jedna wielka pomyłka. Może powinnam zacząć nosić jaskrawe stroje rodem z pantomimy, jak Zandra Rhodes albo Su Pollard. Albo trzymać całą garderobę w jednej walizce, kupić sobie tylko trzy bardzo klasyczne kostiumy i nosić je na zmianę. (A gdybym wylała na nie wino albo je obrzygała, to co wtedy?)

Dobra. Spokojnie, spokojnie. Muszę kupić:

Czarny nylonowy żakiet (tylko 1).

Naszyjnik. A może wisiorek albo łańcuszek? W każdym razie jakąś uprząż na szyję.

Brązowe spodnie-cygaretki (ale co to właściwie znaczy „cygaretki"?).

Brązowy kostium do pracy (albo coś w tym rodzaju).

Buty.

W sklepie obuwniczym przeżyłam prawdziwy koszmar. Właśnie przymierzałam brązowe czółenka z kwadratowymi noskami w stylu lat siedemdziesiątych, co mi przypomniało czasy, kiedy przed początkiem roku szkolnego kupowałam sobie nowe buty i walczyłam z tą przeklętą mamą o to, jakie mają być, i wtedy nagle mnie olśniło: to wcale nie żadne déjà vu — buty wyglądały identycznie tak samo jak te, które przed pójściem do szóstej klasy kupiłam sobie u Freemana Hardy'ego Willisa.

Nagle poczułam się jak niewinna ofiara oszustwa, pośmiewisko dla projektantów mody, którzy nie potrafią wymyślić niczego nowego. A nawet gorzej — jestem już taka stara, że nowe pokolenie nie pamięta, co się nosiło w tych czasach, kiedy to ja byłam nastolatką. Osiągnęłam w końcu ten punkt, w którym panie zaczynają chodzić do Jaegera po garsonki — bo nie chcą, by uliczna moda im przypominała o utraconej młodości. Zrezygnuję z Kookaï, Agnès B., Whistles itd. na rzecz Country Casuals i duchowości. Co mnie zresztą taniej wyniesie. Wracam do domu.

21.00. W domu. Czuję się bardzo dziwnie i pusto. Bardzo fajnie się myśli, że od tej pory wszystko będzie inaczej, ale okazuje się, że nic się nie zmieniło. Chyba będę musiała coś z tym zrobić. Ale co ja mam począć ze swoim życiem?

Wiem. Zjem trochę sera.

Cały problem polega na tym, że — jak to jest napisane w książce *Buddyzm. Dramat zamożnego mnicha* — atmosferę i wydarzenia wokół ciebie tworzy to, co jest w tobie. Nic więc dziwnego, że wszystkie te złe rzeczy — Tajlandia, Daniel, Rebecca itd. — się wydarzyły. Muszę zacząć pracować nad równowagą wewnętrzną i duchowym oświeceniem, a wtedy zaczną mi się przydarzać same miłe rzeczy i będę spotykać dobrych, kochających i zrównoważonych ludzi. Takich jak Mark Darcy.

Mark Darcy — po powrocie — zastanie mnie spokojną i skupioną na swoim wnętrzu, tworzącą wokół siebie atmosferę spokoju i porządku.

5 września, piątek

54 kg, papierosy 0 (zwycięstwo), liczba sekund, odkąd ostatnio uprawiałam seks 14 774 400 (katastrofa), (muszę jednako przyjmować oba te złudzenia).

8.15. No dobra. Wstałam wesoła jak skowronek. Ważne, by wyprzedzić zły nastrój!

8.20. O, przyszła do mnie jakaś paczka. Może prezent?

8.30. Mmm. To pudełko na prezenty z różyczkami na wieczku. Może od Marka Darcy'ego! Może wrócił.

8.40. To śliczny, złoty długopisik z moim imieniem. Może od Tiffany'ego! Z czerwoną skuwką. Może to szminka.

8.45. To jakieś dziwne. W środku nie ma żadnego liściku. Może to szminka reklamówka.

8.50. Ale to nie szminka, bo za ciężkie. Może jednak to długopisik. Z moim imieniem! Może zapowiedź zaproszenia na przyjęcie od jakiejś myślącej przyszłościowo firmy PR — może z okazji powstania nowego magazynu zatytułowanego „Szminka!" albo produkt Tiny Brown! — a samo zaproszenie przyjdzie później.

No i tak. Pójdę do Coins na cappuccino. Ale oczywiście nie na czekoladowego croissanta.

9.00. Już jestem w kawiarni. Zachwycona prezencikiem, ale na pewno to też nie długopis. A jeśli już, to jakoś dziwnie działający.

Później. O Boże. Usiadłam sobie z cappuccino i czekoladowym croissantem, a tu nagle wchodzi Mark Darcy, ot, tak sobie, jakby w ogóle nie wyjeżdżał — w garniturze, świeżo ogolony i z maleńkim skaleczeniem na brodzie, do którego przyczepił się kawałeczek papieru toaletowego — normalka. Podszedł do lady, gdzie kupuje się jedzenie na wynos, i postawił neseser, jakby kogoś lub czegoś szukał. Zobaczył mnie. Na chwilę wzrok mu zmiękł (ale oczywiście nie roztopił się). Potem Mark odwrócił się, żeby zapłacić za cappuccino. Szybciutko jeszcze bardziej się uspokoiłam i skupiłam na swoim wnętrzu. Z już o wiele bardziej oficjalną miną podszedł do mojego stolika. Miałam ochotę rzucić się mu na szyję.

— Cześć — powiedział szorstko. — Co tam masz? — Skinął głową w stronę prezentu.

Z miłości i szczęścia aż mnie zatkało, więc bez słowa podałam mu pudełko.

— Nie wiem, co to takiego. Chyba długopis.

Wyjął przedmiot z pudełka, odwrócił, szybko włożył go z powrotem i powiedział:

— Bridget, to nie długopis reklamowy. Kurwa, to nabój.

Jeszcze później. O Jezuniu najsłodszy. Nie było czasu na gadki o Tajlandii, Rebecce, miłości i innych takich.

Mark złapał serwetkę, podniósł wieczko pudełka i owinął nią nabój.

— Jeżeli spokój zachowasz, choćby go stracili… — szepnęłam sama do siebie.

— Co takiego?

— Nic.

— Zostań tu. Nie dotykaj tego. To prawdziwy nabój — powiedział. Wymknął się na ulicę i niczym detektyw z telewizji rozejrzał na boki. To ciekawe, jak prawdziwe akcje policyjne przypominają te z telewizji — tak samo jak barwne sceny z wakacji wyglądają zupełnie jak z pocztówki albo…

Mark wrócił.

— Bridget? Zapłaciłaś już? Co ty wyprawiasz? Idziemy.

— Dokąd?

— Na policję.

W samochodzie zaczęłam pleść jakieś bzdury, dziękować za wszystko, co dla mnie zrobił, i rozwodzić się nad tym, jak wiersz od niego pomógł mi w więzieniu.

— Wiersz? Jaki znowu wiersz? — spytał, skręcając w Kensington Park Road.

— Wiersz *Jeżeli* — no wiesz — jeżeli zmusisz, aby ci służyły... O Boże, strasznie cię przepraszam, że musiałeś jechać aż do Dubaju, taka ci jestem wdzięczna...

Zatrzymał się na światłach i odwrócił do mnie.

— Wszystko w absolutnym porządku — powiedział łagodnie. — A teraz przestań pleść trzy po trzy. Przeżyłaś potężny szok. Musisz się uspokoić.

Hmm. Cały dowcip polegał właśnie na tym, żeby Mark zauważył, jaka jestem spokojna i skupiona na swoim wnętrzu, a nie mnie uspokajał. Próbowałam się uspokoić, ale ciężko mi to szło, bo po głowie chodziła mi tylko jedna myśl — ktoś chce mnie zabić.

Kiedy dojechaliśmy na policję, cała sytuacja przestała przypominać serial policyjny, bo komisariat był obdrapany i brudny i nikt nie wykazywał najmniejszego zainteresowania naszą sprawą. Policjant za biurkiem kazał nam usiąść w poczekalni, ale Mark nalegał, żeby nas zaprowadzono na górę. W końcu wylądowaliśmy w jakimś wielkim, obskurnym i kompletnie pustym biurze.

Mark kazał mi opowiedzieć o wszystkim, co mi się przydarzyło w Tajlandii, pytał, czy Jed wspominał o jakichś znajomych z Wielkiej Brytanii, czy paczka przyszła normalną pocztą, czy od powrotu zauważyłam, że koło mojego domu kręci się jakiś nieznajomy.

Czułam się jak idiotka, kiedy mu opowiadałam, jak zaufałyśmy Jedowi. Myślałam, że Mark mnie skrzyczy, ale on był strasznie słodki.

— Ciebie i Shaz można by oskarżyć co najwyżej o zapierającą dech w piersiach głupotę — powiedział. — Słyszałem, że doskonale sobie radziłaś w więzieniu.

Był naprawdę bardzo słodki, ale nie... no, zachowywał się dość oficjalnie, nie tak, jakby chciał, żebyśmy się zeszli albo porozmawiali o uczuciach.

— Nie uważasz, że powinnaś zadzwonić do pracy? — spytał, spoglądając na zegarek.

Złapałam się za głowę. Próbowałam sobie wytłumaczyć, że gdybym zginęła, nie miałoby najmniejszego znaczenia, czy mam pracę, czy też nie, ale było już dwadzieścia po dziesiątej!

— Nie miej takiej miny, jakbyś przed chwilą niechcący zjadła dziecko — powiedział ze śmiechem Mark. — Chociaż raz masz przyzwoite usprawiedliwienie dla swojej patologicznej niepunktualności.

Podniosłam słuchawkę telefonu i wykręciłam bezpośredni numer do Richarda Fincha. Odebrał od razu.

— Ooo, Bridget, prawda? Panienka Celibat? Minęły zaledwie dwa dni, a ona już poszła na wagary? To gdzie jesteś, co? Pewnie w sklepie?

„Jeżeli wierzysz w siebie, gdy inni zwątpili" — pomyślałam. Jeśli możesz...

— Bawisz się świeczką, co? Dziewczęta, świeczki wyjąć! — Wydał z siebie głośny odgłos odkorkowywania.

Ze zgrozą popatrzyłam na telefon. Nie potrafiłam określić, czy Richard Finch zawsze był taki, a tylko ja byłam inna, czy też ruchem spiralnym staczał się na narkotykowe dno.

— Daj mi telefon — powiedział Mark.

— Nie! — wykrzyknęłam, z powrotem złapałam słuchawkę i wysyczałam: — Sama potrafię zadbać o swoje sprawy.

— Oczywiście, że tak, kochanie, ale nie o własne zdrowie psychiczne — wymruczał Mark.

Kochanie! Powiedział do mnie: „Kochanie"!

— Bridget? Znowu zasnęłaś, co? Gdzie jesteś? — zarechotał Richard Finch.

— Jestem na posterunku policji.

— Ooo, znowu ta koka, co? Świetnie. Masz coś dla mnie? — Tym razem zachichotał.

— Grożono mi śmiercią.

— Ooo! Dobre. Za chwilę ja ci będę groził śmiercią. Hahahaha. Na posterunku policji, e? Chciałbym to zobaczyć. Nieźli mi się trafili współpracownicy: mili, zrównoważeni, unikający narkotyków i powszechnie szanowani.

Wystarczy. Miałam tego serdecznie dosyć. Wzięłam głęboki oddech.

— Richard — powiedziałam wyniośle — kocioł garnkowi przyganiał, a sam smoli. Z tym, że ja nie jestem osmolona, bo nie biorę narkotyków. W przeciwieństwie do ciebie. Poza tym, nie wracam. Pa. — I odłożyłam słuchawkę. Ha! Hahahaha! Na chwilę przypomniał mi się debet na koncie. I magiczne grzybki. Chociaż właściwie to nie narkotyki, tylko sama natura.

W tej chwili do biura wpadł jakiś policjant, kompletnie nas ignorując.

— Słuchaj pan! — krzyknął Mark, waląc pięścią w stół. — Przyprowadziłem dziewczynę, która dostała pocztą nabój z jej imieniem. Możecie się tym zająć?

Policjant przystanął i popatrzył na nas.

— Jutro jest p o g r z e b — burknął z irytacją. — A w Kensal Rise mamy bójkę na noże. Są tacy, którzy już z o s t a l i zamordowani. — Odrzucił do tyłu głowę i wypadł z pokoju.

Dziesięć minut później detektyw, który miał się nami zająć, przyszedł z wydrukiem komputerowym.

— Cześć. Jestem detektyw inspektor Kirby — powiedział, nawet na nas nie patrząc. Przez chwilę studiował wydruk, po czym z uniesionymi brwiami spojrzał na mnie.

— To akta z Tajlandii, mogę je zobaczyć? — spytał Mark, zaglądając mu przez ramię. — Aha… ten incydent w…

— No tak — powiedział inspektor.

— Nie, nie, to był tylko surowy stek — wytłumaczył Mark. Policjant dziwnie się przyglądał Markowi.

— Matka włożyła mi go do torby na zakupy — dodałam — i zaczął się psuć.

— Widzi pan? No? A to jest raport z Tajlandii — powiedział Mark, pochylając się nad formularzem.

Inspektor ochronnym ruchem zasłonił formularz, jakby Mark próbował spisać od niego pracę domową. W tej chwili zadzwonił telefon. Inspektor Kirby odebrał.

— Tak. Chcę być w wozie na Kensington High Street. No, gdzieś niedaleko Albert Hall! Kiedy orszak ruszy. Chcę oddać ostatni hołd — powiedział wyczerpanym głosem. — Kurwa, co ten inspektor Rogers tam robi? OK, w takim razie koło Buckingham Palace. Co?

— Co w raporcie jest o Jedzie? — spytałam szeptem.

— Przedstawił się jako „Jed", tak? — parsknął ironicznie Mark. — Naprawdę nazywa się Roger Dwight.

— OK, w takim razie na Hyde Park Corner. Ale na przedzie tłumu. Przepraszam za to. — Inspektor Kirby odłożył słuchawkę, robiąc przy tym przesadnie profesjonalną minę, jaką ja zwykle robię, kiedy spóźniam się do pracy. — Roger Dwight — powiedział. — Wszystko na niego wskazuje, co?

— Bardzo bym się zdziwił, gdyby udało mu się coś zorganizować — oznajmił Mark. — Nie z arabskiego więzienia.

— Są różne sposoby.

Doprowadzało mnie do szewskiej pasji to, że Mark rozmawiał z detektywem nad moją głową. Zupełnie jakbym była dziwką albo jakimś przygłupem.

— Przepraszam — wtrąciłam, cała najeżona. — Czy mogłabym przyłączyć się do tej rozmowy?

— Oczywiście — odparł Mark — jeśli tylko znowu nie zaczniesz z tymi osmolonymi garnkami.

Inspektor ze zdumieniem przenosił wzrok ze mnie na Marka.

— Mógł zorganizować kogoś innego, żeby wysłał ten nabój — powiedział Mark, zwracając się do inspektora — ale to raczej mało prawdopodobne, a wręcz głupie, zważywszy na...

— No tak, w takich sprawach... Przepraszam. — Inspektor Kirby znowu podniósł słuchawkę. — Powiedzcie Harrow Road, że mają już dwa samochody na trasie! — krzyknął z rozdrażnieniem. — Nie. Chcę zobaczyć trumnę przed mszą. Tak. To powiedzcie inspektorowi Rimmingtonowi, żeby się odchrzanił. Przepraszam pana. — Znowu odłożył słuchawkę i uśmiechnął się władczo.

— W takich sprawach...? — zaczęłam.

— Tak, to mało prawdopodobne, by osoba mająca poważne zamiary uprzedzała o swych...

— To znaczy, że raczej od razu by ją zastrzelił, tak? — spytał Mark.

O Boże.

Godzinę później paczka została oddana do zdjęcia odcisków palców i pobrania DNA, a mnie nadal przesłuchiwano.

— Czy któraś z osób spoza tych z Tajlandii może żywić do pani jakąś urazę, młoda damo? — spytał inspektor Kirby. — Może były chłopak, odtrącony konkurent?

Byłam zachwycona tym, że nazwał mnie „młodą damą". Może już nie jestem pierwszej młodości, ale...

— Bridget! — powiedział Mark. — Skup się! Czy jest ktoś, kto mógłby chcieć cię skrzywdzić?

— Mnóstwo osób mnie skrzywdziło — odparłam, patrząc na Marka i główkując. — Richard Finch. Daniel — ale chyba żaden z nich by tego nie zrobił — dodałam niepewnym głosem.

Może Daniel myślał, że opowiadałam na prawo i lewo o tej nocy, kiedy mieliśmy razem zjeść kolację? Czyżby aż tak bardzo się obraził, że go odtrąciłam? To chyba byłaby lekka przesada, nie? Ale może Sharon miała rację, twierdząc, że mężczyźni końca wieku wypadają ze swej roli.

— Bridget? — powiedział łagodnie Mark. — Myślę, że powinnaś powiedzieć panu inspektorowi o swoich przypuszczeniach.

Ale obciach. W końcu opowiedziałam o tym wieczorze z kurtką na bieliźnie, a inspektor Kirby z twarzą pokerzysty spisywał szczegóły. Mark nie odezwał się ani słowem, ale widziałam, że jest okropnie zły. Zauważyłam, że detektyw bacznie mu się przypatrywał.

— Czy ma pani powiązania z jakimiś osobami z półświatka? — spytał.

Przyszedł mi do głowy tylko wynajęty chłoptaś wujka Geoffreya, co było jednak niedorzeczne, bo wynajęty chłoptaś w ogóle mnie nie znał.

— Będzie się pani musiała wyprowadzić ze swojego mieszkania. Ma pani gdzie się podziać?

— Możesz się zatrzymać u mnie — powiedział nagle Mark. Serce podeszło mi do gardła. — W jednym z wolnych pokoi — dodał szybko.

— Czy mógłbym pana przeprosić na chwilę? — spytał detektyw inspektor. Mark na moment stracił rezon, ale zaraz odparł: — Oczywiście. — I szybkim krokiem wyszedł z pokoju.

— Nie jestem pewien, czy zatrzymanie się u pana Darcy'ego to dobry pomysł, panienko — powiedział detektyw, spoglądając na drzwi.

— Taa, może i ma pan rację. — Pomyślałam, że przez detektywa przemawia ojcowska troska i że jako mężczyzna sugeruje, że powinnam zachować wokół siebie nimb tajemnicy oraz niedostępności i zmusić Marka do tego, by zabiegał o moje względy, ale przypomniało mi się, że już miałam nie myśleć w ten sposób.

— Co właściwie łączyło panią z panem Darcym?

— Ho, ho! — wykrzyknęłam, po czym rozpoczęłam opowieść.

Inspektor Kirby najwyraźniej miał całą masę podejrzeń. Drzwi otworzyły się znowu w chwili, gdy właśnie mówił:

— A więc pan Darcy przypadkiem pojawił się w tej kawiarni, tak? I to właśnie tego dnia, kiedy dostała pani nabój?

Mark wszedł i stanął przed nami.

— OK — powiedział ze zmęczeniem, spoglądając na mnie, jakby chciał powiedzieć: „Jesteś źródłem wszystkiego, co oznacza przeciwieństwo spokoju". — Weźcie moje odciski palców, moje DNA, usuńmy wszelkie podejrzenia.

— Och, przecież nie twierdzę, że to pan — pośpiesznie wyjaśnił detektyw. — Po prostu musimy wyeliminować…

— Dobrze, dobrze — przerwał mu Mark. — Miejmy już to z głowy.

Rozdział trzynasty
AAAA!

5 września, piątek (ciąg dalszy)

54,5 kg, liczba sekund, odkąd ostatnio uprawiałam seks: już mnie to nie obchodzi, liczba minut, które przeżyłam, odkąd grożono mi śmiercią 34 800 (bdb).

18.00. U Shazzer. Wyglądam przez okno. To nie może być Mark Darcy. Toż to absurd. To niemożliwe. Na pewno ma to jakiś związek z Jedem. Pewnie ma tu całą masę kontaktów, narkomanów, którzy rozpaczliwie łakną narkotyków i których pozbawiłam środków do życia. A może to Daniel? Ale on z całą pewnością nie byłby do tego zdolny. Może to jakiś świrus. Ale świrus, który zna moje imię i adres? Ktoś chce mnie zabić. Komuś chciało się zdobyć ostrą amunicję i wygrawerować na niej moje imię.

Muszę zachować spokój. Spokojnie, spokojnie. Tak. Muszę zachować spokój, choćby go stracili... Ciekawe, czy w Kookai mają kuloodporne kamizelki?

Wolałabym, żeby Shaz już wróciła. Mam kompletny mętlik w głowie. Mieszkanie Shaz jest maleńkie i delikatnie mówiąc, nie posprzątane, zwłaszcza że składa się z jednego pokoju, ale kiedy mieszkamy tu we trójkę, cała podłoga i każdy kawałek przestrzeni są zawalone stanikami Agent Provocateur, butami do kostki ze skóry lamparta, torbami na zakupy od Gucciego, podrabianymi torebkami od Prady, maleńkimi sweterkami od Voyage i jakimiś dziwacznymi butami na pasek. B. jestem skołowana. Może znajdę gdzieś trochę wolnego miejsca i się położę.

Kiedy zabrali Marka, inspektor Kirby powtórzył, że nie powinnam zostawać w swoim mieszkaniu i zawiózł mnie tam, żebym wzięła parę rzeczy, ale problem polegał na tym, że nie miałam się gdzie zatrzymać. Mama i tata wciąż byli na odwyku. Mieszkanie Toma byłoby idealne, ale nigdzie nie mogłam znaleźć jego telefonu w San Francisco. Próbowałam się dodzwonić do pracy do Jude i Shaz, ale obie wyszły na lunch.

Czułam się naprawdę okropnie. Wszędzie zostawiałam wiadomości, a po moim mieszkaniu łazili policjanci, zbierając różne przedmioty, żeby z nich zdjąć odciski palców, i szukając śladów.

— Co robi ta dziura w ścianie, panienko? — spytał jeden z nich, kiedy tak się kręcili, omiatając wszystko miotełkami, jakby odkurzali.

— O... yyy... została — odparłam niejasno. W tej chwili odezwał się telefon. To była Shaz, która się zgodziła, żebym u niej się zatrzymała, i powiedziała, gdzie mogę znaleźć zapasowy klucz.

Chyba się trochę zdrzemnę.

23.45. Wolałabym nie budzić się co chwila w środku nocy, ale cieszę się, że mam przy sobie Jude i Shaz, które śpią spokojnie jak niemowlęta w tym samym pokoju. B. było fajnie, kiedy wróciły z pracy. Zjadłyśmy pizze i bardzo wcześnie położyłam się spać. Ani słowa o Marku Darcym, ani nic od niego. Przynajmniej mam guzik alarmowy. Fajnie. To zdalnie sterowana malutka walizeczka. Tylko pomyśleć, że jeśli go leciutko przycisnę, przyleci młody policjant w mundurze i mnie uratuje!!!! Mmm. Rozkoszna myśl... b. chce mi się spać...

6 września, sobota
55 kg, papierosy 10, jedn. alkoholu 3, kalorie 4255 (póki czas powinnam cieszyć się życiem), minuty, odkąd ostatnio uprawiałam seks 16 005 124 (muszę coś z tym zrobić).

18.00. Razem z Jude i Shaz przez cały dzień oglądałyśmy pogrzeb księżnej Diany. Wszystkie miałyśmy wrażenie, że to pogrzeb kogoś znajomego, tylko że na większą skalę, pogrzeb, po którym człowiek czuje się jak przepuszczony przez wyżymaczkę, ale jednocześnie jakby jakiś ciężar spadł mu z serca. Tak się cieszę, że wszystko dobrze poszło. Pogrzeb był udany. Udany i piękny — zupełnie jakby establishment wreszcie coś zrozumiał i nasz kraj potrafił zrobić coś porządnie.

Wszystko to przypomina szekspirowską tragedię albo jakąś starożytną legendę, zwłaszcza ten konflikt między dwoma szlachetnymi rodami Spencerów i Windsorów. Wstyd mi, że pracuję w tym głupim dziennym programie telewizyjnym, w którym całe popołudnia poświęcamy tylko paplaninie o fryzurze Diany. Zmienię swoje życie. Skoro udało się to establishmentowi, to uda się i mnie.

Teraz jednak czuję się trochę osamotniona. Jude i Shaz wyszły z domu, bo — jak stwierdziły — dostały klaustrofobii. Próbowałyśmy dodzwonić się na policję, bo mi nie wolno wychodzić bez policjanta, ale w końcu, po czterdziestu pięciu minutach, kobieta z centrali powiedziała nam, że wszyscy są zajęci. Zapewniłam Jude i Shaz, że nie będę miała do nich absolutnie żadnej pretensji — pod warunkiem, że przyniosą mi pizzę. O. Telefon.

— O, cześć, kochanie, tu mamusia.

Mamusia! Pomyślałby kto, że za chwilę zrobię jej kupkę na rękę.

— Gdzie jesteś, mamo? — spytałam.

— Och, wyszłam, kochanie.

Przez ułamek sekundy wydawało mi się, że zaraz doda, że została lesbijką i zamierza zawrzeć z wujkiem Geoffreyem gejowskie, pozbawione seksu małżeństwo z rozsądku

— Wróciliśmy do domu. Wszystko już w porządku i tatuś powoli wraca do siebie. Ja nie mam pojęcia! Tyle czasu pił w swojej szopie, a mnie się wydawało, że ten zapach to od pomidorów! Zważ, że Gordon Gomersall miał dokładnie to samo, a Joy też niczego się nie domyślała. Teraz to nazywają chorobą. Co sądzisz o pogrzebie?

— Bardzo ładny — odparłam. — No, o co chodzi?

— Kochanie… — zaczęła, po czym rozległ się jakiś zgrzyt i do telefonu podszedł tata.

— Wszystko w porządku, złotko. Po prostu muszę unikać wódy — powiedział. — A Pam to już pierwszego dnia chcieli się stamtąd pozbyć.

— Dlaczego? — Przed oczami stanął mi potworny obraz mojej matki uwodzącej cały zastęp osiemnastoletnich narkomanów.

— Powiedzieli, że jest za normalna — zachichotał. — Oddaję ci ją.

— Słowo daję, kochanie. To jakaś kosmiczna bzdura, żeby wyciągać z ludzi kupę kasy za to, że im się powie to, o czym już wiedzą!

— Co?

— Oj, poczekaj chwilę. Tylko przewrócę kurczaka.

Odsunęłam słuchawkę od ucha, próbując nie wyobrażać sobie, jakie to dziwaczne danie wymaga przewróconego kurczaka.

— Uff. No już.

— O czym oni mówili?

— Rano musieliśmy siadać w kręgu i opowiadać o różnych głupotach.

— Na przykład…?

— O matko święta! No wiesz: mam na imię Pam i jestem czymś tam!

Czym? — pomyślałam — …tam? Zarozumiałą zmorą? Maniakalnym wrogiem grudek w sosie? Katem małych dziewczynek?

— Czego oni tam nie wygadywali! „Dzisiaj będę pewny siebie, przestanę się przejmować tym, co ludzie o mnie myślą". I tak w kółko. Słowo daję, kochanie. Jeżeli ktoś nie jest pewny siebie, to do niczego nie dojdzie, prawda? — powiedziała, rycząc ze śmiechu.

— Matko święta! Niepewny siebie! Ja nie mam pojęcia! Dlaczego ktoś miałby się przejmować tym, co o nim myślą ludzie?

Z zatroskaniem rozejrzałam się na boki.

— A jaka była twoja afirmacja?

— Och, na początku w ogóle nie pozwalano mi się odzywać, kochanie.

— A potem? Co musiałaś powiedzieć?

W tle usłyszałam śmiech mojego ojca. Był chyba w dobrej formie.

— Powiedz jej, Pam.

— Ufff. No, musiałam powtarzać: „Nie pozwolę, by moja nadmierna pewność siebie przesłoniła rzeczywistość" i „Dzisiaj będę dostrzegać nie tylko swoje zalety, ale i wady". To był jakiś absurd, kochanie. No, ale muszę lecieć, ktoś dzwoni do drzwi. To do zobaczenia w poniedziałek.

— Co?

— Nie mówi się „co", kochanie, tylko „słucham". Umówiłam cię do kolorystki w Debenhams. Przecież ci mówiłam! Na czwartą.

— Ale… — Wcale nie mówiła. Kiedy miała mi to powiedzieć? W styczniu?

— Muszę kończyć, kochanie. Państwo Enderbury czekają pod drzwiami.

7 września, niedziela
55,5 kg, metry kwadratowe podłogi nie zawalone stanikami, jedzeniem, butelkami i szminkami 0.

10.00. Hurra! Minął kolejny dzień, a ja wciąż żyję. Ale noc miałam koszmarną. Po rozmowie z mamą poczułam się okropnie zmęczona, więc sprawdziłam, czy wszystkie drzwi są zamknięte, wczołgałam się pod plątaninę majtek, staników i narzutek z lamparciej skóry Shazzer i usnęłam. Nie słyszałam, jak wchodziły, a kiedy obudziłam się o północy, już spały. Zaczyna tu strasznie śmierdzieć. Poza tym jeżeli budzę się w środku nocy, muszę leżeć nieruchomo, gapiąc się w milczeniu w sufit, żeby ich nie obudzić, przewracając się o porozrzucane graty.

O, telefon. Lepiej odbiorę od razu, żeby ich nie budzić.

— No, w końcu zrozumieli, że nie jestem byłym kochankiem ogarniętym żądzą mordu.

Hurra! To był Mark Darcy.

— Jak się czujesz? — spytał z troską, co było ładne z jego

strony, zważywszy na to, że przeze mnie spędził siedem godzin na posterunku policji. — Zadzwoniłbym wcześniej, ale dopóki nie zostałem oczyszczony z zarzutów, nie chcieli powiedzieć, gdzie jesteś.

Próbowałam przybrać wesoły ton, ale w końcu powiedziałam szeptem, że u Shazzer trochę się duszę.

— Moja propozycja wciąż jest aktualna, możesz zatrzymać się u mnie — rzucił bez namysłu. — Sypialni ci u mnie dostatek.

Szkoda, że tak podkreśla, że nie chce iść ze mną do łóżka. Zaczyna to zakrawać na kaszmiryzm, a na przykładzie Shazzer i Simona widać, że jak się zrobi pierwszy krok, to już nie można się wycofać, bo na najmniejszą aluzję na temat seksu wszyscy zaczynają panikować, że to „zniszczy przyjaźń".

W tej chwili Jude ziewnęła i przewróciła się na drugi bok, przesuwając nogami stertę pudełek po butach, które z trzaskiem spadły na podłogę, zgarniając po drodze koraliki, kolczyki, kosmetyki i filiżankę kawy do mojej torebki. Wzięłam głęboki oddech.

— Dzięki — szepnęłam do słuchawki. — Bardzo chętnie przyjdę.

23.45. W domu Marka Darcy'ego. O Boże. Ale kicha. Leżę sama w dziwnym białym pokoju, gdzie znajduje się tylko białe łóżko, białe żaluzje i niepokojące białe krzesło, które jest dwa razy wyższe, niż powinno. Strasznie tu — wielki, biały pałac, a w całym domu nie ma ani odrobiny jedzenia. Nie mogę niczego znaleźć ani zrobić, nie dokonując przy tym kolosalnego wysiłku umysłowego, gdyż wszystko tu — każdy wyłącznik światła, spłuczka itd. — jest zakamuflowane. I zimno tu jak w psiarni.

Dziwny dzień, zmierzch, to zasypiam, to się budzę. Za każdym razem, kiedy w końcu czuję się normalnie, znowu wpadam w objęcia Morfeusza — jak samolot, który daje nura z ogromnej wysokości. Nie wiem, czy to nadal złe samopoczucie po zmianie strefy czasowej, czy po prostu próbuję uciec od wszystkiego. Mark dzisiaj musiał iść do pracy, chociaż to niedziela, bo w piątek cały dzień nie było go w biurze. Shaz i Jude wróciły koło czwartej z *Dumą i uprzedzeniem* na wideo, ale po tej kompromitacji z Colinem Firthem jakoś nie mogłam znieść sceny z nurkowaniem w jeziorze, więc tylko pogadałyśmy i poczytałyśmy gazetki. Potem Jude i Shaz zaczęły się rozglądać po domu, chichocząc. Zasnęłam, a kiedy się obudziłam, ich już nie było.

Mark przyszedł koło dziewiątej z jedzeniem na wynos dla nas obojga. Miałam wielkie nadzieje na romantyczne pojednanie, ale tak się skupiłam na tym, by nie dać mu odczuć, że mam ochotę pójść z nim do łóżka albo zostać w jego domu z powodów innych niż bezpieczeństwo, że w końcu zrobiło się strasznie sztywno i oficjalnie, zachowywaliśmy się jak lekarz i pacjent, jak lokatorzy z *Pana Złotej Rączki* czy coś w tym rodzaju.

Chciałabym, żeby teraz do mnie przyszedł. To strasznie frustrujące być tak blisko niego i chcieć go dotknąć. Może powinnam coś powiedzieć. Ale trochę boję się otwierać tę puszkę Pandory, bo jeśli mu powiem, co czuję, a on nie zechce do mnie wrócić, to poczuję się okropnie upokorzona — zwłaszcza że mieszkamy razem. Poza tym jest środek nocy.

O Boże, a może to jednak Mark to zrobił. Może za chwilę wpadnie do mojego pokoju i na przykład mnie zastrzeli, i ten dziewiczy biały pokój zatonie we krwi — zupełnie jakby rozlała ją dziewica, z tym że ja nie jestem dziewicą. Tylko, cholera, tkwię w celibacie.

Nie powinnam myśleć w ten sposób. Oczywiście, że to nie on. Przynajmniej mam ten guzik alarmowy. To straszne — ja nie mogę usnąć, a Mark jest na dole, pewnie nagi. Mmmm. Chciałabym zejść na dół i go zgwałcić. Nie uprawiałam seksu od... to b. skomplikowana liczba.

Może jednak przyjdzie! Usłyszę kroki na schodach, drzwi otworzą cię cichutko i Mark wejdzie, i usiądzie na moim łóżku — nagi! — i... o Boże, jestem taka sfrustrowana.

Gdybym tylko mogła być taka jak mama i po prostu wierzyć w siebie, a nie ciągle przejmować się tym, co myślą o mnie ludzie, ale to strasznie trudne, kiedy się wie, że ktoś r z e c z y w i ś c i e o tobie myśli. Myśli, jak cię zabić.

8 września, poniedziałek

55,75 kg (poważny kryzys), liczba osób grożących mi śmiercią pojmanych przez policję 0 (nie bdb), liczba sekund, odkąd ostatnio uprawiałam seks 15 033 600 (katastrofalny kryzys).

13.30. W kuchni Marka Darcy'ego. Właśnie zupełnie bez powodu zjadłam ogromny kawał sera. Sprawdzę, ile to kalorii.

O kurwa. 350 kalorii w 100 gramach. Paczka to ćwierć kilo, a ja wcześniej zjadłam już trochę — może z 60 gramów — i jeszcze trochę zostało, więc w pół minuty zeżarłam 500 kalorii. Coś niesamowitego. Może na znak solidarności z księżną Dianą powinnam zmusić się do wymiotów? Aaa! Dlaczego takie niesmaczne myśli przychodzą mi do głowy? Oj tam, równie dobrze mogę zjeść resztę, żeby się odciąć grubą kreską od całego tego żałosnego epizodu.

Chyba będę zmuszona pogodzić się z prawdą głoszoną przez lekarzy: diety nie działają, bo twoje ciało myśli, że je głodzisz, i kiedy tylko znowu widzi jedzenie, opycha się nim jak Fergie. Ostatnio codziennie rano znajduję na sobie tłuszcz w nowych i budzących zgrozę miejscach. Ani trochę bym się nie zdziwiła, gdybym kiedyś odkryła, że pizza zjedzona poprzedniego dnia wypuczyła mi się w postaci wałka tłuszczu między uchem a ramieniem albo wyskoczyła koło kolana, łopocząc łagodnie na wietrze niczym ucho słonia.

Między mną a Markiem sytuacja wciąż niezręczna i pełna niedopowiedzeń. Kiedy dziś rano zeszłam na dół, on już wyszedł do pracy (nic dziwnego, bo była pora lunchu), ale zostawił liścik, w którym napisał, żebym „czuła się jak u siebie w domu" i zapraszała, kogo chcę. Na przykład kogo? Wszyscy są w pracy. Jak tu cicho. Boję się.

13.45. Wszystko pięknie. Absolutnie. Wiem, że nie mam pracy, pieniędzy, faceta, tylko mieszkanie z dziurą w ścianie, do którego nie mogę wrócić, że mieszkam z mężczyzną, którego kocham jakąś dziwaczną, platoniczną miłością gosposi, i że ktoś usiłuje mnie zabić, ale to, bez wątpienia, stan przejściowy.

14.00. Ja chcę do mamy.

14.15. Zadzwoniłam na policję i poprosiłam, żeby mnie zawieźli do Debenhams.

Później. Mama była fantastyczna. No, tak jakby. Mniej więcej.

Pojawiła się dziesięć minut spóźniona, od stóp do głów w głębokiej czerwieni, z natapirowanymi, ufryzowanymi włosami i dźwigając chyba z piętnaście toreb na zakupy od Johna Lewisa.

— Nigdy nie zgadniesz, co się stało, kochanie — powiedziała, siadając i przerażając innych klientów liczbą swych toreb.

— Co? — spytałam drżącym głosem, obiema rękami łapiąc filiżankę.

— Geoffrey wyznał Unie, że jest jednym z tych „homo", chociaż tak naprawdę to wcale nim nie jest, kochanie, jest „bi", bo inaczej by nie mieli Guya i Alison. W każdym razie Una mówi, że wcale się tym nie przejęła. Gillian Robertson z Saffron Waldhurst przez dziesięć lat była żoną takiego „bi" i bardzo dobrze im się układało. Ale w końcu musieli się rozstać, bo on ciągle się włóczył koło tych budek z hamburgerami na bocznicach kolejowych, a żona Normana Middletona umarła — wiesz, ta, która była dyrektorką w szkole dla chłopców. Więc w końcu Gillian… Bridget, Bridget, co ci jest?

Kiedy zrozumiała, jak bardzo jestem zdenerwowana, zrobiła się dziwnie miła, wyprowadziła mnie z kawiarni, zostawiając torby u kelnera, wyjęła z torebki całą masę chusteczek papierowych, zaprowadziła mnie na schody na tyłach, posadziła i kazała sobie o wszystkim opowiedzieć.

Chociaż raz w życiu naprawdę mnie wysłuchała. Kiedy skończyłam, przytuliła mnie jak prawdziwa mama i mocno wyściskała, otaczając chmurą dziwnie kojącego zapachu Givenchy III.

— Byłaś bardzo dzielna, kochanie — szepnęła. — Jestem z ciebie dumna.

Tak mi było dobrze. W końcu się wyprostowała i otrzepała ręce.

— No, do roboty! Musimy się zastanowić, co teraz robić.

Pogadam z tym inspektorkiem i wezmę go do galopu. Toż to absurd, żeby ta osoba od piątku była na wolności. Mieli mnóstwo czasu, żeby go złapać. Co oni robią? Chodzą na panienki? Oj, nie martw się. Umiem postępować z policją. Jeśli chcesz, możesz się zatrzymać u nas. Myślę jednak, że powinnaś zostać u Marka.

— Ale ja w ogóle nie mam powodzenia u mężczyzn.

— Bzdury, kochanie. Słowo daję, nic dziwnego, że wy, dziewczyny, nie potraficie sobie znaleźć chłopca, skoro ciągle udajecie superyuppies, które nie potrzebują nikogo, jeżeli nie jest Jamesem Bondem, a potem siedzą w domu, lamentując, że nie mają powodzenia u mężczyzn. Ojej, patrz, która godzina. Chodź, bo się spóźnimy do kolorystki!

Dziesięć minut później siedziałam w białym pokoju Darcy'ego, w białym szlafroku i z białym ręcznikiem na głowie, w towarzystwie mamy, całej gamy kolorowych próbek materiałów i kobiety o imieniu Mary.

— Ja nie mam pojęcia! — parsknęła z dezaprobatą mama. — Jak tak można w kółko zadręczać się tymi wszystkimi teoriami! Mary, spróbuj tę złamaną wiśnię.

— To nie ja, tylko trend społeczny — odparłam z oburzeniem. — Kobiety zostają same, bo potrafią się utrzymać i chcą robić karierę, a kiedy się starzeją, wszyscy mężczyźni uważają je za zdesperowane, przeterminowane, opóźnione w rozwoju i po prostu wolą młodsze.

— Słowo daję, kochanie. Przeterminowane! Można by pomyśleć, że jesteś tubką twarogu w supermarkecie! Takie idiotyzmy możliwe są tylko w kinie.

— Nieprawda.

— Matko święta! Przeterminowane. Mężczyźni mogą udawać, że wolą te głupie laseczki, ale tak wcale nie jest. Każdy chciałby mieć miłą przyjaciółkę. A ten Roger jak-mu-tam, który zostawił Audrey dla swojej sekretarki? Oczywiście była głupia. Pół roku później błagał Audrey o powrót, a ona się nie zgodziła!

— Ale...

— Samantha jej było na imię. Głupia jak but. A Jean Dawson,

która była żoną Billa — pamiętasz Dawsona, tego rzeźnika? — po jego śmierci wyszła za chłopaka o połowę młodszego od niej, który teraz jest jej bardzo oddany, bez reszty, a przecież Bill nie zostawił fortuny, wiesz, bo na mięsie nie można się dorobić.

— Ale jeżeli jesteś feministką, nie powinnaś potrzebować...

— To właśnie jest takie idiotyczne w feminizmie, kochanie. Każdy, kto ma choć odrobinę oleju w głowie wie, że jesteśmy rasą wyższą. Mężczyźni nic, tylko cyganią...

— Mamo!

— ...i wydaje im się, że na emeryturze mogą się wylegiwać i nic nie robić w domu. Spójrz na to, Mary.

— Bardziej mi się podobał ten koralowy — odparła nadąsana Mary.

— No właśnie — powiedziałam przez wielką płachtę w kolorze akwamaryny. — Człowiekowi nie chce się po pracy jeszcze taszczyć toreb z zakupami, skoro oni tego nie robią.

— Ja nie mam pojęcia! Wy to wszystkie byście chyba chciały mieć w domu Indianę Jonesa, który wam będzie zmywał garnki. Ich trzeba wytresować. Kiedy wyszłam za tatusia, co wieczór chodził do klubu brydżowego! Co wieczór! I palił.

Kurde. Biedny tata — pomyślałam, kiedy Mary przyłożyła mi do twarzy jasnoróżową próbkę, a mama zasłoniła ją fioletową.

— Mężczyźni nie lubią, jak się ich rozstawia po kątach — powiedziałam. — Chcą, żeby kobieta była niedostępna, żeby mogli się o nią starać i...

Mama ciężko westchnęła.

— Po co z tatą co tydzień prowadzaliśmy cię do szkółki niedzielnej, skoro teraz nie masz zielonego pojęcia o życiu. Nie dajesz sobie przemówić do rozumu, ciągle tylko wracasz do Marka i...

— To na nic, Pam. Ona jest Panią Zimą.

— Jest Panią Wiosną albo ja jestem chińskim mandarynem. Mówię ci.

— Ale to jakiś koszmar. Jesteśmy wobec siebie grzeczni i oficjalni, a ja wyglądam jak szmata do podłogi...

— No właśnie próbujemy jakoś temu zaradzić, prawda, dobierając ci kolory. A zresztą nie ma to większego znaczenia, jak się wygląda, nie, Mary? Po prostu musisz być prawdziwa.

— Zgadza się. — Mary, która była wielkości ostrokrzewu, rozpromieniła się.

— Prawdziwa? — zdziwiłam się.

— No wiesz, kochanie, jak Aksamitny Króliczek. Pamiętasz przecież! To była twoja ulubiona książka, którą Una ci czytała, kiedy tata i ja mieliśmy te problemy z szambem. No, spójrz tylko.

— A wiesz, że chyba jednak masz rację? — powiedziała Mary, ze zdumieniem robiąc krok do tyłu. — Ona jest Wiosną.

— A nie mówiłam?

— Mówiłaś, Pam, a ja z niej chciałam zrobić Zimę! Dopiero teraz jest sobą, prawda?

9 września, wtorek

2.00. W łóżku, sama, nadal w domu Marka Darcy'ego. Chyba już resztę życia spędzę w białych pokojach. W drodze powrotnej z Debenhams zgubiliśmy się z policjantem. Prawdziwa szopka. Powiedziałam policjantowi, że w dzieciństwie mnie uczono, żeby — jeżeli się zgubię — prosić o pomoc policjanta, on jednak z jakichś dziwnych powodów nie załapał komizmu sytuacji. Kiedy w końcu wróciliśmy, znowu udałam się w objęcia Morfeusza, a kiedy obudziłam się o północy, cały dom był pogrążony w ciemności, a drzwi do sypialni Marka były zamknięte na klucz.

Chyba zejdę na dół, zrobię sobie herbaty i poglądam telewizję w kuchni. A jeżeli Mark jeszcze nie wrócił, chodzi z jakąś dziewczyną i przyprowadzi ją do domu, a ja wyjdę na jakąś nienormalną ciotkę albo inną panią Rochester*, która w środku nocy siedzi w kuchni i pije herbatę?

Ciągle wracam do tego, co mama powiedziała o byciu prawdziwą i o książce o Aksamitnym Króliczku (chociaż, szczerze

---

* Pani Rochester — obłąkana żona bohatera *Dziwnych losów Jane Eyre* Charlotte Brontë.

mówiąc, w tym konkretnym domu dość już się naoglądałam króliczków). Twierdzi, że moja ulubiona książka — której ani rusz nie mogę sobie przypomnieć — była o tym, że niekiedy dziecko dostaje zabawkę, którą kocha bardziej niż wszystkie inne, i nawet kiedy zabawka już ma całkiem wytarte futerko, jest porozciągana i brakuje jej paru części, to dziecko i tak uważa ją za najpiękniejszą zabawkę na świecie i nie potrafi się z nią rozstać.

— Podobnie jest, kiedy dwoje ludzi naprawdę się kocha — szepnęła mama w windzie w Debenhams, jakby wyznawała przede mną jakiś straszny i wstydliwy sekret. — Ale cały problem, kochanie, polega na tym, że to się nie przydarza zabawkom, które mają ostre krawędzie, psują się przy upuszczaniu albo są zrobione z takiego głupiego syntetycznego materiału, który nie przetrwa długo. Trzeba być dzielną i pokazywać innym, kim jesteś i co czujesz. — Winda zatrzymała się na piętrze z akcesoriami łazienkowymi. — Uff! Fajnie było, nie?! — zaszczebiotała, raptownie zmieniając ton, kiedy do windy wcisnęły się trzy panie w jaskrawych blezerach i z dziewięćdziesięcioma dwiema torbami każda. — A widzisz? Wiedziałam, że jesteś Wiosną.

Łatwo jej mówić. Gdybym powiedziała jakiemuś mężczyźnie, co naprawdę czuję, uciekłby, gdzie pieprz rośnie. Dokładnie w tej chwili — biorąc pierwszy lepszy przykład — czuję się tak:

1. Samotna, zmęczona, przerażona, smutna, zdezorientowana i wyjątkowo seksualnie sfrustrowana.
2. Brzydka, bo włosy sterczą mi na wszystkie strony jak rogi, a twarz mam opuchniętą od zmęczenia.
3. Zdezorientowana i smutna, bo nie wiem, czy nadal podobam się Markowi czy nie, a boję się pytać.
4. Rozkochana w Marku.
5. Zmęczona samotnym spaniem i radzeniem sobie ze wszystkim na własną rękę.
6. Zaniepokojona przerażającą myślą, że nie uprawiałam seksu od piętnastu milionów stu dwudziestu tysięcy sekund.

No i tak. Podsumowując, to tak naprawdę jestem samotną, brzydką, smutną erotomanką. Mmmm — wielce atrakcyjne i zachęcające. Och, cholera jasna, nie wiem, co robić. Mam ochotę na kieliszek wina. Chyba pójdę na dół. Może jednak nie napiję się wina, tylko herbaty. Chyba że jest jakaś otwarta butelka. Wino bardzo by mi pomogło usnąć.

8.00. Zakradłam się do kuchni. Nie zapaliłam światła, bo nie mogłam znaleźć tego zakamuflowanego włącznika. W głębi duszy miałam nadzieję, że Mark się obudzi, kiedy będę przechodziła pod jego drzwiami, ale się nie obudził. Na paluszkach zaczęłam schodzić po schodach, kiedy nagle stanęłam jak wryta. Przede mną zamajaczył jakiś duży cień, jakby mężczyzny. Cień ruszył w moją stronę. Uświadomiłam sobie, że to rzeczywiście mężczyzna — wielki kawał chłopa — i zaczęłam się drzeć. Zanim do mnie doszło, że to Mark — goły! — on też zaczął wrzeszczeć. Ale o wiele głośniej niż ja. Wrzeszczał z totalnym, nie kontrolowanym przerażeniem. Wrzeszczał — jakby nie do końca rozbudzony — zupełnie jak gdyby właśnie ujrzał najstraszniejszy widok w swoim życiu.

Super — pomyślałam sobie. Jestem prawdziwa. A więc tak wygląda jego reakcja, kiedy mnie widzi potarganą i nie umalowaną.

— To ja — powiedziałam. — Bridget.

Przez ułamek sekundy myślałam, że zacznie wrzeszczeć jeszcze bardziej, ale on opadł na schody, trzęsąc się bez opanowania.

— Ojej — powiedział, starając się głęboko oddychać. — Ojeju-jeju.

Wyglądał tak bezbronnie i słodko, że nie mogłam się oprzeć, usiadłam koło niego, objęłam i przyciągnęłam do siebie.

— O Boże — westchnął, wtulając się w moją piżamę. — Czuję się jak skończony idiota.

Nagle cała ta sytuacja wydała mi się okropnie śmieszna — bo to przecież okropnie śmieszne, że facet śmiertelnie się wystraszył swojej byłej dziewczyny. On też zaczął się śmiać.

— Chryste Panie — powiedział. — Nie bardzo to męskie tak się wystraszyć w nocy, co? Myślałem, że to ten facet od naboju.

Pogłaskałam go po głowie i ucałowałam łysinkę, gdzie od kochania wytarło mu się futerko. A potem mu powiedziałam, jak się czułam, jak tak naprawdę się czułam. I zdarzył się cud — kiedy skończyłam, powiedział, że on czuł się bardzo podobnie.

Trzymając się za rękę — jak dzieciaki z reklamy sosu Bisto — zeszliśmy do kuchni, gdzie z ogromnym trudem, za mylącymi drzwiczkami szafek z nierdzewnej stali, znaleźliśmy Horlicks* i mleko.

— Widzisz, chodzi o to… — powiedział, kiedy już zasiedliśmy koło piekarnika, ściskając w dłoniach kubki, żeby mleko nie wystygło — …że kiedy nie odpowiedziałaś na mój liścik, pomyślałem, że to już koniec, więc żeby się nie narzucać…

— Czekaj, czekaj — przerwałam mu. — Jaki liścik?

— Ten, który ci dałem na wieczorku poetyckim, tuż przed wyjściem.

— Ale tam był wiersz twojego taty *Jeżeli*.

Coś niesamowitego. Okazuje się, że kiedy Mark zrzucił tego niebieskiego delfina, wcale nie spisywał testamentu, tylko pisał liścik do mnie.

— To matka mi powiedziała, że powinienem szczerze wyrazić swoje uczucia — powiedział.

Starszyzna plemienia — hurra! W tym liściku Mark napisał, że wciąż mnie kocha, że nie jest z Rebeccą i żebym zadzwoniła do niego tego samego wieczoru, jeżeli czuję to samo, bo inaczej on mi się nie chce narzucać, tylko pozostanie moim przyjacielem.

— To dlaczego mnie zostawiłeś i spotykałeś się z nią?

— Nieprawda! To ty ode mnie odeszłaś! A ja, cholera jasna, nawet nie wiedziałem, że podobno chodzę z Rebeccą, dopóki nie poszedłem na tę imprezę w jej domu i nie wylądowałem z nią w jednym pokoju.

— Ale… to znaczy, że nigdy z nią nie poszedłeś do łóżka?

Bardzo, niesamowicie mi ulżyło, że nie okazał się tak niede-

---

* Horlicks — rozpuszczalny napój czekoladowy.

likatny, by włożyć majtki w barwach Newcastle United ode mnie na randkę z Rebeccą.

— No. — Spuścił wzrok i uśmiechnął się głupio. — Jeśli chodzi o tamtą noc...

— Co? — wybuchnęłam.

— Jestem tylko człowiekiem. Byłem gościem. Chciałem być grzeczny.

Zaczęłam go walić po głowie.

— Jak mawia Shazzer, mężczyzn takie żądze zżerają przez c a ł y czas — ciągnął, uchylając się przed moimi ciosami. — Ciągle mnie gdzieś zapraszała: a to na kolacje, a to na kinderbale ze zwierzętami z obory, a to na wakacje...

— Jasne. A ona wcale ci się nie podobała!

— To bardzo atrakcyjna dziewczyna, byłoby dziwne, gdyby...

Przestał się śmiać, wziął mnie za ręce i przyciągnął do siebie.

— Za każdym razem — szepnął gorąco — za każdym razem miałem nadzieję, że tam będziesz. A tamtej nocy w Gloucestershire, kiedy wiedziałem, że jesteś zaledwie piętnaście metrów ode mnie...

— Dwieście metrów, w domku dla służby.

— Czyli dokładnie tam, gdzie jest twoje miejsce i gdzie cię zamierzam trzymać do końca życia.

Na szczęście wciąż ściskał mnie mocno, żebym już nie mogła go uderzyć. Potem powiedział, że jego dom beze mnie jest wielki, zimny i nieprzyjazny. I że najbardziej lubi przebywać w moim mieszkaniu, gdzie jest tak przytulnie. I jeszcze, że mnie kocha, sam nie jest pewien, dlaczego, ale beze mnie nic go nie cieszy. A potem... Boże, jaka ta kamienna podłoga była zimna.

Kiedy poszliśmy do jego sypialni, zauważyłam stosik książek koło jego łóżka.

— Co to takiego? — spytałam, nie wierząc własnym oczom.

— *Jak kochać i przegrać, ale zachować szacunek dla samego siebie*? *Jak odzyskać kobietę, którą kochasz*? *Czego pragną kobiety*? *Marsjanie i Wenusjanki na randce*?

— Yyy... — stęknął ze wstydem.

— Ty draniu! — krzyknęłam. — A ja wszystkie swoje wyrzuciłam. — Znowu wywiązała się walka na pięści, i tak, od słowa do słowa, znowu zaczęliśmy się kochać, p r z e z   c a ł ą   n o c!!!

8.30. Mmm. Uwielbiam na niego patrzeć, kiedy śpi.

8.45. Chciałabym, żeby teraz jednak się obudził.

9.00. Nie będę go budzić, ale może sam się obudzi dzięki wibracjom myślowym.

10.00. Nagle Mark usiadł wyprostowany na łóżku i spojrzał na mnie. Myślałam, że na mnie nakrzyczy albo znowu zacznie wrzeszczeć, ale on tylko uśmiechnął się sennie, z powrotem opadł na poduszkę i szorstko przyciągnął mnie do siebie.
— Przepraszam — powiedziałam potem.
— I słusznie, ty mała zbereźnico — lubieżnie wymruczał mi w ucho. — A za co?
— Za to, że cię obudziłam, tak się gapiąc.
— Wiesz co? Trochę mi tego brakowało.
Skończyło się na tym, że potem jeszcze dość długo zostaliśmy w łóżku, co nie stanowiło żadnego problemu, bo Mark nie miał żadnych spraw do załatwienia, które nie mogły poczekać, a ja już do końca życia miałam nie mieć żadnych spraw do załatwienia. W zasadniczym momencie zadzwonił telefon.
— Nie odbieraj — sapnął Mark, nie przerywając. Rozwrzeszczała się sekretarka.
— Bridget, mówi Richard Finch. Robimy materiał o Nowym Celibacie. Szukamy atrakcyjnej młodej kobiety, która od pół roku nie uprawiała seksu. Nie miała żadnej radochy. Pomyślałem jednak, że poprzestaniemy na starej babie, która nie potrafi zaciągnąć chłopa do łóżka, czyli na tobie. Bridget? Odbierz telefon. Wiem, że tam jesteś, powiedziała mi ta twoja szajbnięta koleżanka, Shazzer. Bridget. Bridgeeeeeeeet. BRIDGEEEEEEEEET!
Mark znieruchomiał, uniósł jedną brew jak Roger Moore,

podniósł słuchawkę, wymruczał: „Już ją daję, proszę pana", po czym wrzucił ją do szklanki z wodą.

12 września, piątek
Minuty, odkąd ostatnio uprawiałam seks 0 (hurra!).

Dzień jak z bajki, którego ukoronowaniem było pójście do Tesco Metro z Markiem Darcym. Bez opamiętania wkładał do koszyka najrozmaitsze produkty: truskawki, tubkę pralinek z kremem Häagen-Daaz oraz kurczaka z napisem na metce: „Produkt wysokotłuszczowy".

Kiedy doszliśmy do kasy, nasz rachunek wynosił 98,70 funtów.

— Coś niesamowitego — powiedział, wyjmując kartę kredytową i z niedowierzaniem kręcąc głową.

— Wiem — powiedziałam ponuro. — Chcesz, żebym się dorzuciła?

— Nie, Boże drogi. Zdumiewające. Na ile nam starczy tego jedzenia?

Spojrzałam na niego z powątpiewaniem.

— Gdzieś na tydzień?

— Ale to nie do wiary. Coś nadzwyczajnego.

— Co?

— To wszystko kosztuje niecałe sto funciaków. Mniej niż kolacja w Le Pont de la Tour!

Wspólnie ugotowaliśmy kurczaka, a Mark w przerwach między dzieleniem go na części, jak w jakiejś ekstazie chodził w tę i z powrotem po mieszkaniu.

— Co za wspaniały tydzień. Pewnie wszyscy tak robią! Chodzą do pracy, a kiedy wracają do domu, ktoś na nich czeka, potem po prostu sobie gawędzą, oglądają telewizję i g o t u j ą j e d z e - n i e. Zdumiewające.

— Tak — powiedziałam, rozglądając się na boki i zastanawiając, czy może zwariował.

— Ani razu nie pobiegłem do sekretarki, żeby sprawdzić, czy

ktoś pamięta, że żyję! Nie muszę siedzieć w jakiejś restauracji z książką i wyobrażać sobie, że pewnie umrę w samotności i...

— ...i że trzy tygodnie później cię znajdą nadjedzonego przez owczarka alzackiego? — dokończyłam.

— Właśnie, właśnie! — wykrzyknął, spoglądając na mnie, jakbyśmy przed chwilą jednocześnie odkryli elektryczność.

— Mogę cię przeprosić na chwileczkę? — poprosiłam.

— Oczywiście. A dlaczego?

— Tylko na chwilkę.

Właśnie gnałam na górę, żeby zadzwonić do Shazzer z rewolucyjną wiadomością, że być może mężczyźni to nie jacyś nieosiągalni, wrodzy kosmici, tylko ludzie całkiem podobni do nas, kiedy na dole zabrzęczał telefon.

Usłyszałam głos Marka. Gadał chyba całą wieczność, więc nie mogłam zadzwonić do Shazzer, i w końcu, myśląc, że to cholerny egoista, zeszłam do kuchni.

— Do ciebie — powiedział, podając mi słuchawkę. — Złapali go.

Poczułam się tak, jakby ktoś uderzył mnie w żołądek. Mark wziął mnie za rękę, a ja drżącą dłonią sięgnęłam po słuchawkę.

— Bridget, tu inspektor Kirby. Mamy podejrzanego o wysłanie tego naboju. Wyniki testu DNA zgadzają się z wynikami próbek pobranych ze znaczków i filiżanek.

— Kto to? — wyszeptałam.

— Czy nazwisko Gary Wilshaw coś pani mówi?

Gary. O mój Boże.

— To mój budowlaniec.

Okazało się, że Gary był poszukiwany za kilka drobnych kradzieży, których dokonał w domach, gdzie robił remont, a dziś po południu został aresztowany i zdjęto mu odciski palców.

— Siedzi w naszym areszcie — powiedział inspektor Kirby. — Jeszcze się nie przyznał, ale jestem całkiem pewien, że teraz ruszymy z tą sprawą z łącznikiem. Damy pani znać, kiedy może pani bezpiecznie wrócić do swojego mieszkania.

Północ. We własnym mieszkaniu. O kurde. Inspektor Kirby zadzwonił jeszcze raz pół godziny później i powiedział, że Gary ze łzami do wszystkiego się przyznał i że mogę wracać do siebie, o nic się nie martwić i pamiętać, że w sypialni mam guzik alarmowy.

Dokończyliśmy kurczaka, potem poszliśmy do mnie, rozpaliliśmy ogień w kominku i obejrzeliśmy *Przyjaciół*, a potem Mark postanowił wziąć kąpiel. Kiedy był w łazience, rozległ się dzwonek do drzwi.

— Słucham?

— Bridget, tu Daniel.

— Yhm.

— Wpuścisz mnie? To ważne.

— Poczekaj, zaraz do ciebie zejdę — powiedziałam, zerkając w stronę łazienki. Pomyślałam, że lepiej załatwić sprawę z Danielem, ale nie chciałam ryzykować rozzłoszczenia Marka. W chwili, gdy otworzyłam drzwi wejściowe, wiedziałam, że źle zrobiłam. Daniel był pijany.

— Nasłałaś na mnie policję, tak? — wybełkotał.

Zaczęłam się wycofywać tyłem, on zaś nie spuszczał ze mnie wzroku, jak grzechotnik.

— Byłaś naga pod tym płaszczem. Ty...

Nagle na schodach rozległo się dudnienie kroków, Daniel podniósł głowę i — b a m! — Mark Darcy walnął go w twarz, Daniel upadł na drzwi, z nosa leciała mu krew.

Mark się przestraszył.

— Przepraszam — powiedział. — Yyy... — Daniel zaczął się gramolić z podłogi, więc Mark podbiegł do niego i pomógł mu wstać. — Przepraszam za to — powtórzył grzecznie. — Nic ci nie jest? Czy mogę ci...?

Oszołomiony Daniel potarł nos.

— To ja już spadam — wymamrotał urażony.

— Tak — powiedział Mark. — Chyba tak będzie najlepiej. Zostaw ją w spokoju. Albo... yyy... będę zmuszony, wiesz, zrobić to znowu.

— No. Dobra — przytaknął posłusznie Daniel.

Kiedy już wróciliśmy do mieszkania i zaryglowaliśmy drzwi, na progu sypialni ogarnął nas dziki szał. Zdumiałam się, kiedy znowu rozległ się dzwonek do drzwi.

— Ja pójdę — powiedział Mark z męską odpowiedzialnością, owijając się ręcznikiem. — To pewnie znowu Cleaver. Zostań tu.

Trzy minuty później usłyszałam tupot na zewnątrz i drzwi sypialni otworzyły się z hukiem. Krzyk zamarł mi w gardle, kiedy do sypialni wetknął głowę inspektor Kirby. Naciągnęłam koc aż pod brodę i, czerwona jak burak ze wstydu, podążyłam za jego wzrokiem śladem ubrań i bielizny wiodących do łóżka. Zamknął drzwi za sobą.

— Już nic pani nie grozi — powiedział spokojnym, kojącym głosem, jakbym zamierzała skoczyć z dachu wieżowca. — Jest pani bezpieczna. Moi ludzie go złapali.

— Kogo — Daniela?

— Nie, Marka Darcy'ego.

— Dlaczego? — spytałam kompletnie skołowana.

Zerknął z powrotem na drzwi.

— Panno Jones, przycisnęła pani guzik alarmowy.

— Kiedy?

— Jakieś pięć minut temu. Dostaliśmy powtarzający się, coraz bardziej gorączkowy sygnał.

Podniosłam głowę i spojrzałam na miejsce na kolumience łóżka, gdzie powinien się znajdować guzik alarmowy. Nie było go tam. Zbaraniała, zaczęłam grzebać w pościeli i w końcu wydobyłam pomarańczowe urządzenie.

Inspektor Kirby przeniósł wzrok z guzika na mnie, a potem na ubrania walające się po podłodze i wyszczerzył zęby w uśmiechu.

— Jasne, jasne, rozumiem. — Otworzył drzwi. — Może pan wrócić, panie Darcy, jeśli ma pan jeszcze… yyy… siłę.

Inspektor Kirby wielce eufemistycznie wyjaśnił całą sytuację policjantom, którzy również zaczęli się głupio szczerzyć.

— OK. Spadamy. Miłej zabawy — powiedział inspektor Kirby, kiedy policjanci z powrotem potoczyli się na dół. — Och, jeszcze coś. Pierwotny podejrzany, pan Cleaver... — Nie wiedziałam, że Daniel był pierwotnym podejrzanym! — Cóż. Parę razy próbowaliśmy go przesłuchać, on jednak stawiał wściekły opór. Może warto wyjaśnić sobie z nim parę rzeczy.

— Och, dzięki — odparł sarkastycznie Mark, próbując zachować godność pomimo faktu, że ręcznik mu opadał. — Dzięki, że mówi nam pan to teraz.

Wyprowadził inspektora Kirby'ego i usłyszałam, jak wyjaśnia mu tę bijatykę, a potem usłyszałam jeszcze, jak inspektor prosi, żeby go informować o wszystkich problemach i o tym, czy zamierzamy wnosić skargę przeciwko Gary'emu.

Kiedy Mark wrócił, szlochałam. Łzy nagle same popłynęły mi z oczu, a kiedy raz zaczęłam płakać, z jakiegoś powodu nie mogłam przestać.

— Już dobrze — powiedział Mark, tuląc mnie mocno i głaszcząc po głowie. — Już po wszystkim. Już dobrze. Wszystko będzie dobrze.

Rozdział czternasty
NA DOBRE CZY NA ZŁE?

6 grudnia, sobota

11.15. Hotel Claridge. Aaa! Aaa! AAAAAA! Ślub jest za czterdzieści pięć minut, a ja przed chwilą wylałam sobie na sukienkę lakier do paznokci Rouge Noir.

Co ja robię? Śluby to wymyślna tortura. Umęczeni goście (chociaż oczywiście nie w tej skali co klienci Amnesty International) wystrojeni w dziwaczne ubrania, których w innej sytuacji nigdy by nie nałożyli, np. białe rajstopy, są zmuszeni wstać niemal w środku nocy w sobotni poranek, ganiają po całym domu, krzycząc: „Kurwa, kurwa, kurwa!", usiłując znaleźć stary posrebrzany papier do pakowania, pakują dziwaczne niepotrzebne prezenty, na przykład maszynki do robienia lodów albo formy do pieczenia chleba (skazane na nie kończący się recycling wśród Szczęśliwych Małżeństw, bo komu by się chciało po powrocie do domu wieczorem przez godzinę przesypywać składniki do ogromnej plastikowej maszyny, by rano w drodze do pracy skonsumować cały olbrzymi bochenek chleba, zamiast kupić sobie czekoladowego croissanta i cappuccino?), a potem jadą 400 mil, jedząc żelki o smaku wina zakupione na stacji benzynowej, wymiotują w samochodzie i nie mogą znaleźć kościoła? Jak ja teraz wyglądam?! Dlaczego właśnie ja? Boże! Dlaczego? Zupełnie jakbym dostała okres, który z jakichś dziwnych powodów zostawił ślad z przodu sukienki.

11.20. Dzięki Bogu. Właśnie weszła Shazzer i razem zdecydowałyśmy, że najlepiej po prostu w y c i ą ć tę plamę, bo materiał jest tak sztywny, lśniący i sterczący, że lakier nie przesiąkł do podszewki, która jest w tym samym kolorze, co wierzch, a poza tym mogę dziurę zasłonić wiązanką.

Tak, tak chyba będzie dobrze. Nikt nie zauważy. Może nawet pomyślą, że taki jest krój. Jakby sukienka była zrobiona z jednego wielkiego kawałka koronki.

Dobrze. Spokojna i opanowana. Równowaga wewnętrzna. Obecność dziury w sukience nie może wpłynąć na całość. Na szczęście. Na pewno wszystko się uda. Wczoraj wieczorem Shaz nieźle dała sobie w szyję. Mam nadzieję, że dzisiaj jakoś sobie poradzi.

Później. Kurczę blade! Spóźniłam się do kościoła tylko dwadzieścia minut i od razu zaczęłam się rozglądać za Markiem. Po samym wyglądzie jego potylicy domyśliłam się, że jest spięty. W tej chwili zaczęły grać organy i Mark odwrócił się, zobaczył mnie i, niestety, zrobił taką minę, jakby miał wybuchnąć śmiechem. Nie mogłam mieć o to pretensji, bo wyglądałam nie jak sofa, tylko jak olbrzymia purchawka.

Statecznie i z precyzją ruszyłyśmy nawą główną. Boże, Shaz wyglądała kiepsko. Miała na twarzy wyraz wielkiego skupienia, by nikt nie zauważył, że dręczy ją gigantyczny kac. Szłyśmy chyba całą wieczność przy dźwiękach:

Idzie panna młoda
Szeroka jak kłoda
Cała się kole-ebie jak w misce woda.

Dlaczego, och, dlaczego?

— Bridget. Twoja stopa — syknęła Shaz.

Spojrzałam w dół. Do mojego satynowego buta na słupku przyczepił się liliowy stanik Shazzer model Agent Provocateur. W pierwszej chwili chciałam go strącić, ale wtedy stanik przez całą ceremonię znacząco leżałby w nawie. Spróbowałam więc, bezowocnie zresztą, wsunąć go pod sukienkę, wykonując przy tym kilka niezdarnych podskoków, które i tak nic nie dały. Odetchnęłam z wielką ulgą, gdy wreszcie znalazłam się przd ołtarzem i w trakcie śpiewania pieśni mogłam podnieść stanik i wetknąć go za bukiet. Podły Richard wyglądał wspaniale, był bardzo pewny siebie. Miał na sobie zwykły garnitur, co było fajne, bo nie wystroił się w jakiś idiotyczny frak jak jeden ze statystów z filmu *Oliver*, śpiewający „Kto kupi ten cudny poranek?" i wykonujący kankana.

Niestety, Jude popełniła — były pierwsze tego oznaki — zasadniczy błąd, wpuszczając na uroczystość malutkie dzieci. Gdy tylko zaczęła się ceremonia zaślubin, z tyłu kościoła zaczęło płakać jakieś niemowlę. Darło się na całe gardło, robiło przerwę na nabranie powietrza, po czym następowała chwila ciszy jak przed pojawieniem się gromu po błyskawicy i znowu rozlegał się potworny, pierwotny wrzask. Niewiarygodne są te nowoczesne matki z klasy średniej. Kiedy się obejrzałam, zobaczyłam, że matka podrzuca swoje dziecko, przewracając oczami, jakby chciała powiedzieć: „Matko święta!" Najwyraźniej nie przyszło jej do głowy, że byłoby miło z jej strony, gdyby wyniosła dzieciaka z kościoła — tak by zgromadzeni usłyszeli, jak Jude i Podły Richard przysięgają na całą wieczność połączyć swe dusze. Moją uwagę zwróciły długie, lśniące włosy z tyłu: Rebecca. Miała na sobie nieskazitelną szarą garsonkę i wykręcała głowę w stronę Marka. Obok niej siedział ponury Giles Benwick z prezentem na kolanach, obwiązanym kokardą.

— Richardzie Wilfredzie Albercie Paulu... — powiedział dźwięcznym głosem pastor. Nie miałam pojęcia, że Podły Richard ma tyle podłych imion. Co jego rodzicom strzeliło do głowy? — Czy ślubujesz jej miłość, wierność... — Mmmm. Uwielbiam śluby. Miód na serce. — ...i uczciwość małżeńską i czy zostaniesz z nią... — Bah. Nawą potoczyła się piłka i wpadła z tyłu na Jude. — ...na dobre i na złe... — Dwóch chłopaczków w, przysięgam, butach do stepowania, wyrwało się z ławki i rzuciło za piłką. — ...dopóki śmierć was nie rozłączy?

Rozległ się jakiś stłumiony hałas, po czym chłopcy wdali się w prowadzoną coraz głośniejszym szeptem rozmowę, a niemowlę znowu się rozdarło.

W tym jazgocie ledwo dosłyszałam głos Podłego Richarda: „Tak", chociaż może było to: „Jak?", ale jednak oboje uśmiechali się do siebie jak dwa głupki.

— Judith Caroline Jonquil... — Jak to się stało, że ja mam tylko dwa imiona? Czy wszyscy poza mną mają po swoim imieniu długaśną listę tych bzdetów? — Czy bierzesz Richarda Wilfreda Alberta Paula... — Kątem lewego oka niewyraźnie dostrzegłam, że modlitewnik Sharon zaczyna odpływać z mojego pola widzenia. Obejrzałam się przerażona i dokładnie w tej chwili Simon, w smokingu ze wszystkimi akcesoriami, wystrzelił do przodu. Nogi zaczęły się uginać pod Shazzer jakby w dygnięciu wykonywanym w zwolnionym tempie i opadła bezwładnie prosto w objęcia Simona.

— Czy ślubujesz mu miłość, wierność...

Simon wlókł teraz Shazzer w stronę zakrystii. Jej stopy, wystające spod liliowej purchawki, ciągnęły się po podłodze, jak u trupa.

— ...posłuszeństwo...

Być posłuszną Podłemu Richardowi? Przez moment zastanawiałam się, czy nie pójść za Shazzer do zakrystii, żeby sprawdzić, czy nic jej nie jest, ale co by sobie Jude pomyślała, gdybym w jej godzinie potrzeby obróciła się na pięcie i zwiała?

— ...dopóki śmierć was nie rozłączy?

Rozległa się seria stuków, gdy Simon usiłował wtaszczyć Shazzer do zakrystii.

— Tak.

Drzwi zakrystii zatrzasnęły się za nimi z hukiem.

— Od tej pory jesteście...

Dwóch chłopaczków wyszło z przednich rzędów i rozsiadło się w nawie głównej. Boże, niemowlę darło się już teraz wniebogłosy.

Pastor urwał i odchrząknął. Odwróciłam się i zobaczyłam, że chłopaczki rzucają piłką o ławy. Pochwyciłam wzrok Marka.

Nagle odłożył modlitewnik, wyszedł z ławki, wziął po jednym chłopaczku pod każdą pachę i wymaszerował z kościoła.

— Od tej pory jesteście mężem i żoną.

Wszyscy zaczęli wiwatować, a Jude i Richard uśmiechnęli się radośnie.

Zanim wpisaliśmy się do księgi parafialnej, wśród pięciolatków rozpoczęła się iście szampańska zabawa. Przed ołtarzem właściwie odbywał się kinderbal. Poszliśmy nawą główną za wściekłą Magdą niosącą Constance, która się darła: „Mamusia da klapsia, da klapsia, da klapsia".

Kiedy wyszliśmy na marznący deszcz i wiatr, podsłuchałam, jak matka chłopaczków futbolistów mówi arogancko do ogłupiałego Marka:

— Ależ to uroczo, kiedy dzieci na ślubie zachowują się naturalnie. Przecież na tym właśnie polegają śluby, prawda?

— Trudno mi powiedzieć — odparł wesoło Mark. — Nie słyszałem, cholera, ani słowa.

Po powrocie do Claridge odkryłam, że rodzice Jude doszczętnie się spłukali — sala balowa była przystrojona serpentynami oraz miedzianymi piramidami z owoców i cherubinkami wielkości osła.

Po wejściu wszędzie słychać było tylko:

— Dwieście pięćdziesiąt baniek.

— No co ty? Musiało kosztować przynajmniej trzysta tysięcy funtów.

— Żartujesz? W Claridge? Pół miliona.

Kątem oka dostrzegłam Rebeccę rozglądającą się gorączkowo po sali z przyklejonym uśmiechem jak zabawka na patyku. Giles nerwowo szedł za nią, z ręką w pobliżu jej talii.

Ojciec Jude, sir Ralph Russell, rycząc: „Nic się nie martwcie, jestem obrzydliwie bogatym odnoszącym sukcesy biznesmenem", ściskał dłoń Sharon ustawionej w kolejce.

— Aaa, Sarah! — wrzasnął. — Lepiej się czujesz?

— Sharon — radośnie poprawiła go Jude.

— O tak, dziękuję — powiedziała Shaz, delikatnie przykładając rękę do gardła. — To przez ten upał…

Nieomal parsknęłam śmiechem, przypominając sobie, że było tak cholernie zimno, że wszyscy nałożyli ciepłą bieliznę.

— Jesteś pewna, że to nie twój gorset za ciasno się opiął na Chardonnay, Shaz? — spytał Mark, na co ona ze śmiechem dźgnęła go palcem.

Matka Jude uśmiechała się lodowato. Wyglądała chudo jak patyk w jakiejś koszmarnej inkrustowanej kreacji od Escady z dziwacznymi płetwami sterczącymi wokół bioder, które to płetwy prawdopodobnie miały stworzyć wrażenie, że te biodra w ogóle istnieją. (O, radosna podstępności, do jakiej niekiedy musimy się uciekać!)

— Giles, kochanie, nie wkładaj portfela do kieszeni w spodniach, bo wyglądasz, jakbyś miał grube uda — warknęła Rebecca.

— Wpadasz we współuzależnienie, kochanie — odparł Giles, otaczając ręką jej talię.

— Nieprawda! — powiedziała Rebecca, szorstko odepchnęła jego rękę, po czym znowu przykleiła sobie uśmiech na twarz. — Mark! — zawołała. Spojrzała na niego tak, jakby myślała, że tłum się rozstąpił, czas stanął w miejscu, a orkiestra Glena Millera zaczęła grać *It Had to be You*.

— O, cześć — rzucił od niechcenia Mark. — Giles, stary! Nigdy bym nie pomyślał, że cię zobaczę w kamizelce!

— Cześć, Bridget — powiedział Giles, cmokając mnie głośno. — Śliczna sukienka.

— Gdyby nie ta dziura — dodała Rebecca.

Z irytacją odwróciłam wzrok i wypatrzyłam Magdę, która stała pod ścianą i z umęczoną miną obsesyjnie odgarniała z twarzy nie istniejący kosmyk włosów.

— To taki krój — wyjaśnił Mark, uśmiechając się z dumą. — Jurdyjski symbol płodności.

— Przepraszam na chwilę — powiedziałam, po czym wyciągnęłam się i szepnęłam Markowi na ucho: — Z Magdą coś się dzieje.

Magda była tak zdenerwowana, że ledwo mogła mówić.

— Przestań, kochanie, przestań — uspokajała niewyraźnie Constance, która usiłowała wepchnąć czekoladowego lizaka do kieszeni swej pistacjowej sukienki.

— Co się dzieje?

— Ta... ta... jędza, która w zeszłym roku miała romans z Jeremym. Jest tutaj! Jak on, kurwa, śmie z nią rozmawiać...

— Hej, Constance? Podobał ci się ślub? — To był Mark, który przyniósł Magdzie kieliszek szampana.

— Co? — spytała Constance, spoglądając na Marka okrągłymi oczami.

— Ślub? W kościele?

— Psięcie?

— Tak — odparł ze śmiechem. — Przyjęcie w kościele.

— Mamusia mnie wyniosła — powiedziała, patrząc na niego jak na idiotę.

— Pieprzona dziwka! — powiedziała Magda.

— Miało być psięcie — powiedziała ponuro Constance.

— Możesz ją stąd zabrać? — szepnęłam do Marka.

— Chodź, Constance, poszukamy piłki.

Ku memu zdziwieniu Constance wzięła go za rękę i radośnie za nim podreptała.

— Pieprzona dziwka. Zabiję ją, zabiję...

Podążyłam za wzrokiem Magdy do miejsca, gdzie jakaś młoda dziewczyna, ubrana cała na różowo, prowadziła ożywioną rozmowę z Jude. To była ta sama dziewczyna, którą widziałam z Jeremym w zeszłym roku w restauracji w Portobello, a potem którejś nocy koło The Ivy, jak wsiadała do taksówki.

— Po co ją Jude zapraszała? — wściekała się Magda.

— A skąd miała wiedzieć, że to ona? — odparłam, obserwując je. — Może pracują razem czy coś.

— Śluby! I ślubujesz jej wierność! O Boże, Bridge. — Magda się rozpłakała i zaczęła szukać chusteczki. — Przepraszam.

Zobaczyłam, że Shaz dostrzegła sytuację kryzysową i ruszyła w naszą stronę.

— No, dziewczyny, łapcie! — Nieświadoma niczego Jude, otoczona przez zachwycone znajome jej rodziców, szykowała się do rzucenia wiązanki ślubnej. Głośno zaczęła się przedzierać w naszą stronę. — Szykuj się, Bridget.

Zobaczyłam, że bukiet jak w zwolnionym tempie leci wprost na mnie, prawie go złapałam, rzuciłam okiem na zalaną łzami twarz Magdy i cisnęłam go Shazzer, która puściła go na podłogę.

— Panie i panowie. — Kamerdyner w pumpach walnął młotkiem w kształcie cherubinka w kwiecisty pulpit z brązu. — Proszę o ciszę i powstanie. Zapraszamy gości weselnych do głównego stołu.

Kurwa! Główny stół! Gdzie m o j a wiązanka? Schyliłam się, podniosłam spod stóp Shazzer wiązankę Jude i z wesołym przyklejonym uśmiechem zasłoniłam nią dziurę na sukience.

— Kiedy przeprowadziliśmy się do Great Missenden, wybitny talent Jude w stylu wolnym i motylkowym...

O piątej sir Ralph mówił już od dwudziestu pięciu minut.

— ...stał się o c z y w i s t y nie tylko dla nas, jej zaprzysięgłych, s t r o n n i c z y c h — podniósł wzrok na dźwięk słabej falki udawanego śmiechu — rodziców, ale i dla całego regionu South Buckinghamshire. Był to rok, w którym nie tylko zajęła p i e r w s z e m i e j s c e w stylu motylkowym i wolnym w trzech kolejnych zawodach w South Buckinghamshire Ligi Delfinów poniżej dwunastego roku życia, ale również zaledwie trzy tygodnie przed egzaminami na zakończenie pierwszego roku zdobyła Złoty Medal w Survivalu Indywidualnym...!

— Co się dzieje z tobą i Simonem? — syknęłam do Shaz.

— Nic — odsyknęła, patrząc wprost przed siebie na zgromadzonych.

— ...w tym samym pełnym pracy roku Judith dostała wyróżnienie w egzaminach drugiego stopnia z gry na klarnecie — co było wczesną wskazówką do tego, iż w przyszłości miała zostać „Famma Universale"...

— Ale w kościele musiał cię obserwować, inaczej nie podbiegłby na czas, żeby cię złapać.

— Wiem, ale w zakrystii zwymiotowałam mu na dłoń.

— ...zapalona i utalentowana pływaczka, zastępczyni przewodniczącej klasy — chociaż szczerze mówiąc, jak mi to w sekrecie wyznała pani dyrektor, wybór ten okazał się błędem, gdyż Karen Jenkins w roli przewodniczącej nie wykazała się... no, nieważne... Dzisiaj powinniśmy świętować, a nie robić sobie wymówki, a wiem, że, eee, o j c i e c Karen jest z nami...

Pochwyciłam wzrok Marka i pomyślałam, że lada chwila wybuchnie. Jude była wzorem dystansu, uśmiechała się promiennie do wszystkich, głaskała Podłego Richarda po kolanie, co i rusz cmokała go w policzek, jakby wcale nie było całej tej koszmarnej szopki, a ona sama kiedyś nie rzucała się, kompletnie narąbana, na podłogę w moim mieszkaniu, skandując: „Pieprzony związkofob. Podły z nazwiska, Podły z natury, jess jeszsze wino?"

— Druga klarnecistka w szkolnej orkiestrze, zapalona akrobatka, Judith była i jest nadal klejnotem d r o ż s z y m o d r u b i n ó w...

Wiedziałam, do czego to prowadzi. Niestety doprowadziło dopiero po kolejnych trzydziestu pięciu minutach opowieści o roku przerwy Jude, jej triumfie w Cambridge i locie jak meteoryt przez korytarze świata finansów.

— ...i wreszcie pozostaje mi tylko mieć nadzieję, że, eee...

Wszyscy wstrzymali oddech, a sir Ralph spuścił wzrok na swoje notatki i gapił się na nie ponad wszelką miarę, ponad wszelki rozsądek, ponad wszelkie dobre obyczaje i angielskie formy towarzyskie — zbyt długo.

— R i c h a r d — powiedział wreszcie — jest niezwykle wdzięczny za ten bezcenny klejnot, którym dzisiaj został tak szczodrze obdarowany.

Richard, dość rozsądnie, przewrócił oczami, a wszyscy goście z wielką ulgą zaczęli bić brawo. Sir Ralph najwyraźniej miał zamiar odczytać kolejne czterdzieści stron, lecz miłosiernie odstąpił od tego zamiaru, gdy oklaski nie ustawały.

Wówczas Podły Richard wygłosił krótką i całkiem miłą mowę, po czym odczytał kilka telegramów, które były nudne jak flaki z olejem — poza tym od Toma z San Francisco, który brzmiał, niestety, następująco: „GRATULACJE! NIECH BĘDZIE PIERWSZĄ Z WIELU".

Następnie wstała Jude. Wypowiedziała parę bardzo miłych słów podziękowania, a potem — hurra! — zaczęła czytać tekst, który we trójkę z Shaz napisałyśmy zeszłej nocy. Oto, co powiedziała. Co następuje. Hurra!

— Dzisiaj żegnam się ze swoim statusem kobiety samotnej. Ale chociaż teraz jestem mężatką, obiecuję nie być Szczęśliwą Mężatką. Przyrzekam, że nie będę torturować samotnych, pytając ich, dlaczego jeszcze nie wyszli za mąż, czy mówiąc: „Jak tam twoje życie uczuciowe?" Będę natomiast zawsze szanować ich życie prywatne, gdyż jest ono sprawą równie osobistą jak to, czy nadal uprawiam seks z mężem.

— Przyrzekam, że będzie nadal uprawiać seks z mężem — powiedział Podły Richard i wszyscy wybuchnęli śmiechem.

— Przyrzekam nigdy nie twierdzić, że samotność jest błędem, ani że jeżeli ktoś jest samotny, to znaczy, że coś z nim jest nie w porządku. Gdyż, jak wszyscy wiemy, samotność we współczesnym świecie jest stanem normalnym, wszyscy w różnych okresach w swoim życiu bywamy samotni i stan ten jest równie wartościowy jak święty stan małżeński.

Rozległy się szmery pełne uznania. (Tak mi się przynajmniej wydaje).

— Przyrzekam również, że będę utrzymywać kontakt z moimi przyjaciółkami, Bridget i Sharon, które są żywym dowodem na to, że Miejska Rodzina Samotnych jest równie silnym oparciem, jak każda rodzina stworzona z osób, które łączą więzy krwi.

Uśmiechnęłam się z zakłopotaniem, gdy Shazzer pod stołem dźgnęła moją stopę czubkiem buta. Jude obejrzała się na nas i uniosła kieliszek.

— A teraz chciałabym wznieść toast za Bridget i Shazzer — najlepsze przyjaciółki na świecie.

(To ja napisałam ten kawałek).

— Panie i panowie… druhny.

Rozległy się głośne oklaski. Kocham Jude, kocham Shaz — pomyślałam, kiedy wszyscy wstali.

— Druhny! — mówili wszyscy. Cudownie było znaleźć się w centrum uwagi. Zobaczyłam, że Simon uśmiecha się promiennie do Shaz, a kiedy spojrzałam na Marka, i on się uśmiechał.

Resztę pamiętam jak przez mgłę, ale przypominam sobie, że widziałam, jak Magda i Jeremy śmieją się razem w kącie. Potem ją złapałam.

— Co się dzieje?

Okazało się, że ta zdzira pracuje w firmie Jude. Jude powiedziała Magdzie, że o ile jej wiadomo, to ta dziewczyna miała dziki romans z mężczyzną, który nadal kocha swoją żonę. Mało się nie przewróciła, kiedy Magda jej powiedziała, że chodzi o Jeremy'ego, ale wszystkie zgodnie uznałyśmy, że nie powinnyśmy gnoić tej dziewczyny, bo tak naprawdę to Jeremy był emocjonalnym popaprańcem.

— Cholerny, stary dziad. No, przynajmniej dostał nauczkę. Nikt nie jest idealny, a ja naprawdę kocham tego starego gówniarza.

— Przypomnij sobie Jackie Onassis — powiedziałam z otuchą.

— No właśnie — zgodziła się Magda.

— Albo Hilary Clinton.

Popatrzyłyśmy po sobie niepewnie, po czym wybuchnęłyśmy śmiechem.

Najlepsze było, kiedy poszłam do łazienki. Simon migdalił się z Shazzer i wsadził rękę pod jej sukienkę!

Są takie związki, że od razu wiadomo: klik — to jest to, ideał, wyjdzie im, to sprawa długoterminowa — zwykle są to związki, w które wchodzi twój były facet, z którym miałaś nadzieję jeszcze się zejść, i jakaś obca dziewczyna.

Wślizgnęłam się z powrotem na salę, zanim Sharon i Simon mnie zauważyli, i uśmiechnęłam się. Dobra, stara Shaz. Zasługuje na to — pomyślałam i nagle stanęłam jak wryta. Rebecca ucapiła Marka za klapy i namiętnie coś mu klarowała. Wskoczyłam za kolumnę i zaczęłam podsłuchiwać.

— Uważasz — mówiła — uważasz, że to w porządku, by dwoje ludzi, którzy powinni być razem, którzy idealnie pasują do siebie pod każdym względem — wykształcenia, poziomu, intelektualnie i fizycznie — żeby ich rozdzieliła ostrożność, duma…

— Urwała, po czym dodała ponuro chrapliwym głosem: — …wpływ innych i by wylądowali w związku z nieodpowiednimi partnerami? Uważasz tak?

— No, nie — wymruczał Mark. — Chociaż nie byłbym taki pewien, jeśli chodzi o twoją listę…

— Uważasz? Co? — Była chyba pijana.

— To się właśnie przydarzyło Bridget i mnie.

— Wiem! Wiem. Ona jest dla ciebie nieodpowiednia, kochanie, tak jak Giles jest nieodpowiedni dla mnie… Och, Mark. Związałam się z Gilesem tylko po to, żebyś zrozumiał, co do mnie czujesz. Może postąpiłam źle, ale… oni nie są na naszym poziomie!

— Yyy…

— Wiem, wiem. Czujesz się uwięziony. Ale to twoje życie! Nie możesz go przeżyć z kimś, kto myśli, że Rimbaud to postać, którą grał Sylvester Stallone, potrzebujesz stymulacji, potrzebujesz…

— Rebecco — powiedział cicho Mark. — Ja potrzebuję Bridget.

Na te słowa Rebecca wydała z siebie jakiś przerażający odgłos — coś pomiędzy pijanym jękiem a gniewnym rykiem.

Z wrodzoną sobie delikatnością postanowiłam nie dopuścić do siebie płytkiego uczucia triumfu ani pychy, mało duchowej radości, że ta dwulicowa snobka na pajęczych nóżkach z Bogoffland wreszcie dostała za swoje, więc wycofałam się, z uciechą szczerząc zęby.

Oparłam się o kolumnę przy parkiecie do tańca i patrzyłam, jak Magda i Jeremy z zamkniętymi oczami i przepełnieni spokojem tulą się do siebie, ich ciała poruszają się w tańcu z dziesięcioletnią praktyką, głowa Magdy spoczywa na ramieniu Jeremy'ego, a jego dłoń leniwie wędruje po jej pupie. Coś jej szepnął, a ona roześmiała się, nie otwierając oczu.

Poczułam czyjąś dłoń w talii. To był Mark, który też przyglądał się Magdzie i Jeremy'emu.

— Zatańczymy? — spytał.

Rozdział piętnasty
GORĄCZKA PRZYGOTOWAŃ ŚWIĄTECZNYCH

15 grudnia, poniedziałek

58,5 kg (niestety, wygląda na to, że waga sama odnajduje swój poziom), wysłane świąteczne kartki 0, zakupione prezenty 0, postępy w łataniu dziury od chwili jej powstania: jeden świąteczny badylek.

18.30. Wszystko pięknie. Zazwyczaj na tydzień przed Bożym Narodzeniem mam kaca i popadam w histerię, jestem wściekła na samą siebie za to, że nie uciekłam do chatki zaszytej głęboko w lesie, gdzie mogłabym sobie spokojnie siedzieć przy ogniu, zamiast budzić się w ogromnym, pulsującym, coraz bardziej rozhisteryzowanym mieście, którego mieszkańcy gryzą palce na myśl o terminach pracy / wysyłania kartek / kupowania prezentów i tłoczą się jak sardynki w puszce na doszczętnie zakorkowanych ulicach, ryczą jak niedźwiedzie na świeżo upieczonych taksówkarzy, usiłujących zlokalizować plac Soho za pomocą mapy centrum Addis Abeby, a potem jadą na przyjęcia, gdzie zastają tę samą grupę ludzi, których widzieli przez ostatnie trzy wieczory pod rząd, tylko że teraz trzy razy bardziej pijanych i skacowanych, i mają ochotę wrzasnąć: „SPIERDALAĆ WSZYSCY!", i wrócić do domu.

Postawa taka jest jednocześnie negatywna i zła. W końcu znalazłam sposób na spokojne, czyste i dobre życie, prawie wcale nie palę i tylko raz odrobinkę się wstawiłam na weselu Jude. Nawet ten pijany facet na imprezie w piątek nie zachwiał mojej równowagi, kiedy nazwał mnie i Sharon „łatwymi dziwkami z mediów".

Poza tym dostałam dziś fantastyczną pocztę, w tym pocztówkę od mamy i taty z Kenii, gdzie piszą, że tata fantastycznie się bawi, jeżdżąc na motorze wodnym Wellingtona, a raz nawet tańczył limbo* z Masajką, i że mają nadzieję, że Mark i ja w Boże Narodzenie nie będziemy się czuli zbyt samotni bez nich. Był jeszcze dopisek od taty: „*Nie mamy żadnych bliźniaków, tylko jedno wielkie łoże, które ma prawie dwa metry szerokości i nieźle się sprawdza przy riki-tiki-tak! Hakuna Matata*".

Hurra! Wszyscy są szczęśliwi i spokojni. Na przykład dziś wieczorem zamierzam napisać kartki świąteczne nie z niechęcią, lecz z radością! — gdyż, jak piszą w książce *Buddyzm. Dramat zamożnego mnicha*, sekretem duchowego szczęścia jest mycie naczyń nie po, by naczynia były czyste, ale dla samego mycia naczyń. Dokładnie tak samo postąpię ze świątecznymi kartkami.

18.40. Chociaż to trochę nudne — tak siedzieć cały wieczór przed Bożym Narodzeniem i pisać kartki świąteczne.

18.45. Może zjem sobie jedną z czekoladowych ozdóbek na choinkę.

18.46. Może też wypiję kieliszeczek świątecznego wina, żeby uczcić Boże Narodzenie.

18.50. Mmm. Pyszne to wino. Może zapalę papieroska. Tylko jednego.

18.51. Mmm. Cudowny papierosek. Samodyscyplina to nie wszystko. Weźmy na przykład takiego Pol Pota.

18.55. Za chwileczkę, kiedy skończę wino, wezmę się do tych kartek. Może jeszcze raz przeczytam list.

* Limbo — taniec indiański.

Cinnamon Productions
Sit Up Britain   **FiveAlive**   **Blind Song**
Od Dyrektora Granta D. Pike'a

Droga Bridget,

jak już zapewne Pani wie, w ubiegłym roku przeprowadzaliśmy program monitorujący pracę zespołu i poziom kreatywności w Cinnamon Productions.

Chcieliśmy Panią z radością powiadomić, że autorką 68 procent dodatku rozrywkowego „I wreszcie" do programu Sit Up Britain byłaś właśnie Pani. Gratulacje!

Domyślamy się, że Pani podanie o zwolnienie złożone we wrześniu było spowodowane nieporozumieniami z producentem naczelnym Sit Up Britain, Richardem Finchem. Richard, jak z pewnością Pani wie, w październiku został usunięty ze swego stanowiska z „przyczyn osobistych".

Obecnie reorganizujemy zespół pracowników i chcielibyśmy zaprosić Panią do ponownego przyłączenia się do zespołu albo jako asystent producenta, albo w charakterze konsultanta, który dostarczałby nam pomysłów na zasadzie wolnego strzelca. Okres od chwili Pani odejścia z pracy uznamy za urlop płatny.

Uważamy, że — po zastrzyku nowej pozytywnej energii — Sit Up, jako okręt flagowy Cinnamon Productions, ma przed sobą wielką przyszłość w dwudziestym pierwszym wieku. Mamy nadzieję, że stanie się Pani główną siłą twórczą w naszym nowym, zrewitalizowanym zespole. Jeśli zadzwoni Pani do mojej sekretarki, by umówić się na spotkanie, z radością omówię z Panią nowe warunki finansowe.

Z poważaniem,
Grant D. Pike
Dyrektor Cinnamon Productions

A widzicie?! A widzicie?! Poza tym Michael z „Independent" mówi, że mogę się brać do robienia następnego wywiadu, bo po wywiadzie z panem Darcym dostali całkiem sporo listów. Jak stwierdził, każdy materiał, po którym przychodzą listy, jest dobry, choćby nie wiadomo jak był kiepski. Tak więc mogę zacząć pracować jako wolny strzelec! Hurra! I już nigdy nie będę musiała się spóźniać. Chyba wychylę jednego, żeby to uczcić. Ojej, dzwonek do drzwi!

Jeju-jeju. Przywieźli choinkę. A widzicie?! Święta mam pod kontrolą. Jutro przyjdzie Mark, a tu święta już w toku!

20.00. Kiedy dostawcy wlekli się na górę, stękając i utyskując, ogarnęła mnie obawa, że może przesadziłam z wielkością tej choinki, zwłaszcza że przerażająco wypełniła sobą cały korytarz, po czym z trzaskiem wcisnęła się do środka, siekąc gałęziami jak Macduff* dokonujący najazdu na zamek Dunsinane i pryskając na wszystkie strony grudkami ziemi.

— Ale, kurde, wielka. Gdzie ją postawić? — spytali dostawcy.

— Przy kominku — odparłam. Niestety, choinka nijak nie chciała się tam zmieścić, niektóre gałęzie wchodziły do ognia, inne kładły się na kanapie, a reszta zawalała środek pokoju, czubek zaś pod jakimś dziwnym kątem zgiął się pod sufitem.

— Moglibyście spróbować tutaj? — poprosiłam. — A tak w ogóle, to co to za zapach?

Stwierdzili, że to jakiś fiński wynalazek mający zapobiegać opadaniu igieł, zamiast się przyznać do oczywistego faktu, że choinka jest już nie pierwszej świeżości, po czym zaczęli wpychać drzewko między sypialnię a drzwi do łazienki, a wówczas gałęzie tak się rozpostarły, że zablokowały oba wejścia.

— Może na środku pokoju? — zaproponowałam z ogromną godnością.

Chłopcy zachichotali i przenieśli choinkę na środek, ale wtedy już kompletnie mi ich zasłoniła.

— Tak będzie dobrze, dziękuję — powiedziałam wysokim, spiętym głosem i chłopcy wyszli, chichocząc przez całą drogę na dół.

---

* Macduff — postać z *Makbeta* W. Szekspira.

20.05. Hmm.

20.10. Nie ma sprawy. Po prostu zdystansuję się wobec kwestii choinki i napiszę kartki.

20.20. Mmm. Pyszne wino nie jest złe. Pytanie brzmi, czy to ma jakieś znaczenie, jeżeli się nie wysyła świątecznych kartek? Z pewnością istnieją ludzie, którzy nigdy w życiu nie dostali ode mnie kartki na Boże Narodzenie. Czy to niegrzecznie? Zawsze mi się wydawało, że to nieco dziwne wysyłać kartki np. do Jude albo Shazzer, skoro widuję je co drugi dzień. Ale jak mam się spodziewać, że z kolei ja dostanę jakieś kartki? Oczywiście, wysyłanie kartek daje owoce dopiero w następnym roku, chyba że się je wysyła w pierwszym tygodniu grudnia, co jednak byłoby idiotycznym zachowaniem w stylu nudnych małżeństw. Hmm. Może powinnam sporządzić listę „za" i „przeciw".

20.25. Ale najpierw przerzucę świąteczny „Vogue".

20.40. Świat Bożego Narodzenia z „Vogue" zachwycił mnie, ale i podkopał moją pewność siebie. Zrozumiałam, że moja garderoba i pomysły na prezenty są rozpaczliwie staroświeckie, że powinnam jeździć na rowerze w śliskiej halce Dosy, z pierzyną narzuconą na plecy i szczeniaczkiem przewieszonym przez jedno ramię, pojawiać się na imprezach z małoletnią córką modelką, a przyjaciołom kupować w prezencie kaszmirowe futerały na butelki z gorącą wodą i pachnące woreczki, które się wkłada do bieliźniarki, a nie jakieś skorupy do serwisu albo srebrne flesze z Asprey, przy błysku których na zębach odbijają się lampki z choinki.

Nie zamierzam się tym przejmować. To b. nieduchowe. Gdyby na południe od Slough wybuchł taki wulkan jak w Pompejach i wszyscy by się obrócili w kamień, siedząc na rowerach w szczeniaczkach, pierzynach i córkach, przyszłe pokolenia chybaby pękły ze śmiechu na widok tej duchowej pustki. Odrzucam też bezsensowne luksusowe prezenty, które świadczą bardziej o pozerstwie dającego niż o jego sympatii dla otrzymującego.

21.00. Mnie samej przydałby się kaszmirowy futerał na butelkę z gorącą wodą.

21.15. Lista prezentów gwiazdkowych:

Mama — kaszmirowy futerał na butelkę z gorącą wodą.
Tata — kaszmirowy futerał na butelkę z gorącą wodą.

O Boże. Nie mogę już dłużej ignorować tego drapaka: śmierdzi i kojarzy się z wkładką do butów o zapachu sosny, którą ktoś nosił przez kilka miesięcy. Cholerna choinka. Teraz mogę przejść przez pokój, tylko jeżeli przeczołgam się pod drzewkiem jak dziki niedźwiedź. Chyba znowu sobie przeczytam kartkę od Gary'ego. Była super. Zwinięta na kształt naboju z napisem „Przepraszam!" Tekst w środku brzmiał następująco:

Droga Bridget,
przepraszam za ten nabój. Nie wiem, co mnie naszło, ale ostatnio było u mnie krucho z forsą i do tego jeszcze miałem problemy przez ten incydent wędkarski. Bridget, łączyło nas coś wyjątkowego. To naprawdę było bardzo ważne. Zamierzałem dokończyć dobudówkę, kiedy przyszły pieniądze. Kiedy dostałem ten list od doradcy prawnego, tak się wystraszyłem, że straciłem panowanie nad sobą.

Dołączona była kopia „Biuletynu Wędkarskiego" otwartego na stronie 10. Naprzeciwko strony z nagłówkiem *Świat karpii*, pod którym widniał artykuł pod tytułem *Przegląd katapult do wyrzucania przynęty*, znajdowało się sześć zdjęć wędkarzy, z których każdy trzymał wielką, oślizgłą, szarą rybę. Wśród nich było też zdjęcie Gary'ego przekreślone za pomocą stempla z napisem „Zdyskwalifikowany", a poniżej artykuł:

SKANDALICZNY WYBRYK

Zwycięzca East Hendon, Gary Wilshaw, był trzykrotnie zawieszany podczas zawodów East Hendon po wędkarskim incydencie dotyczącym zamiany ryb. Wilshaw, lat 37, z West Elm Drive, zajął pierwsze miejsce za szesnastoipółkilowego karpia, którego rzekomo złowił na haczyk 4, piętnastofuntowy przypon karpiowy i czternastomilimetrową kulkę proteinową.

Później, z dobrze poinformowanych źródeł, nadeszła informacja, że karp ten pochodził ze stawu hodowlanego w East Sheen i prawdopodobnie poprzedniej nocy został podczepiony na haczyk.

Rzecznik prasowy East Hendon AA powiedział: „Tego rodzaju praktyki okrywają hańbą cały świat wędkarstwa amatorskiego i nie będą tolerowane przez East Hendon AA".

21.25. Pewnie czuł się bezradny jak Daniel. Biedny Gary z tą swoją rybą. Upokorzony. On kocha ryby. Biedny Daniel. Mężczyźni w niebezpieczeństwie.

21.30. Mmm. Pyszne to wino. Świętuję sobie w samotności i myślę o wszystkich tych pięknych ludziach, których spotkałam w tym roku, nawet o tych, którzy zrobili mi coś złego. Jestem jedną wielką miłością i miłosierdziem. Pielęgnowanie w sobie urazy cof wrozwoju.

21.45. Tera napiszte kartki.

23.20. Zrbione. Ide do skszszynki.

23.30. Spowrotem w domu. Cholern choinka. Wiem. Pójdę po noszyszki.

Północ. Taa. Lepiej. Fff. Ssspać. Ups. Przwrćłam sie.

16 grudnia, wtorek
62,5 kg, jedn. alkoholu 6, papierosy 45, kalorie 5732, czekoladowe ozdóbki na choinkę 132, wysłane kartki — o Boże, do diabła, Belzebuba i wszystkich jego podpoltergeistów.

8.30. Trochę skołowana. Godzinę i siedem minut zajęło mi ubieranie się, a jeszcze nie jestem gotowa, bo znalazłam plamę na spódnicy.

8.45. Zdjęłam tę spódnicę. Włożę szarą, ale gdzie ona jest, do jasnej nadspodziewanej? Oooj. Łeb mi pęka. Już nigdy w życiu nie wezmę kropli... O, może ta spódnica jest w salonie.

9.00. Jestem w salonie, ale tu bajzel. Chyba zjem sobie tosta. Papierosy to straszna trucizna.

9.15. Aaa! Zobaczyłam choinkę.

9.30. Aaa! Aaa! Znalazłam kartkę świąteczną, której zapomniałam wysłać. Życzenia brzmiały następująco:

Wesołych świąt dla mojego najdroższego, najdroższego Kena. Tak bardzo Ci dziękuję za wszystko, co dla mnie zrobiłeś w tym roku. Jesteś cudownym, cudownym człowiekiem, tak silnym, bystrym i łebskim z matematyki. Mieliśmy swoje wzloty i upadki, ale jeśli człowiek się chce rozwijać, nie można pielęgnować w sobie urazy. Jesteś mi bardzo bliski, zarówno na gruncie zawodowym, jak i osobistym.

Całuję Cię naprawdę bardzo serdecznie,
Bridget

Kto to jest ten Ken? Aaaa! To księgowy. Spotkałam się z nim tylko raz i pokłóciliśmy się, bo za późno wysłałam zeznanie podatkowe. O mój Boże. Muszę znaleźć tę listę.

Aaaa! Poza Jude, Shazzer, Magdą, Tomem itd. na liście znajdują się:

zastępca konsula Wielkiej Brytanii w Bangkoku
ambasador Wielkiej Brytanii w Tajlandii
Rt. Hon. sir Hugo Boynton
admirał Darcy
detektyw inspektor Kirby

Colin Firth
Richard Finch
minister spraw zagranicznych
Jed
Michael z „Independent"
Grant D. Pike
Tony Blair

Kartki hulają po całym świecie, a ja nie wiem, co w nich powypisywałam.

17 grudnia, środa
Żadnej reakcji na moje kartki. Może te, które wysłałam, były w porządku, i tylko ta do Kena to był jakiś kretyński wyskok.

18 grudnia, czwartek
9.30. Właśnie wychodziłam, kiedy odezwał się telefon.
— Bridget, tu Gary.
— O, cześć! — zaszczebiotałam histerycznie. — Skąd dzwonisz?
— Z pudła. Dzięki za kartkę. Była taka miła. Strasznie miła. To dla mnie wiele znaczy.
— O, hahahahaha — zaśmiałam się nerwowo.
— To przyjdziesz dziś do mnie?
— Co?
— No wiesz… ta kartka…
— Taaak? — spytałam wysokim, spiętym głosem. — Nie bardzo pamiętam, co napisałam. Czy mógłbyś…?
— Przeczytam ci ją, dobrze? — powiedział nieśmiało, po czym zaczął czytać, potykając się na słowach.

Najdroższy Gary,
wiem, że Twoja praca budowlańca bardzo różni się od mojej, ale bardzo ją szanuję, bo to prawdziwa sztuka. Własnoręcznie robisz różne rzeczy, codziennie musisz wstawać bardzo wcześnie

i razem jako zespół — chociaż ta przybudówka nie jest jeszcze skończona — stworzyliśmy coś wspaniałego i pięknego. Dwoje całkowicie różnych ludzi i chociaż ta dziura wciąż jest w ścianie — od prawie ośmiu miesięcy! — to widzę, że nasz projekt się rozwija. Cudownie. Wiem, że jesteś w więzieniu, odsiadujesz wyrok, ale wkrótce to się skończy. Dziękuję za list w związku z tym nabojem i wędkarstwem i szczerze, z całego serca Ci wybaczam.

Jesteś mi bardzo bliski, jako fachowiec oraz jako człowiek. I jeżeli ktoś w przyszłym roku zasługuje na radość i twórczy odlot — choćby w więzieniu — to tą osobą na pewno jesteś Ty.

Całuję,
Bridget

— Twórczy odlot — powiedział gardłowym głosem.

Udało mi się go spławić, tłumacząc, że się spóźnię do pracy, ale... O Boże. Do kogo ja wysłałam te kartki?

19.00. Po powrocie do domu. Trafiłam akurat na pierwszą naradę w biurze, która zresztą poszła całkiem nieźle — zwłaszcza że Straszny Harold za własne nudziarstwo został oddelegowany do sprawdzania faktów — dopóki Patchouli nie wrzasnęła, że dzwoni Richard Finch z klasztoru, nastawiła głośnik w aparacie i wszyscy musieli go wysłuchać.

— Witaj, zespole! — powiedział. — Dzwonię, żeby się z wami podzielić swoim świątecznym nastrojem, bo tylko na tyle mi pozwolono. Chciałbym wam coś przeczytać. — Odchrząknął. — „Bardzo, bardzo wesołych świąt, najdroższy Richardzie". — Prawda, że to miłe? Parsknął śmiechem. — „Wiem, że nasz związek przeżywał wzloty i upadki, ale teraz jest Boże Narodzenie i zrozumiałam, że więź między nami jest bardzo silna — pełna wyzwań, żywa, szczera i prawdziwa. Jesteś fascynującym, fascynującym człowiekiem, pełnym energii i wewnętrznych sprzeczności. Teraz, w ten świąteczny czas, jesteś mi bardzo bliski — zarówno jako producent oraz jako człowiek. Całuję, Bridget".

Ojoj, to było coś... Aaa! Dzwonek do drzwi.

23.00. To był Mark. Z bardzo dziwnym wyrazem twarzy. Wszedł do mieszkania i rozejrzał się z konsternacją.

— Co tak dziwnie pachnie? Co to, u diabła, jest?

Podążyłam za jego wzrokiem. Choinka w istocie nie wyglądała tak dobrze, jak to zapamiętałam. Odrąbałam jej czubek i próbowałam ją przyciąć w tradycyjny, trójkątny kształt, ale teraz, na środku pokoju, sterczał jakiś długi, a chudy drapak z tępymi brzegami jak bardzo tanie sztuczne drzewko z wyprzedaży.

— Była trochę… — zaczęłam tłumaczyć.

— Jaka? — spytał z mieszaniną rozbawienia i niedowierzania.

— Za duża — dokończyłam niezręcznie.

— Za duża, tak? Rozumiem. Dobra, mniejsza z tym. Mogę ci coś przeczytać? — I wyjął z kieszeni kartkę.

— OK. — Zgodziłam się z rezygnacją, opadając na kanapę. Mark odchrząknął.

— „Drogi, drogi Nigelu!" — zaczął. — Pamiętasz mojego kolegę, Nigela, prawda, Bridget? Główny wspólnik z kancelarii. Ten gruby, który nie jest Gilesem? — Znowu odchrząknął. — „Drogi, drogi Nigelu! Wiem, że spotkaliśmy się tylko raz u Rebeki, kiedy wyciągnąłeś ją z jeziora, ale teraz jest Boże Narodzenie i zrozumiałam, że poprzez to, iż jesteś najbliższym kolegą Marka, w jakiś dziwny sposób stałeś się bliski i mnie. Czuję…" — Mark urwał i rzucił mi znaczące spojrzenie. — „…że jesteś mi bardzo bliski. Jesteś wspaniałym człowiekiem: wysportowanym, atrakcyjnym…" — Przypominam, że mowa tu o Grubym Nigelu. — „…pełnym życia…" — Urwał i uniósł brwi. — „…błyskotliwym i twórczym, bo bycie prawnikiem to naprawdę bardzo twórcze zajęcie, zawsze będę pamiętała, jak lśniłeś…" — Tu już się śmiał. — „…błyszczałeś… lśniłeś c u d n i e w słońcu i w wodzie. Życzę wesołych świąt mojemu drogiemu, drogiemu Nigelowi. Bridget".

Usiadłam ciężko na kanapie.

— No, teraz wszyscy się dowiedzą, jak się narąbałaś. — Mark wyszczerzył zęby. — Przezabawne.

— Będę musiała wyjechać — oznajmiłam ze smutkiem. — Będę musiała na zawsze opuścić ten kraj.

— Ciekawe, że tak twierdzisz — powiedział, klękając przede mną i biorąc mnie za ręce. — Złożono mi ofertę wyjazdu na pięć miesięcy do LA. Do pracy nad sprawą meksykańskich Calabreras.

— Co? — Gorzej już być nie mogło.

— Nie rób takiej przerażonej miny. Chciałem cię spytać... Pojedziesz ze mną?

Zaczęłam główkować. Pomyślałam o Jude i Shazzer, o Agnes B na Westbourne Grove, o cappuccino w Coins i Oxford Street.

— Bridget? — spytał łagodnie. — Tam jest cieplutko i słonecznie i mają tam baseny.

— O — westchnęłam, strzelając oczami na boki.

— Będę po sobie zmywał — obiecał.

Pomyślałam o nabojach i rybach, o przemytnikach narkotyków i Richardzie Finchu, o mojej mamie i dziurze w ścianie, i o kartkach świątecznych.

— Pozwolę ci palić w domu.

Spojrzałam na niego. Był taki poważny, uroczysty i słodki, i pomyślałam, że pojechałabym za nim na koniec świata.

— Tak — odparłam szczęśliwa. — Bardzo chętnie tam pojadę.

19 grudnia, piątek

11.00. Hurra! Jadę do Ameryki, by rozpocząć nowe życie, jak pionierzy. Wolny kraj. Zeszłej nocy świetnie się bawiłam. Znowu wyjęliśmy nożyczki i zabraliśmy się do artystycznego strzyżenia krzewów, przemieniając choinkę w malutki świąteczny cracker*. Sporządziliśmy też listę i jutro wybieramy się na zakupy. Uwielbiam Boże Narodzenie. To celebracja fajnego życia, a nie perfekcjonizmu. Hurra! W Kalifornii będzie fantastycznie: słońce i miliony poradników — ale oczywiście będę unikać książek

---

* Cracker — atrakcja przyjęć towarzyskich w okresie Bożego Narodzenia. Walec papierowy zawierający drobną niespodziankę i fajerwerki, który wybucha, gdy dwie osoby rozrywają go, ciągnąc w przeciwne strony.

dotyczących chodzenia na randki — zen, sushi i zdrowa żywność, jak na przykład… Ojej, telefon!

— Bridget? Tu Mark. — Jego głos nie brzmiał zbyt wesoło.
— Nastąpiła pewna zmiana planów. Sprawa Calabreras została odłożona do czerwca. Ale dostałem inne zlecenie, które dość mi się spodobało i… eee… tak sobie pomyślałem…

— Tak? — spytałam podejrzliwie.

— Co byś powiedziała na…

— Na co?

— Na Tajlandię.

Chyba wypiję kieliszeczek wina i zapalę papierosa.

Spis treści